i

为了人与书的相遇

チンギス・ハーンの一族

世界
征服者史

成吉思汗

上

一族

［日］陈舜臣——著

易爱华——译

北京日报出版社

成吉思汗家族世系表

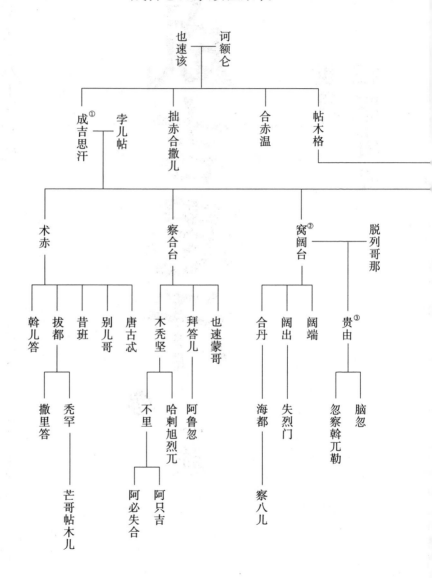

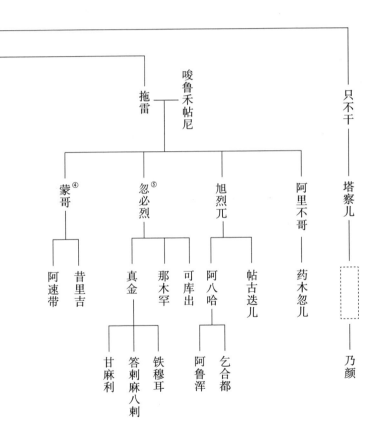

①～⑤为汗位就任者及其顺序

目录

卷 一

草原霸主

一 乃蛮的玛丽亚

1187 年，十字军从耶路撒冷撤退了，自 1099 年以来一直占领这个地方的十字军终于精疲力竭，放弃了对它的统治。

胜利的伊斯兰军，正雄心勃勃地准备在萨拉丁的领导下大展宏图。

"耶路撒冷是座山，从这座山上可以看到新的景色，前人从未见过的景色。"萨拉丁抚摸着胡须说。虽然这是他每次获取新土地时使用的口头禅，但仔细聆听，会注意到这次增加了新的说法："前人从未见过的景色。"

书记员伊曼德·伍登注意到了这点，他问："您要听听来自东方的语言吗？"

萨拉丁反问："有会说东方话的人吗？"

真是明知故问，书记员这样想着，不过嘴里却回答说："有一个从乃蛮来的年轻修女。"

"嗯，乃蛮啊。这个国名我经常听到，那就听听乃蛮的修女怎么说吧。"

"遵命。"书记员强忍着笑，表情古怪。不过他的主人却转过身去，装作没看到。

这场战争的俘虏中有位姿容绝世的乃蛮修女已经众所周知。她太美丽了，因此她的命运只能由主人萨拉丁来决定，这也是伊斯兰士兵们的普遍想法。

在亚洲的内陆地带，除乃蛮外，还有不少像克烈、党项等拥有众多聂斯脱利派基督徒的部族。他们有时会让本族的妇女和子女等到基督教国家留学，同时也是为了让这些人能够远离本国的政治斗争。

在君士坦丁堡、罗马等地，经常可以见到三五成群的克烈、乃蛮的贵妇人。这个乃蛮的玛丽亚，就是在前往君士坦丁堡的途中被伊斯兰军队抓获的。

玛丽亚虽然十六岁了，脑海中对父亲却毫无印象。只是她从周围人的言行中得知，自己是乃蛮的贵族，父亲好像已经为国殉职了。

现任的乃蛮执政者虽然对她的父亲溢美有加，但继任者态度如何则不得而知。因此随从们建议："长久之计，还是早点做修女侍奉上帝吧。"最近又建议："尽快离开乃蛮吧，为了你自己。"

玛丽亚只能照办，她个人对现实还无能为力。

不知是谁的决定，有一天忽然传来一道命令：将玛丽亚经由耶路撒冷带往君士坦丁堡。

带她去的是一个她熟悉的女人，四十多岁、身材瘦削。她除了会阿拉伯语，还精通法语，平时担任贵族女性的语言教师。

这个沉默寡言的女人自称乌思塔尼，但不知是不是她真正的名字。乌思塔尼是一个典型的"教师"型女性。

"无论发生什么，都要坚信自己拥有好运。"

乌思塔尼几乎面无表情地说。她只偶尔说几句话，言语中却别具一种感染力。

现在，玛丽亚和乌思塔尼被带到耶路撒冷的一间房子里，似乎和其他人隔离了。

"陛下将要驾临。"

仆人通报了消息。一个多小时后，萨拉丁出现了。虽然带着十几名侍从，却只有他一人进入了房内。

"知道这是哪里吗？"萨拉丁突然发问。

不明白问话何意的玛丽亚老实答道："我是过路的旅客，知道这里是耶路撒冷。"

"你是要去君士坦丁堡吗？"

"是。"玛丽亚小声回答。她们不是不知道自己的旅程处于动乱之中，不过，原以为耶路撒冷军要更强一些，但是万万没想到上帝的军队居然败给了伊斯兰军。

"现在战争刚刚结束，外面还很混乱，不知道会发生什么事情。你们暂时待在这里比较安全，等局势彻底稳定了再走吧。我会让可靠的人护送你们走出伊斯兰国边界的。"萨拉丁说道。

他的脸看上去很亲切。伊斯兰男子为了不与宦官混淆，往往一长胡子就开始蓄须，因此二十岁左右的大胡子比比皆是。人们必须透过这茂密的胡须来区别老少善恶，而这是需要人生经验的。

玛丽亚显然还不具备这样的能力，她有的只是直觉。

直觉正确与否无从知晓，玛丽亚觉得面前的伊斯兰国王萨拉丁是一位五十岁左右、和蔼可亲的人。她的判断基本准确。

自己是幸运的，玛丽亚一直坚信这点，因此她没有恐惧感，即使对方是被人们称作恶魔的伊斯兰王者，她也没有感到害怕。

"还有，乃蛮这个国家我不太了解，有时间我就顺便来听你聊聊吧。"

萨拉丁说完，转身离开了房间。

虽然萨拉丁只是表示"顺便来听"，但重点似乎是在"来听"上。即使只有十六岁的玛丽亚心里也明白这一点，而且她还隐约能理解萨拉丁有意掩饰的心情。

萨拉丁没有马上再来，而是隔了一天才出现在玛丽亚的面前，这大概是他的自尊心在作祟吧。

"我的国家离乃蛮很远哪，中间还隔有西辽这样奇怪的国家……"

萨拉丁像一个脾气温和的大叔，天南海北地随意闲聊着。

"乃蛮也是个奇怪的国家吗？"玛丽亚反问。

萨拉丁一怔。不过，那只是个无心的问题，这个少女完全没有让伊斯兰国王非要回答的意思。

"你从小生长在乃蛮南王的后宫里吧？"

"南王"之类的称呼在乃蛮国内可是禁忌。像玛丽亚这样年纪的人都知道，乃蛮事实上分成了三个部分。玛丽亚不得不出国可能与此不无关系。"南王"这个称呼应该没有流行多长时间，萨拉丁或许比玛丽亚更了解乃蛮。

"你父亲是什么人我不太了解，应该是乃蛮国很重要的人物。虽然不能说是对所有人，但至少对一部分人来讲是这样。我们伊斯兰人，也会善待那些对我们不怀敌意的特别的基督教徒。"

不等玛丽亚答话，萨拉丁又如是说，并追问道："你明白吗？"

"是的。"玛丽亚不得不回答。

"明白了就好，你很聪明，领悟很快。"

萨拉丁边说边笑起来。这是他第一次笑，可能出于玛丽亚对"特别的基督教徒"这句话有所反应的缘故。萨拉丁留下笑声，带着十几名侍从离开了。

萨拉丁再次出现是五天之后的事情。伊斯兰国王战胜了基督教国王，自然会格外忙碌。

这种忙碌当然不是为了全面拆除十字架、圣像等基督教的装饰物。

"这些东西实在太多了。"多得超出了萨拉丁的想象，于是他只拆除了认定是多余的部分。

伊斯兰教戒律否定偶像，装饰自然，崇尚朴素。在他们看来，由于伊斯兰的占领，耶路撒冷变得高雅起来了。

"基督教徒本来也反对偶像。不过各有所想。假神之名行己私欲，就会引发战争，还是不要借用神的名义才好。乃蛮东边，有个叫克烈的国家，国王脱斡邻勒汗就是基督徒，却臭名昭著，要小心此人啊。"

说完这些，他就走了。

玛丽亚曾经听说过克烈的"脱斡邻勒汗"的名字。克烈、乃蛮都是基督徒众多的国家，但传教历史都不过百年。

玛丽亚还知道克烈的执政者兄弟众多，他们之间不断地发生冲突，这些冲突往往把乃蛮也卷入其中。克烈的"脱斡邻勒汗"对玛丽亚来讲是一个捉摸不定的名字。

这个名字有时意味着友好的同盟者，有时又意味着恐怖的敌人。虽说对这种反复无常者，最好的办法是一开始就不与之交往，但是乃蛮执政者另有自己的打算，尤其是克烈愿意成为盟友的时候，乃蛮部分掌权者的力量就会趁机飞速增长。

"其实，如此倚重和利用外来力量，对乃蛮并非一件好事。"

萨拉丁曾经如是说过。

不过，玛丽亚不知道自己属于哪一股势力，也许正属于与脱斡邻勒汗结盟的势力呢。

　　若果真如此，萨拉丁的话就带有强烈的警告意味了。由于不知道自己身属何方，玛丽亚现在倒是无忧无虑。

　　本来想问问乌思塔尼，又担心会失去现有的轻松。况且乌思塔尼大概也不会回答这类问题。

　　不久，萨拉丁好像有了闲暇时间，过去平均三天来一次的他，现在几乎每天都来了。不过，每次来的时间也随之缩短了，有时候并不说话，只是微笑地注视着玛丽亚。

　　玛丽亚和乌思塔尼的居处似乎非常幽僻，去别的地方并不方便。好在两人也没有逃走的打算，于是一直待在住处。房间足够宽敞，并没有被囚禁的感觉。

　　由于经常换人，照料她们的人数不能完全确定，但至少有五个女人，其中有黑人也有白人，她们有的还会不经意间做出画十字的手势，或许也是基督徒吧。

　　"不要和那些女人搭话。"乌思塔尼对玛丽亚说道。

　　如果她们是被俘的基督徒，就有可能暗中说些什么，容易招惹是非。

　　有一次，一个女人说自己是克烈人，她好像在十字军占领期间就在这里服务。乌思塔尼说她们是女奴，但她们的衣着都保持得相当整洁。

　　克烈与乃蛮相邻，人们因此觉得两国相似，实际上也确实有不少共同之处。但两国种族不同，克烈是蒙古人种，乃蛮却是突厥人种。不过毕竟两国语言可通，而且皆为混血，血缘也接近。

　　因此，大概这个克烈"女奴"对玛丽亚感到亲切，才会前来搭讪，似乎她只说出自己的姓名就感到十分满足了。玛丽亚因为乌思塔尼的态度不便回答，不过她尽可能地表现出了善意。

克烈的首领就是那个臭名昭著的脱斡邻勒汗。克烈的实权却被他弟弟额尔客合剌所控制，额尔客合剌又获得了乃蛮的支持，情况错综复杂。

最好是什么都不知道。

有一次，萨拉丁似乎不经意地说道："要小心脱斡邻勒汗。"然后轻轻打了个哈欠。

玛丽亚渐渐了解了萨拉丁的习惯，他在打哈欠、揉眼睛时说的话反而更加重要。

仔细回想，自耶路撒冷陷落以来，玛丽亚觉得自己好像在不知不觉中学到了很多东西，不管是对于人、对于生活，还是对于信仰。萨拉丁所说的"要小心脱斡邻勒汗"，可以算是关于政治的讲座。

作为伊斯兰军的统帅，萨拉丁是一名优秀的军人。玛丽亚在军人萨拉丁身上领略了这种风采，从她的房间经常能够看到萨拉丁威风凛凛地骑马离去的身影。

远走异国是上天为玛丽亚注定的命运，因此她能流利地讲君士坦丁堡教会常用的希腊语。另外，她虽然是基督徒，但由于自幼生活在伊斯兰教徒的包围中，所以从孩童时期她就对阿拉伯语非常熟悉。

萨拉丁虽说是伊斯兰教徒，却是库尔德族人，阿拉伯语反而是玛丽亚讲得更地道。因为库尔德族无论从语言还是从文化方面，都属于欧洲民族。

"如果说字音准确地诵经是伊斯兰教徒必备的资质的话，那么我是不合格的了。不过这本来就与对《古兰经》的理解没关系。理解在于心灵，不在于语言。如果必须用纯正的阿拉伯语才能诵读的话，那么它就不是世界性的信仰，因为它只适用于使用那种语言的有限的地方。"

萨拉丁这样说。

从耶路撒冷到君士坦丁堡一般是走海路，但在战乱期间，海路不算安全。制海权由希腊人掌控，他们对萨拉丁并不总是友好。

萨拉丁虽然从阿拔斯王朝哈里发那里获得了"苏丹"的封号，但他到底只是陆地上的英雄，对大海并无信心。海洋，仅仅是他政治交易的工具。

玛丽亚不知道，这段时期，萨拉丁正处心积虑地以牺牲海洋利益来确保陆地优势，他攻占海港只是为了获取更高的回报。

在举棋不定、思绪纷乱之际，与玛丽亚轻松闲谈，起到了转换思路的作用，有时会意外地想出好办法。因此，对于萨拉丁来讲，玛丽亚是很重要的人。

乌思塔尼不清楚这些，她只是奇怪像萨拉丁这种身份的人，为何会常到这里，说些无关痛痒的话呢？

"你要小心，没准那个男人不是真的萨拉丁，只是长相相似，让人们误以为萨拉丁在这儿而已……那张脸，在四五十岁的库尔德人中很常见，满面胡须，目光锐利。"

乌思塔尼小声嘀咕。

萨拉丁，正确的称呼应该是萨拉弗·伍丁，正像名字被欧洲式地简称了一样，这类相貌在欧罗巴人种中也寻常可见。

"目光锐利……可是那眼神只有萨拉丁才有呀。"玛丽亚轻轻摇了摇头。

有一次，萨拉丁说要外出十天，结果三天就回来了。乌思塔尼说："我怀疑得没错，这是个国王的替身。因为不知道会发生什么事情，国王不可能离开耶路撒冷十日之久。不过真的萨拉丁出去了也未可知。"

　　尽管如此，玛丽亚还是坚持认为她见到的那个萨拉丁不是替身，而是真的萨拉丁。

　　这次萨拉丁的早归，可能是他原计划十天完成的事，三天就毕功了吧。因为诸如谈判之类的事情，本来就难以限定日期。特别是当对方是从海路来的时候，时间更是没个准。萨拉丁的谈判对象好像有英国、法国，还有德国（神圣罗马帝国）。萨拉丁的目的是使他们各怀鬼胎，不能团结一致。

　　玛丽亚去君士坦丁堡的船费多少合适，居然也是谈判中的一个环节。

　　这本来不是大问题，乌思塔尼说，她们在各地的钱庄中都有相当多的存款，完全不缺盘缠。

　　恐怕是萨拉丁想把玛丽亚的船费作为谈判的道具吧，以便尽可能地与更多的船长交谈，获取更多的情报。

　　最终萨拉丁以五十只羊作为两人的船费，但没有透露交易对象是谁。对方所有的船都在的黎波里港，万一这两位乘客有什么意外，萨拉丁就可以马上扣留他的船只。

　　对待战俘，除了在耶路撒冷战斗中那些直接参与抵抗伊斯兰军的人外，萨拉丁采取了以赎金解决问题的方式。一时间金钱的叮当声响彻耶路撒冷的大街小巷。普通百姓中男人十第纳尔、女人五第纳尔。交不起赎金的贫民有七千人，他们加在一起算一万第纳尔。最终有八千人交纳了赎金。

　　萨拉丁将无力支付赎金的一万五千人卖作奴隶，其中五千人被送去修筑要塞。

　　这些事情发生在耶路撒冷城内的有限区域，玛丽亚无从知道。

　　只要交纳十第纳尔或五第纳尔就能成为自由人，很多想获得这种资格的人，一时无力筹出现金，要略候时日，才能收到从罗马等地汇来的款项。这种人，虽然也在监视范围之内，但萨拉丁允许他们到港口附近等待。

玛丽亚和乌思塔尼去往乘船的港口，是她们被俘五个月后的事情了，时间已迈入了新的一年。

因为耶路撒冷的商机，很多基督徒选择继续留在这里。比如说，伊斯兰教徒不允许从事收放贷款行业，金融业无论如何都需要基督徒或犹太人来做。

从没有港口的耶路撒冷乘船外出，当时一般是到的黎波里港登船出发。为此萨拉丁派了一小队卫兵和两个畏兀儿车夫护送玛丽亚她们。

畏兀儿人是当地的国际通，其中一名畏兀儿车夫甚至能讲中国话，无论遇到什么人，他们都能应付。

因为知道玛丽亚是萨拉丁的特殊客人，所以大家对她都很友好。两个畏兀儿人中，一个是伊斯兰教徒，另一个则是基督徒。

的黎波里位于最前线，紧挨着它的阿卡等地，仍有十字军没有降服。

"当家的好像也要来哟。"那个把名字改为穆罕默德，成为穆斯林的畏兀儿车夫在抵达的黎波里前就这么说。

"她们乘船的事恐怕要等谈判后才能实现，在的黎波里没准要等很长时间呢。"另一个畏兀儿车夫说道。

果然如此，玛丽亚一行人在的黎波里暂时停留下来。

他们住宿的官邸是萨拉丁打败十字军后才修建的。标准的伊斯兰风格，可能是祈祷用的吧。

在玛丽亚到达的黎波里后的第五天，尽管住所还很洁净，却开始了大扫除，预示着有大人物要来。不用说，大家都能猜到那就是萨拉丁。

不久，率领着两千骑兵的萨拉丁出现了。

与乌思塔尼的猜测不同，这个毫无疑问就是真正的萨拉丁。

"哦，玛丽亚，还没有坐上船啊……是吗？再忍耐一下。我这就去找他们交涉。哦，你看上去气色不错嘛，再等等。"

萨拉丁这样说着，并没有下马就往前走了。他脸上没有一点紧张的神情，恐怕该谈的早已谈妥了吧。

萨拉丁的举动带着作秀成分，不过自有其原因。

萨拉丁的军队成分很复杂。一部分属于名叫阿米尔的地方豪族豢养的军队，萨拉丁向阿米尔征集来士兵编入自己的队伍中，战争结束后还要归还对方。

从的黎波里的最前线进入阿卡可以说是一种仪式。萨拉丁的两千名部下中，有一千名是自己的士兵，另一千名则是阿米尔的部队。参加这种礼仪活动是这些战士的荣誉，他们原来的主人也会觉得面上光彩。

仪式整整持续了两天，第三天，萨拉丁终于以一定数量的金钱获得了海上行船的安全保证。然后，他胜利而归。

这段时间，玛丽亚渐渐明白了自己获得萨拉丁特殊待遇的原因，那首先是因为她的美貌，美貌起到了关键作用。

乃蛮的玛丽亚，美丽绝伦的玛丽亚向萨拉丁求助，萨拉丁伸出了援助之手。这个事实，无疑提高了萨拉丁的声望。

两千名萨拉丁军队卷起烟尘疾驰过的黎波里，在郊外玛丽亚她们下榻的官邸前，终于停了下来。

"这里适合歇息，拿水来！"萨拉丁吩咐道。

护送玛丽亚的一小队卫兵和两个畏兀儿人，开始为萨拉丁的休息忙碌地准备起来。

"玛丽亚还在这儿啊，神灵赐予了我们又一次邂逅的机会。"

"是神灵的恩赐。"

玛丽亚回答道。

但是，玛丽亚的神和萨拉丁的神并不一样，对此两人心照不宣，却又若无其事地提到了这点。

"今天我从佛郎机[1]那里听到了一些有趣的事。"萨拉丁说。

"什么事？"玛丽亚垂首轻问。

"是关于东方的事情。对我们来说，东方指的是哪里？"

"是中国吧？"

"中国，大家都很熟悉，而且关于它的文字记载也很多，我说的是没有文字的国家，"萨拉丁说道，"你明白吗？"他一边说着，一边弯腰坐下来。

"乃蛮有文字，那你说的是克烈吗？"玛丽亚问道。

"克烈的东边呢？"

"不知道。"

"玛丽亚不知道也没关系，不过克烈的东边还有很多国家，比如塔塔尔、蔑儿乞等，还有很多小国。听好了，马上就会有新的国名出现了。"

"新的国名？"

"因为目前的名字太渺小了，比如说塔塔尔和蔑儿乞合并了，就需要新的名字，如果再加上克烈、乃蛮，到底该怎么称呼呢？哈哈！"

"这倒是难办。"

1　佛郎机指十字军士兵，这是一种泛称。

"没什么难办的，变得再大，也有一个统一的名字吧，那就是伊斯兰。埃及也好，叙利亚也好，阿拉伯也好，都是伊斯兰帝国。把塔塔尔、蔑儿乞、克烈、乃蛮……合在一起统称蒙古怎么样？哎呀，这些话对玛丽亚来讲，太深奥了吧？哈哈！"

"我感觉能理解。"

"你明白就好。对了，船明天出发。"

玛丽亚乘坐的船叫福尔卡姆·沙拉姆号，就是和平号的意思。这是一个很气派的名字。

翌日，福尔卡姆·沙拉姆号起航了，它消失在的黎波里港的码头。

船名虽叫和平号，在航行途中却名不符实。玛丽亚和乌思塔尼住的是最豪华的房间，一路上仍提心吊胆。

玛丽亚非常怀念有萨拉丁庇护的日子，这让她感到不可思议。离耶路撒冷越远，她越能感受到萨拉丁的温暖。

船出航那天天气很好，但第二天就遇到了大风暴。

"毫无办法了，啊，神啊！"乌思塔尼发出了哀叫，不久，连声音都喊不出来了，只是偶尔无意识地迸出一句"神啊"。

玛丽亚也觉得很难受，不过她比乌思塔尼要镇静，没有哀叫，只是默默地忍耐着。幸运的是，风暴只肆虐了一天。第二天，海面风平浪静，好像昨天只是一场梦。

"不愧是你父亲的孩子。"乌思塔尼感叹道。

如果趁机追问，或许能探听出一些关于父亲的事情来，但玛丽亚早无此念，她很久以前就决心对任何事情都泰然处之了。

过了几天，水手喊道："君士坦丁堡，君士坦丁堡到了！"

玛丽亚感到，是时候和过去挥手说再见了。

二 草原的黎明

就在萨拉丁把十字军打得节节败退的时候，东方各小部族开始了兼并之旅。玛丽亚到达君士坦丁堡的第二年，1189 年，二十一个部族的代表共同将二十八岁的铁木真尊为"可汗"。

这时，已经到了一个个小部族无法独立生存下去的时代了。

作为小部族联盟首领，家世不能太好。铁木真之前并没有可汗称号，比他家世好、出身高贵的人有很多，而他之所以被代表们选中，就是因为局势有变时，能很简单地罢免他。

但是，铁木真却很热衷于自我防卫，此时，他把自己的汗号定为"成吉思"。

"成吉思"有"强力""大海""光明"等意，即使从嘴里吐出这些词汇也会让人不由自主地心生畏惧，他用别人不敢擅用的"成吉思"做汗号，是一件非同寻常的事。

汗位原来没有那么光彩夺目，老辈人都不愿意坐，认为那只是个干杂务的角色罢了。把它变成至高无上的权威职位的是铁木真。像所有的英雄豪杰一样，他也喜欢只有自己才能享受的称号。

"成吉思"这个称号是属于他一个人的。

不过，人们仍旧称呼他为"铁木真"，而他却喜欢人们叫他"成吉思汗"。在羽翼未丰的时候，只能忍受着人们称他"铁木真"，但后来称呼他"成吉思汗"的人逐渐多了起来。

到二十八岁为止，还只是铁木真的他，对敌人强硬，对自己人温和。虽说人们对这个汗位并不很看重，但他能当选到底还是因为他的好人缘，这种好人缘就是他的武器。

铁木真幼年时就失去了父亲。

游牧民族的儿童在成长过程中，都是从年长的亲属那里学习各种生存本领的，最可靠的人当然就是父亲。而他父亲早早地离开了人世，铁木真的童年命运只能用悲惨来形容。

他曾经被泰赤乌部的塔儿忽台乞邻秃黑抓获，差点被杀，幸而在千钧一发之际逃脱了。

这种逸事可能有后人夸饰的成分，但在一定程度上也反映出了部分事实。

即使是贫困的名门子弟，也容易成为敌人攻击的目标，因为不知道他们具有多大的潜能。铁木真被泰赤乌部算计，受到了种种迫害很可能是事实。虽然我们不能完全相信书上的记载，但发生类似的事情是完全有可能的。

这个时期，铁木真的靠山是亡父的盟友克烈部的脱斡邻勒汗。由于克烈很强大，所以得到它支持的铁木真是安全的。虽然这个时期克烈部有内部纷争，但脱斡邻勒汗基本上控制住了局势。

不过，虽然铁木真得到了亡父盟友脱斡邻勒汗的支持，但他却深知对脱斡邻勒汗不能掉以轻心。如果自己变得比脱斡邻勒汗强大，会发生怎么样的事情呢？数年后铁木真就深切体会到了。

铁木真即汗位前发生了一件大事，就是妻子孛儿帖被蔑儿乞部抢走，后又被夺回。铁木真的母亲本来应该嫁入蔑儿乞部，却被铁木真的父亲抢了过来。铁木真妻子被掠，可以说是铁木真替父亲遭到了报复。虽说铁木真幼时就已与妻子订婚，但直到那时才真正算是他们的新婚时代。

铁木真决定正式向脱斡邻勒汗求助，就是为了从蔑儿乞人那里夺回妻子。

安答是相互交换礼物结成盟友的人。对铁木真来讲，脱斡邻勒汗是父亲的安答。而铁木真在这次战争中还动用了自己的安答，他就是札答兰氏的札木合。据说铁木真和札木合在十一岁时就结成了安答。

当时，札木合送给铁木真一个狍子髀石，铁木真送给札木合一个铜灌髀石。髀石是蒙古人用来打兔子的东西，但孩子们常用来抛掷玩耍。他们互赠的礼物都充满了孩子气。

铁木真为了夺回妻子，得到了父亲的安答和自己的安答的援助。这两人对铁木真来说是非常重要的人物，这时他们救了铁木真，但后来却又展开了殊死对决。铁木真正是打败了这两人才成为草原的霸主。

打败蔑儿乞的年代，史书中没有记载。不过，在这场战斗期间，铁木真的长子出生了。

孛儿帖被抢时已经怀孕，她生出的长子取名为术赤，意为客人，虽说人们有种种猜测，但这种取名，也可以说是从一个角度证明了她的清白。

安答札木合为铁木真的胜利和孛儿帖的归来感到高兴，他们一起睡觉，一起喝酒，这样的情况持续了一年半，可见他是何等欢喜。

酒是草原民族喜爱的马乳酒，铁木真、札木合都很喜欢这种酒。铁木真家族因酒丧生者很多，即使这样他们依然嗜酒如命，他们觉得沉醉，是与神灵交融一体的神圣时间。

醉后的铁木真会大声地呼唤，呼唤苍天，呼唤赐予自己恩惠的神灵。

战胜蔑儿乞时，铁木真呼唤的神灵是：

"神圣的不儿罕山！

"神圣的不儿罕山啊，你救助了我们如蝼蚁一样的生命。今后我要祭拜不儿罕山，向不儿罕山祈祷！请你不要忘记铁木真一族！"

他一天数十次地呼唤不儿罕山的神灵，连札木合也感到了厌烦。

"铁木真，知道了。你就暂且忘记不儿罕吧，快来痛饮美酒吧。"札木合曾经这样说道。

"胡说八道，没有不儿罕，喝酒有什么快乐可言！"铁木真即使喝醉了，也会手舞足蹈地叫嚷着为不儿罕干杯。

自从战胜蔑儿乞以来，仿佛没有不儿罕，天都不会亮。铁木真周围尤其如此。一直以来他们虽然祭祀着各种神灵，但自从战胜蔑儿乞后，不儿罕山神的地位就特别突出了。

不儿罕是山名，不知为什么在世界各地祭祀山神的例子很多，大多都很灵验。不过这种灵验似乎只是局部的，比如说不儿罕对铁木真一族来说很灵验，但对蔑儿乞人来说，岂止是不灵验，甚至会带来灾难。

在神话中，札木合所属的札答兰氏和铁木真拥有共同的祖先。所以说，不儿罕山神应该也不会给他不好的影响吧。

"有没有不儿罕，跟我没有什么关系。"无神论者札木合这样想。

札木合和铁木真最亲密的时期就是战胜蔑儿乞部之后的那段

时间，那之后一年半的时间，两人都在同一块土地上宿营。这期间两人的关系发生了微妙的变化。因为他们两人都成了统率一两万部众的首领。

有天晚上，札木合听到自己的部众中有人在呼唤不儿罕。呼唤神灵的名字绝不是坏事情。在对蔑儿乞作战时，这个神保佑了他们。最近从铁木真部众的营帐中能不断听到这个神的名字。然而，现在听到的却是从自己的阵营中发出来的。

铁木真或许没有什么特别的用意。

但是，一旦两军对垒，现在札木合阵营中祷念不儿罕的人会不会临阵倒戈呢？这样的人好像有两千多。

"啊，不儿罕哟。"

那首歌响起来了，是称颂不儿罕山的歌。

唱歌的人或许并不是不儿罕山神的皈依者，可能只是喜欢这首歌的曲调，或只是欣赏它的歌词而已。

不儿罕，翠绿的高山
不儿罕，我心中的山
不儿罕，我心中的河水流淌
不儿罕，清澈地流淌

札木合以前没有特别留心，现在他侧耳倾听起来。

"也没什么嘛。"他嘟囔着。

这首歌曲中没有什么蛊惑人心、让人热血沸腾的东西。高耸的青山只会让人心情宁静、平和，不是让人疯狂的东西。札木合听完后，放下了悬着的心。

不儿罕歌中也不像有什么咒语，只是很平缓的曲子再配上软绵绵没有什么力量的歌词而已。

　　渐渐地，札木合有些嗤之以鼻了，原以为铁木真会更聪明一些，没想到不过如此。以往对铁木真还有些敬畏之心，现在看来似乎是被他那些煞有介事的举动给欺骗了。

　　铁木真的声音优美、浑厚，仿佛从腹腔中发出来的一样，不儿罕之歌由铁木真唱起来就好像施加了魔力一样，让人感到雄浑庄严。连交往多年的札木合，也觉得唱歌时的铁木真与平日判若两人。

　　不过，不儿罕之歌从札木合自己口中唱出来，就失去了所有的魅力，变成了一首普通的歌曲，这让他明白铁木真到底还是与众不同。

　　铁木真的言行，让人觉得他不过是个依赖不儿罕之神的庸才。

　　然而，铁木真这么做恰恰只是为了麻痹札木合，以备将来一决雌雄时让他掉以轻心。

　　铁木真一开始就把札木合当作了命中注定的竞争对手，为了使他放松警惕，他故意装得很愚钝。铁木真和札木合的争斗后来持续了相当长一段时间，但直到最后，札木合都认为铁木真只是个一味依赖神灵护佑的人。

　　一年半的情投意合、形影不离后，札木合和铁木真开始了长期的分离。事情起因是这样的：有一次，在迁移时，札木合对铁木真低声私语："安答啊，你看，如果把营地扎在山坡上，牧马的人就可得到便利；若是驻留在河滩里，放羊的人就能让羊吃得更饱。你说是吧？"铁木真一时没能琢磨出他的意思，就向母亲诃额仑请教，他妻子孛儿帖抢先解释道："不要下马继续前进吧，札木合安答可能已经厌恶咱们了。说不定他会杀掉我们的，札木合安答就是这种人。咱们就在这里和他分别，连夜赶路吧。"其实，当时草原牧民贫富分化，富裕牧民和贵族马群较多，贫苦牧民则只有一些羊和羊羔。札木合认为，傍山而营，牧马者和马群可以在帐房附近活动，行动方便；临涧而营，牧羊者可以和羊群在一处，羊群有吃有喝，饮食便利。两类牧民不宜合在一起，因此其中含有"分则两利"之意。

这就是两个安答的分手经过。

游牧民族的女性说话很有分量，因为在游牧生活中，女人和男人一样劳动。而且在游牧时，人们很重视她们的直觉，她们的直觉往往是正确的。铁木真一族也是这样，在选择继任者等重要事情上，她们都会积极地提出意见。

当她们认为自己是正确的时候，莫说对男人，就是对一族的长老也不会客气，因为她们相信讲出正确的意见更重要。

在一年半的"蜜月期"后，依照孛儿帖的话，铁木真与札木合分手了，不过他们只是不再共同行动了而已，并没有成为敌人。

铁木真登上汗位时，正是与札木合关系很微妙的时期。此时他称自己为成吉思汗。听到这个消息后，札木合道："成吉思？什么呀，不知所云的名称。对了，大家一起跳舞时，有时或许会喊成吉思、成吉思，不过谁也不知道这究竟是什么意思。真可笑，像他平日为人一样，这是个令人费解的名称。"

后来，札木合比成吉思晚十二年称汗时，他选择的称号是中规中矩、没有任何创意的"古儿汗"。

古儿汗意为"众汗之汗""普众之汗"。这是一个很老套的称号，已经有很多人号称"古儿汗"了，与他时代相近的西辽君主就代代号称"古儿汗"。它不像成吉思汗那样，是能够独享的称号。

无论如何，对于铁木真的即位，札木合礼节性地表达了祝贺之意。首先，能够被二十一个部族推选，本身就是值得祝贺的事情。札木合觉得虽然当选的不是自己，但自己安答成为可汗总是一件好事。

从那以后，两人虽然一直没有在一起，但人们都知道他们是从少年时代开始的安答，他们也不否认这一点。

但是，两人都意识到对方的存在，认定对方是自己的竞争对手。

铁木真和札木合可谓是棋逢对手，无论部下的人数，还是马、羊的数量，方方面面都大致相同。实际上过去铁木真稍占上风，但这些年札木合明显追赶上来。

铁木真是一个务实的人，却总被人误认为是浪漫的人。

在选用人才时也是这样。他手下的很多人会莫名其妙地被他赏识，然后确立起一生的主从关系。对于臣下而言，自然是一种幸运；但从君主的角度来看，似乎太随意了一些。

实际上，那都是铁木真经过细心考察后做出的决定，而被选用的人或许根本就没有意识到这点。

成吉思汗手下有八大功臣，这八大功臣分为"四骏"和"四狗"。在铁木真即汗位之前就跟随他的只有四个人。

"四骏"之一的博尔术是铁木真在草原上偶然遇到的。

"我的马逃跑了，你能帮我找找吗？"铁木真问道。

"啊，行吧。它是不是棕色的，鼻子的白纹上有一道斜斜伤痕的家伙？"

"是啊。"

"它向森林去了，要追的话至少需要两天。"

"你真像个盗马贼，对这匹马知道得这么清楚。"

"我本来想要这匹马的，可是却无法制服它。而且我觉得马的主人可能就在附近，同样也难以对付。不过，去找它倒是很有意思。"

这就是博尔术和铁木真的第一次见面。

博尔术用了三天时间为铁木真找马，找到马后铁木真直接将他罗致部下。这类事情，很容易让人觉得铁木真在用人方面的随心所欲，而博尔术则属于幸运者。

其实，在找马的过程中，铁木真已经进行了仔细的观察，对博尔术巧妙的人际交往能力给予了很高的评价。这是典型的铁木真式的选才方法。

或许有人觉得部族首领花费好几天时间去寻找逃马、盗马有点不可思议，可在草原这却是极其寻常的事情。由此可见，马在草原上受到了何等的重视。

盗马贼被认为不仅仅是盗马，更大的目的是破坏草原的秩序。若想向对方表明敌意，偷盗对方马匹是最简捷的方法。在草原上，如果烧毁牧马场，会被视为是足以处死的大罪。

铁木真和札木合命中注定的争斗，也是由盗马贼引发的。

札木合的亲弟弟给察儿抢了铁木真的牧马人拙赤答儿马刺的马群。本来，如果双方不想争斗的话，可以选择和谈、赔偿的方式来解决问题。但拙赤答儿马刺是一个桀骜的牧人，他找到了给察儿并立即射杀了他。

这是最典型的引发部族战争的例子。

只不过以往各种纠纷的规模都较小。当然，如果是在一千年前，匈奴的大军曾经覆盖过这片土地，但他们没有留下记载，了解他们的历史只能凭借传说。

被视为蒙古祖先的"苍狼"精灵时代并不遥远，高祖父那辈人的足迹清晰可寻，从神话世界飘然降落到现实世界中。

给察尔被杀，拉开了这部崭新叙事诗的序幕。被杀的一方召集了人马，宣誓报仇。

而杀人的一方，准备工作似乎略显迟缓。给察儿的哥哥札木合大概从给察儿抢马时就做好了准备。不过拙赤答儿马剌的出现比预期的还要快，杀了给察儿更是意料之外。

这场著名的战争，在后世流传着不同版本，但大多是借用阵形名称称之为"十三翼之战"。也就是十三个军团形成的"翼"，虽然具体的组织结构不得而知，但足见铁木真的军容之盛，已经能够组成十三翼了。

这场战争，札木合准备充分，兼之杀弟之恨，因此斗志高昂，铁木真一方非常被动。

不过，由于没有留下确切的记录，人们众说纷纭。甚至就连谁取得了胜利都不是很清楚。据官修的《元史》和波斯语《史集》所讲，是铁木真取得了胜利。而《元朝秘史》则记载铁木真战败，并逃到了斡难河的山谷间。

这些记述看似相互矛盾，不过各有其事实依据。

铁木真在斡难河的山谷间重整残兵败将。

过了几天，不断研究战局的铁木真突然喊道："我们胜利了！"

他这样说并不是为了鼓舞士气低迷的部下，而是找到了现实的理由。

原来，获胜的札木合为了给弟弟报仇，对抓获的俘虏施以私刑。他把抓获的七十多名铁木真部下捆绑起来，投入沸水锅中活活烹死，这实在是令人毛骨悚然的人间地狱。而且，札木合还强迫那些偶然跟随他、关系并不牢固的人一同观看这幕鬼哭狼嚎的地狱图景。

"我们又不是铁木真的人，为什么被强迫看这些？"对被逼观看施刑场面感到不快的人，离开札木合阵营后，纷纷与铁木真一方联络，表达了亲善之意。

这些人当时只是因为札木合的弟弟被杀赶来帮忙的。如果铁木真提出请求的话，很可能也会投靠过去。由于铁木真是大汗，他必须先向推举自己的二十一个部族的首领打招呼，因此向他们的请援就晚了一步。他们开始并不知道札木合的弟弟在被杀前做了什么，如果知道抢马之事的话，可能有些人就不会来帮助札木合。

札木合活烹七十多名铁木真部下之事，在《元朝秘史》中有记载。但是在波斯语史料中，烹煮俘虏的却是铁木真，因为他想震慑人们，迫使大家投奔他。

不过这种说法很值得怀疑，因为跟随残忍的主人是一件危险的事情。争相投奔这样的主人，即使在蒙古也是不太可能的。

原来跟随札木合的兀鲁兀惕部的主儿扯歹、忙忽惕部的忽余勒答儿、晃豁坛部的蒙力克等，后来都率领自己的部族投奔了铁木真。如果说战争的胜利以战后阵营的人数来决定的话，那么从结果上看，铁木真取得了这场战争的胜利。

铁木真甚至已经没有必要亲自上战场了，札木合军在他的眼前瓦解了。

"想和孛儿帖一较高下啊，比刀枪相对的战争还困难。"铁木真摇头笑语。

铁木真的妻子孛儿帖特别讨厌札木合，铁木真和札木合疏远，孛儿帖的规劝是原因之一。札木合所说的在山的附近和河的岸边休息，被孛儿帖解释为让牧马人和牧羊人分开生活，因为两者是水火不容的仇敌。

而铁木真只是佯装日久生厌、合久必分的样子与札木合分手的。

"你呀，本来有很多次机会除掉札木合，都让它们白白溜掉了，结果反而受到他的进攻。"

这段时间孛儿帖总爱这么说。实际上，铁木真、札木合都一直在考虑作战的事情，只不过时机没有成熟而已。

铁木真的世界从幼年时代起逐步扩大，他对拓展自己的世界非常热心。虽然现在还不知道自己的世界能发展到多大。但无论怎样，他都要占据它的中心位置。

要知道世界有多大，只能向那些知道的人打听。

这时候，碰巧商队来了。以往没有商队来到这里，有什么想要的东西，必须到远方去买，或者依靠抢掠这种原始的手段。但是这么做的话，很快会遭到报应，商人将不再前来，没有比这更糟糕的事了。因此，游牧人对商人都很尊重。

铁木真喜欢向商人询问，商人口中的就是他的世界。如果他强大了，他的世界也会相应地扩大。

这种想法总让铁木真激动不已。与札木合的战争对他来讲早已不是什么大不了的事情了。札木合知道的事情，他也知道。他要凭借"力量"成为更广阔世界的主人，他要掌握更新鲜的事情。

"这附近的那个家伙很有头脑，却总爱装傻，好像什么都不懂，其实什么都明白。"一个名叫达达马斯的商人如此嘟囔着，他一般一次只带一袋商品来交易。可今天他带着孩子、三匹马和五个袋子来了。

"你在说什么梦话呢？哦，今天五袋啊，不过，现在不很景气呢。"铁木真在自己的帐篷前，晃着马鞭下了马，心里盘算着要给每个战死的、负伤的部下以奖赏。

"今天我有急事，钱可以下次再付。"达达马斯板着脸说着。

好像很有缘分嘛，铁木真这样想道。虽然他没有成为自己的部下，但可以不断让他从外面带来一些消息，这有点像博尔术。

博尔术、达达马斯，他们都是铁木真走向未知世界的向导。

"那就多谢了。你和札木合做买卖吗？"铁木真问道。

"札木合付钱不爽快，没法和他做生意。"说着，达达马斯笑了。

付钱的问题在草原上很重要。大概谁都是如此吧，胜利时花钱大方，战败没有钱时则很艰难。达达马斯嘴上不说，但心里看好铁木真。他平时只带一袋商品，而此时却带来了五袋，而且说可以以后付账。

这段时期，铁木真是被人们称为铁木真还是成吉思汗并不清楚。但无论如何，在被称作蒙古的这么一个地方，他作为一个小集团的首领，靠着带有掠夺性质的活动养活着一族人。也就是在这个时候，他的双脚开始迈向故乡之外的地方。

"想了解世界吗？向中国的贤者打听就行。"达达马斯总爱这么说。

他所说的中国，原本生活在沙漠中，正式的国号是金，是女真族。现今的皇帝既使用中国的文字，也拥有自己的文字。

"你们没有文字吧？"达达马斯问。

"文字有什么用？"铁木真答道。

"噢，还是很有用的。你现在欠我多少钱，都记在账簿上了。"

"要想骗你的话，怎么都能骗。"

"不，用文字记下来的东西，很难要赖。"

"那我骗你试试。"

"你要骗我的话，我以后就不来了。"

"看来是有点不方便啊。"

铁木真对文字的认识当时仅限于此，远没达到想让他们自己也拥有文字的程度。他认为拥有文字可能很不方便，首先要担心被偷窃。铁木真以为文字和马一样，也有好的文字、坏的文字，就像有良马、劣马一样。

　　总之，有没有文字不是什么问题。除乃蛮以外的部族都没有文字。克烈部没有自己的文字，他们用乃蛮部的文字记录事情。乃蛮部的文字是畏兀儿系的文字。

　　记录有什么用？最开始铁木真这样想。不过，他的想法渐渐地似乎发生了变化。他开始学习乃蛮部的做法，对乃蛮部产生了兴趣。但这并不表示他尊敬乃蛮部。

　　本来，在他们那里，乃蛮人是难得一见的。蒙古的西边有克烈部这么一个大部族，乃蛮部还在克烈部的西边。然而，最近却经常能看见乃蛮人。

　　原来，金王朝选定塔塔尔部落作为塞外的同盟者，可近来塔塔尔部却变得不太驯服，不时有叛乱发生。因此金王朝就向塔塔尔部之外的诸民族抛出了绣球，并号召他们："讨伐塔塔尔！"

　　几乎所有的部族都响应了这个号召。最近经常能看到乃蛮人，就是缘于此。

　　这是成吉思汗登上汗位后六七年的事情。

　　塔塔尔部之所以不再顺从金朝，是因为双方的力量日益失衡。另外，金朝的外交方针也发生了变化。金朝认为如果只援助塔塔尔部的话，它就会变得太强大。金朝想要保持唯我独尊，就要适当削弱那些趋强的势力。

　　被动员起来讨伐塔塔尔部的是以克烈部为主的势力，因此克烈部的首领脱斡邻勒汗从金朝那里获得了"王"的赐号。将其与游牧民族首领的称呼"汗"合在一起，"王汗"就成为他最著名的称呼了。

　　实际上，此时的王汗已经失势了。他的弟弟额督克哈剌依靠乃蛮部的力量夺取了实权。

乃蛮的亦难赤汗为额督克哈刺出兵，助其掌控了克烈的百姓。脱斡邻勒汗被放逐到草原上，空顶着王汗的称号到处流浪。在获得王汗称号的同时，他失去了一切。或许这就是草原生活的真实形态。

在讨伐塔塔尔部的战场上，失去了领袖的克烈兵不得不加入也跟塔塔尔部作战的铁木真军。金朝授予克烈部首领的称号是王，授予铁木真的则是"札兀惕忽里"，相当于前线总指挥的意思。总之，比王的等级低了很多。

"如今怎么样了？父亲的安答？"铁木真总是为脱斡邻勒汗担心，特别是在脱斡邻勒汗的旧部面前，他经常忧心忡忡地这样问，而且他还派人去寻找脱斡邻勒汗的下落。

脱斡邻勒汗还有利用价值，他的失势主要是因为兄弟不和，而且取代他的额督克哈刺比哥哥脱斡邻勒汗更加恶劣。脱斡邻勒汗还有东山再起的可能性。

与疲于奔走打听的成吉思汗的部下相比，依赖商业直觉的达达马斯的消息更为灵通。他甚至知道脱斡邻勒汗逃到了西夏那边，并打算从那里经天山畏兀儿进入西辽境内。

脱斡邻勒汗所到之处，都没得到很好的礼遇，人们不愿意冒犯大国乃蛮。虽说这片土地上的人们热情好客，但还是有限度的。

然而，铁木真让使者带去了信：

"啊，父亲的安答。"

信是用乃蛮语写的。

当然，铁木真不识字，以往也没有使用过文字。不过，想要写信的时候，就像这次一样，让懂得文字的外国人来写就行了。

尽管如此，他还是开始感觉到文字的便利了。认识到文字的便利，表明他们的生活已经逐渐走向国际化了。

"父亲的安答就如同我的父亲，请您不要客气，来我家休息吧，来尽情畅饮我的羊奶吧……"

脱斡邻勒汗能阅读用乃蛮语写的信件，此时他和为数不多的随从正在困顿之中，铁木真的邀请就像一场及时雨。

羊只剩下了五只，而且小羊的肚子也瘪了下去，因为他们把羊奶都抢着喝光了。

到了铁木真那里后，王汗淡淡地讲述了这段苦难的旅程。在草原上，像这种成败兴衰的故事绝不稀奇，聚散离合本是寻常之事。尤其身为族长家族的一员，这更是难以摆脱的宿命。

经常有人说王汗靠不住，但是，靠得住的人，就能长久地维持政权吗？靠不住表明他警惕性很高。可即使如此，他还是失势了。

穷途末路。在沙漠中落魄了的话，就真的是这样，沙漠中的黄沙最终会无情地吞噬掉血肉之躯。

"父亲的安答，欢迎您的到来。"铁木真说道。

他并不是眷恋父执、性情单纯的人，他在赌王汗的未来。王汗也明白这点，他还没有被历史淘汰，也并没有完全托庇于故友之子的军营，克烈部人正一拨又一拨地来参拜他。

当然，脱斡邻勒汗之所以能够聚集一些克烈部人，是因为人们知道他得到了铁木真的强援。

王汗在克烈部境内的土拉河畔边的黑林，与铁木真立下了父子之盟。克烈部是一个大部族，如果能够把四散的民众再度聚集的话，会凝聚成一股很大的力量。走向世界的铁木真是前线总指挥，但实力与王等同。

成吉思汗的事迹，具体到哪个年代还不是很清楚，不过从某一时期之后就大致可以推算出来了。那就是他与克烈部、乃蛮部的权力中枢开始打交道之后。

这表明他正式登上了国际舞台。

克烈部用别的部族文字，乃蛮部则用自己的文字记录事情。关于塔塔尔部的事情，中文里留下了确切的记载。

金朝丞相完颜襄率领各部族讨伐塔塔尔部，从征的铁木真被授予"札兀惕忽里"称号是在 1195 年。

塔塔尔部在诸部族中位于最东南方，很早就开始接触到中国文明，并且是独占式的。铁木真就是在这里，第一次见到美丽的镶有珍珠的地毯。

"世上竟有这么漂亮的东西啊！"他感叹道。

一定要再来抢劫一次。普通人会这么想，而铁木真的想法却有些与众不同，他想，最好把制作这些东西的工匠抢过来。可能他是受到达达马斯的影响吧，因为达达马斯曾经说过：如果仅有一张地毯的话，只能自己享用；有两张的话，就可以送人或者卖掉一张；但如果把制作地毯的工匠抢过来的话，就不仅仅是拥有一两张了。铁木真从这时候开始，头脑中有了经营的概念，也开始尊重有技术的工匠了。

同样在 1195 年，王汗的另外一个弟弟札合敢不投到了铁木真旗下。他也是逃亡者中的一员，铁木真已经成了这种人的靠山。铁木真与札合敢不一起大破蔑儿乞部的军队。

草原各部族因弟兄众多，又缺乏明确的继承法而在继承遗产时纠纷不断。在和平的草原牧歌式时代，普遍的做法是由幼子继承家产。因为兄长们成人后已经各自独立，幼子成人时正好赶上世代交替的时期。

在和平的时代，这种做法固然不错。但到了乱世，如果没有实力，是无法统一族人的。而谁是有实力的人，最后只能靠力量来决定。

年龄也是一个重要因素。即使过去拥有实力，现在是否仍如此可不一定。王汗屡遇危机，根源于此。

讨伐塔塔尔部后的草原乱世持续了五年多，铁木真和王汗始终是同盟者。而与他们对抗的势力正是札木合。

然而，铁木真和王汗的关系并非坚如磐石，其间也发生过这样的事情：与王汗之弟额督克哈剌联合把王汗驱逐到草原上的乃蛮首领亦难赤汗此时已死。他的两个儿子不亦鲁汗与哥哥台不花（即太阳汗）不和，不亦鲁汗迁往别的地方。铁木真和王汗乘他们兄弟分裂之机，进攻不亦鲁汗，并追逐到克孜尔巴什这个地方展开决战。但是，在战争的过程中，王汗却丢下铁木真独自撤退了。

据说这次背叛是札木合调唆的。在此期间，战争的轴心是铁木真对札木合。王汗则在坐山观虎斗，不仅王汗，他的儿子桑昆也加入其中凑热闹。

上了年纪的王汗，说话的权威性逐渐减弱。曾经有人提议王汗把他的女儿察兀儿别乞嫁给铁木真的长子术赤，但是遭到了桑昆的拒绝。桑昆不屑地说："成吉思这名字，我听都没有听说过。是哪个脑袋有问题的家伙信口胡说，不要当真。"

父亲王汗多次得到铁木真的帮助，桑昆理应知道铁木真的实力，但他却非常讨厌铁木真，讨厌称呼他为成吉思汗，他一次也没有这么称呼过，觉得叫他铁木真就够了。

王汗也在期待着更好的联姻对象。因此他每次得到铁木真的帮助后都会说："真可惜，如果家世再好点的话，就没什么可说的了。"

当时人们认为东北亚的霸主不是札木合就是王汗。铁木真最初只被看作是王汗的有力助手，或者能干的武将。但不知从何时起，他逐步形成了一股独立的势力。

王汗和铁木真都是依靠金朝势力发迹的，换句话说，也就是充当金朝的走狗。当然，他们也从金朝那里获得了各种形式的经济援助。两人就是在这种背景下兴起于东北亚的。而更重要的是，他们从金朝那里得到了理解文明的思考方式的线索。

从金朝的角度来看，王汗是它的合作者，而铁木真则是跟随王汗的投机分子。授予他们的称号，王汗是克烈部的王，而铁木真不过是他手下的前线总指挥而已。至于铁木真被遗弃在克孜尔巴什战场上这件事，如果他有什么不满意的话，自己去开辟道路好了。

遗弃事件后不久，王汗的儿子桑昆与乃蛮军作战时被包围，不得已向铁木真求援。这好像有点厚颜无耻，不过铁木真还是大度地派出精兵救了他。

这是发生在1199年的事情。一直屈居王汗之下、默默忍耐的铁木真，渐渐等来了以自己力量开辟新道路的成熟时机。

不过，铁木真和王汗的合作仍持续了一段时期。

1201年，以泰赤乌部为中心的十一个部族推选札木合为古儿汗，他们决议共同讨伐铁木真。铁木真提前侦察到了他们的计划，巧妙地突破了包围圈，与王汗一起，在阔亦田与他们决战并大获全胜。然后，铁木真还在斡难河畔打败了逃跑的泰赤乌军。

铁木真这段时期取得的胜利可以说都是情报战的胜利。札木合联盟针对他的奇袭计划预先被一个名叫察兀儿的人觉察，察兀儿排除险阻火速送来了情报，这是他获胜的原因所在。

然而，就在同一年，又一次缔结了更大规模的同盟。那是全游牧民族反对王汗和铁木真的同盟，它的核心是乃蛮部。草原战争终于呈现出一个大决战的态势。

　　为了应对决战，王汗和铁木真首先把家人、财产等疏散到金朝领土。

　　铁木真之所以多次遭王汗背叛，却依然未与之决裂的原因之一就是克烈部掌控着与金朝的关系。如有意外，家人能够逃往金朝，这是克烈部和铁木真强势的一个原因。

　　然而，对于铁木真来讲，与金朝的关系始终让克烈部掌握着主动权，却是一个问题。

　　有一次，达达马斯来了，他用十足的商人式的思维方式说："为什么不直接和金朝打交道呢？通过克烈部的话，成本要翻倍啊。"。

　　铁木真问："不是国家的话不行吧？"

　　"克烈是国家，你们就不是吗？对了，最近很流行蒙古这个叫法，怎么样？叫蒙古国怎么样？"

　　"蒙古国……"铁木真沉吟道。谁都知道蒙古这个说法，可是到底从哪里到哪里算是蒙古就没人知道了。

　　"不错的名字，好像谁都知道，但其实谁也不知道，这个国名很好，就像成吉思一样。"铁木真满意地笑了。

　　与克烈相比，最初铁木真的力量微不足道。然而，克烈阵营欠缺了人和，与之相比，铁木真阵营则充满着各种各样的幸运。

　　两者迄今虽有对立，总体上是相互合作的，但最终对决的时刻还是来临了。他们这场最后的战争，被称为班朱泥河苦战，广为人知。

　　策划这场战争的仍旧是札木合。王汗之子桑昆受札木合怂恿，在哈兰真沙陀突袭了铁木真阵营，使其几乎全军覆灭。最后仅有铁木真主从十九人历尽艰险得以逃脱，他们逃到班朱泥河（今克鲁伦河下游）时已经一无所有，只得喝班朱泥河的浑水。同饮了这泥水的十九人，后来被称为"班朱泥功臣"，成为蒙古最重要的精英。

这场战争后,铁木真的人离开了王汗,克烈部内部产生了裂痕,而札木合也离开王汗逃到了乃蛮。

以班朱泥河事件为界,王汗所代表的克烈部势力没落了,它是自我崩溃的。

然而,要彻底消灭它,还需要铁木真的最后一击。

铁木真弟弟拙赤合撒儿的妻子被扣押在了王汗处,于是派遣使者进行归还交涉,同时也是为了刺探敌情。这让王汗误以为"战争结束了",连日举行酒宴,没有一点作战准备。

王汗只停留在派遣使者的程度上,但铁木真从最初就做了决战的打算,派遣使者不过是一种烟幕弹而已。他的部众正紧急地奔向战场。

蒙古军队在路上遇到了五个人,他们手执表明克烈部使者身份的青色旗帜边走边争论着什么。

"你们在吵什么呢?"蒙古军官问道。

为首的使者回答道:"我们中有人说要放弃使者的使命赶紧逃跑,要不就会被杀头。"

"那个男人吗?"蒙古军官问。

不远处有一个落后于同伴,哭丧着脸,浑身打着哆嗦的男人。他畏惧地说道:"有人对我说,我们来了后会被砍头的。"声音小得几乎听不见。

"谁说的?"

"就是那家伙,李三,他的话很准。"

"笨蛋!"

那人身体一颤,好像要被这声音吓倒似的。

"我这就去报告,你们先在这儿等一会儿。"

蒙古军官说着离开了。

不久，铁木真亲自来了，他仔细地打量了一下所有的使者，然后说道："把他们都砍了，我已经和克烈断绝关系了。不过，有一个人说，到我这里会被杀，先把他留下。如果他能把那个叫李三的人带到这里，我可以饶他一命。"

说完，铁木真在幕僚们的护拥下离去了。剩下的只是例行公事地把不停颤抖的克烈使者捆绑起来而已，只放过了那个铁木真让去寻找李三的人。

李三是一名翻译。

不过李三实际上很少做翻译，他是所谓的翻译监督官，只负责指出翻译的错误。对普通翻译来讲，他是一个很令人恐惧的人。

沙漠、草原的局势变化很快，如果战局不利，人数就会迅速减少，而如果胜利的希望很大，在不知不觉中人数就会增长。少数中立的人，总是在最后的阶段决定自己的态度。

铁木真确信自己能够胜利，他的军队在不断增长。负责克烈外交事务的李三早已看出了胜负的趋势。

铁木真想，像李三这样的人，以后蒙古也会需要的。不管怎样，先听听李三怎么说，他为什么认为克烈会失败。

铁木真在获胜之前已经在考虑这个问题了。

蒙古与克烈最后的战役持续了整整三天，战况是蒙古方面总是保持优势。

观战的人们，已经以克烈战败为前提讨论问题了。

李三既没有逃跑也没有躲起来，而是待在战场附近的一个小屋中，仿佛想让人尽快找到他似的。他心里想："撇下我们这种人去打仗根本没法获胜。我们对退路和靠山一清二楚。如果大家真那么聪明的话，我们的脑袋早就没了。"

当他得知铁木真说如果找到李三的话，就可以免除克烈使者死罪时，不禁感叹道："啊，英雄出现了！"

蒙古军采取的是密集战法。战后缴获的战利品公平分配。如果私吞战利品的话，一旦被发觉就会全部没收。即使身份再高，也不例外。就连铁木真的两位叔父和一位从弟私吞的战利品也被没收充公了。

蒙古和克烈的最后一战，两军纪律有天壤之别，克烈根本没有获胜的可能。

铁木真没有亲自上阵搏杀，他不时视察战场只是为了确认敌军主将的动向。他主要的工作是研究如何分配敌人的部属等战后的有关问题。

在转入追击战之前，铁木真接见了李三，他问："你说王汗会逃往哪里，走哪条道？"

李三答道："我不知道，但他不会走你攻来的路线，而且他们父子不会走同一条路。"

"废话。"铁木真道。

李三说："克烈国有两百年的历史，不论哪个国家，最后的结局似乎都一样，当然建国时也差不多，只是没有记录下来而已。"

"也就是说既有兴起的国家，也有衰亡的国家。"铁木真决定以后在马背上再思考这个问题。

"李三，我命你记录下蒙古国的兴起，从今天起，你就是我的手下。"他命令道。

"遵命，不过用哪国语言来记录呢？"李三问道。

"哪国语言用的人最多？"

"恐怕是中国语吧。"

"那就用中国语吧。"

铁木真策马而去。

克烈的崩溃比李三想象得还要快。跟随主将的士兵很少，步行的士兵非常多，没有骑马的人被看作是投降者。

"啊，果然如此。"李三默默地笑了，他飞快地磨起了墨。

步行的士兵不光是克烈的降兵，还有很多铁木真的属下，这是为了使降兵看上去更多，给敌人制造心理压力。

逃走的克烈军分成了两路，一路北上，想要横穿乃蛮部的戈壁。乃蛮部与克烈部的关系时好时坏，此时它没有帮助克烈部的义务，守将豁里速别赤接到国王太阳汗的命令，要全歼克烈部军。

太阳汗是乃蛮的国王，从金朝那里获得了"大王[1]"的称号。

遵照太阳汗的命令，乃蛮军袭击了克烈军，克烈军在瞬间就全军覆没了。

王汗的儿子桑昆逃亡到了西夏，在那里也没能待多久。自暴自弃的他又跑到柴达木盆地以强盗营生，最终在库车被畏兀儿人杀了。

享国长久的克烈部终于灭亡了，它的民众被分配到了蒙古各部。

虽说亡国，但这里美女如云，克烈部的女性后来纷纷走进了铁木真及其后人的后宫，子孙昌盛。铁木真之孙忽必烈的母亲就是克烈人，是王汗弟弟札合敢不的女儿。

就这样，蒙古终于与乃蛮部直接对峙了。乃蛮部号召全游牧部族组成反铁木真联盟，其中也包括札木合。

札木合到乃蛮部视察军队，仔细地观察了各个细节，并耐心地听取乃蛮年轻军官的讲解，最后非常亲切地对他们说："真不愧

1　转音为太阳。

是乃蛮，军容果然非同凡响，我也得赶紧回去训练我的军队。"

　　虽然在公众场合这样说，但回来后他却冷笑着对自己的人说："什么啊，就凭那种阵仗也想战胜铁木真吗？从一开始，胜负就很明显了。"

　　他以军队还需整顿为由，没有出席反对铁木真的誓师仪式，而且直到最后也没有再露面。

　　这是发生在 1204 年的事情。

三 西方来的旅人

即使是 12 世纪末到 13 世纪初十字军风靡一世的时候，这种狂热也不过是在拉丁世界内而已。玛丽亚所在的君士坦丁堡是希腊人的天下，虽说同为基督教圈，却没有拉丁式的狂躁，这里没有十字军热潮。

君士坦丁堡的人们对于立志夺回圣地耶路撒冷的十字军虽然举双手赞成，但自己却没有组织十字军的打算。十字军经过他们的土地时，作为教友，他们虽也出面欢迎，但总给人一种生分的感觉，有时甚至流露出一种类似鄙夷乡巴佬儿的厌恶感。

"他们和乃蛮那些野蛮、没教养的人没什么区别。"乌思塔尼皱着眉头说道。

她本来只签了两年合同，之后就可以回国了。两年是为了让玛丽亚适应当地的生活。但是乌思塔尼决定不回去了。她不愿意再回到野蛮的世界中去。和玛丽亚一样，她也觉得不回国更好。

君士坦丁堡生活很舒适。不过，虽然聂斯脱利派是诞生在这片土地上的，但由于它长期遭受压迫，在这里没有自己的教堂，都是由信徒的家兼作礼拜堂。

玛丽亚居住的地方面向金角湾，稀疏的建筑几乎全是教堂。

1054 年，由于君士坦丁堡的总主教色路拉里乌斯拒绝会见罗马教皇利奥九世派遣来的使节宏伯特，该年 7 月 16 日，罗马使节宏伯特在圣索菲亚大教堂掷下了"逐出令"，宣布开除君士坦丁堡总主教教籍，导致基督教东西两教会分离。

然而，宣布开除教籍的不是教皇，而是以其使节的名义进行的，所以被称为东西分离，而不是分裂。也就是说大家只是关系不融洽，还没到分裂开战的地步。

但是到了十字军时代，异常的心理开始起作用了。当时距逐出令事件已经过了一百五十年，而且圣城耶路撒冷也被伊斯兰军占据着。

在拉丁派的基督教徒看来，君士坦丁堡简直就是异教或者异端的大本营。就是在这样的背景下，1204 年，第四次十字军占领了君士坦丁堡。

此时，玛丽亚她们来这里已经十六年了，她也三十三岁了。

"咱们赶紧逃跑吧，最重要的是要丢下金银财宝。"看到掠夺开始后的情形，乌思塔尼催促玛丽亚。两个女人换上了破旧的衣服。然而，乌思塔尼却为玛丽亚的美貌感到担心。

圣索菲亚大教堂是遭受抢掠最严重的地方，可悲的是，善男信女们都认为那里最安全。

聂斯脱利派的玛丽亚深知那是最危险的地方，她们逃向了山中。

19 世纪末，那座山上修建了茶馆，文学家皮埃尔·洛蒂经常来这里饮茶。但在 13 世纪初，这里还没有什么建筑，是一个人烟稀少的地方，玛丽亚她们就躲藏在这里。

搜索一直持续了三天。第一天，十字军从附近的灌木丛中发现了两男一女，还有两名儿童，把他们带走了。第二天，搜出了一名老人，他大声叫喊："为什么基督徒要虐待基督徒？你们是恶魔还是伊斯兰？"

十字军官兵大概被老人的话震撼了，之后就停止了搜索灌木丛的行动。

到了第三天，人们都已饥渴难耐，大家期盼着这般疯狂的情形赶快过去。乌思塔尼看了看身边的玛丽亚，轻轻叹了口气。

玛丽亚刚出国时，脸上还有几分稚气，自从与萨拉丁相遇后，她的年龄似乎不再增长了似的，在君士坦丁堡这些年，几乎看不出什么变化来。

难道萨拉丁施了魔法吗？乌思塔尼有时不禁会蹦出这种典型的中世纪式的想法来。对玛丽亚来讲，萨拉丁的出现是如此的奇迹。然而，这位反十字军的英雄也于1193年去世了。此后又过了十年。

这时，玛丽亚摇摇晃晃地站了起来，小声地说道："啊，咱们走吧，萨拉丁会来的，萨拉丁……"

迎面走来了一名十字军军官。军官一般都会有部下跟随，但他却只是一个人，而且腋下还夹着一本书，书名是 THEOLOGIA MYSTICA（神秘神学）。

玛丽亚指着那本书说道："把那本书还给我，那是我的书。因为太重了，所以放在那里的。"

"真的吗？"那名男子说。他的衣服很脏，但仔细看的话，可以发现他的身材很健美。

玛丽亚蹲下身子，在地上用手指写了一个"玛丽亚"，然后说："在那本书的第三页，有和这一样的签名。"她说着慢慢地站了起来。

男子翻开了第三页。上面的确有和她刚才在沙子上写的"玛丽亚"完全相同的字。

没必要对照笔迹，只凭她知道第三页有签名就足以说明问题了，很明显是这名男子拿了她放在那里的书。

"没错，这是你的书。还给你。"男子递过书来。

然而，玛丽亚却没有接，她说："你知道这本书写的是什么吗？在罗马，这本书好像是禁书。听说只要拥有这本书就是犯罪。"

"嗯，我知道。而且禁止这本书的不只是罗马，实际上我曾经也有这本书，不过被没收了。所以说刚才在地上看见这本书，我觉得是神的指引，心中一阵狂喜。我还有三分之一左右没读完，如果可以的话，我想先借来看看。"

"我们无家可归。"乌思塔尼插了一句嘴。

"那么，这么办吧，"这名貌似十字军军官的男子说道，"我有仆人，也有房子，如果方便的话，就到我那里去吧。我一个人住。"

这名男子自称亨利。

这是玛丽亚她们连想都没敢想的事情。

"你们是聂斯脱利派吧？"

两人谁都没有回答亨利的问题，不过，沉默就表示默认。

罗马士兵们视为敌人的是东正教派的人，而像聂斯脱利派、雅各布斯派或者阿尔梅尼亚派等，反而可以说是朋友。然而在君士坦丁堡，他们毕竟都是少数派，所以还是逃跑最明智。

"不过，这股狂热也快冷却了，聂斯脱利派的人也不用再东躲西藏了。"亨利说道。

这些事玛丽亚、乌思塔尼都不知道。在君士坦丁堡，聂斯脱利派是少数派，虽然未被禁止，但随时都有被禁的可能。

"这种事情我们一点也不知道，没有人告诉我们西方到底怎么样了。"玛丽亚说道。

"以后我慢慢告诉你们吧。"亨利笑着说道。

"这副狼狈相真不好意思。"玛丽亚对自己微脏的装扮感到不好意思,这样说道。

"不很高明呢。"亨利说。

"不很高明?什么啊?"玛丽亚一头雾水地问道。亨利好像感到很愉快,轻轻地笑了笑答道:"这种时候弄脏身子的装扮可以理解,可是你们太不高明了,弄脏的方式。"

亨利似乎理所当然地认为这两个女人会跟他走,他的脚步虽然放慢了,但也没有特别地停留等待,只管自顾自地向前走了。

亨利一个人住在一幢独立的建筑物中。由于当地百姓受拉丁暴乱的惊吓落荒而逃,导致许多建筑物人去楼空。不过尽管如此,因为十字军的人数也很多,所以像亨利这样一人占据一整幢住宅的情形还是很罕见的。

"你住的地方可真够宽敞的。"乌思塔尼说道。

"这里本来住了五个人,一个回了罗马,三个去东方传教了,昨天刚踏上去印度的路。结果就剩下我一人了。对了,去罗马的人也是今天刚登上船的。"亨利这样说道,他终于转过了身来。他比想象得要年轻,也就二十五岁左右的样子。

"你是去东方传教的吗?"玛丽亚问道。

亨利点了点头,有点不好意思地说道:"我刚取得传教的资格,还没领到法袍呢。"

乍看他穿的就是十字军士兵的服装,可仔细观察的话,他身上并没有携带武器之类的东西。因为他看上去很健壮、神采奕奕,所以误把他当作军官了。不过这也情有可原,亨利原来就是军官。不过在中途改变了自己人生的方向,由于没有法袍,只好仍旧穿着军装。

"像你这样的人多吗?脱下军装,换上法袍的人?"玛丽亚问道。

亨利摇了摇头说道："没有什么人。嗯，有人倒是有这个心情，可是真的做到这一步就难了。再怎么说，通过正式考试是非常困难的，而且每个人际遇不同。"

"我想也应该是这样的吧。亨利先生，你要去哪里传教呢？"玛丽亚漫不经心地问道。

"你们也许不知道，是一个叫乃蛮的国家。"亨利说道。

由于亨利迈步向前走去了，所以他并没有注意到这个国名给玛丽亚和乌思塔尼带来的震撼。两个女人不由自主地相互握紧了手。

"是很靠东方的一个国家，"亨利接着说道，"关于那个国家最近有些奇怪的传闻。那个国家的国王是基督徒，现在他正召集东方的信徒去歼灭危害基督教的家伙们。据说那个国王名叫普雷斯特·约翰，也就是约翰长老。"

关于约翰长老的传说玛丽亚她们听过很多次。来自东方的她们，已经记不清有多少次被人问及其真伪了。

"据我所知，约翰长老这个人是不存在的。"

这是她们俩统一的见解。东方确实有基督徒的国王，像克烈部的王汗、她们故邦乃蛮部的太阳汗都是基督徒，这点没错。但是却没有传说中的约翰长老那样浪漫的国王。对东方的基督徒国王抱以过高的期望并不合适，因此断言根本没有那样的人反而感觉更轻松一些。

"根本没有约翰长老，我调查过了。确实有聂斯脱利派的国王，不过只是普通的国王而已，非常遗憾。"亨利说，他的看法和玛丽亚她们大致相同。

"本就如此。"玛丽亚不由得说道。

亨利似乎对玛丽亚的反应感到有些吃惊。他仔细地看着玛丽亚和乌思塔尼，问道："你们知道乃蛮这个国家吗？它的国王是聂斯脱利派的。"

乌思塔尼抢着回答："我们是十六年前从乃蛮来到这里的。不过从那以后再也没有回去过。"

"你们是乃蛮的人啊……"亨利闭眼睛沉吟了一会儿,又追问道,"一次也没有回去过?"

"是的,正是这样。"这次,玛丽亚回答道。

"那么你们不知道你们国家现在的情况了?"亨利问。

"三年前,曾经从商人那里听到过一些……"

"我本来打算去乃蛮,但因为战乱被迫留了下来。"

"战乱?"

"你们真的不知道吗?"

"最近三年,认识的商人也不再来了,所以无从知道故国怎么样了。"玛丽亚低着头答道。

"蒙古一个名叫铁木真的人消灭了东方的国家。去年克烈也被他消灭了,那个国家的国王号称王汗,也是聂斯脱利派的人,据说他是铁木真父亲的朋友,不过最终还是被杀了。"亨利说道。

"那么,他现在正在攻打乃蛮?"玛丽亚问道,"铁木真?这名字我好像听到过几次,还有蒙古这个名字。"

"我只知道铁木真攻打乃蛮的事情,胜负怎么样就不知道了。我正在君士坦丁堡等候这方面的消息呢。"亨利仿佛要安慰她们似的说道。

总之,玛丽亚她们知道了一个名叫铁木真的人攻打了乃蛮,战场不是别的地方,正是乃蛮。无论亨利怎么安慰,乃蛮处于劣势这点很明显。玛丽亚还在国内时,乃蛮就分裂成了南乃蛮、西乃蛮等几块,缺乏统一。玛丽亚的父母去世后,监护人把她送出国,好像也是为了使她远离政权的纷争。

　　玛丽亚对故国没有什么眷恋之情，她总觉得自己是被抛弃到国外的，所以如果此时乃蛮灭亡了的话，反倒让她觉得解脱。

　　"前段时间在休战，不过应该马上就有行动了。有消息的话我一定告诉你们，请你们再耐心等一等。"亨利说道。

　　战争必须要等到马儿肥壮的季节才会开始，在等待期间，人们已经嗅到了血雨腥风的气味。

　　玛丽亚她们也曾想过是否搬回自己原来的住所，但从安全角度考虑，还是像现在这样住在亨利处更好，因为这里被十字军完全保护了起来。

　　玛丽亚得到了类似十字军家属的待遇，因拉丁暴乱而四散逃窜的仆人们也陆续回来了。

　　过了十天，有关东方战况的消息传来了。由于亨利是摇着头走进来的，大致情况不难猜出。

　　"乃蛮灭亡了，太阳汗失踪，铁木真宣布胜利。"亨气垂头丧气。

　　对他来讲，本来像这种野蛮人之间的战争，谁胜谁负都无所谓，不过由于交战一方的首领是基督徒，所以可能的话，还是希望乃蛮能够获胜。

　　"具体情况还不是很清楚。"亨利最后说道。

　　不过，蒙古的铁木真获胜这个消息应该是准确的。

　　现在连太阳汗被捉、其子屈出律逃走的消息也尽人皆知了。对于基督徒国王的悲剧，亨利不禁洒下了几滴同情之泪。

　　然而，过了一周左右，又传来消息说蒙古的铁木真制定了法令，禁止所有因宗教而产生的歧视，并以文书形式颁布了下来。蒙古没有文字，蒙古人可能像乃蛮用畏兀儿文字表述自己的语言——乃蛮语一样，造出了蒙古文字吧。因为有范本，应该很快就能造出来。

这道法令的颁布，表明蒙古承认了宗教自由。

这个消息在君士坦丁堡宗教界中掀起了一阵热潮，人们纷纷议论着：有志愿去蒙古那里的人吗？对了，前些日子，不是有一个人申请去乃蛮的吗？

在东方传教部中，因为蒙古的这个宣言，促使大家想起了亨利。

亨利被叫来了。

相关方面对他进行了种种考察，最后同意他带两名年长的仆人一同去传教。此外还允许他再配备两名随从，这两名随从可以在当地雇用。

至于仆人，亨利早就登记了玛丽亚和乌思塔尼，她们和东方传教部毫无关系。

亨利对这个问题考虑得很周到。

玛丽亚听说铁木真允许人们在他的领土内自由旅行的消息后，好像突然起了思乡之情。这并不是亨利诱导的，而是她自己很想回家。

君士坦丁堡很舒适，但有比舒适更吸引她的什么东西在召唤着她。那到底是什么，她也不明白。不过，它显然具有强烈的吸引力。

"是草原的呼唤吧？"乌思塔尼这样说。但玛丽亚并不清楚。她隐约感到在离开故乡十多年后的今天，自己似乎还能做点什么。

而且，这次拉丁暴乱，把她一直深信不疑的东西捅了一个大窟窿。

乃蛮已经亡国了，而这场突然袭击她的乡愁大概就与乃蛮的灭亡有关吧。正因为国家没有了，所以才想回家，或许就是这样，玛丽亚虽然不知详情，但她感到只要国家还存在，自己就不能回去。国家灭亡了，玛丽亚也自由了，像她这样流亡海外，是国家造成的。

乌思塔尼虽然一直很向往文明社会，但眼前的这场拉丁暴乱也彻底颠覆了她的这种向往。而且，对于现在的她来讲，如果没有玛丽亚的话，人生根本就没有意义。所以她除了跟随玛丽亚一起回草原之外别无选择。

从君士坦丁堡到铁木真的大本营非常遥远，出发前的各种准备工作也很耗费时间。

他们一行是在乃蛮部灭亡后的第二年9月才启程的。因为要与各地教会联络、准备送给各地伊斯兰领导者的礼物等等，安排好所有事宜不是一件容易的事情。

教会中人关心的问题是谁会比自己的教派更早踏上蒙古的土地。此外还关心克烈部、乃蛮部的聂斯脱利派人的动向。不过他们知道征服者对此类事情一向漠不关心。

离开君士坦丁堡后，亨利一行人的行进速度很慢，因为他们要一边走一边搜集情报。

最终他们决定从咸海经撒马尔罕[1]进入西辽。西辽也称黑契丹，契丹族原先在东方建立了辽朝，后被女真族建立的金朝打败，遂逃到了遥远的西方。西辽是流亡政权，据说它的国民非常老实、本分。

"我很喜欢有过亡国经历的国家，因为他们不趾高气扬，他们能够很好地理解别人的痛苦和悲伤。"亨利说。

西辽原本是一个佛教国家，但由于离开本国已经很长时间了，所以国内的伊斯兰教徒也很多，另外幸运的是那里还有一部分聂斯脱利派的基督教徒。

"咱们先去八剌沙衮吧。"亨利说，那是西辽的首都。

途中因乌思塔尼生病休养等缘故，距他们离开君士坦丁堡已

1　在今乌兹别克斯坦东部。

经过了两年多了。

绿色的原野绵延不绝。

一支马队从这里经过。八匹马中，有两匹是换乘的马，既没有坐人也没有载行李。这支队伍中有两个女人、四个男人。男人中有一个是亨利，剩下三人均是在当地雇用的工人。

三名工人中，有一个是从阿勒颇[1]一直跟来的约翰，最初雇用他的时候，他只有十七岁，而现在已长了胡子。剩下的两人则是进入西辽境内后雇用的。

约翰是个非常开朗的小伙子，他们一行人的旅途很愉快，笑声不绝。特别是约翰，表现得很活跃，他能很快地和途中碰到的人成为好朋友，不知什么原因，他特别擅长与语言不通的人打交道。

快到八剌沙衮的时候，亨利一行和一支十数人的商队成了朋友。商队头领是一个三十岁左右的男人，能言善辩，好像精通数种语言，而且他的笑声非常有特征，那是一种天真无邪的笑声，但笑声中总有一种警惕感。

那笑声让玛丽亚感到了不安。确实，像在哪儿听过这种笑声。当时，这笑声的主人还是一个少年，年纪与玛丽亚差不多。对了，他叫屈出律。

连名字玛丽亚都还记得很清楚。他是乃蛮王子中的一人，父亲太阳汗败给铁木真后应该已经死了。铁木真现在应该拼命地在寻找屈出律的行踪。能从那样的重围中逃脱出来，可见屈出律也不是一个平凡的王子。

玛丽亚知道屈出律的真面目。在他还是少年的时候，就开

1　位于今叙利亚西北部。

始勾引后宫的女性了。后来就发生了被他抛弃的女子殉情自杀的悲剧。

没有几个人知道这件事情。现在想来，也许就是因为玛丽亚知道了这件事才被送往国外去的。她曾苦思过很多遣送她去君士坦丁堡的原因，到现在也没有找到正确答案。或许这件事也是很重要的一个因素吧。

多年后又与屈出律在八剌沙衮附近不期而遇了，玛丽亚这个平凡的名字他大概已经忘了吧。况且那是十五岁时的事情，现在两人都已年过三十了。尽管如此，玛丽亚还是掩紧了面纱。当时乌思塔尼在别的地方，好像不知道那件事情。

"好了，咱们休息一下吧，在马上待得都快散架了。"亨利说着从马背上跳了下来。

玛丽亚松了一口气，不管怎么说，这样就可以让屈出律他们先走了。对她来讲，屈出律不是令人愉快的同行者。

然而，接下来发生的事情出乎意料。有人跑来大声地报告："好消息，直鲁古殿下决定收留咱们了。"

"太好了，太好了，这样我就安心了。"屈出律说道。

直鲁古是西辽的国王。

乃蛮败给了铁木真，国王太阳汗被杀，王子屈出律流亡各地。对铁木真来说，庇护屈出律的人就是他的敌人。如果只是施舍给屈出律一餐一宿还问题不大，但要是收留他的话就是严重问题了。

直鲁古决定收留屈出律，可能是他从地图上看，觉得西辽离铁木真很远，因而比较放心的缘故吧。而且屈出律一行不过十余人而已，不怕他有什么作为。铁木真把乃蛮人迁移到了阿尔泰山山麓，或许这件事情已经就此结束了。

但是，如果屈出律振臂一呼的话，或许能够聚集数千人。特别是那些隐藏起来的乃蛮精兵强将。

西辽国王遣使来报，本来应该亲自迎接太阳汗的儿子，但现在正在狩猎中，就失礼了。

"真是个逍遥自在的国王。"屈出律说道。

玛丽亚的后背感到了阵阵寒意。屈出律可能不记得她了，但她仍然记着他那张英俊的脸庞。那时候，下一个牺牲品，无论从年龄还是从美貌上来讲，都该轮到玛丽亚了。

屈出律他们在附近坐下闲聊起来，主要是屈出律一行在问西辽使者种种问题："你们的国王经常打猎吗？"

使者回答道："在我国，这是他们父子吵架的导火索呢，哈哈！"

"王子很讨厌打猎吗？"

"不是王子，是公主，而且不是普通的公主，没准比国王还了不起呢。"

看来在西辽，民众对国王好像不是很尊敬，就连出来迎客的官员都有点轻视他。

那也是理所当然的，因为他疏于国政，沉迷狩猎，以至于大家在谈论国王时，总带有一种嘲讽的口气。

西辽原本是东边的国家，曾在中国北部建立了辽王朝，但被女真族的金王朝消灭了，辽朝的一部分人逃到西边建立了新的流亡政权，中国人称之为"西辽"或"黑契丹"。

西辽的建国是七十多年以前的事情了，现在几乎没有人记得他们在东方时的情形了。

西辽的国民大部分是被流亡的契丹人征服的当地的伊斯兰教徒，而从东边来的契丹人很多是佛教徒，还有一部分是摩尼教徒。

在喀什噶尔地区有聂斯脱利派的司教区，不过亨利他们为了减少麻烦，尽可能地避免与之接触。

当年，西辽从东边初来乍到，为什么就能轻而易举地建国呢？这里并不是无主的土地，原本有一个喀喇汗王朝，也叫伊利克汗王朝。喀喇汗王朝在最盛期曾是中亚最强大的国家，在两百年前，它夺取了喀什噶尔，边境一直拓展到了和阗。当时虽然中亚佛教兴盛，但喀喇汗王朝却强迫民众信奉伊斯兰教，而且在强制改宗的同时，还破坏佛像，废弃佛具、佛经。但是占领和阗后这个王朝的情况如何则不得而知，他们对文字记录没有热情。

佛具、佛经类物品被悄悄地藏匿在遥远的东方——敦煌，就是这个时期发生的事情。

对于有着这种背景的西辽，亨利没有长期停留的打算。他更关心如何让铁木真理解基督教这个问题。

"好了，咱们也不能休息太长时间，还是尽早离开这个国家吧。"亨利站起来说道。

听说铁木真现在在当年克烈的中心地。

现在，如果想在这些地方做什么的话，必须按照铁木真的意志去做。比如说基督教的传教，如果没有得到铁木真的许可，谁也不敢积极地行动。

"铁木真……"

亨利话刚出口，当地雇用的工人就面露惧色，他说："在这里说还好，再往前走就要小心了。在以前的乃蛮、克烈等地，叫铁木真可是犯忌讳的。搞不好的话就是这个，不是开玩笑啊。"那个工人比画了一个砍头的动作。

"不能叫铁木真的话，那叫什么合适？"亨利问道。

"成吉思汗。"那男人答道。

亨利点了点头，道："原来如此，叫成吉思汗啊。"

大集团的首领称汗，克烈部的首领称王汗，乃蛮部的王称太阳汗。但无论怎样称呼，如果不能得到大家的认可的话就没有意义，王汗来自中文的"王"，太阳汗也由"大王"转音而来。想让人们都这样称呼的话，就必须具有与之相应的权威。

一般情况，首领称呼什么由部族会议来决定。西辽国王虽然有些与众不同，但他在本名直鲁古之外，还有个古儿汗的称号。

部族会议也叫忽里台大会，像西辽这种草原生活历史短暂的国家，几乎是有名无实的。

不过，在蒙古，忽里台大会具有很大影响力，汗的称号也很有分量。

"成吉思汗啊。"亨利又默念了一遍。

成吉思汗的大军已经近在眼前，而西辽似乎却没有什么紧张感。

"如果说我有什么憎恨对象，那就是每次狩猎时被驱赶出来的鹿和山犬之类的东西。"据说西辽国王、古儿汗亦即直鲁古总爱这样说。然而，他忘记了自己的祖父、曾祖父夺取喀喇汗王朝土地的事情。的确，西辽没有镇压原喀喇汗王朝的宗教——伊斯兰教，但也没有加以保护。征服者似乎永远不明白被征服者的心理。龇着牙随时准备向西辽国王冲过来的绝不仅仅是鹿和山犬之类的东西，这个道理连玛丽亚都明白。

玛丽亚觉得不能在这个国家长时间地逗留。不在铁木真即成吉思汗的庇护下，是无法开展宗教活动的。

幸运的是，成吉思汗对宗教没有偏见，他认为哪种宗教的教义都有好的地方，所以他不排斥任何宗教。这就是成吉思汗的宗教观。

面对亨利，玛丽亚什么也没说，但两人思考的问题是大致相同的。不管怎样，尽早谒见成吉思汗是最重要的事情。

"铁木真，啊，不，成吉思汗会见咱们吗？"察觉到什么似的亨利总爱这样念叨。

听说成吉思汗很公平，对中国的佛教、道教、儒教的代表都同等地接见，另外还接见基督教、伊斯兰教的代表，听取他们的说法。不过，对方值不值得接见，则由成吉思汗自己决定。

亨利他们事先调查了各地传教领袖的意愿，只要不触犯宗教的根本，这些领袖都会尽可能地做最大的让步。

据亨利所知，成吉思汗大体上是认可伊斯兰教的，只是反对麦加朝圣。原因是不公平。因为像穆罕默德那样生活在麦加附近的人很容易做到这些，但规定远方的教徒也要履行这个义务的话，就不能赞成了。由此看来，成吉思汗是从一个有常识的人的角度来反对的。

谒见这种有常识的人是一件愉快的事情，成吉思汗的人格魅力敦促亨利加快了前进的步伐。与眼前昏庸的当权者直鲁古相比，远方通情达理的成吉思汗更令人向往。

自踏入西辽的土地后，亨利一行人休息的时间好像也缩短了。玛丽亚、亨利的心情不可思议地高度一致。

"好了，赶紧赶路吧。"玛丽亚说道，她一刻都不想待在这个国家，那急切的心情从她的行动上就可以看出来。

不知道乌思塔尼怎么想，很难从她的行动中判断她真正的想法，或许她根本就没有什么值得深究的真正想法，离开文明社会的悲伤可能掩盖了她重返故乡的愉悦。不过，尽管如此，她可能还是觉得跟随玛丽亚的义务更为重大。

怀着各自的心事，他们这一行人，急匆匆地穿过了西辽的土地。

四　后宫诞生

就在君士坦丁堡落入十字军亦即拉丁人手中的 1204 年，在东方曾经辉煌一时的乃蛮部灭亡了。

消灭了克烈部的铁木真，又挥兵进入了乃蛮部。乃蛮部为了抵御，有意与背后的势力白鞑靼的汪古部联合。汪古部是居住在阴山山脉靠近长城的小部族。

此时，汪古部被迫要做出抉择，是跟乃蛮部还是蒙古结盟？由于居住在长城附近，他们深知双方实力的差距。

汪古部毫不犹豫地选择了蒙古。汪古部的首领名叫阿剌忽失·吉惕·忽里，他没有将使者派到乃蛮，而是遣往了蒙古。使者出示了乃蛮欲与汪古部夹击蒙古的确凿证据，这为铁木真进攻乃蛮提供了一个借口。

在以后很长时期，汪古部一直受到蒙古的非常礼遇。这是自铁木真时代起，蒙古人就像遵守戒律一样重视信义的表现。

对克烈战后不久，蒙古就发动了对乃蛮部之战。

这时期，作战是非常迅速的。

关于乃蛮王太阳汗的战死，流传着一个悲壮的传说：当时，围着满身疮痍的太阳汗，部下们大声地喊叫道："古儿别速王妃已经梳妆打扮好，穿着美丽的衣裳等待大王您的归来呢。现在，您一定要打起精神来。"

古儿别速是一位绝世美女，是太阳汗的爱妃。部下们想通过呼喊美女的名字，唤醒濒死的英雄，这是非常具有草原战争特色的做法。

然而，频频呼喊美女的名字，也无法挽留住太阳汗的生命。他的部下围绕着主人的尸体深切致哀，不久，就全都拿起武器，冲入一决生死的战场中去了。

"行了，你们已表现得很英勇了，我们一定不会忘记乃蛮武士的勇敢。好了，大家都放下武器投降吧，对于有勇气的人，我们是不会亏待的。"铁木真一方的人喊道。他们还用乃蛮语喊了同样的话，然而，没能说服这些乃蛮勇士。

"我们的回答没有变，那就是乃蛮的男人都是这样战死在沙场上的。"乃蛮的一个名为豁里速别赤的勇士代表同伴如此回答。后来他们全部战死在那里了。

那是玛丽亚还在君士坦丁堡时发生的事情。

太阳汗战死并不代表对乃蛮的战争就此结束。乃蛮这个国家很大，严格来讲，它的中心分裂成了好几个部分，因为这个国家内部一直不和。乃蛮王太阳汗虽然战死，但同样称汗的弟弟不亦鲁汗在哥哥死后还继续抵抗了两年，于1206年败死。而太阳汗的儿子屈出律在父亲、叔叔死后，逃到了西辽企图东山再起。

每经历一场战争，铁木真似乎都更成熟一些。人人都在颂扬他的武勇。然而，与武勇相比，他的智慧更加杰出。而且他还有令人惊诧的记忆力，一旦进入他脑子里的事情，就好像永远印在那里，再不会忘记了。

最初，他无论如何也不相信人们会有忘性。他不能理解乃蛮、畏兀儿或者汉人为什么要有文字。

随着阅历的增长，他慢慢地明白了把事物记下来是为了防止忘记，普通人是会忘记的。所以他比谁都深切地感觉到需要造出文字来，虽然他自己不需要。

消灭乃蛮时抓获了大批的俘虏，其中有一名叫塔塔统阿的人。他原本是畏兀儿人，是乃蛮宰相，掌管印信。像乃蛮那样，在王之外还有主张自己正统性的人时，被保管的印信就具有很重要的意义。

塔塔统阿是在准备逃跑时被抓获的。他为什么要逃跑，对于一般的不知印信权威性的蒙古人来说是不可理解的。

但是铁木真知道，他是要创造文字的人。他知道畏兀儿文字是最适合表达自己语言的文字。

"命令塔塔统阿用畏兀儿字来表达我们的语言，还有保管印信的工作也交给他。"铁木真这样命令道。

保管印信意味着什么，在军队之中只有铁木真知道。印信代表铁木真的话，所以，保管印信的人的权威是特别高的。这样塔塔统阿的权力顷刻间就变得非常大。蒙古的武将们对此感到很不满。

铁木真解释道："我不是赋予塔塔统阿权力，我是赋予我自己的话语以权力。记录我话语的人是他。目前，最明白这点的是塔塔统阿。"

他让蒙古王族子弟都学习畏兀儿文字，然而，铁木真自己决不学习。对于一切尽在掌握之中的他，没有学习文字的必要。不过，他嘴上不这么说。

他说："我已经是三十多岁的人了，脑袋也僵化了，没有必要再学文字了。"人们从他的话里绝对感觉不到他认为自己没有必要学习文字的傲慢，反而觉得他是认为自己脑袋不灵光学起来太困难，这是铁木真式的谦卑。实际上，这种谦卑却是铁木真最锐利的武器。

用畏兀儿文字表达的蒙古语，首先应用到了军令以及其他与军事相关的文书中。而负责保管这种文书的人主要是富有语言才能的乃蛮人、克烈人，或者像客人一样的畏兀儿人。

使用的文字虽然是畏兀儿文字，但表达的归根结底是蒙古语，本来这种事情应该由蒙古人来做，但是，以出人头地为目的的蒙古人却往往选择尚武的道路。铁木真明白蒙古人的这种性格，所以特别重视读写的才能。

为了表示对读写才能的重视，他制定了多种办法优待能用畏兀儿文字表达蒙古语的人。比如说为了表彰这种人才，让他们佩戴做成笔形的饰物。

带上这种饰物，一眼就能看出该人所具有的才能，但是，人们却不愿意让人知道这点，所以谁也不会主动佩戴这种东西。即使被强制佩戴，也都想办法尽量不让人注意到。

由此可见蒙古人轻视文字到了何种程度。为了扭转这种风气，铁木真可谓煞费苦心，而且好强的他还要尽量不让人觉察到这点。

乃蛮战役最主要的敌人，不用说是乃蛮，但蒙古人最憎恨的却是反蒙古同盟的副帅蔑儿乞部。乃蛮离得很远，过去蒙古和它没有什么过节，然而，和蔑儿乞却打过很多次仗。

居住在贝尔加湖畔的蔑儿乞部对于蒙古部来讲是古老的邻居，

同时也是世代的敌人。

在同样甲子年（1204）的战争中，与对乃蛮相比，对蔑儿乞的战争蒙古投入的力量更大。

战争的乐趣之一就是在敌人面前蹂躏他们的妻女。如果要问人生最大的欢乐是什么，可能有人回答狩猎、有人回答骑马，而铁木真则说是在哭喊的敌人面前玩弄他们的女人。

乃蛮首领太阳汗有美貌的妻子古儿别速，蔑儿乞有答亦儿兀孙的美丽女儿忽兰。最终她们都落到铁木真手里。

"会是哪个呢？"部下们议论纷纷，他们的话题是妖冶的古儿别速和清纯的忽兰，哪个更能打动铁木真的心。草原的男人们讨论这种话题时，是无须压低声音的。

"肯定是忽兰，那么清纯可人。"

"得了，不光是美丽、可爱的问题，古儿别速有一种让人迷醉的魅力。忽兰只不过是个小姑娘嘛。"

说得也是，两人都有所长。古儿别速是太阳汗的妻子，而忽兰毫无疑问是个清纯无瑕的处女。

最初，护送忽兰来的男子因被怀疑与忽兰有染，差点被砍头。不过在由铁木真亲自参加的"处女测验"中，忽兰合格了。

"到底还是忽兰。"

"不，古儿别速的来路很清楚，根本不需要什么奇怪的测验。"

对于同一件事，各人的看法各不相同。

的确，"处女测验"是很奇怪的。不过，以蒙古为首，游牧民族对此并没有感到异样。如果说自己是处女，测验一下不就清楚了吗？这是理所当然的事情。古儿别速是打仗夺来的，而忽兰则是蔑儿乞部的一个酋长答亦儿兀孙敬献来的，所以需要奇怪的测验。

对铁木真来说，除蔑儿乞部之外，还有一个夙敌塔塔尔部。

塔塔尔这个名称，从广义上来讲指北方的民族。名字太过大而无当，因此连塔塔尔部都有些不太喜欢被这么称呼。

蔑儿乞部有时是铁木真的敌人，有时也是他的盟友。但是，塔塔尔部则始终是他的敌人。

由于塔塔尔部位于最东南端，所以与中国的关系很深。中国传统的"以夷制夷"政策就是促使北方的蛮夷彼此间关系恶化，相互争斗。金朝奖励塔塔尔抓捕周边的蛮夷首领。铁木真的祖父就是被塔塔尔部抓获并献给金朝而被杀害的。另外铁木真的父亲也是被塔塔尔毒杀的。因此，他对塔塔尔的怨恨之深是蔑儿乞无法比拟的。

铁木真后来拥有四大斡儿朵。斡儿朵本来是指用羊毛毡制成的，可以容纳数百人甚至一两千人的大帐篷。不过，斡儿朵一般指代大本营。

铁木真的四大斡儿朵意指后宫，斡儿朵各有所主，第一斡儿朵的主人不用说是铁木真的正妻孛儿帖。

第二斡儿朵的第一主人是忽兰，第二是古儿别速，看来到底还是清纯可人的忽兰更让铁木真动心。第三斡儿朵的主人是也遂，第四斡儿朵的主人是也速干，这两人是姐妹。

令人不可思议的是除第一斡儿朵的孛儿帖外，其他斡儿朵的主人没有一个是纯粹的蒙古血统的女人，反而是铁木真恨之入骨的塔塔尔、蔑儿乞出身的人更多。

大概铁木真认为让这些外国血统的美女为自己生孩子，可以使她们尽快蒙古化吧，而且就连他的儿子选的妻子也是如此。

在四大斡儿朵还没有建立之前，有一回达达马斯问铁木真："你为什么总是把忽兰和古儿别速放在一起呀，要是我的话，就让两人分开。"

铁木真板着脸答道："为什么不能放一起？是有顺序的。对了，我是按顺序来的。"

"噢，按顺序啊。的确，那之后在我印象中……"达达马斯说到这里，咧着嘴笑了。

铁木真确实喜欢把忽兰和古儿别速安排在一起。年长、妖冶的古儿别速更反衬出忽兰的年轻甚至幼稚，而古儿别速成熟的躯体也使忽兰的青涩显得更迷人。

如果把这两个女人合而为一的话，就是一个完美的女人了，铁木真内心这样想。所以他与忽兰共度良宵后的次日一定会叫古儿别速来。甚至有时候在古儿别速余香犹存的地方，又与忽兰翻云覆雨了。对于精力绝伦的铁木真来讲，这绝不是什么稀罕事，有时一天甚至会超过两次，铁木真是个不知疲倦的人。

不知从何时候起，闺房中的事铁木真只对达达马斯一个人坦率地讲了。

铁木真的酒德不是很好，醉酒后他有拽人胡子的毛病。有一次，他和达达马斯两人痛饮的时候，这个毛病又犯了。

铁木真使劲拽了一下达达马斯的胡子，虽然以往也拽过很多次，但这次的力气格外大，结果胡子被拽下来了。

"啊，你的胡子是假的？"这让毫无心理准备的铁木真大吃一惊。

达达马斯当即跪到地上，连声哀求道："请您恕罪。"他的额头在地面上不停叩着。

达达马斯在欺骗主人，明明没大胡子却戴上假胡子，说明他是一个宦官，是宦官本身并不是罪过，但作为臣下欺骗主上则是不可饶恕的大罪。所以达达马斯跪在了地上。他欺骗了主人，被砍头也是理所应当的。特别是铁木真，对伪造过去经历的人非常严厉。隐瞒自己是宦官的达达马斯，趴在地上颤抖着也在情理之中。

"哈哈！达达马斯，你又不是我的家臣。所以你没有欺骗我，嗯，不是吗？"铁木真说道。

他手里转着拽下来的胡子，接着道："对了，从今天起你就做我的家臣，做我的家臣后，就不许再作假了。明白吗？"

于是，从那天起达达马斯正式成了铁木真的家臣。

宦官要做的事情早就规定好了，本来这是游牧民族不需要的一种工作，但成为像铁木真这样的统治者后，就需要专门管理女人的人了，这本来就是宦官的工作。

消灭克烈、乃蛮后，铁木真集团终于从单纯的游牧民集团成长为"帝国"了。一个帝国有多种多样的必需品，后宫就是其中之一，在后宫中工作的人也是如此，这是以往所没有的。

达达马斯可以说是蒙古帝国的第一代后宫总管。

巨大的帝国，为了便于统治，是需要划分成若干部分来管理的。负责制定这个草案的就是达达马斯。他通过划分宫廷，对帝国进行了重组。

女人们被分成了四组，忽兰和古儿别速在同一组。其他性格上不合的女人，都被很巧妙地划分开了。

看到女人们的分组表后，铁木真什么也有没表示，只是若无其事地说："嗯，就这么办吧。"

铁木真好像对这件事没什么热情。但其实他心中却在暗自赞叹，因为如果让他自己来分配的话，他会制定出与此完全相同的表格来。

表面上铁木真好像对女人们的争斗漠不关心，但实际上他是非常感兴趣的。达达马斯深知这一点，所以他非常理解自己工作的重要性。

"好吧，你的第一项工作算是圆满结束了。"铁木真说。

达达马斯放下了悬着的心。

后宫的划分对铁木真来讲固然很重要，不过到底还有更重要的事情。

那个事情不解决的话，是无法进行下一步的。它虽然不是什么困难的事情，但关乎男人的傲气。

铁木真必须要和自幼相识的、多年的夙敌札木合作一了断。

两人的关系很复杂。

最初铁木真和札木合是安答，也就是盟友，后来不知为什么就分道扬镳了。

两人的第一次战争由札木合的弟弟给察儿偷了铁木真家臣的马引起，即所谓的"十三翼之战"。那场战争后，获胜的札木合一方的人，反而大批地加入了落败的铁木真一方，从结果来看，可以说是铁木真的胜利。

聚集人当然要有声望，但也不仅仅依靠这些。因为人们都必须要投靠有获胜希望的一方，以延续明日的生活。因此，在力量对比上，到七对三为止是可能的，但八对二就不行了，八对二与十对零的结果是一样的。

消灭乃蛮后，残存势力已经不是问题了，草原的大势已经决定了。

札木合阵营里的人，成百上千地减少。按草原的计算法，以十比三胜利后，结果不是十比零，而是吸收了敌人的人最终成为十三比零。

札木合与铁木真打过很多次仗，最后札木合只剩下五个人了，而且还被跟随他的这五个家臣所出卖。

铁木真与札木合是"安答",杀死安答于心不忍,然而,札木合却要求"赶快杀掉我"。

杀死贵族是有一定的方法的,不能流血,把要杀的人套进袋子中,折断他的关节,这样一滴血也不会流。

据说突厥、蒙古的萨满教有这样的传统。总之,札木合的结局是很悲惨的。

出卖札木合的人期待着能得到铁木真的奖赏,但他们打错了如意算盘。像这样的背叛行为是铁木真最痛恨的,哪里会有奖赏,结果以背叛君主的大逆之罪将他们处死了。

这点在蒙古的成文法制定出来后,也明确地继承了下来。对君主的背叛会被处以最高的刑罚。

波斯史学家、《史集》作者拉施特完全没有提到札木合之死,而《世界征服者史》作者志费尼则认为札木合活到 1220 年,最后死于布哈拉[1]。

总之,札木合的结局几乎没有什么意义,他该谢幕了。而铁木真必须在某处消灭札木合。

1　在今乌兹别克斯坦南部。

五　萨满党

　　关于铁木真的生年有各种说法，《元史》记载的1162年应该比较准确，拉施特所说的1155年或许也有些什么根据。

　　如果按铁木真生于1162年来计算的话，那么他打败泰赤乌部，被部族联盟推举为大汗是在他二十八岁时，这被称为第一次即位。不过此时视铁木真为大汗的只是这些小部族而已，而且很少有人诚惶诚恐地尊称他为成吉思汗，就连他的安答札木合都没有称他为汗。

　　而平定蒙古诸部族后，铁木真于1206年在斡难河上游召开忽里台大会，重新被推选为大汗，号称"成吉思汗"，这被称为第二次即位。

　　他凭借武力先后降服了泰赤乌部、蔑儿乞部、克烈国、塔塔尔国、乃蛮国等，成为北亚的霸主。此时再不称他为大汗的话就不合时宜了。原本一直半悬着的汗位，终于实至名归了。

　　成吉思意为"光明""力量"或"大海"，却有一点异样的感觉，因为它不是蒙古自古以来的词语，它原本是突厥语系中的词语。不过成吉思汗并不知道这些，只是因为这个词很少被人使用，合了他的心意。

早在十多年以前，就有一个传说广为流传，说蒙古会出现一位名叫成吉思汗的英雄。铁木真就采用了这个传说中的名号。

然而，却有人站出来说实际上这个名号是自己按照神的意旨选定的。

他就是大萨满阔阔出。

阔阔出想拉近成吉思这个名号与长生天（永恒最高之神），而不是与成吉思本人的距离。就像铁木真能够成为成吉思那样，得到长生天眷顾的人，谁都能够成为成吉思。他试图通过把萨满神置于武力之上，使萨满权威绝对化。

阔阔出是蒙力克的儿子，蒙力克出身于晃豁坛氏的贵族，而且在铁木真的父亲去世后娶了他的母亲，也就是说阔阔出是铁木真的继弟。

阔阔出处于当今政权的核心地位。虽说是铁木真的继兄弟，却没有血缘关系，然而座次却非常高。

在当时的蒙古，萨满的社会地位很高。而且阔阔出有七个兄弟。晃豁坛氏一族以阔阔出为中心，悄悄地图谋着超越铁木真。

"铁木真只有四个兄弟，我们晃豁坛氏的阔阔出却有七个兄弟。而且铁木真落魄的时候根本无人理睬，足见他没什么了不起，因为最关键的是危难时伸出援助之手的人数。"

阔阔出这样满不在乎地说着大话。

这种话如果让铁木真听到，可不是小事情。然而，阔阔出仿佛有意挑衅似的。阔阔出别名"帖卜腾格里"，意为"天神"，他说"成吉思"是他选择的名号。

然而，铁木真登上汗位时之所以选用成吉思这个名号，主要原因是突厥语系的这个名号谁也没有使用过，他非常讨厌用别人用过的东西。

可是，阔阔出却说这是他选择的名号，最初他借用别人的口来说，渐渐地由于无人异议，竟亲自叫嚷起来。

阔阔出认为形势正朝自己计划的方向发展。

如果说"成吉思"这个名号是帖卜腾格里即阔阔出选定的，那么他也能够选定位于成吉思之上的名号，极端地说，把"帖卜腾格里"置于"成吉思"之上也是可以的了。

"呵呵！"阔阔出发出了奇怪的笑声。

他周围的人不明白他在想什么，这位萨满总会突然间想到别人想不到的事情。这种时候，那种女性化的笑声就会从他口中发出来。

"那家伙发出这种笑声时非同寻常，他一边笑，一边飞快地转动着脑筋呢。如果我稍不留神，没准就会被他算计。"铁木真从那笑声中感到了不祥的征兆——现在有人要暗算他！这或许来自野兽的本能。

阔阔出最初只想加强萨满的力量，从而弱化军人的势力。然而渐渐地，他把目标瞄准了军人的代表——铁木真，想要摧毁他的力量。

然而，铁木真很机警，他早就注意到阔阔出的这种图谋了，阔阔出反而慢了一步。

铁木真在对方还没有来得及下手时就已经预感到了。这么一来，胜负就一目了然了。

阔阔出想修改制度，企图在决定国家大事时，都要通过萨满去倾听长生天的旨意。不过，他考虑到了铁木真的反对。为了防止铁木真反对，就必须让他失败。

　　以前在小的战役中，铁木真有过很多次失败，只是无人提及而已。

　　阔阔出按他自己的方式拼命盘算：已经到了谋杀铁木真的时刻了。

　　但是，铁木真早就以自己被谋杀为前提设想了各种对策，他们两个人的智慧和气魄本来就不属同一层次。

　　阔阔出为了炫耀自己的力量，经常笼络很多客人。平日里阔阔出停马场中的马匹比铁木真那边还多。铁木真虽然在斡难河畔召开的忽里台大会上正式宣布自己号称成吉思汗，但阔阔出依然称呼他为铁木真。

　　"大汗的称号是萨满选择的，萨满想怎样称呼大汗都可以。"阔阔出公开声明。

　　萨满什么都可以做，可以夺取属于他人的百姓，随意地使唤他们。因为跟随势力强大的主人对百姓来讲是有利的。阔阔出将属于铁木真弟弟帖木格·斡惕赤斤的百姓大量据为己有。

　　一直跟随自己的百姓转而投入他人帐下是一种屈辱。帖木格·斡惕赤斤派了一个名叫索豁儿的人去交涉。阔阔出不仅不肯归还百姓，还扣留了索豁儿的马，并将马鞍绑在他背上，把他赶回去了。对于骑马的人来说，这是最大的侮辱。

　　接下来帖木格·斡惕赤斤亲自出面了。

　　于是，上演了一场王族和萨满的对决。

　　萨满党一侧阔阔出的兄弟们全都聚集到了一起，他们个个身强力壮，一共七人。七对一，简直可以为所欲为。

　　"怎么回事，你们想干什么？"帖木格·斡惕赤斤从一开始就有点示弱，想要打退堂鼓。

　　"不知道想干什么的话，干吗到这里来！"阔阔出大声呵斥。

　　萨满党步步紧逼，终于到了要收场的时候了。因此，他们先侮辱了索豁儿，这次要让其主人蒙羞。

　　斡惕赤斤是铁木真的弟弟，原本给点颜色瞧瞧就算了，不过，阔阔出似乎有点太亢奋了，不只是给点颜色这么简单，他觉得应该更进一步，加以语言的恐吓和侮辱。这可说是典型的萨满作风。

　　"怎么样，要不要拜拜我的脊背？"阔阔出说完，萨满党哄堂大笑起来。这笑声使年轻的斡惕赤斤陷入了恐慌。

　　"拜我的脊背"是吵架时常用的套话，而且阔阔出轻快地转过身去，看上去就好像斡惕赤斤真的在拜阔阔出的脊背似的，一伙人再次大笑起来。

　　斡惕赤斤的脸涨得通红，又逐渐变得铁青。

　　如果此时在这里一决胜负的话，很明显斡惕赤斤是输家。他还没有傻到那种程度。斡惕赤斤观察了包围圈的密度和人数，身体朝包围最弱的地方冲去。撞击成功，斡惕赤斤冲开了阔阔出等人的包围，逃了出来。

　　实际上，阔阔出他们的举动带有开玩笑和戏弄的成分。语言上的戏弄，因阔阔出转身这一动作而倍增戏剧效果。

　　斡惕赤斤气喘吁吁地跑到哥哥铁木真那里，眼泪都要流下来了。

　　"你怎么了？冷静点好好说话，好了，说吧。"铁木真说道，但实际上他心里已经大致明白发生了什么，他早就料到这天迟早会来。

　　第二天，阔阔出又在谋划挑起新的事端，他的计划就是一步一步地进逼。然而，铁木真却下决心一定要在今天做个了断。

　　铁木真卧室外有一个家臣待命的地方，不用说能到这里来的都是特殊人物。

　　一般规定萨满可以同时来这里两人，不过这并非什么正式规定，只是禁卫军的决定而已。

这天，阔阔出带着两个萨满来了，这样等于多出了一人，而且在邻近的房间，阔阔出的兄弟们全都守候在那里，他们的父亲蒙力克皇亲（铁木真母亲的后夫）也来坐镇。

阔阔出进了房间，大摇大摆地坐在了火炉边的座位上，这个座位只有铁木真坐过。这就是阔阔出所谓的步步进逼，他要把萨满的权威再提升一层。

铁木真出现了。他平时只带两三名侍卫，今天却带了十几个人，而且斡惕赤斤也在其中。

"是谁坐在那儿？"铁木真怒吼道，在场的人都被震住了。

不一会儿，阔阔出颤抖着站了起来。如果几天后，等萨满党起事时，吼叫的人应该是他才对。虽然颤抖着站了起来，但无法站稳，谁也没有上去扶他一把。

"你自己站不起来了吗？"

"自己连路都不会走了吗？"

"从出生到现在，你到底吃过几次饭呀？"

恶言冷语交相而来。

阔阔出摔倒时，头撞到了放在旁边的酒坛上。

"什么呀，这家伙，酒坛子没有撞坏，头倒撞坏了。"

"就是，他的头不过如此而已。"

"早知道他不过如此，把他扛走算了。"

"好，加油！"

吆喝声响起。

另外两个萨满虽然都是精选出的壮汉，但很快被侍卫包围抓获了。

只有一个人没有被抓走，留在了那里。他就是铁木真母亲的后夫蒙力克，他很悲伤地坐在那里，看到儿子的帽子落下掉进了火炉中。

蒙力克从火炉中捡起帽子，轻轻地闻了闻。他用轻嗅烧焦了一半的帽子这种方式来哀悼在这场政治斗争中失败的儿子。

他只看到自己的儿子被带出屋子，但是，儿子的下场如何他心里非常清楚。

萨满们太过相信萨满神的力量了。平时，铁木真非常热衷萨满的仪式，从表面上看，铁木真似乎是发自内心的信奉萨满，甚至就连铁木真的亲信们对此也毫不怀疑。

然而，铁木真并不相信萨满，只不过是萨满有可以利用的地方罢了。他高明的地方就在于能使人相信他是真心皈依萨满神，他能使人终生不疑地相信没有比他更虔诚的人了。

休息室中只剩下了铁木真和两名侍卫，其他人都出去了。在休息室外应该有十名以上的萨满，但都被突如其来的蒙古士兵抓走了。他们被带到了一个地方，没有丝毫抵抗的余地。没人理睬蒙力克，他本想跟在被带走的阔阔出后面，却被踢到了一边。

押走阔阔出的人都是精心挑选出来的身强力壮的人，这点从他们的身材就能看出来，他们比任何人都杀气腾腾。

"老东西，这里没你的事，赶紧滚蛋。"

"跟你说话简直就是浪费时间。"

就这样，蒙力克被赶了回来。

押着阔阔出的一伙人单独向另一条路上走去，前方矗立着一个黑色的帐篷。这个帐篷离铁木真的大帐不算太远。今天早晨，阔阔出一行经过这里的时候，还没有这个黑帐篷。

押解阔阔出的人中，以斡惕赤斤为首的五人进了黑帐篷，剩下的七人等在了外面。

进入帐篷的五人首先做了一件奇怪的事情，他们都把自己佩带的刀剑摘了下来，放下了武器。

因为有不流血杀死贵族的传统。铁木真的夙敌札木合也是按照这个传统的方式被处死的。黑色帐篷是安置灵柩的场所。

两声尖锐、短促、干瘪的声音几乎同时响起。有时会在被杀的人头上罩上布袋，有时则省略了，一上来就杀。不流血杀死贵族时，首先要从折断双脚开始，如果做得不好，血仍会流出来，所以开始一步是最关键的。而且，此时是不能发出哀叫的。之后的哀叫才是被允许的，因为那时人已经失去了控制力。

阔阔出从始至终没有发出一声哀叫，在萨满的训练中也包含这些。

"吧、吧……"令人毛骨悚然的声音持续着，阔阔出所有的关节都被折断了，没有哀叫，只有低低的呻吟声。

最后轮到了心窝，五个人手法熟练，随着这最后的一声响，整个行刑过程结束了。

"结束了，阔阔出永远睡着了。"斡惕赤斤说道。

"阔阔出睡得很沉。"另一个与斡惕赤斤一同进黑帐篷的男子说道。

"他睡得太香了，不忍心叫醒他。"另一个男子说道。

这种处刑一般由最后的男子来下结论。他通常会说杀了很可惜，但是没办法不得不这么做。阔阔出会得到什么样的评价呢？

最后出来的男子啪啪地拍了两下手说道："阔阔出只是太恐惧了，装死而已，总之不是什么了不起的人物。"

这就是对阔阔出的正式评价，不用说和铁木真的评价是一致的。

阔阔出带来了不到一百人，他们都被隔离开来，投入临时监狱中。

接着大家听到了铁木真的声音。声音虽然不大，但大家害怕听漏了点什么，全都全神贯注地听着。

"现在我来列举阔阔出的罪状。他说成吉思汗这个称号是他创造的，这是一个天大的谎言，成吉思汗是我自己从乃蛮语中选定的称号。草原出现一位名叫成吉思的英雄，这不仅是乃蛮而且是整个草原的梦想。因为只有乃蛮有文字，所以我就从那里挑选。是我选定的，这点毫无疑问。这个成吉思是我的称号，所以你们一定要记住它。然而阔阔出却只称呼我铁木真。"

铁木真将两手放在胸口上。

"阔阔出没有正确地传达长生天的旨意，他怎么配当萨满？真正的萨满曾经在乃蛮，但据我所知已经被长生天召回去了。在他被长生天召回去之前，把名字留在了这片草原上，现在我在使用这个名字，这就是成吉思汗。它与现在长眠了的阔阔出没有任何关系。从今天开始，不尊称我为成吉思汗的人，就是我的敌人。"

成吉思汗说完，慢慢地转过身进了大帐。

从这天起，除了本族的长老之外，没有人再称呼他铁木真了。因为如果那样做的话，就摆明了是成吉思汗的敌人。

这个时期，成吉思汗屡屡用兵西夏。

西夏主要是党项族，是藏系民族，大多居住在现在的宁夏、青海、甘肃、陕西等地。他们能熟练使用汉语，同时也拥有自己的语言文字。他们的国号为"大夏"，但宋人称之为"西夏"。

此外，由于该国位于黄河以西，所以也称为"河西"。他们与克烈、乃蛮等国自古以来就有交往。

对克烈、乃蛮来讲，这里是他们向往的文明之地，对其继任的蒙古来讲，也是很感兴趣的地方。

　　当然，文明的中心地在更东边的中国，当时中国北部在金王朝、南部在宋王朝的统治之下。但是，一上来就和文明的中心地接触，反差会太过强烈，太过强烈的话是很危险的。

　　这种事情成吉思汗即铁木真是很明白的。他暂时不把矛头指向文明的中心地，就眼前来看，西夏是正合适的。西夏虽然是定居的国家，但也还保留了一半游牧的风俗，所以很容易亲近。

　　"攻打中国为时尚早，很多时候他们明明被打败了，却认为自己赢了。和我们的战争不一样，我们必须习惯这点。"这是成吉思汗询问东方战略时，李三陈述的意见。

　　"以败为胜这种思维方式没必要习惯，我经常就是这么做的。"成吉思汗心里这样想着，但嘴上什么也没有说。

　　"咱们一心一意地进攻西方就行了。"达达马斯仿佛理所当然地回答道。

六　　周边的国家

　　成吉思汗和西夏这个国家非常有缘，他曾经多次进攻西夏，生平最后一战的对手也是西夏。蒙古是在与西夏的战争中学会以城市为对象作战的。

　　攻打城市时，采用水攻法非常有效，但草原上的人却不能娴熟地运用这种方法。在 1209 年对中兴府[1]的包围战中，他们决开了黄河的堤防，想用水攻对付敌人，但是大水却没有袭向敌人，反而冲进了自己的阵营。

　　尽管如此，西夏王李安全还是投降了蒙古，承诺进贡。成吉思汗于次年返回了斡儿朵。

　　当时，如果只说"斡儿朵"的话，指的是旧克烈国的中心地。成吉思汗虽然在蒙古的发祥地以及乃蛮的故地都建有斡儿朵，但由于旧克烈国的中心位于草原帝国的中心，所以成吉思汗由西夏凯旋的地方不用说就是指这里。后来蒙古在此兴建了"哈剌和林城"。

1　今银川市。

等待成吉思汗回来的客人很多。其中有一位客人让他罕见地感到眼前一亮。她就是乃蛮的玛丽亚。如果只说是乃蛮的玛丽亚，他可能不知道是谁，但乌思塔尼还报出了她父亲的名字。

"乃蛮的玛丽亚，父亲名叫帕乌罗，被暗杀在雷格森林。"

乌思塔尼一边如此说明，一边担心成吉思汗仍不知道是谁。然而，出人意料的是，"被暗杀在雷格森林的帕乌罗"这句话刚出口，成吉思汗马上就知道了。

"啊，原来是在雷格森林被暗杀的帕乌罗的女儿呀。"成吉思汗说着，仔细地打量着玛丽亚的脸。

在成吉思汗少年时代，乃蛮王族帕乌罗是一个非常有名的人物。他呼吁草原各民族团结，号召举行代表会议，很多人对他的想法都产生了共鸣，但反对的人也不在少数，帕乌罗被杀可能就与这些人有关。

从现在的情况来看，帕乌罗的想法有点太超前了。而且他呼吁各部族当权者共聚一席协商草原的发展，也被人们怀疑是否别有用心。

一般来讲，发生暗杀这种事，用不了多久，谁是真凶自然而然地就水落石出了，但帕乌罗事件最终也没有答案。

"那时我还是少年，不过，我知道大人之间利害关系复杂，帕乌罗想通过语言把大家团结起来。如果能行，那当然不坏，但行不通。我现在要用武力来完成帕乌罗用语言无法完成的事。我做的事情，归根结底就是帕乌罗追求的。"成吉思汗说道。

帕乌罗的事情可能是成吉思汗稍大点后听说的，他的主张其实是所有人心中的理想。

成吉思汗想详细地问帕乌罗："如果劝说不被人接受该怎么办？"成吉思汗有自己的答案：砍头。除此之外他不认为有更好的办法。而且，他现在正在这么做。

小时候听说帕乌罗好像有什么别的办法。但成吉思认为除自己的办法之外别无良策，可他却总觉得帕乌罗好像在自己耳边说着什么。

要想让大家都安稳地生活，最好不要有人说多余的话。

"不是这样吗？"成吉思汗温和地说道。就好像一位和蔼的兄长在对自己的妹妹说话一样。

"是的。"玛丽亚答道。

"无论怎么想，结果都是一样的事情，就交给那个人去做吧。"

成吉思汗所说的"那个人"，就是和玛丽亚一起旅行的亨利。亨利在漫长的旅程中，逐渐通晓了蒙古语、乃蛮语。除此之外，旅途中他还学会了不少其他的语言。

成吉思汗位于旧克烈中心地的斡儿朵中收容了大量的塔塔尔俘虏，也遂和也速干姐妹被纳入后宫一事就广为人知。

塔塔尔原本是金朝的同盟国，后来两者关系恶化，金朝对塔塔尔采取了严厉措施，而与塔塔尔实际作战的是成吉思汗。

金朝指示，杀死塔塔尔的俘虏。成吉思汗的弟弟拙赤合撒儿的妻子是塔塔尔人，受她的影响，拙赤合撒儿管押的一千俘虏，他只杀了五百人，剩下的则保住了性命。

后来，成吉思汗知道这件事情，大发了一顿脾气。不过，远征西夏后，成吉思汗和金朝的关系冷却下来，也就没必要因俘虏问题顾虑金朝了。塔塔尔女性也不用再像以前那样惧怕金朝。玛丽亚与成吉思汗相见时，正是在这样的时期。

但是，蒙古无法回避与金朝的紧张关系。过去，成吉思汗杀害塔塔尔人是受金朝逼迫，一旦有人违反了他的命令，成吉思汗不得不表现得非常愤怒。现在没必要再演这种戏了，但同时却不得不做好与强大的金朝直接对立的心理准备。

塔塔尔离中国最近，因此文明程度也最高，蒙古很多高级将领娶塔塔尔人做妻子是情理之中的事。如前所述，成吉思汗弟弟拙赤·合撒尔的妻子就是塔塔尔人，她们非常热衷于拯救同胞的性命。

塔塔尔首领的女儿也速干先进了成吉思汗的后宫，她对成吉思汗说自己的姐姐也遂比她还要漂亮，不过，也遂已经结婚了，丈夫是一个非常粗暴的人，经常虐待妻子。妹妹想把姐姐从暴力的丈夫那里解救出来。

于是，成吉思汗找到了也遂，把她也收进了后宫。她的丈夫像发疯了似的来找妻子，当他在后宫附近游荡时，被抓住砍了头。

玛丽亚来到这里时，也遂和也速干姐妹已经在旧克烈的后宫了。

为了充实成吉思汗的后宫，经常能看到达达马斯忙碌的身影。有时，从他那里可以窥探到成吉思汗不为人知的一面。

"那个从西方来的、叫玛丽亚的女人让人感觉很怪。"达达马斯说。

"感觉很怪？我觉得她什么都不懂。我想她根本不懂男人吧。"成吉思汗说。

"所以才感觉怪。"

"是这样吗……"

达达马斯感觉到的怪异，成吉思汗也隐约感觉到了。不过，他不想逃避，他要弄明白到底是什么原因。

达达马斯退下后，成吉思汗叫来了玛丽亚。

"玛丽亚，你懂得男人吗？"成吉思汗问道。

玛丽亚一脸茫然，她不明白这个问题的意思。成吉思汗更直率地问道："你和男人睡过觉吗？坦白地说。"

玛丽亚摇了摇头。

"所以你让人感觉怪异，"成吉思汗说道，"那你有不能忘怀的男人吗？"

"是的，有。"玛丽亚毫不犹豫地回答道，声音很柔和。

"是我知道的男人吗？"成吉思汗问。

"不是，那人已经在十多年前去世了。他是库尔德族的国王，名叫萨拉丁。"玛丽亚道。

"萨拉丁这个名字我经常听说。"成吉思汗说。成吉思汗和萨拉丁的年龄虽然相差不少，但毫无疑问是同时代的人。

"有一段时间我在萨拉丁那里，得到了他很大的帮助。那时候我差不是还是个孩子。"玛丽说。

"噢，还是个孩子啊，也就是说孩童时的印象一直保留到了现在。萨拉丁已经死了十多年了，你还不能忘记吗？"

"是的。"

成吉思汗仔细地打量着玛丽亚的脸，然后站起来，又从侧面注视她，就那样看了一会儿，他忽然大声地笑了起来，很悠长的笑声。

玛丽亚已经不是孩子了，成吉思汗接下来要说什么，她已经猜想到了。

笑声好不容易停了下来，成吉思汗说道："萨拉丁的名声很大，但现在人们却不再谈论他了，特别是西方的人，就是我今后要去征服的地方。知道为什么吗？"

"不知道。"玛丽亚答道。

“不知道吗？哈哈，萨拉丁对于西方人来讲是值得骄傲的英雄。但是，从现在起，人们就不会再去赞美他了，为什么呢？因为新来的人中有新的英雄，而且，那个英雄还活着。明白吗？”

“明白。”

“新的英雄是谁？”

“是成吉思汗吧？”

“哈哈，正是。”一阵豪迈的大笑后，成吉思汗这样说道。玛丽亚一直低着头，她不知道成吉思汗想让自己做什么。

“不会让你做为难的事，”成吉思汗说，“你什么都不必做，即使有人说你是萨拉丁的女人，你也装作不知道。知道我为什么让你这样做吗？”

“好像知道。”

“是嘛，你很聪明，我喜欢。你把成吉思汗和早已死去的萨拉丁联系到了一起。从今往后，成吉思汗的国家中伊斯兰教徒会越来越多，越往西去就越多。我从学者那里听说的，学者们只告诉了我这些，但该怎样做他们无法教我，我要自己思考。”成吉思汗平静地说道。

像这样的事情他不会思考很长时间，一般都是灵光一闪就想到了。平时很多事情都是这样，到真正去做时，好像他已经考虑了三年、五年似的。其实他是靠着灵感，一边思考一边做事的。

然而让人不可思议的是，他虽然事前并没有思索，但结果总让人觉得他是经过了深思熟虑，不得不说他到底还是一个天才。

成吉思汗的力量扩展到西域后，他无须直接征讨，势力范围就自然而然地扩大了。

位于西域的西辽，原是中国的辽帝国被金朝消灭后，残余势力逃到西方建立起来的国家，就是所谓的流亡政权。

最初西辽是一个流浪的亡命集团，于1133年在八剌沙衮建立了国家。八剌沙衮位于楚河上游，楚河发源于天山山脉西，流向西北。西辽的始祖是辽太祖八世孙耶律大石。

耶律大石在中国的称呼是天佑皇帝，年号"延庆"，当地的称呼则是古儿汗。因"古儿"是"全部、所有"之意，"古儿汗"意为"众汗之汗、普众之汗"，所以其他称呼"古儿汗"的首领也不少。

他们的国号为西辽，一般也称为"黑契丹"。

前面讲过，乃蛮皇帝太阳汗死后，他的一个儿子屈出律狼狈逃窜到了西辽。

当时西辽的皇帝是直鲁古。屈出律和直鲁古的女儿结了婚，原本为聂斯脱利派基督徒的屈出律受到佛教徒妻子的影响，转而信奉佛教了。

这样，中亚地区呈现出复杂的局面来。

成吉思汗对于宗教采取的是中立的立场，他对蒙古原有的萨满教也绝对没有给予优待。

这个时候，发生了一件让成吉思汗高兴的事情。

天山南北麓的畏兀儿虽然有自己的国王，叫巴而术，但实际上却是西辽的附属国，它的国王有名无实，因为西辽向他们派遣"少监"总督该国。

当时的少监是太师僧沙均，他的名声不太好。

如果是以前，大家只能睁只眼闭只眼地忍受少监的横暴，但现在有了成吉思汗。

不仅是有了成吉思汗的存在，而且成吉思汗还积极地保证援助畏兀儿，保证人是畏兀儿人很熟悉的人物——达达马斯。十几年前，他曾经以游商的身份往返于这个地方。这次，一个畏兀儿王族中的人，为反抗西辽的统治，悄悄地和达达马斯走到了一起。

"杀了西辽派来的少监，作为向成吉思汗表示忠诚的证明。"达达马斯劝说道。

畏兀儿国王巴而术同意了这个做法。西辽少监太师僧沙均驻在火州城，他本来就没有什么威望，所以这次军事政变很快就成功了。

畏兀儿的这个事件，虽然背后有蒙古人的支持，但归根结底都是畏兀儿人自己主导的。

像这样的事情会引发连锁反应。

突厥系的卡尔尔古特族也在西辽的统治下，此时，它也非常干脆地反叛了。在唐代，卡尔尔古特族曾经在塔拉斯这个地方背叛唐将高仙芝，那是 8 世纪中叶的事情，当时抓获的俘虏把造纸法传到了西方，此事广为人知。

13 世纪，卡尔尔古特族的首领是阿儿思兰汗，后来阿儿思兰汗与成吉思汗的女儿结了婚。

这样一来，现在能够与成吉思汗对抗的力量只有由东方逃窜而来的西辽，即黑契丹了。

成吉思汗成人之前，他所知道的国家并不是很多。后来随着他在草原各地燃起战火，他对国家的知识也逐渐丰富起来，即使如此，他熟悉的最远的国家恐怕也就是乃蛮了。对于西辽这个东方的国家，则只停留在知道它是一个很奇怪的国家这种程度上而已。或者说，他原先对这个国家根本没有兴趣。

但是，如果他一旦决定要去征服的话，哪怕是今天早上刚知道的国家，到了晚上他就能收集到大量的情报。

不知道什么时候他知道党项这个名字的，在斡难河边玩耍时恐怕还不知道有这么一个国家吧。成吉思汗曾经为此调侃过号称万事通的达达马斯道："听说你还是小孩子的时候就知道党项了，那么你占领过党项的哪里呢？"

亨利和玛丽亚一行在旅途中雇用的约翰，当初约定跟随他们一起到达成吉思汗的大本营为止就算完成了任务。达达马斯知道这事后就把约翰要了过来，于是约翰就成了成吉思汗的家臣。

亨利被允许传教了，但在成吉思汗的国家中，任何一个宗教团体都不允许享有特权。

同一时期，没有西迁到西辽而留在东方的契丹族人，当然就在由女真族建立的金朝统治之下。金朝虽然很优待契丹族的知识分子，但远远没能使契丹族对其心悦诚服。

契丹族的耶律阿海作为金朝使者去往克烈后，就直接留了下来，没有再回去。他是个语言天才，文采出众，骑马射箭也不同凡响，是一个响当当的人物。

他最初想投靠克烈的王汗成为草原上的英雄，但当他与成吉思汗相见后，马上为其倾倒，投入了成吉思汗的帐下。

成吉思汗问他："咱们接下来攻打哪里好呢？"

耶律阿海回答道："当然是金朝，咱们应该攻占金朝的燕京[1]。现在金朝已经很腐败了，很容易得手的。"

"我认为应该进攻花剌子模[2]。不过，要进攻它必须先收拾西辽。金朝的财宝和西方的花剌子模相比，根本不值一提。"成吉思汗说。

在东方和西方的比较上，成吉思汗的天平总是倾向于西方。花剌子模是位于阿姆河下游的国家。

1　今北京。

2　位于今黑海以东、咸海以西、锡尔河以南。

　　这个时期的战争主要以掠夺财物为目的，胜利者强迫战败者创造财富，而没用的人则全部杀掉。

　　诸如东方和西方哪边更富有这样的问题是蒙古人吃饭时非常喜欢讨论的一个话题。在没有征服的可能性的时候，只是聊聊就完了。但是，随着耶律阿海的加入，这种可能性渐渐显现了出来。耶律阿海有个弟弟名叫耶律秃花，也是一个非常有本领的人，而且他对金朝的内幕了如指掌。

　　"嗯，看来，攻占金朝很有希望嘛，西边还是有点远，以后再说。这样吧，下次再去金朝进献贡品的时候，我亲自去看看。"成吉思汗说道。

　　国君亲自做"岁币使"是非常罕见的事情，但也不是完全没有这种先例。

　　蒙古与金朝作战之前曾经三次征讨西夏，可以说这是伐金前的预备演习。

　　蒙元的年号，以忽里台大会确定成吉思汗称号的1206年为太祖元年。在太祖六年即金朝大安三年（1211）二月，成吉思汗把大军聚集在了克鲁伦河，举行祭天仪式，请求神灵护佑他们得报金朝杀害父祖之仇。

　　三月，成吉思汗率领大军穿过沙漠，短暂休息避暑后，于七月开始进攻金朝。

　　当时金朝皇帝是卫绍王，三年前，章宗皇帝去世后他登上了皇位。卫绍王是历史上一个有名的昏君。一般来讲，皇帝去世后，都会追赠某宗这么一个谥号，但对待他却非常简慢，没有谥号，只称卫绍王。由此也可见他生前是一个何等恶劣的皇帝了。

　　在即位前，卫绍王曾经出任负责收受贡品的官员。当时，成吉思汗亲自担任岁币使前去纳贡，所以他们曾经见过面，成吉思汗当时就觉得他实在是一个非常糟糕的人物。

"我原来以为中国的天子就像天上之人似的，这样看来也不过如此，即使在人中，也只能算是下等的。"当成吉思汗得知卫绍王即位的消息后，不禁这样仰天长叹。

最初的伐金之战，蒙古军分成了几路进攻。然而，金军却几乎没有一点战意。

金朝将军、西京[1]留守胡沙虎在安定北面遭遇蒙古军，没等开战就逃回了燕京。然而，尽管他是一名败将，却仍然被金朝皇帝任命为右副元帅，继续统率部队，只是他手下的士兵很胆怯，军纪涣散。

于是蒙古军长驱直入。不过此时他们并没有一举灭亡金朝的打算，只是试探一下而已，无论多么重要的城市，他们都无意长期占领。所以从金朝方面来讲，马上就能"收复失地"。

蒙古的这种作战方法带来了重大的后果。的确，进攻后不久就撤退没有什么可怕的，但是，也有可能进攻后不撤退，撤不撤退，是由蒙古人来决定的。

在成吉思汗的东西方比较观上，他是绝对偏向西方的。就连首次伐金之战，他也只是在出征时参加了祭天仪式，以后的战斗中再也没有见到他的身影。他似乎对这场战争没有什么兴趣，与实际参战相比，似乎狩猎更有意思。由于长时间没看到他的身影，人们私下里盛传他是不是在故乡斡难河、克鲁伦河畔悠闲疗养。然而，就在这种传言出现的第二天，成吉思汗一身戎装地出现在大家面前。

1　今山西大同。

"东边就是狩猎场，时不时来打打猎就行了。"成吉思汗这样说。然而，由他创建的集团，并不一定总是按照他的意志行事，每当这种时候，他就会毫不犹豫地遵从集团的意志。这就是成吉思汗集团的强项。

成吉思汗虽然嘴上不服气，说东方只是"狩猎场"，但他有尊重集团意志的气度。因为他深知一意孤行，最终是会众叛亲离的。

"我就像漂在水波上的一片浮萍，幸亏我这片浮萍还不算太重。"成吉思汗这样说。由此可见，他本能地知道尊重臣下的意见是何等的重要。

不能成为独裁者，但从始至终都要保持独裁者的形象。

其实，成吉思汗不是漂在水波上的浮萍，而是承载浮萍的水波本身。

蒙古从居庸关包围了燕京，却没有占领它的意思，他们只在附近大肆掠夺之后就扬长而去了，他们不愿做占领城池这样的麻烦事。

成吉思汗集团经常会注入新鲜的血液——投降的人很多，他们形成了集团的重要组成部分。耶律阿海、耶律秃花兄弟就是如此。他们是汉化的契丹族人，对蒙古产生了极大的影响。

在伐金之战中，汉族将士大量投降，其中包括获得金朝高级军职猛安[1]的郭宝玉、城防千户刘伯林等人。他们后来跟随蒙古参加了伐金战争。在这次伐金战中，他们最初是金朝的人，中途才倒戈加入反金阵营的。如果他们最初就跟随蒙古的话，战争情形可能会有很大的不同，因为成吉思汗会很大度地听取他们的意见。

---

[1] 金朝军政合一的社会基层组织编制单位及其主官名称。

七　　降将

　　成吉思汗喜欢把二十岁左右的年轻人安置在自己身边，有时像进攻还是撤退这种军事上的重要问题，也会交由他们决定。

　　这些问题对军队来讲或许非常重要，但对成吉思汗本人来讲，其实怎么着都行。反正迟早都打算从那些地方撤退，善后事宜都会交给敌人去处理的。

　　他这么做也是为培养部下，这种时候，看上去他好像很随和，实际上或许是他最认真的时候。

　　在此次伐金战中投降的汉族将士，原本就没有为金朝尽忠的念头。对他们来讲，如果说要为谁尽忠的话，那理应是南方的宋朝吧，但它离得太远了。而且据说南方的宋朝对那些一度归顺了契丹（辽）、女真（金）的汉人没有什么同情之心。

　　这是居住在北方的汉族人的苦恼，因为国家灭亡了，无从爱国，在很多人的观念中，爱恋生养他们的"土地"是唯一的生存方式。

　　在这场伐金战中投降的郭宝玉是华州郑县人，他是唐代名将郭子仪的后代，金朝出于对他祖先的尊敬，封他为汾阳郡公，他是附近汉族的名门。金朝让他在定州[1]屯兵，并授予他猛安这么一个职位。不过，金朝在这里的防戍主将是独吉思忠、完颜胡沙等金将，在蒙古军队来袭时，他们早早地逃跑了。

对于郭宝玉的投降没有人提出异议，蒙古授予他"抄马都镇抚"之职。

"怎样才能获取中原？"成吉思汗问郭宝玉。

郭宝玉回答道："即使像现在这样，中原仍很强盛，虽然他们一见到蒙古军就逃之夭夭，但金朝防卫的主力是在南方的宋朝。如果那里的百万大军由南而来，那是决不可掉以轻心的。而西南诸藩，国富民强，如果先把它们征服，金朝自然而然就到手了。"

也就是说先把金朝周围清理干净然后再攻打它，这种作战方针目前虽然不免姑息金朝，却是切实可行的。

此外，郭宝玉还向成吉思汗建议，建国应该明确法令，制定军纪，遵从兵法，禁止僧、道（教）。

他后来跟随成吉思汗的功臣（四骏）之一，堪称蒙古军统帅的木华黎转战辽西、河北、山西。由于他攻城经验丰富，也参加了对花剌子模的战争。他还随蒙古军渡过了黑龙江，并被任命为蒙古最高的决策职务——断事官。可见，成吉思汗对待降将是多么优厚。

与郭宝玉同样的汉族降将中，著名人物还有刘伯林。

刘伯林是济南人，原任金朝威宁[2]城防千户之职。蒙古军伐金时，取得居庸关后，开始抢掠附近地方。刘伯林的军队只与蒙古的右翼军遭遇了一下，就明白无法与之抗衡，于是投降了。

1　今河北。

2　今内蒙古兴和县。

　　成吉思汗允许他保留原来的官职，挑选士兵编制成一军。其后他与同样从金朝投降来的耶律秃花一同征讨山西省腹地的敌人，并由此参加了西京战役。

　　西京就是现在的大同。西京陷落后，刘伯林被任命为这里的长官。其后他又跟随木华黎转战山东、山西。

　　先于郭宝玉、刘伯林投降的金朝重要人物只有契丹人耶律阿海和他的弟弟耶律秃花两人。因为耶律阿海精通许多部族的语言，在金朝主要担任外交方面的职务。有一次他被派遣到克烈，在那里遇到了铁木真，马上为其倾倒。但是，想要跟随铁木真的话，需要有人质，于是他又叫来了弟弟耶律秃花。因此，耶律兄弟是很特殊的。两人都在与克烈之战中饮过班朱泥河的泥水，是有名的班朱泥功臣。同饮过班朱泥河泥水的人加上成吉思汗总共只有十九人。

　　同样在太祖六年（1211）投降蒙古的契丹人，还有一位名叫移剌捏儿的人物。投降蒙古的契丹人大多数都像耶律阿海、秃花兄弟，或后来的耶律楚材那样，先侍奉金朝，后又转效蒙古。但是移剌捏儿在效力蒙古之前没有做金朝的官。他不愿意侍奉灭亡自己国家的金朝，是一个很有骨气的人。

　　"移剌"实际上等同于"耶律"，是用汉字书写契丹语时不同的写法而已。

　　这个移剌捏儿虽然只率领一百多人来投诚，但成吉思汗还是很高兴地接见了他，并且由于他的出生地是河北霸州，就赐封他为霸州元帅，把他安置在国王木华黎的麾下。

　　当时成吉思汗手下，称为国王的只有木华黎一人。木华黎一直转战于辽西、河北、山西、陕西。

　　成吉思汗从一开始兴趣点就在"西方"，他把征讨的重点放在了西方。

　　"太行（山脉）之北，朕自经略。太行以南，卿其勉之。"

　　据说成吉思汗曾经这样讲道。

　　在首次伐金战中投降蒙古的契丹人中，还有一个跟随西京留守的石抹明安。他在作战中一个人投降了，并规劝蒙古军不要屠城。

　　他说如果不屠城的话，那些原本与蒙古为敌的人会相继投降。正如他所言，除了女真族之外，契丹族、汉族人愿意为金朝殉命的人很少，大家都在伺机反戈。

　　蒙古在伐金之战的初期，与占领土地相比，掠夺人口是主要的目标。他们从一开始就没有占领土地的念头，只想在战后进行掠夺。为了能掠夺，才要打仗。但就算是打胜了，也没有在那片土地上停留下来的意思。这种战争与草原上袭击帐篷群是一样的。

　　石明抹安是契丹族人，并不像女真族人那样忠于金朝。金朝最近虽然改善了对契丹族人的待遇，但也不过是杯水车薪。

　　这些投降的人，无论汉人，还是契丹人，都是著名的人物。但成吉思汗有时也会随意地选拔一些人。偶尔他会说："那个人长得相貌堂堂的，从今天起就担任我的守卫吧。"看上去好像漫不经心，但往往选出来的都是很优秀的人，归根结底成吉思汗的第六感是非常敏锐的。

　　在这次战争中，一个张姓男子得到成吉思汗的提拔，虽然他有自己的名字，但人们都叫他"拔都"，拔都是蒙古语"勇士"的意思。

　　张拔都是出生在昌平县的汉人，但也有说他实际上是契丹人。像他这样不知自己出身来历的人很多。

　　在成吉思汗的帐篷附近，拿着武器担任守卫任务的，总的来说是年轻人，他们都是蒙古帝国的精英。

有一次，成吉思汗带着达达马斯的部下约翰出征，这不过是他一时的心血来潮而已，但约翰和张拔都却很对脾气。约翰向张拔都学习汉语，张拔都则向约翰学习各种语言。

"我父亲不在了。"约翰说道。

"我也是。"张拔都道，这句话将两人联系在一起。

有一天，约翰对张拔都说："以前对你说我父亲不在了，其实他可能还活着，只是我父亲好像把我抛弃了。感觉像对你说了谎似的，让我挺不安的。"

"我也是。那种情况，我们也可以算是父亲不在了。"张拔都一边揉着鼻子，一边说道。

蒙古军虽然包围了金朝首都燕京，但没有进城的打算。蒙古人只想震慑燕京，对它周围进行威吓性的接近而已。

翌年即 1212 年没有大规模的战争，特别是成吉思汗严禁攻打燕京。

从这时开始，人们逐渐熟悉蒙古的做法了——投降者不杀，而顽强抵抗的人一定会遭到残杀。

如此一来，投降的人就大大增加了。而约翰和张拔都则是对各地权势人物宣扬蒙古这个政策的主要人员。

约翰还主动向人们宣扬基督教。当然，这是取得成吉思汗许可的。

"有的人虽然已在恪守基督教的教义，但并不知道这就是基督教。"

他针对各地的慈善团体这样说道，河北著名的"清乐社"就是其中之一。清乐社的创始人是史伦，他的画像被供在了祠堂中。

史伦的后裔，现在最年长的是史秉直，史秉直的长子史天倪掌管着清乐社。

自然而然地，约翰对清乐社产生了兴趣，他主动登门拜访了。

约翰、张拔都都没有向人们表明自己加入了蒙古军，这天，约翰只是作为基督教的传教士来到了史家附近。

"噢，是说耶稣啊。"有人咕哝着。

"是的，是耶稣。"约翰回答道。

无论金朝还是蒙古，耶稣都没有被禁止。国王是聂斯脱利派基督教教徒的克烈、乃蛮虽然被消灭了，但宗教本身并没有受到镇压。在河北等地，人们看待它的目光虽然多少有点怪异，但并不属于邪教，传教也是自由的。

在河朔的史家门前，约翰说："我是来宣扬耶稣的。"

"噢，很少见啊，三年前也有人来说耶稣。"开门应对的年轻男子这样说道。

"麻烦你能通报一下吗？"约翰的口音还很重。

"那倒不用了，有什么事就跟我说吧。"

"啊……"约翰仔细地打量了一下对方的脸，好像有一种将对方认作通报之人的尴尬。仔细看的话，对方的确很有神采，虽然年轻，但在史家肯定是个有分量的人。

"没关系，你进来吧。今天就你一个人吗？你的同伴呢？"

从他的口气来看，他知道约翰总是和张拔都一起行动。

"噢，他不是信耶稣的。"约翰回答道，然而无论怎么回想，都不记得自己曾经见过眼前这个人。

对方对约翰的回答不置可否，进了门径直向右边的亭子走去，约翰只得跟在他后面。

"我是这家的人，"那男子在亭旁的一个椅子上坐了下来，慢慢地说道，"我刚从燕京回来，一路上听到有人在宣扬铁木真和耶稣的事情，从相貌来看，你是宣扬耶稣的人吧。"

"是的。"

"你只宣扬耶稣，不宣扬铁木真吗？"

"两者都宣扬。"

"现在，和耶稣相比，我更想听铁木真的事情。无论如何，等到马肥的季节，他还会再来的。"

"我们叫铁木真成吉思汗。"

"这个我知道，我想知道如果我们也称呼他为成吉思汗的话，他会为我们做什么。"

"他不会让你们受到一点伤害。"

"你说得好像很自信。"

"这是他对天下人立下的誓言，如果违背这个了誓言，就算是成吉思汗，也会受到上天惩罚的。"

"明白了。"

年轻人站了起来，由于约翰一直是站着的，这样他们总算并肩而立了。

后来，约翰知道了这个年轻人是史家的次子史天泽。史天泽把手搭在约翰肩上说道："一会儿我来介绍我父亲和哥哥，他们有话要说。"

史天泽说有话要说，可见史家人早就知道约翰会来。约翰不知道，他们在河北宣扬铁木真和耶稣之事已经广为人知了。乍一看是约翰登门拜访，实际上史家早就在等着他的到来了。

在史家的祭坛上，特别供奉着在大饥荒之年捐赠了八万石粮食的史伦。目前掌门人史秉直是史伦的孙子。在这个祭坛前，史家的主要人物聚集在了一起。

约翰被带到那里去时，不由自主地吸了一口气。那里的空气漂浮着浓烈的线香气味，这是约翰不曾闻过的气味，他被这种香气呛着了，鼻子受到了刺激，眼泪流了出来。

史家的长老史秉直坐在正对面，他年纪很老，须发皆白。约翰被介绍给了每一个人，长子史天倪好像掌管着所有事务，负责接待约翰的史天泽相当于他的秘书长。除他二人外，还有十几个史氏家族的重要人物。

在史家族人的对面摆放着一把椅子，不用说那是给约翰的座位。无须敦请，约翰就自觉地坐到了那里。

他刚坐下，长老史秉直就迫不及待地张开了被白须遮掩的嘴巴，说道："这个世界变化很快，我们也率领着很多部众，我们有责任为他们选择一条正确的道路。如果我们振臂一呼，至少会有两万人响应，有人说我们应该在河北自立为王，你觉得怎么样？"

"那是不行的，"约翰毫不客气地说，"蒙古士兵大都嗜杀成性，不过他们不会违背大汗的旨意，他们每一个行动都要遵从大汗的指示。哪怕流了一滴不该流的血，无论是谁，都只有死路一条。你觉得怎么样？"

"谁能保证这个？"史秉直问道。

"我能。"约翰回答道，同时，他从椅子上站了起来，挺直了身子。

"我能相信你吗？"史秉直问道，他环顾了一下四周。

"我想应该可以，至少比上次来的那个老人值得信任。"坐在史秉直旁边的长子史天倪答道。

"是啊，"史秉直点了点头，说道，"那个人太会说话了，我听说铁木真不会重用那些能说会道的人。其他人，还有什么意见吗？"

谁也没有出声。

过了一会儿，史天泽说道："我和这个约翰一起去见铁木真吧。咱们赌一把，要不就是我和他同归于尽，要不就是开辟出一条新的道路。"

可以说现在的会议直接关系到全族人的命运。约翰是三天前来到这个地方宣扬耶稣的，至少从那以后他的行踪史家人是了如指掌的。所以才正好在约翰上门拜访时，能够召开全族人的会议。

"听说铁木真现在距离牛后波五天行程的地方。"史天泽说道，他决定和约翰一起到那里去。

蒙古军虽然强大，却不可能两面作战。像史家这样的地方豪族投靠蒙古时，还要考虑到他们退兵以后的事情。

"蒙古决不会抛弃投靠自己的人。"

如果能得到这样保证的话，至少汉族豪绅是会毫不犹豫地选择投靠蒙古的。他们以前虽然选择了女真族的金朝，但金朝并没有给他们很好的庇护。所以改换门庭正当其时。

"什么时候出发？"约翰问。

"马上就向牛后波出发。对了，还是先吃了午饭吧。"史天泽已经整装待发了，好像在得到约翰的允诺前，他就已经做好了出行准备。

约翰就这样和史天泽一起出发了。

成吉思汗不怎么接近蒙古军的作战区域，所以要到相当远的后方才能与他相见。约翰虽然没说，但史天泽似乎知道成吉思汗在哪里。这本该是军中的最高机密，为什么史天泽却知道呢，这让约翰觉得很纳闷。

在三狐岭休息时，约翰终于下决心将这个问题问清楚。然而史天泽盘腿坐着，打了一个大哈欠说道："这下子，好像就体会到融入蛮夷的心情了，你不用担心。"

听他的口气，好像对投降蒙古还有点抵触，这也是可以理解的，约翰想。史天泽又打了一个哈欠说道："三狐岭是我祖母的故乡，她是塔塔尔的名门之后。"

"那你来过这里吗？"约翰问道。

"来过好多次，我祖母一直活到了我十二岁的时候。"史天泽回答道。

他一次又一次地打哈欠，好像想借此隐瞒什么似的，那哈欠总是让人觉得不自然。

"你祖母结婚时，"约翰犹豫了一下，接着说道，"很热闹吧？"

"当然了，史家是名门，祖母也出身于塔塔尔最有名望的家族。这个婚姻减少了汉人和塔塔尔人之间的很多纠纷。"史天泽淡淡地说道。

约翰隐约感觉到史家人也许在担心这场汉人与塔塔尔的婚姻会让铁木真产生复杂的想法。

蒙古一直与塔塔尔为敌。其背后，有金朝欲使北方游牧民族相互对立，以抑制它们强大的政策。

史家想要加入蒙古阵营的话，恐怕需要说明他们与蒙古的敌人塔塔尔的关系吧。

"你们和塔塔尔的关系虽然是过去的事情了，不过还是对大汗解释一下为好呢。"约翰说道。

"是啊，解释一下为好。"史天泽慢悠悠地说道。

这个地区的民族融合程度比人们想象得还要高。就拿史家来说，掌门人史秉直就带有一半所谓的蛮夷血统。

"看来，这里的景色要焕然一新了。"约翰摇着头说道。

"唉，现在还不知道这是不是最后的景色。"史天泽说道。

他这句话究竟是什么意思，约翰认真考虑起来，因为史天泽的表情变得凝重起来。

史天泽用力向上伸了伸两手，露出洁白的牙齿，说道："唉，真想就这样消失呢，可是连这也做不到，还得继续前行。孩童时，我曾在三狐岭这里做过很多五彩缤纷的梦。"

史天泽站了起来，短暂的休息到此结束。他们又踏上了尘埃弥漫的路，前去谒见成吉思汗。

成吉思汗的大营每天都在变换，这并不是为了隐瞒他的行踪，而是因为各方都有必须由他亲自出面解决的问题。

畏兀儿的问题告一段落了，以往依附于西辽的畏兀儿改奉蒙古为宗主。卡尔尔古特族也断绝了与西辽的关系，他们与畏兀儿一样承认了蒙古的宗主权。

畏兀儿、卡尔尔古特都不是被蒙古征服的。畏兀儿反正是从杀死西辽派来的少监那一刻开始的。

从那以后，在将近百年的蒙古统治时期，这两个民族总是受到优待。有什么情况发生时，蒙古的统治者都会照顾到畏兀儿、卡尔尔古特，可以说他们在这个乱世中，做出了最佳的选择。

这个时期，行色匆匆地经由河北的街道向北方疾行的各族代表、代言人等，全都走向了成吉思汗的大营。他们在大营附近排着队等待着大汗的接见。史氏家族的代表由于是跟随约翰来的，不得不说他们做了一个很正确的选择。

"那个老头儿，已经等了一个多月了。"

一位经常出入史家的老人也在等待的行列中。由于约翰是蒙古的人，所以很快定下史天泽第二天谒见大汗。史天泽从谒见的顺序就明白了他们的选择没有错。

"啊，你来啦。"

在等待时，张拔都过来打招呼了。在成吉思汗的大营中有很多熟悉的人。因畏兀儿的事情已经完结，很久不见的达达马斯也来了。

这附近使用的所有语言达达马斯几乎都会说，而张拔都除汉语外，也能说所谓的蛮语。蛮语既非蒙古语也非畏兀儿语，但蒙古人、畏兀儿人却都听得懂，是一种很奇怪的语言。到底用哪种语言说话好，达达马斯犹豫了一下。因为史天泽在这里，用汉语说话大家都能听懂，达达马斯想。然而，史天泽却用了另外一种大家都能听懂的语言。

从史天泽口中说出的，意外的竟是蒙古系的语言。

"成吉思汗给了我多少会见的时间？"史天泽用流利的蒙古语问道。

由于他祖母是塔塔尔人，因此他会同一系的蒙古语也在情理之中。

成吉思汗对史天泽用带有塔塔尔音的蒙古语说话一点也没有感到惊奇。谒见他的人的所谈的话题几乎千篇一律。

都是希望他听从辩解。

对于成吉思汗来讲，从敌对者到积极的合作者，各自都有辩解的说辞。说实话，他对这些早已不胜其烦了。

他有点不耐烦地不时点点头，不过根本不像在认真听。

"斡亦剌的暴乱解决了，下面……是史家的事了吧……"

成吉思汗仔细地端详了一会儿史天泽。史天泽用带有塔塔尔音的蒙古语简单地讲述了一下史家和塔塔尔的关系，以及以往虽然很想投靠成吉思汗却苦于没有门路。最后，他发誓会作为成吉思汗忠实的部属跟随他。

"来谈谈条件吧。首先你们要有人质，让史家一个够分量的人带五百名士兵来，具体是谁由我来指定。"成吉思汗说道。

史天泽心中暗想成吉思汗恐怕会说"就由你当人质吧"，或者"到时候再指定"，以便争取一点决定的时间。

但是，出人意料的是成吉思汗当时就指定说："年轻的比较好，就让史天祥来吧。"

史天祥，这是一个很意外的指定。原本成吉思汗知道史天泽的堂兄史天祥这个人就很令人惊讶。从这个指定可以看出，成吉思汗一直都在关注汉族豪门的内情。

"是史天祥吗？"跪拜在地上的史天泽重复道。

"现在史天祥不正带领着清乐社的士兵吗？"成吉思汗问。

"是的。"

史天泽想起了自己都快忘记的史家的军队编制来。史家的嫡系大多专注于学问，很少参与清乐社的军务。而史天祥一支则有很多年轻人喜欢军事。

"'清乐'这个名字很不错，不用费事起名字了，就直接用它吧，就叫河北清乐军。"成吉思汗说完就离去了。

至于人质史天祥什么时候到来，清乐军的五百兵士在哪里候命，史天泽什么时候回去，这些具体的事务，都是木华黎的属下管理的。

东方的降兵降将全都归木华黎管理，木华黎有时也写作"木合里"。

成吉思汗集团中分为东进派和西进派，成吉思汗本人是西进派，但他对大举东征也不反对。

每当说到中国的财宝，成吉思汗就说："那算什么，花剌子模的才了不起，撒马尔罕的财宝简直让人目瞪口呆。"

另外，他酒后的口头禅是："把这个世界分成两半，一半给木华黎，我只要西边那半就行了。"

因为这些缘故，木华黎总被人们认为是东进派的代表。实际上他既不是东进派也不是西进派，他只不过是成吉思汗手下一员忠诚的大将而已。在他周围，聚集了一批精通东方事务的人，而安置这些人的是成吉思汗。

史天倪被安排做木华黎的副将，河北清乐社的史家军举族跟随了木华黎。

次年是 1213 年，岁次癸酉，蒙古军再次大举进攻金朝，铁蹄一直蹂躏到了山东半岛。

史秉直被征召参与这次癸酉之战，但因为高龄，只负责后方事务，他的儿子史天倪则率领清乐军谒见成吉思汗，被赐予金符，并授予马步军都统之职。

木华黎成为太师国王都行省，在汇集天下兵马时，史天倪向他进谏道：中原刚刚平定，大军经过时大肆掠夺不是王者之道。

于是木华黎下令禁止剽掠行为，并处罚了违令者。

总而言之，史家建军的宗旨是在东方兴起一支正义之师。

蒙古在对东方作战的初期，是兵分三路进军的。

右翼军（西军）被称为三太子军，由成吉思汗的三位皇子率领，从太行山东南到黄河北岸向西转折，进而北上，抵达太行山西部。三位皇子由上至下分别是术赤、察合台和窝阔台。

东路军由皇弟合撒儿率领，前往苏州、平州、辽西海岸。

中路军由成吉思汗及其幼子拖雷率领，进攻河间、开州、泰安、济南等地。他们进攻后马上撤退，并不深入。

后期木华黎指挥的就是这支中路军，当然史家大显身手的也是这方面的作战。

史天泽在成吉思汗的大营只待了二十多分钟而已。他一直担心的和塔塔尔的关系也没有成为障碍。给史天泽的感觉是，虽说蒙古与塔塔尔有"世仇"，彼此是夙敌，但好像并没有想象得那么严重。

尽早消除夙敌这种观念或许是一种贤明之举，成吉思汗的亲属中，有不少塔塔尔人。

"五百年前的祖先，没准还喝过塔塔尔人的水。"

不知什么时候，成吉思汗曾经这么说过。五百年前还是没有记录的时代，正确的年代无从考证。成吉思汗的先祖从中国逃走时，在途中，曾有部落给过他水喝。那个部落的名字没有流传下来，搞不好就是后来的"世仇"塔塔尔也未可知。

世仇的"世"，据说三世为一百年，三十世就是一千年。三十世这么漫长的时期，超出了人们的记忆范围。

"我们所说的世仇、世恩，充其量也就是近一百年的事情吧。"
成吉思汗如此说过。

史天泽回想自己的祖先在这一两百年间都做了些什么，感到了一阵眩晕。汉族在这段时间内，从来没有掌过权，至少河北的汉族是这样。

离河朔的家越近，聚集的人越多。去成吉思汗的大营时，有约翰相伴，但回去时就没有了，要靠自己的力量召集人。

人数太少的话会被轻视，太多的话又会被怀疑。史家军已经被看作是成吉思汗军的一部分了。

史天泽的哥哥史天倪率领八百骑兵到中途来迎接他。除史天倪外，作为人质的史天祥也来了，八百骑中的五百骑按照命令由史天祥率领。

大家稍事休息后，史天泽把谒见成吉思汗的情况讲给了哥哥史天倪和堂弟史天祥。

"大汗对咱们家的情况了如指掌，不知道他是从哪里得到的情报，今后咱们史家一定要多加注意。像他对天祥的情况了解得那么清楚，真够了不起的。所以咱们以后千万不能表里不一。"史天泽反复强调道。

八　　霸主兄弟

不久，响起了军乐声。队伍还看不清楚，但号角声已经传来。

"啊，是虎儿赤的乐曲。"

"是的，没错，是虎儿赤的。"

史家队伍中，有人小声说道。此时，在这附近，能伴随着军乐到来的只可能是蒙古军队，而吹奏号角的人是虎儿赤还是他的弟子就不得而知了。但是，一听就知道吹奏的是虎儿赤的乐曲。

略带哀伤的曲调持续了一小会儿，很快，就像要消除哀伤似的，雄壮有力的曲调充满了整首乐曲，哀伤的曲调仿佛就是为了被消除才存在的。

雄壮的曲调吞没了哀伤，变得愈发雄壮。这种组合的强烈反差使所有人都为虎儿赤的乐曲陶醉。除虎儿赤之外，其他任何人都创作不出这样的乐曲来。

在蒙古兴起之前，这种乐曲就已经存在。因此，虎儿赤的年龄应该很大。蒙古任命虎儿赤负责奏乐，但亲眼见过他的人少之又少。

所谓虎儿赤的乐曲，其实是虎儿赤风格的，它能够让人兴奋，让人泪流满目，让人心甘情愿地为国捐躯。居住在高原的人们，无论是蒙古族还是汉族，大家都醉心于虎儿赤的乐曲。

史家军中的议论声不久就改变了语调。"绝对没错，这肯定是虎儿赤本人。"窃窃私语里夹杂着惊叹。

迎面而来的军队越走越近，先头骑在马上的乐手形象愈加清晰，那是一位白发老人。然后，先头部队为了相互行礼而停了下来。

双方都从成吉思汗大营了解了来到这里的部队情况。

一方是为了请降行往大营的史家军团，以及它的随行人员、投降后负责联络的人士。

另一方是作为成吉思汗直属部队走向战场的大军团，由木华黎统领，站在队伍最前头的乐手正是已经成为传说的虎儿赤。

蒙古的军礼并不完备，都是根据需要适当地举行。此时，史家军团处于下位，所以要先上前行跪拜礼。

受礼的人是谁呢？投降的史家军团的代表是史天泽。如果堪称蒙古主力军统帅的木华黎出来受礼的话，无疑是史家的光荣，否则由副将级别的人出面也算是高规格了。

前来受礼的是一位骑着白马的人。

"木华黎。"

"正是国王木华黎本人。"

声音虽小，但充满了惊喜。

人们都称木华黎为国王，这原本是反成吉思汗阵营的阴谋。他们期待着通过称呼木华黎为国王，激怒成吉思汗，从而使他的阵营产生裂痕。但是，他们失算了。

"噢，国王很好嘛。王汗、太阳汗不都是国王的意思吗？木华黎东征，比他们更有资格做国王，从今以后就叫国王木华黎吧。"

成吉思汗说道。

那是一个他的话就是法律的时代。木华黎的国王称号不知是谁起的，但因成吉思汗的认可，"国王"就成了木华黎的代称了。一般认为正式的决定是在太祖十二年（1217）。

在成吉思汗看来，号称国王的人物，并不是自己的竞争对手，不过是自己的部下而已。成吉思汗才是这世间至高无上的人物。

很明显马上之人就是木华黎，木华黎被称为白马国王。在这附近马匹众多，但白马很罕见。

木华黎轻轻地抬起一只手，让马缓缓地行进。

"今后东方的战事由我、木华黎统管。至于你们作战的范围、职责等具体事宜，由本部负责联络的人员向下传达。联络员有一百名，指挥人以后指定，你们先暂时在这里待命，时间为两天。"

木华黎在受降仪式上的讲话，非常直接、干脆。

当天史家军团为了等待木华黎的命令，就地宿营了。夜晚，在火把摇曳的火光照映下，一小队人送来了十瓮酒。其中一人说道："我们队伍中有很多人曾经受过清乐社的款待，这是回礼的酒，请不要客气。另外，回敬酒太麻烦，请务必不要回敬。"

他们好像是木华黎派来的使者，虽然点着火把，但脸却看不太清楚。说话人的声音很像白天来的白马使者，不过现在骑的却不是白马。

使者从马上跳下来，喝完一杯酒，说："这是对清乐社的回敬，好了，就此告辞。"

说完又翻身跃上马，举着火把的一队人，簇拥着使者离去了。

成吉思汗的儿子们全部参加了 1213 年的癸酉之战。不过，说是全部，却是指嫡出的四人：依次为术赤、察合台、窝阔台和拖雷。他们可以说是成吉思汗的继位候选人。

四人全是正妻孛儿帖所生。蒙古没有明确的继承法，原来他们没有什么值得继承的东西，所以有没有继承法也无所谓。想要的东西要靠自己的力量去获取。

渐渐地像定居民那样，蒙古人也开始遗留下有价值的东西了，于是"继承"才逐渐受到关注。自古传承下来的忽里台大会的决议制，同样也适用于财产继承。嫡出的四人，原则上拥有同等的权利，与年龄无关。

按年龄来算的话，癸酉年术赤四十岁左右，察合台三十多岁，窝阔台二十八岁，幼子拖雷比窝阔台小六岁，为二十二岁。

在癸酉战役中，前面的三人统率右翼军（西军），只有拖雷在成吉思汗的中军，他几乎没怎么打仗，只是见习父亲如何施展外交战略。

术赤和察合台的关系很不好。

前面说过，他们的母亲孛儿帖在怀孕时曾经被蔑儿乞部抢走，后来在王汗的大力帮助下才被救回，不久就生下了长子术赤，他的名字含有"客人"之意。

次子察合台经常用这事取笑哥哥术赤，孩童时期的玩笑到成年后还留有阴影。而且，成吉思汗特别喜爱术赤，也让察合台感到不悦。

长子和次子之间经常发生矛盾。孩童时期的吵闹，到成年后方式也变了。

更糟糕的是，包括幼子拖雷在内，成吉思汗的儿子们都非常嗜酒。术赤喝醉后，总爱絮絮叨叨地说："喂，我是客人，你们对待客人的态度太不好了。喂，再拿酒来。"

成吉思汗比谁都明白术赤是自己的孩子。最初他只认为这是一种恶意的流言，但好像有人在故意散播。

"这都是你们出生前的事情，以后谁要再提的话，决不轻饶。"在察合台十五岁左右时，成吉思汗曾经这样严厉地训斥过他。从那以后，察合台嘴上再也不说这些话了。然而，关键人物的术赤却总爱在喝酒后叫嚷"我是客人"。

此外，好像还有故意散布谣言的人。达达马斯说："是女人干的，要注意。"

渐渐地，纠缠上了继承人之争。

"女人？真是麻烦。"成吉思汗说。

继承人是大汗死后由忽里台大会决定的，现任大汗指定的继承者，忽里台大会是可以否决的。

忽里台大会是北亚游牧民族的风俗，它的成员为王侯、驸马、功臣、族长等，可汗的选定、远征、重要法令的颁布等都由忽里台大会决定。忽里台大会在游牧民族之间是非常有权威的机构，它在成吉思汗之前就已经延续了很长时期，无法轻易撼动。

而且成吉思汗的性格中，也明显具有忽里台的特征。像他那样伟大的人没有成为完全的独裁者，也是因为他无法摆脱对忽里台的崇拜。

很多年后，他指定第三子窝阔台为继承人。然而，决定继承人是忽里台大会的"专管事项"，因此尽管有故去的成吉思汗的遗愿，也没能马上实现。窝阔台最终登上大汗的宝座，仍耗费了两年的岁月。

集思广益的忽里台大会是游牧民族的智慧，成吉思汗忠实地遵守了它。虽然他本人赞成西进，但当部下大多持有东进论时，他也会把大军指向东方，他这样做并不是单纯地服从大多数，而是尊重民族传统，尊重忽里台大会。

"是的，是很麻烦。"达达马斯面无表情地应答。

成吉思汗沉默着。"所以你应该做点什么，这不是你的工作吗？"他或许想这么说。

达达马斯被任命为后宫的长官。谁说了什么，对此该怎么处理，全部是他的专管事项，成吉思汗对他很放心。

察合台严格地遵守了父亲的警告，而且他也知道哥哥确实是父亲的孩子。但是，他从没想过修补与哥哥之间产生的裂痕。

哥哥术赤不喝酒时性格很温和，即使是打仗，也尽量不杀人。因此他取得胜利很费时间。

"术赤太慢了。"

弟弟察合台仗打得很快，由于哥哥收拾敌人缓慢，兄弟俩并肩作战时，察合台总要等待，这让他很不耐烦。

有时候察合台扫荡完敌人，由于等候兄长，又遭受伏兵袭击。虽然这些敌人马上也被他收拾了，但意外地浪费了不少工夫。

"我以为我晚到了呢，原来察合台还在作战呀。"晚到了集合地的术赤，见到好不容易收拾完残敌的察合台后说道。

察合台的脸色变了。

看到这个情形的术赤马上说道："就是敌人也有强有弱，看来我今天遇到了弱兵。"

察合台铁青的脸终于慢慢放松，露出了红润之色。

"有逃跑的敌人，也有不逃的敌人，只从外表来看是无法区别的，真让人头疼。"一边这么说着一边走过来的是三子窝阔台。

他的声音很轻快自然。听到他的声音，无论谁都会很放松，因为声音里透着一种让人安心的魅力。

窝阔台的声音还有不可思议的凝聚力，听到他的声音，大家都会朝他所在的方向走去，想成为同伴中的一员，一起参与谈笑。

但是，并不是谁都能加入成吉思汗儿子的坐席，只有够资格的人才能聚集到那里，普通的人只能离得远远的，幻想着自己参加的情景。

窝阔台毫不客气地坐到两个哥哥的中间，那里的气氛顿时变得很愉快。一个又一个所谓"有资格的人"就会聚集到一起。

这些人主要是他们的堂兄弟，即成吉思汗弟弟的孩子，尤其是幼弟斡惕赤斤的孩子特别多，这也从侧面说明他的妻妾格外多吧，他有八十几个孩子。所以，不夸张地讲，走到哪里都有窝阔台的堂兄弟们。

据用波斯语写的《史集》记载，在成吉思汗孙子忽必烈的时代，斡惕赤斤的子孙已经达到了七百人。

这些人围绕着成吉思汗的嫡子，一种同族的亲近感油然而生。这种时候，发挥调和作用的就是三子窝阔台。

年轻人的集会，而且大家出身都很好，所以很可能会出现一些无法收拾的场面，这种时候，只要窝阔台在，大家都能放下心来。

蒙古贵族，除了原来的贵族外，还包括在战场上拣到的敌人的孩子，贵族妇女常把那些看上去模样可爱的孩子当作自己的养子。他们大多不知道自己的生身父母，将来需要竭尽孝心侍奉的只有养母。

"打仗的时候搞不好就会干蠢事，我今天就差点白白地死掉。就是……"

窝阔台在战后经常这样说。他绝不是为了炫耀自己的功劳。有时候，他说完后还会吐着舌头说，这些事千万别跟别人说哟。

他也没想通过这种方式获得人气。打完仗后，窝阔台身上充满了安详的气氛。

　　他说出自己的失败后，其他人也都一个接一个地说起自己不太光彩的事情来。

　　"说什么呢？你们，知道点羞耻，明白吗？羞耻……"

　　察合台曾经气愤地说。不过，大家说的不光彩的事情，大都比窝阔台的要好一些。

　　蒙古人从乃蛮的塔塔统阿那里学习了书写文字的方法。具有超群记忆力的成吉思汗虽然没有必要学习，但他鼓励子弟们学习"文字的技术"。在成吉思汗一族中最擅长读写的是次子察合台。对什么事情都很认真的他，读写时遇到困难总会去请教塔塔统阿，很上心。

　　"为了能更好地记住你说的话，我要写下来。"

　　察合台说着，取出了纸和笔。当时使用的是芦苇笔，很适合书写畏兀儿文字。乃蛮用畏兀儿文字记述自己的语言，克烈在记录时使用乃蛮语。

　　"真是烦人，写什么呀，不都知道了吗？与写下来的东西相比，你要相信事情本身。"

　　窝阔台这样说着，摇了摇头。他虽然比不上察合台，但也能读写畏兀儿文字。

　　最后聚会以窝阔台的大笑结束。而术赤则尽可能地充当局外人，察合台只是苦笑，如果对方不是窝阔台的话，察合台可能就不仅仅是苦笑就完事的了。

　　"会笑的人很幸福，不过，我不明白那种人的心理。"察合台说。

　　"会写的人也很幸福，只要认真听父亲的话就好。"窝阔台这样调侃道。成吉思汗鼓励孩子们向塔塔统阿学习文字。

　　"从现在开始也不晚。"撂下这句话后，察合台站起来走了。

不过，虽然比不上察合台，但窝阔台也绝不是坏学生。和普通人相比，他的读写还是很不错的。

在成吉思汗的血统中，具有超群记忆力的人很多。

只不过，在当时正确掌握、使用塔塔统阿教的文字本身并不是男人们的骄傲。忠实地执行成吉思汗的话——好好学习塔塔统阿教的文字，才是值得骄傲的事。而且，读写也不像弓箭刀枪的技艺那样被认为是男子必须掌握的。

但是，在蒙古的基本法令中，过去一直口耳相传的"大札撒"，自从用畏兀儿文字表述的蒙古语书写出来以后，文字逐渐受到了重视。无论如何，基本的"大札撒"是刻在铁板上的。

术赤也学习文字，但不太热心，他说："这种东西不是王侯贵族们应该学习的。'大札撒'很重要，但让擅长这个的人记在脑子中，转告给我们就行了。"

尽管如此，如果来了什么重要的文件时，兄弟们就会聚在一起，央求道："喂，察合台，你给念念吧。"

其实无须麻烦察合台，兄弟们也能大致读懂，但没有十分的把握。特别是父亲的命令，需要逐字逐句地认真思考。因此，他们都会让察合台先读一读。

有时候指令是关于大札撒的，于是，除了察合台以外，其他人就束手无策了。

"你们兄弟总要全部聚集到一起才能做事吗？"

成吉思汗当面向他们这样说过，在信中也这样写过。

"啊，这个……"看着信，兄弟们不由自主地发出了惊讶的声音。

这不是下达命令的信。

而是通报敌情的信，内容不难，所以谁都不需要察合台的帮助就能读懂。

信上写的全是谁都认识的文字。

首先是表示金朝的"女真"这个词,接着是谁都认识的"皇帝",接下来是"被杀"这个动词。

当时金朝的皇帝,是让成吉思汗瞠目结舌,看上去就很昏庸无能的卫绍王。杀死他的是在第一次伐金之战中,虽然临阵脱逃却被任命为金朝右副元帅的胡沙虎。不过他不愿背上弑君的恶名,最后让宦官下的手。然后他又迎立了皇族中的一人,助其登上了皇位,这就是宣宗。

与蒙古军对阵的金朝将军是术虎高琪。他抵挡不住蒙古军猛烈的攻击,逃回了燕京。

术赤他们收到的来自中路军的情报到此为止。

与术虎高琪作战的中路军由成吉思汗和幼子拖雷率领。

"父亲,看来这次咱们能够毫发无损地取得燕京了。敌人已经丧失斗志了。"拖雷说。

然而,成吉思汗摇头道:"我说多少遍你才能明白?取得城市,你就要养活那里的百姓。如果养不了的话,就要杀掉,这样的事情没人愿意干。"

这是成吉思汗的观念,在他看来农民还能种庄稼,而城市中的百姓,除了一部分工匠能制作东西外,其余的都是吃白饭的家伙。

成吉思汗多次说:如果敌人连作战的力气都没了的话,那么制作东西的力气也没了。所以,趁他们还有一点制作东西的力气时撤退是最好的方法。以后,等到燕京城中物品积累起来时,再举兵来犯就行了。

拖雷担心像这样的做法能持续到什么时候,三番五次地掠夺,人们会不会厌倦后就不再制作东西了。或者,工匠们不愿再住在燕京，迁移到别的地方，最终燕京成为一片废墟。

成吉思汗笑着说：如果他们迁移到别的地方去，下次去攻打那个地方就行了。不过他也明白像这样的捉迷藏不可能永远持续下去。

胡沙虎杀了卫绍王，让宣宗即了位。而后不久，败将术虎高琪就带兵杀死了可能要追究他战败责任的胡沙虎，自己从副元帅升到了平章政事（即宰相）。

接下来，蒙古与金朝展开了议和谈判。蒙古将领想要占领燕京。而成吉思汗却说："留下这座孤城，等到金人维持不下去时再占领不是更好吗？"他强压下了诸将亢奋的心情。

拖雷理解父亲的心意。这段时间，他渐渐地明白了父亲真正的愿望是西征。

术赤、察合台、窝阔台统率的太子军停止了战斗，等候中路军的指示。

成吉思汗虽然没有停止在东方开展军事行动，但他计划把自己儿子们的军队逐渐转换成木华黎的军队。与东方相比，他本人对西方更为关心。

战争是需要激情的。

他对西方的人更感兴趣。比如说，与乃蛮的玛丽亚一起来的亨利、约翰，或者出身不明的达达马斯等人，都让他感到更亲切。最近从西方的商路上陆陆续续来了各式各样的人。

相反，也有喜欢东方的人，木华黎就是其中代表。成吉思汗已经决定把东方战事交由木华黎指挥。

金朝的主战派是术虎高琪，然而，他是败军之将。因此无论他怎么游说"敌人已经疲惫，应该乘机进攻"，都没有说服力。而以皇族完颜承晖为代表的主和派更有市场。

完颜承晖的论调是："我军都是紧急招募的兵将，战败的话大家都逃回自己的家去了，而且就算是战胜了，也是一溜烟就跑回妻儿那里去了。谁来守卫我们？现在达成和平协议，等敌人退兵后再重建家园不好吗？"

于是，甲戌（1214）春，蒙古和金朝缔结了和平协议，短暂的和平来到了。

金朝把公主献给了成吉思汗。不过，这个公主是被杀的卫绍王的女儿。她就是成吉思汗的公主皇后。作为嫁妆，金朝陪送了护卫军官十人，军卒百人，童男童女五百人，锦衣三千袭，马三千匹，以及其他无数的金银财宝等。

公主嫁到蒙古是一件大事，金朝使节完颜承晖护送公主一行到居庸关外，才掉头回去。

成吉思汗一边打仗一边学习地理知识，他暂时待在了鱼儿泊，并命令三个儿子到居庸关外的宣德来。

四子拖雷就在他的军中，其余三人在西路军，所以命令他们经西京到宣德紧急会合，术赤、察合台、窝阔台三人骑马赶到了那里。宣德有西京驿站这样一个公共建筑，三人在那里等候了父亲和弟弟两天。

成吉思汗见到儿子们，难得高兴地说："一起来喝酒吧。"

当着四个儿子的面，他说："有人说要掠夺中国的财宝，还有的人说要占领城池，以便长期地掠夺。对此我自有主张，你们听我说。"

在酒端上来之前，成吉思汗首先这样开场。然后他反复地说："十三万，十三万。"

这个数字是蒙古的实际战斗力，更是与成吉思汗所属的孛儿只斤氏关系最密切的氏族的士兵总数，而且这还是尽可能多算出来的数字，就连成吉思汗的舅家斡勒忽纳兀惕氏、岳家弘吉剌氏都被计算在内。

他接着说："也速该·把阿秃儿（成吉思汗的父亲）死的时候，想聚集一千人都很困难，你们千万不要忘记这点。现在咱们有十三万人，接下来是一万，再下来是一千，最后除了自己的影子外，谁也不来了。"

成吉思汗说得太过悲观，窝阔台忍不住说道："十三万，估算得太少了。为什么不算出更大的数字呢。"

"哈哈，现在加上克烈和乃蛮的话有五十万……"

"还有更多的。"

"如果再加上今后作战的对手的兵力，确实会有更多，加上金朝的、金朝西边党项的、南边蛮子的。"这么说着，成吉思汗大声笑起来。

之前嫁到蒙古来的金朝公主被称为汉公主。金朝掌权的虽然是女真族，但在蒙古人之间，依然将他们称作"汉"，而南边的宋一般则被称之为"蛮子"。

西边的党项就是西夏，以往曾小规模地与蒙古作过战。对蒙古来讲，与西夏的战争可以说是进攻定居城市的预备演习。

西夏西边的畏兀儿已经归附蒙古，这样的话，西辽即黑契丹就直接与蒙古相邻了。

"不光是党项，黑契丹也会成为我们的友军。"一说起西边的话题，成吉思汗就有了精神。

"不止是十三万啊。"察合台说道。

"不过，要想这样的话，像你过去的那种作战方法就不行了，明白吗？"成吉思汗注视了一会儿察合台的脸，接着视线依次扫了一下儿子们。

"不明白。"察合台答道。以往的作战方法不行，好像只是针对察合台一个人的批评。

"你打仗速度太快，那么快干什么？说不定想投降的人都被你杀了。打得太快的话，就有可能失去有力的友军。"成吉思汗说道。

此时，窝阔台闭上了眼睛，而术赤则睁大了眼睛。这之前抱怨术赤作战迟缓的是察合台，窝阔台打起了圆场，他睁开眼睛，说道："真羡慕拖雷，一直在父亲身边，随时都能得到父亲宝贵的指示，没有比这更好的事情了。"

"好了，好了，不要发牢骚了，"成吉思汗像哄他们似的，摇着手说道，"对了，喝酒，今天咱们慢慢地喝。"

然而，在场的人谁也不敢怠慢，他们都担心喝多了酒，听漏重要的事情，显得很紧张。成吉思汗苦笑着说："来说说我的真心话吧，向西去是我多年来的愿望。然而，更多的人却一心向东。我只能尽量注意不让人觉察我对东方的疏慢。我打算采用被迫向西进兵的形式。东边交给木华黎，无论西边发生什么事，东边有木华黎。明白吗，即使向西去，也要让人觉得我还在关心东方的情况……"

九　　燕京陷落

在南流的克鲁伦河向东转折的地方，建有成吉思汗的第二斡儿朵。斡儿朵可看作是一种根据地，更直接地说，就是"后宫"。

第一斡儿朵中有正妻孛儿帖，它又被称为"大斡儿朵"，也在克鲁伦河畔，据说川中岛是它的旧址，位于克鲁伦河的源头。

第二斡儿朵离第一斡儿朵不太远，位于驿站的分途点上。

第二斡儿朵中有四后四妃，有的记载说是四后五妃。这个斡儿朵的第一名是忽兰，浓艳的原乃蛮皇后古儿别速也在这里，她与清纯的忽兰正好形成鲜明的对比。

经常把两个截然不同的女人放在一起，好像是成吉思汗的嗜好。

第三斡儿朵建于原克烈宫殿（帐篷）旧址处，第四斡儿朵在原乃蛮的宫殿旧址。

帐篷给人的感觉似乎是临时的、简陋的，但其实并非如此。它比大型建筑物还要干净。因为要移动，所以污秽物不会堆积。说是帐篷，其实就相当于宫殿，它可以容纳一两百人。乃蛮聂斯脱利派的礼拜堂可以容纳五百人。

　　不过古儿别速无论如何也不想再回第四斡儿朵亦即原乃蛮的旧地了。曾经作为皇后母仪乃蛮的她，最终成了成吉思汗的女人之一，她的不情愿也是可以理解的。

　　成吉思汗按照蒙古礼仪，以正妻身份迎娶了古儿别速。然而，她只不过是众多正妻中的一人而已。

　　此外，金朝卫绍王的女儿在第四斡儿朵。她也是按照蒙古礼仪作为正妻迎娶来的，被尊称为汉公主皇后，也被称为岐国公主。

　　古儿别速原本是乃蛮王的后妻，在老国王死后，按照乃蛮风俗，她成了其子太阳汗的妻子。太阳汗的弟弟不亦鲁汗为争夺这位后母，与哥哥大打出手，最后落败逃到了北方，从而导致了乃蛮南北分裂。在一段时间内，乃蛮形成了南北并立的局面。

　　向东方出兵时，成吉思汗由第二斡儿朵的忽兰伴随，即使打仗时也有妇人相伴是蒙古的习俗。

　　由于出身乃蛮的缘故，玛丽亚跟随了古儿别速。亨利则在成吉思汗的领土内四处传教。

　　玛丽亚虽然一直显得年轻，但实际已经四十岁了。

　　她常常忘记萨拉丁是伊斯兰教徒，当年萨拉丁虽然跟她聊过很多事情，但从来没有提到过耶和华、真主。

　　"唉，玛丽亚，你为什么总是那么纯净从容呢？真是不可思议。"古儿别速问道。

　　"纯净从容？"玛丽亚不明白她的意思。

　　"我也想像你那样啊，"古儿别速说，"不过，如果没有一个纯净的过去，是做不到的。"

　　"纯净的过去？"玛丽亚不解地皱了皱眉。

　　"是啊，不纯净，就像我这样的人。先让乃蛮的老国王看上了，成了他的后妻。虽说是乃蛮王，但他娶我的时候已经无法行夫妻之事了。"古儿别速缓缓地说道，她担心自己的乃蛮口音不好听懂，有时一句话会重复说两遍。

"是这样啊。"玛丽亚点了点头。

她虽然年纪不小了，但对世间有些事情还懵懵懂懂。对于古儿别速的话，她十分认真地听着。

"老国王亦难察死后，按照乃蛮风俗，我就成了他儿子的妻子了。就像你所知道的那样。"

古儿别速对这件事情没有过多地说明。这种将亡父的妻妾，除自己生母之外的女人统统收归己有的风俗虽然看似很怪异，但在游牧民族中是非常普遍的。

游牧民族的观念中，女性一定要有保护人，所以他们认为这样做是在照顾女性。

玛丽亚对古儿别速说的话频频点头。古儿别速在斡儿朵中总是沉默寡言，她只爱对玛丽亚说话。古儿别速接着说道："为了争夺我，太阳汗和不亦鲁汗大打出手，如你所知最后太阳汗赢了。男人们真愚蠢，国家都要灭亡了还……唉，国家真的灭亡了。"

玛丽亚和古儿别速长得很像，经常被人误认为姐妹，都有圆润精致的脸颊和细长美妙的眼睛。

古儿别速说到这里，沉默了很长一段时间，说到国家灭亡的事情她也不禁感慨万千。那个国家也是玛丽亚的祖国，然而玛丽亚虽然对祖国有眷恋之情，却不可思议地没有一点亡国的悲伤之感。

在哪里都一样，在君士坦丁堡时、在急匆匆穿越西辽时，都一样。

乃蛮是值得怀念的故乡，但除此之外就没有别的了。

乃蛮灭亡后，国民被迁移到了各个地方，有的到了塔塔尔，有的到了泰赤乌。等到他们的第二代、第三代成人时，就会眷恋塔塔尔、泰赤乌了吧。

现在，玛丽亚在怀念乃蛮的同时，也热切地思念着君士坦丁堡。

在漫长的沉默之后，古儿别速终于又开口说道："太阳汗为什么那么斗志昂扬呢？把弟弟的军队打得落花流水。那天他得意洋洋回来时的情景我到现在还记忆犹新。我从他父亲的宫帐中被带了出来，走进了他的宫帐中。但是，太阳汗把手放在我的肩上说：'再等一会儿，我刚吃了药。再过一会儿才有效果。'"

说到这里，她低下了头，不久就啜泣起来，不知是欢喜还是悲伤。总之，直到进入成吉思汗的后宫之前，她还是处女。如果是悲伤的话，那是在悼念逝去的青春岁月。

玛丽亚抚摸着古儿别速的背说道："无论谁都有悲伤的记忆和欢乐的记忆。关键是现在，现在你快乐吗？还是伤心？你胸中充满的是什么？"

"不知道啊，不过，有时候很伤心的。怎么说呢……还是伤心。成吉思汗不在的话很伤心。世界上最强的人不在的话，很难过……"古儿别速语无伦次地说道。

"你很幸福，因为你相信身边的人是世界上最强的人。"玛丽亚说。

"是真的吗？……我真的不是一个人吗？……"

"你对大汗说过吗？刚才你对我说的事情。"

古儿别速注视了玛丽亚一阵，轻轻地点了点头。

"嗯，说过。……不过，我想起来了，大汗对我说不要和别人说，唉，我这是怎么啦，破坏了与大汗的约定。我太难过了。"古儿别速说。

"我不会对任何人说的，"玛丽亚说，"你不用担心。我也跟你说一些我谁都没说过的事情吧。不过，我的事情一点也没意思。"

"别这么说，我想听，我想一定会很精彩的。"

"在我很小的时候，父亲就死了。我是在教会的帐篷中长大的。大家对我都很好，所以我想父亲一定很了不起。为了更好地学习基督教，十五岁时我就出国了。出国的第二年，还没有到达目的地君士坦丁堡，不过先到了圣地耶路撒冷。"

"耶路撒冷！"古儿别速小声地叫了起来。她和许多乃蛮人一样，也是聂斯脱利派的基督徒。耶路撒冷这个地名，她从小就经常听说。

"对，耶路撒冷……我十分向往的地方，基督诞生地伯利恒，我梦寐以求的地方。然而，我到耶路撒冷时，那里正在打仗，伊斯兰教徒打来了。"

"那你怎么样了？"古儿别速握住玛丽亚的手，手很凉，手上有冷汗，玛丽亚回握住那只手。

"不用担心，进攻来的伊斯兰教军的首领是一个非常和蔼可亲的人，在那个人的庇护下，我没受什么罪。"玛丽亚说道。

"啊，太好了。"

"那个人安排我和我的老师坐上了去君士坦丁堡的船。"

"对一个十五六岁的孩子来讲，这个旅程太艰险了。你在君士坦丁堡待了多长时间？"

"我是最近才和一位基督教传教士一起回来的。所以，算起来的话在那里待了二十年。"

"二十年！"古儿别速瞪大了眼睛，"看来能听到许多有意思的、平时很难听到的事情了，你赶紧讲讲。"

"没有，没有什么值得讲的事情。"

"怎么了？"古儿别速皱着眉问道。

"二十年……过去的岁月虽然长，但想想到底做了些什么，还真没有什么可说的。"

"那边也有些乃蛮人吧？"

"我到那儿的时候，有三个从乃蛮去的，四个从克烈去的人。后来两个乃蛮人回去了，留下了一个。能到那里去很不容易，没有特别的背景是不行的。去那儿的人都不愿意多讲，我也不愿意打听。对了，有一个克烈人比我大十岁，我们关系比较好，可惜后来她死了。克烈内部也很复杂，她很不愿意提起这些。"

"那么你一定很孤独了。"

"我很早就习惯孤独了，孤独的时候我就想又是那种熟悉的感觉来了。"

"我明白，很长时间我也是那样。"古儿别速说道，她的脸上露出了淡淡的笑意。虽然是淡淡的笑意，但玛丽亚觉得是自己让她笑了。

现在自己能给他人带来快乐，在以往漫长的岁月，自己都在做什么呢？或许就是在寻觅它吧。这样想着，玛丽亚感到一股热流涌入胸中。

"很长时间是那样，但现在不是了，你自己的快乐能使别人快乐。"玛丽亚说道。

"是这样吗？"古儿别速在心中细细地回味着，往事一一闪现，它们能融化到现在胸中涌起的暖流中吗？

过了一会儿，古儿别速终于露出了灿烂的笑容来。

成吉思汗现在在鱼儿泊，听说他要从这里召女人过去。

古儿别速想："不会是我，应该是忽兰，对了，从遥远的路途来看，也应该是年轻的忽兰，她陪伴大汗狩猎是最合适的了。"

史书记载古儿别速皇后：

"年轻貌美，而庄严尊贵，为部众所畏服。"

她拥有的不仅仅是美丽。

不久快马从鱼儿泊赶来了，传达成吉思汗的旨意：速送忽兰过去。

对于成吉思汗待在鱼儿泊，人们有两种看法：一种是鱼儿泊是一个非常适合狩猎的地方，成吉思汗或许想在那里悠闲地游玩；另一种是那里离东方战线不是很远，随时都可以回到战场。

或许这两种因素都有。

在休战期间，成吉思汗的军队以排山倒海之势迅速增加。当时的军队，一般来讲，战争过后就自然而然地解散了，而成吉思汗的军队却出现了相反的现象。

自唐朝灭亡后，五代、宋朝都没能掌控中国北方。

先是契丹族占据了东北的一部分，汉族的宋政权想将之驱走，和女真族结盟。女真族把契丹政权驱逐走了，汉族却背信弃义，最终致使汉族政权反而被女真族取代了。

现在女真族建立了金政权，成为它的主人，金朝与南宋把中国一分为二。

契丹政权和女真政权都是少数派。契丹政权称"辽"，王室姓耶律，被女真的金政权消灭后，一部分人归顺了金朝，还有一部分逃到了西方，建立了"西辽"即黑契丹。

理所当然地，归顺金朝的契丹人的忠诚心是很淡薄的，很多人投靠了蒙古。像耶律阿海及其弟耶律秃花从很早起就效力于蒙古。

在蒙古内部，契丹人是主战派。除耶律阿海、秃花兄弟外，耶律留哥、石抹明安等有实力的契丹人不在少数，他们把与女真人的金朝作战看作是一种复仇之战。

在忽兰还没有到达鱼儿泊时，耶律阿海反倒先来了。他是为了向成吉思汗表达对这次停战的不满而来的。

"阿海，这次的停战也是不得已之举啊，你从人数上就能明白这点吧。"成吉思汗说道。

对于成吉思汗做出的停战决定，耶律阿海没有想着要改变。但是根据以往的经验，他知道成吉思汗这个人，如果对方不满的理由很充足的话，他会在一定的时候以一定的方式予以接受和弥补的。

两人一边骑马前行，一边聊天，既聊到了战争，也聊到了女人，还聊到忽兰马上就要过来。随后，成吉思汗说战争可能要长期化，希望他眼光能放长远一点。

鱼儿泊附近是所谓的休养地，在这里既可以消除战争的疲惫，也可以为下次战争做准备。

"与中国的战争还是会继续的，是马上就打，还是过一段时间再说，现在还不好下结论。"成吉思汗说道。

"那不是由你决定的事情吗？你说要长期化，而我们这些流亡的契丹人却希望越早越好。"阿海说道。

"到底要多早才好，实际上我也不知道。"成吉思汗苦笑着说道。

他心想要看形势的变化，形势如何变化，他也法无正确地预知。如果形势变得对蒙古有利，哪怕是明天挥师燕京也无妨。

"形势的变化，是早是晚，做出判断的不是你吗？"阿海说道。

"嗯，是啊，正确判断很难啊……不说这个了，你觉得契丹女人和蒙古女人哪个更好？坦白地说。"成吉思汗笑道。

耶律阿海家三代都效力于金朝，他是作为金朝使者被派往克烈的。当时金朝的皇帝是章宗，而克烈的君主是王汗，正巧当时成吉思汗也在王汗那里。阿海对成吉思汗一见倾心，意气投合，于是就决定不回金朝，转而辅助成吉思汗成就霸业了。他被派往克烈前，就盘算着如果王汗是个人物的话，就效力于他。总而言之，他对金朝没有一点感情。

由于耶律阿海一去不回，金朝震怒，扣押了他的妻子。成吉思汗得知此事后，就把蒙古的名门之女许配给他做妻子。

契丹女人和蒙古女人哪个更好这个玩笑的背景就是这样的。

"对了，前些天金朝派人跟我联系了，要把妻子送还给我。谢谢你了。"耶律阿海在马上行了一个礼。

这次和谈的条件之一就是要金朝将扣押的耶律阿海的妻子送还给他。为此，耶律阿海向成吉思汗表达了谢意。

"嗯，女人有多少个都无所谓，对有的人来讲，还会觉得很麻烦。男人嘛，什么都不要说，默默地仰望天空就行了。"成吉思汗说道。

这时，两匹马好像赛跑似的从草原上驰骋而来，很快就追上了信马由缰的成吉思汗和耶律阿海。

"金朝决定迁都了，情报可靠。"从马上跳下来的男子大声地说道，消息大概刚传到鱼儿泊的营舍。第二个男子在从马上跳下来之前就喊道："是从耶律参那里传来的消息，不会有错。"耶律参是蒙古安插在金朝的密探。

金朝迁都之事很早就议论纷纷，看来要付诸实施了。

金朝也考虑了种种对策，岐国公主即卫绍王的女儿嫁往蒙古是三月，决定将首都从燕京迁往开封是五月，都是 1214 年的事情。

阿海可能要高兴了，成吉思汗想。他原本打算着手西征的准备，现在看来不得不再次和金朝作战。

金朝迁都可以看作是它想从更安全的地方图谋反攻。当然，这样一来，蒙古与金朝的和平协议也就被打破了。蒙古现有的兵力虽然少，但是，如果只对付燕京的话，是能够攻取的。

"打吧。时机也很合适，马上把大军叫回来吧。"耶律阿海的表情变得很急切。

对于金朝的借口，蒙古也很清楚。女真族兴起于东北[1]，中心逐渐向西移。现在，燕京称为中都，开封称为南京，过去曾是北宋的首都。

他们只不过从中都迁到了南京而已。

成吉思汗认为还有利用和平的可能性，他还没有摆脱缴获更多战利品就行的思维模式。

然而，如果不打的话，契丹人不会答应。在金朝有一支被称为"纠军"的外族军队，他们的投降促使成吉思汗最终下了开战的决心。

外族军队，也就是女真人之外的非正规军队。军队中虽然也有突厥人、党项人，但燕京附近的"纠军"，几乎全是契丹人。

虽然纠军是非正规的，但也是政府的军队。

但是，金朝政府完全不信任他们。当首都准备从燕京迁往开封时，纠军就成了一大麻烦。于是金朝命令他们交出武器，回到原来的地方去。

"欺人太甚！"

他们愤怒了，因而袭击了首都的防卫军。

纠军打败了首都防卫军，但没有入城，因为他们的力量还不够。

根据和平协议，蒙古军撤退了，纠军无处可去。

于是，契丹出身的骨干纷纷要求成吉思汗取消和平协议再次开战。耶律阿海、耶律秃花、石抹明安等都是如此，特别是新近投降的人，反金意愿更强烈。

1　今松花江、牡丹江、黑龙江下流地方。

不久，蒙古军队陆续回归到了战线上。成吉思汗也不得不暂时放下西征的计划。

不过，由于城市作战并非蒙古军所擅长，为了避免激烈战斗，只是包围而已。

成吉思汗稍微视察了一下前线，马上就返回了鱼儿泊。很明显，他对这场战争从一开始就没有什么热情。

第二次包围燕京的蒙古军，契丹兵是主力。契丹人在这场战争中纷纷倒戈，大批加入了蒙古军。

蒙古兵严密包围，并截夺军粮，一直持续了六十天。就这样，燕京终于陷落了，史称"绝食六十日"。蒙古攻克大都市，这是第一次。

投降的地方予以宽恕，抵抗的地方一律屠杀，这是草原的规矩。然而，燕京虽然抵抗了，在陷落后却没有被屠城。因为如果死守着蒙古人的规矩，就得不到契丹人的支持了。契丹人有契丹人的做事方法，也有他们独特的道德观念。

有的蒙古将士抱怨："这哪里是蒙古军呀，简直都成了契丹军了。"

"就让他们按照自己的方式办吧。"蒙古将军撒木哈·把阿秃儿由于受到了成吉思汗的严厉叮嘱，这样说道。

这场战争真可以说是契丹的战争。

燕京城中的契丹人相当多，其中一部分做了金朝的官员。另外，由于他们在近一百年受金朝统治期间，与汉人杂居，受汉文化影响也很深。

金朝的军队中也有契丹族官兵，而进攻燕京的蒙古军主力也是契丹人。所以就呈现出契丹人与契丹人交战的情形来。

金朝军队中，不仅契丹官兵，汉人官兵投降蒙古的人也不少。

蒙古下了一道命令：优待投降的士兵。于是，在绝粮六十日的包围战中，投降的人越来越多。这六十日中投降的基本上都是军人。

燕京失陷后，它就沦为蒙古的占领地，蒙古需要的人才，可以随意从中挑选了。

此时，蒙古得到的最好的人才就是耶律楚材。

耶律楚材，字晋卿，是辽国东丹王的八世孙。唐朝灭亡后，辽太祖耶律阿保机聚集了希拉穆仁河[1]流域游牧的契丹族，建立了辽政权。辽太祖的儿子耶律德光成为第二代皇帝。德光的长子耶律倍即是东丹王，他没有做过皇帝，但直到辽国灭亡时，历代皇帝都是他的子孙。

从幼年起，耶律楚材就很优秀。父亲在他两岁时就去世了，他有两个年龄相差很大的同父异母哥哥。蒙古包围燕京时他二十六岁，已经做了金朝的官吏。他的两个异母哥哥年龄都已超过四十岁，官位很高。他们在迁都时随着金朝皇帝去了南京也就是开封。而楚材留了下来，最后投降了蒙古。

投降者所说的话大都相同，特别是契丹人，就像是从一个模子里刻出来似的。他们一般都会说因为祖先被金朝（女真）杀害了，现在是一个报仇的好机会，然后历数金朝皇帝的昏庸，并破口痛骂金朝。

成吉思汗也总是对投降的契丹人说："我会替你们报仇。"

这场战争，成吉思汗不是很积极。他只在战场附近出现过一次，然后立即就返回鱼儿泊去了。

耶律楚材过了很久才见到成吉思汗，因为成吉思汗根本连去

1　今西拉木伦河。

都没去燕京。

有人曾向成吉思汗推荐说燕京是鲜花的都城，劝他去游玩游玩。成吉思汗盯着对方的脸说道："撒马尔罕比它要漂亮两倍、三倍。"就这样，成吉思汗终其一生也没有看过燕京一眼。

说当时耶律楚材受到了成吉思汗隆重的接待只不过是后人的美化而已。投降者在燕京等待了很长时间，他们要接受蒙古方面的挑选，耶律楚材被选中了。

他身高一米八左右，胡须俊逸，本来就很惹人注目。再一说话，更是声音朗朗，气宇轩昂。

这场战争令成吉思汗最满意的是投降者数量多、质量高，特别是得到耶律楚材，让他大为高兴。

楚材在行在谒见了成吉思汗。行在本意是旅行中的意思，不过对于游牧民族来讲，哪里都是行在。

据耶律楚材《西游录》记载，谒见是在戊寅（1218）三月既望（十六日）。

对于投降者，蒙古方面事先都经过了筛选，谒见成吉思汗就相当于接受面试。

早年效力金朝以后投降蒙古的契丹人，最早有耶律阿海、耶律秃花兄弟，接着是石抹明安，还有没为金朝效力、在野为民的豪族移剌捏儿、石抹也先等。

蒙古人几乎全是武夫，因此，其他很多事情都是由认识汉字、擅长各种技艺的契丹人来做的。

成吉思汗把平时对契丹人说的那套话又对耶律楚材讲了一遍，说："我替你们讨伐了金朝，替你们为祖先报仇了。"

听到这些话后，耶律楚材依旧低着头回答道："恕我冒昧，臣的父祖都效力于金朝，把一切都献给了国家。到我这里，如何会有仇恨呢？"

他的头在成吉思汗面前垂了下来，表示随时都可以砍掉，因为他深知成吉思汗是杀人不眨眼的。

"没关系，你抬起头来。"成吉思汗说道。耶律楚材抬起了头，成吉思汗仔细地打量着他，他抬起头等待成吉思汗说"把他的头砍了"。

如果那时耶律楚材的视线游移不定或者头低下去了的话，成吉思汗很可能就会喊"砍头"了。此事后来成吉思汗对他说过很多次，绝对不是笑话。

"哈哈，你的胡子长得不错嘛。以后就叫你大胡子吧。"成吉思汗说道。

称呼绰号绝不是轻视，反而是一种施恩的表现，作为臣下来讲是很荣幸的。

谒见完毕后，意味着与成吉思汗之间正式确立了君臣关系。

正式的君臣，成吉思汗一定会加以保护，杀害成吉思汗家臣的村庄，会一个不留地全部杀光。无论战事如何繁忙，复仇是一定要进行的。

只要谒见成吉思汗就会被看作是他的家臣。然而，想见成吉思汗并不是那么容易的事情，于是成吉思汗的近臣中就有人就以此牟利。尤其是那些行商，成为成吉思汗的家臣，办起事来很方便，为了见到他，有人就以巨资向他的近臣们行贿。成吉思汗对这种情况心知肚明，有时他还对立了些小功的人说："下次，带两个和你亲近的人来见我吧。"

耶律楚材不是这样的家臣，有人告诉成吉思汗，这个耶律履的儿子曾经是金朝的六品官。耶律履是楚材的亡父，曾经是金的高官。现在效忠于成吉思汗的耶律阿海曾经是他的手下。

后来成吉思汗曾经表扬阿海向他推荐了优秀的人。

"不过，那个人能做什么呢？"成吉思汗问阿海道。

他好像精通儒学、史学，但是对于这些成吉思汗都不感兴趣。

"他精通天文，而且还懂易学。"阿海回答道。

后来，耶律楚材经常被问询有关天文方面的事情，对于游牧者来讲，天文是非常重要的。当然易占也同样地受到重视。

现在，成吉思汗要开始着手新的战事了，那就是他一直梦寐以求的西征。那些想向东方发展的人，让他们参加木华黎的东征军就行了。关于西方的情况，成吉思汗自己已经进行了深入的研究。这次只需要调查研究西方的人事关系，比如谁和谁表面看来很好，实际却是仇敌；谁和谁虽然是父子，但关系不睦等，成吉思汗都一一印入了脑海。

关于山势险峻、河流深浅、道路难易等，他早已通过商队调查过了，而且参考了不同渠道的信息。

成吉思汗思考西征的事情时，或者谈论此事时，总是兴致勃勃，这对他来讲是一件非常愉快的工作。

十　　西辽余话

　　对于蒙古来讲，乃蛮虽然灭亡了，但问题并没有全部解决。

　　乃蛮依然是通向西方的入口，太阳汗虽然战败死了，但他的一个儿子屈出律逃到了西辽。

　　屈出律被允许进入西辽时，玛丽亚正好在向东去的旅途中。

　　西辽又名黑契丹，是一个怪异的国家。它的前身是位于东亚的辽国，是由契丹族建立的国家。大约一百年前，辽国被女真族的金朝灭亡，有一部分契丹人在耶律大石的率领下逃到了西方。

　　刚从东方逃来的他们为什么能够在畏兀儿以西的西方建立起国家呢？因为他们夺取了喀喇汗王朝的政权。

　　由于喀喇汗王朝没有留下记录，具体情况不是很清楚。只知道该国是伊斯兰国家，在其末期发生了内部纷争导致国家分裂，以致被从东方来的契丹人篡夺了政权。

　　成吉思汗让学者讲解喀喇汗王朝的历史时，说道："他们做了不该做的事情，一定要让我的子孙们牢牢记住。"

　　这是他对喀喇汗王朝的历史评价。

喀喇汗王朝对宗教太过沉迷，当权者是狂热的伊斯兰教徒，他们认为把伊斯兰教传遍整个世界每个角落是真主赋予他们的义务。它以伊斯兰教的先锋自居，疯狂地向东方、西方进兵，大约打到于阗附近陷入困境。

现在于阗附近保留下来的满目疮痍的寺院、佛像遗迹就是喀喇汗时代的"杰作"。不过，于阗亡国时的情形已经不清楚了。

西辽从历史中汲取了经验教训，他们本来是佛教国家，但没有强迫国民改信佛教。说是佛教国家，其实仅限于统治阶级，即只有从东方来的契丹人才是佛教徒，一般民众还是以伊斯兰教徒居多。

这个西辽收留了流亡的乃蛮王子屈出律，结果葬送了国家。在玛丽亚的记忆中，美少年屈出律的形象如同一个不祥的咒语一般铭刻心中。

尽管屈出律是流亡之身，却篡夺了西辽，而且是与西辽国王直鲁古的女儿合谋的。

屈出律是乃蛮的王族，所以是基督徒。他亡命到西辽并与西辽公主结婚后，与公主合谋把她的父亲软禁了起来。

这个公主大概也是一个很有手腕的女人，本是基督徒的屈出律受她的影响，居然变成了佛教徒，而且成为战斗性很强的佛教徒，他在伊斯兰教徒众多的国土上掀起了反伊斯兰教运动。

在这片佛教徒曾经饱受伊斯兰教徒迫害的土地上，此时又上演了一场完全相反的迫害。

其中，最令人毛骨悚然的事件是在于阗清真寺的大门上，伊斯兰教的阿訇被残杀。于阗的伊玛目就是这个悲惨事件的牺牲者。

成吉思汗对于西辽收留了乃蛮王室的血脉感到异常气愤。

西征的道路必须要清除干净，畏兀儿投降了，卡尔尔古特族也不战而降。现在，只要成吉思汗怒目而视，敌人就会心惊胆战。

蒙古族只有十三万的兵力，而且如果太过吝惜蒙古族的损伤的话，就会招致其他民族的叛离。可是虽然不想多流血，奈何这世上却偏偏有像屈出律那样混账的人。

西辽之所以轻而易举地就夺取了喀喇汗王朝的政权，因为是抓住了敌人的弱点。喀喇汗强制民众改信伊斯兰教，毁坏佛教寺院从而失去了民心。百年前西辽亲眼目睹了这个先例，所以他们没有镇压伊斯兰教。

然而，篡夺了西辽的屈出律却忘记了这个教训。

成吉思汗的部下中伊斯兰教徒也不少，他们无论如何也不能原谅屈出律的行为。

就算是从常人情理而言，成吉思汗也不能对屈出律置之不理。他的审美意识中是不能容纳这种人存在的。

在屈出律像丧家之犬一样四处逃窜时，收留他的不正是西辽的直鲁古吗？他怎么能伙同其不孝之女，篡夺直鲁古的王位呢。

出卖主人札木合的人，当场就被杀了，这是成吉思汗一贯的作风，类似的事情发生过好几次，现在已经没有人敢在他面前出卖自己的主人了。

屈出律虽说软禁了岳父，但对他的处置还是相当慎重的。尽管如此，成吉思汗也不能原谅。

更加不能原谅的是，屈出律不仅是乃蛮的余党，还与花剌子模国王结成了同盟。

此时，花剌子模与蒙古还不是敌对关系。但是，它选择与屈出律而不是与蒙古结成同盟，就有一点问题了。

西辽的君主按当地的称呼是"古儿汗"，按中国的称呼，第一代耶律大石被称为天佑皇帝。直鲁古是第五代，年号"天禧"。

耶律大石是科举及第的进士，深通儒学，而且对佛教很热衷，对政治也很关心。

与之相比，第五代的直鲁古是一个让屈出律轻而易举就篡夺了政权的平庸之人。不过，这个国家的领土从喀什噶尔一直到于阗，在当时还算是一个非常强大的政权。

然而，随着成吉思汗的介入，情势就截然不同了。

屈出律最终逃进了巴达哈伤的山中。

在山中徘徊时，他成了孤家寡人，不是部下弃他不顾，而是他刻意地远离部下。因为古往今来被部下杀死或是被部下出卖的例子不胜枚举。

饥饿和干渴减缓了他的脚步，但他依然在前进。他的脑中黄一阵红一阵，时不时还会变成黑色，那时候他就使劲地眨眨眼睛，等待着黑色转变成灰色。

唉，十年前我不是已经死过一次了吗？想起来，这次也不算什么。

屈出律尽可能地什么也不想，但愈是如此，头脑却愈是纷乱。

那个姑娘现在怎么样了？

就连这种事情都浮现在他的脑海中。

随着体力的衰弱，记忆却意外地苏醒了。岂止如此，就连几乎已经忘记的事情，也活灵活现地浮现了出来。

对了，玛丽亚，我还没忘记她的名字，玛丽亚……

关于她的事情，不由自主地都想了起来。

那是十几岁时的事情吧，不，可能二十了吧。对了，她应该比我小五岁。玛丽亚是个可爱的女孩儿。我却是个臭名昭著的浪荡子，到处拈花惹草。她周围的人都警告要小心我，也是应该的。

可是，其他的女人全都想不起来了，怎么只有她的名字还没有忘记？不仅是名字，只要闭上眼睛，她的容貌就浮现出来了。

有一天，她突然就消失了，可能是因为躲避我的缘故吧。

不见她的踪影后，我很着急，像她那样的女人是难得一遇的。我感觉就像放在身边的珍宝，因为疏于管理，结果被人偷走了似的。正好在我出去狩猎的二十天里，她被人带走了。

有朋友说：女人还不是一抓一大把，别伤心了，接着痛快地玩吧。

什么呀，这家伙，什么都不懂。我感到很气愤。

十年前，乃蛮被蒙古消灭时，我以为自己完了。

那是个神奇的军团，自称蒙古军，但在我出生的时候，谁也没用过那个名称。而现在，就连被成吉思汗消灭了的部族，都自称为蒙古族，真是令人笑掉大牙。

想想其实怎么称呼都无所谓，克烈也好，乃蛮也好，现在仍应有数十万人，但谁也不会用战败部族的名字，这样不是挺好的吗？

该怎么称呼我呢？是乃蛮的屈出律，还是西辽的屈出律……我那被软禁了两年才死去的岳父，被称为西辽最后的大汗。那么我是什么呢？我希望人们称呼我古儿汗，但谁也不会这么称呼吧。

我是衷心喜爱乃蛮玛丽亚的古儿汗屈出律！

屈出律已经站不稳了，四周好像都是黑漆漆的，休息了一会儿，又朦胧地能看清点东西。

可是还是比先前要暗淡，就这样一会儿看不见，一会儿又看得见，最终会什么也看不见的吧。

哎呀，周围黑漆漆的，好像隐隐约约地看见了什么。是人的脸，隐隐约约地看见了，这是谁呀……啊，对了，是侯赛因。虽然面

目狰狞，黑漆漆的看不清楚，但应该就是侯赛因。他制作的琵琶
远近闻名，他的琵琶音色清脆悦耳，让人陶醉。

侯赛因、侯赛因……

我在呼唤他的名字，可是我还能发出声音吗？他能听到我的
声音吗？

是啊，他应该听不到。在眼睛还能看见微弱光芒时，我好不
容易看到了，侯赛因用手捂住了耳朵。

据说人到临死的时候，喜欢的女人会浮现在眼前，我看见玛
丽亚的脸了，我快完了。

哎呀，我怎么还画十字呢？已经是过去的事情了，我已经不
是基督徒了，已经很长时间不是基督徒了。

我是佛家弟子。

不应该画十字，应该双手合十，合起双手来，在心中默念南
无阿弥陀佛。

双手合十很困难，但再忍耐一会儿吧，之后我就会彻底解脱了，
会得到绝对的自由了。只把两手稍稍举起，指尖能碰到一起就行了。
但我能做到吗？

"南无阿弥陀佛。"

用尽最后的力气，他念道，声音非常微弱。

善制琵琶的侯赛因似乎就站在那里，的确，眼前的人是侯赛因，
但他不是制作琵琶的侯赛因，而是士兵侯赛因，这个侯赛因曾因
为狂热地念《古兰经》被屈出律惩罚过。

"啊，这不是屈出律吗？咱们抓到大家伙了。"这个声音不是
侯赛因的，那里有两个士兵。

"没错，就是屈出律，我被他骂过，他的脸我是绝对不会搞错
的，你去问问队里的人就知道。不过，看来他快要死了。"士兵侯

赛因说道。

"把这家伙带走的话太麻烦了，不如干脆……"

说着，另一个士兵咧嘴狞笑起来，他心里大概已在盘算赏金的用途了。弯曲的短刀现在已经握在他手中了。

屈出律软绵绵的像一摊烂泥，他的眼前一片黑暗，意识也模糊起来，然而他很清楚自己即将被杀。

士兵举起了短刀。第一个干掉被重金悬赏的人，得到的奖金是大不相同的。所以他匆忙地举起了短刀。

然而，侯赛因却更快。他乘同伴正在对付濒死之人的时候，闪电般地把短刀刺向了同伴的背后，深深地扎了进去。

侯赛因冷静地杀死了同伴，然后把短刀握进了屈出律的手中。制造出由于屈出律反击，那个士兵被杀的局面来。

于是，结局就成了侯赛因和同伴与屈出律拼死决战，同伴战死。赏金当然全归士兵侯赛因了。

西辽的历史很模糊，被屈出律篡权后的时代也一样。

屈出律死的地方有人说是巴达哈伤，有人说是喀什噶尔附近。

西辽的开国始祖耶律大石曾经占据镇州可敦城。那里曾经是辽朝统治蒙古的据点，可见他是很有计划性的。镇州在今辽宁省，他在那里获得了支持者。

后来，他占领了以八剌沙衮为首都的喀喇汗王国。从那以后，西辽成为西方的大国。

西辽首都虎思斡儿朵即喀喇汗时代的八剌沙衮。用现在的地名来说，就是从今吉尔吉斯斯坦共和国的伊塞克湖到其北方哈萨克斯坦的地方。

耶律大石的妻子塔不烟在丈夫死后，以"感天皇后"的身份执政七年。所以，西辽第二代当权者是女皇帝，因为耶律大石的儿子年幼，所以母亲代为执政。耶律大石的儿子耶律夷列是第三代，按中国式的称呼为"仁宗"，年号"绍兴"。

绍兴延续了十三年，之后其妹普速完成为"承天太后"，以"崇福"的年号统治西辽十四年。

承天太后是一个热情奔放的女人，她与丈夫的弟弟私通，结果被愤怒的公公杀死了。感天皇后、夷列、承天太后分别为第二、三、四代。

然后就是直鲁古，他杀死了兄长，成为第五代皇帝，后来又被从乃蛮亡命来的屈出律篡取了国家。

这就是西辽的简史。它在最昌盛的时期曾经在撒马尔罕击溃过喀喇汗和塞尔柱王朝的联军。

这个国家除使用古儿汗这个称号外，还保留了"皇帝""年号"等中国式的称呼，国家体制非常奇特。

由于它特殊的体质，不能很好地融入周围各国的环境中去，结果它的统治是很表面化的，并不是很稳固。当权者虽然对佛教很热衷，但没有扩展它的意思。

不过西辽也没有镇压伊斯兰教，特别是当权者们从东方刚来不久的时候，他们总想聚集大军再杀回东方去，去征讨可恶的金朝。在他们看来，这个地方不过是他们临时休养生息的地方而已。

始祖耶律大石占领虎思斡儿朵后，聚集了七万大军东征。

据《辽史》记载：

"行万余里，无所得，牛马多死，勒兵而还。"

天气恶劣是一个原因，另外，此时西州畏兀儿已经投降金朝了，所以他们无法再继续前进。

在陌生的土地上建立起自己的国家，听起来好像很唐突，但他们的祖先曾在希拉穆仁河畔游牧，所以也并非不可思议。

那以后过了九十年，西辽在战争中失败，耗尽了国力。此时，宰相马赫穆德巴依怕古儿汗征收自己的财产，便建议把士兵抢劫的财物收归国库。实际上马赫穆德巴依是一个大富豪，他害怕自己的财产被国家算计，所以提出了这么一个糟糕的建议。

在当时的西辽，战争中抢夺到的财物理所当然地归士兵所有。要把这些财物收归国库，一下子就激起了士兵的愤怒。

这就是西辽没落的原因。直鲁古没有支持者，所以很轻巧地就被屈出律篡了位，谁也没有伸出手来援助他，保住性命已经是万幸的事了。

然而，在他们处于混乱之时，成吉思汗正在调集大军准备攻打屈出律。理由很多，从西辽残党的角度讲：

"屈出律篡夺了我们西辽国。"

从当地住居民的角度讲：

"屈出律虐待我们伊斯兰教徒，让清真寺蒙受耻辱，对教职人员施暴致其死亡。"

对于蒙古来讲，已经灭亡了的乃蛮，不能坐视它死灰复燃。否则，就不必与乃蛮作战，杀死太阳汗了。

由于有屈出律这么一个中心存在，乃蛮残党不断从各个隐匿的地方现身，聚集在一起。

现状已经不能坐视不管了。

为了讨伐屈出律，成吉思汗给了哲别两万大军。

哲别出身于别速惕氏，最初归附泰赤乌部，与成吉思汗作战落败，被成吉思汗抓获。他以擅长弓箭闻名，哲别意为"锐利的箭"。

哲别征讨西辽，只要向民众保证"宗教信仰自由"这一点就行了。民众为此欢欣鼓舞，主动地加入他的军队中。

对于成吉思汗来讲，恐怕这是最轻松的一场战争了，每前进一步，军队就壮大一分，敌兵就减少一分。

从隐匿处冒出的乃蛮残党又回到原来躲藏的地方，屈出律逃到山中后，又解散了本来就所剩不多的士兵，最终成了一个名副其实的孤家寡人。

哲别在这场战争中，掳获了上千匹西域的"白口"名驹，献给了成吉思汗。

过去，哲别在泰赤乌部与成吉思汗作战时，曾经把他的一匹"白口"黄马射死，哲别对此一直念念不忘。

西辽之所以能以流亡政权维持强大的势力，得益于它对宗教的宽大。另外，这个地方的民众也很温顺。而且，西辽虽然拥有强大的势力，但几乎不干涉民众的生活。

屈出律让这种局面发生了巨变，而民众最讨厌的就是受到干涉。

于阗本是有名的佛教国家，但被喀喇汗王朝强迫改成了伊斯兰教国家。而这次，因为屈出律，又差点变回佛教国家。不过，因为这次时间短暂，所以影响很小。

哲别迅速向成吉思汗送去了捷报。对此，成吉思汗总结道：王汗、太阳汗，还有屈出律，都是因为心生贪念导致灭亡的。我们虽然胜利了，但不能忘记这个教训。

日后哲别的军队纪律非常严明，士兵和当地民众的关系也很融洽。

哲别叫来了西辽的降将，把裹着屈出律首级的黑色包裹放在他们面前，说："这就是篡夺了你们国家的、恶贯满盈的人的下场。把他的首级让原来的西辽百姓，还有原来受西辽压迫的天山南麓的畏兀儿百姓都好好瞧瞧，这就是成吉思汗的敌人最后的下场，让人们都好好看看与成吉思汗为敌的人的结局。"

天山南麓的畏兀儿人，有一段时期处在西辽的半统治之下，那时，由西辽派遣"少监"到该国，少监常驻于该国，但后来畏兀儿人杀了他，投靠了蒙古，畏兀儿的首都是别失八里。

以塔塔统阿为代表，出生于该地的很多人都效力于蒙古，特别是文化方面的人才很多。因为自从蒙古语用畏兀儿文字书写以来，这方面的人才无论如何都是非常需要的。

屈出律的首级在这些地方巡示了一周，以此宣告蒙古时代的到来。

十一　　大军西征

花剌子模位于阿姆河下游的三角洲地带。当时的统治者是阿拉丁·摩诃末，他在塔拉斯河[1]河畔打败了西辽，作为伊斯兰的保护者声名远播。

然而，他与亲生母亲图儿干合敦的关系十分恶劣，而且还与伊斯兰教哈里发争权夺势。他的领土是以撒马尔罕为中心，从锡尔河到波斯湾的广大地区。

由于在塔拉斯河靠近伊塞克湖的地方，花剌子模打败了异教徒西辽，这个国家就与畏兀儿接壤了。

畏兀儿中伊斯兰教徒很多，与它相接好像没有什么问题。但是，在西辽败退后，蒙古前进了，事实上它成了蒙古的属国。所以蒙古与花剌子模成了邻国。

1217 年，花剌子模阿拉丁·摩诃末从哈马丹袭击巴格达，想要废黜哈里发。

1　位于今吉尔吉斯斯坦共和国。

然而，那年冬天大雪，天气奇寒，山地行军途中，很多人马冻死，军队就不战而溃了。摩诃末在这条战线上损失了数万兵将。

摩诃末没有就此罢休，又召集部队伺机再起。

1217年，正是成吉思汗西征的前两年。

花剌子模商人的骆驼队由西向东，然后又由东向西穿梭着。他们每次出行必定要带上相当数量的武装人员。因为沙漠中盗贼经常出没，必须小心谨慎。

成吉思汗很爱从这些商队成员那里探听各种信息。他们的话往往很夸张，有时甚至胡说八道。成吉思汗擅长识破他们的谎言。这也不是什么难事，只要从不同的人那里听就行。而且说谎的人心虚，只要用眼睛严厉地瞪着他们，他们一般就会变得结结巴巴。

以往，商品的交易量不是很大，东方没有什么购买力。然而，这些年来，情况得到了改善。东方从军的人们，因掠夺变得很富有。

摩诃末的父亲塔哈施曾经打败了宗主国塞尔柱王朝末代国王苏丹图格里勒伯克三世。花剌子模东边还有一个宗主国即西辽。1210年，花剌子模终于在塔拉斯打败了东边的宗主国西辽。次年，西辽被屈出律篡夺。

成吉思汗虽然不会写字，但他喜欢用芦笔在纸上画直线、三角、圆形、椭圆形等等，那些东西意味着什么，除了他以外无人知道。

有一次，成吉思汗在一张纸上画满了圆形、三角形等，画完后就随手将之揉成一团扔掉了。

"你不是一边想着什么一边画的吗？以后，你要想不起来的话，那张纸或许会有用的，不要扔吧。"弟弟帖木格·斡惕赤斤说道。

"会有用？要用时再画一张不就得了。"成吉思汗说。

"那张纸上光圆形就有十多个，再画一张可太难了……"

"是吗，拿纸来，我再给你画张一模一样的。"

说着，成吉思汗拿起笔飞快地在一张新的纸上画出了直线、圆、三角形等。帖木格·斡惕赤斤赶紧拿出被成吉思汗扔掉的那张纸比对起来。

"啊……"他不由自主地发出了惊叹声。

虽然纸上有圆形十二个、三角形七个，此外还有无数条线，但两张纸上画的却一模一样。

"这件事别跟任何人讲。"成吉思汗看着目瞪口呆的弟弟说道。

成吉思汗也是不久前才注意到自己这种才能的，并且他觉得还是保守这个秘密更好。

用现在的话来讲，为了缔结两国间的通商协议，蒙古向花剌子模派出了使者。由于是派往伊斯兰教国家的使者团，因此成员几乎全是伊斯兰教徒就不足为怪了。

但是，这个使者团却很糟糕，其中甚至混杂着非伊斯兰教徒的印度人。那是些喝点酒后就不知会说出什么话来的人。

现在的花剌子模是一个什么样的国家，成吉思汗应该很清楚。而且，阿拉丁·摩诃末对军队的统帅能力有问题，这点他也应该很清楚。

因此，他应该知道向花剌子模派出那么糟糕的使者团会有什么样的后果，他这么做只能说是故意的。

使者团到达了位于锡尔河中游的一个名为讹答剌城[1]的地方，总人数为四百五十人。

花剌子模的讹答剌城太守名为亦纳勒术，号称海儿汗，是太

1　今哈萨克斯坦境内。

后图儿干合敦娘家的人。

亦纳勒术向花剌子模国王报告说，蒙古的使者全是无赖汉，所做的事情就是刺探花剌子模的内情，想调查两年前花剌子模进攻巴格达时，军队受到了多大的损失。

得到这个报告的花剌子模国王莫名地亢奋起来。他命令道："把那些使者全部逮捕！"

巴格达的失败对于花剌子模国王摩诃末来讲，是无论如何不愿被提起的事情。国内对他这次失败的责难声相当高涨，他对这种责难变得非常神经质。

"到底谁在煽风点火？"摩诃末青筋暴突，狂怒不已。

不用说，一定是他母亲图儿干合敦。想到这里，摩诃末愈加愤怒。

"越是战败了的人，越是爱大言不惭，打次胜仗让人看看嘛。"被逮捕的蒙古使者中，有人说出了这样的话，而且，仿佛生怕别人听不见似的，是用阿拉伯语大声喊着说的。听到这些话，摩诃末跺着脚气急败坏地喊道："把他们全都砍了！"他拄着剑怒吼道。

四百五十名使者中只有一个人逃走了，保住了首级。他跌跌撞撞地跑回成吉思汗的大营，报告了同伴被虐杀的经过。

成吉思汗再次派遣使者团去调查这次事件的真相。然而，他们却吃了闭门羹。岂止如此，他们都被剃了胡子赶了出来。

他们是成吉思汗专门花费心思挑选的与花剌子模人相同的伊斯兰教徒。对于伊斯兰教徒来讲，胡子被剃是最大的耻辱。

就这样，花剌子模和蒙古决裂了。然而，即使在这个时候，花剌子模似乎也没有想到蒙古会发动西征。

成吉思汗接到了发生在讹答剌的噩耗后，流下了愤怒的泪水。他登上山顶请求神灵的护佑。他解下腰带挂在颈上，脱下帽子，面向苍天祈祷。

太祖（成吉思汗）十四年（1219）夏，他在也儿的石河畔[1]聚集了大军。

"车帐如云，将士如雨，马牛被野，兵甲赫天，烟火相望，连营万里……"

耶律楚材在《西游录》中这样描述蒙古军出征当天的情景。

军队先头的旗帜被称为"牙旗"，在出征前祭祀牙旗的仪式叫"祃牙"。祃牙当天，虽然是六月天，却下了三尺厚的雪。

"祃"，是在军队驻扎的地方祭祀军法制定者的仪式。《说文解字》中就有此字，说明这是汉族自古以来传承下来的祭祀活动的一种。不知从何时起，它还传到了北方诸民族中。

大雪和严寒使很多兵将产生了畏惧心理。

"如此的话无法前进。"

后面的指挥官向本部提出了这样的意见。

"夏天下雪，到底意味着什么呢？"成吉思汗仿佛在责问苍天似的问道。

"这是大吉的征兆。"在燕京投降的契丹人耶律楚材站到成吉思汗面前，这样回答道。他以擅长卜筮著称。

"为什么大吉？"成吉思汗问道。

"雪代表阴，盛夏出现了阴，这是打败敌人的最好的吉兆。"耶律楚材回答道。

作为新人的他，当时的身份不会很高，之所以能够待在成吉思汗身边，是因为像祃牙这样的祭祀活动，需要通晓这方面知识的人。

1　今额尔齐斯河。

停了片刻，成吉思汗开口了，用他平时很罕见的、近乎吼叫的声音说道：

"夏天降雪，还有严寒，是胜利的吉兆。大家都听到了吗？更何况是在出征前祭祀军旅之神时下大雪，毫无疑问是大胜利的象征！"

官兵们仿佛都在等待成吉思汗的吼叫似的，全军发出了震耳欲聋的回应声。

成吉思汗并没有私下与耶律楚材约定什么，但当天如果取消出发的话，会对全军士气造成非常大的影响，所以这天无论如何也要举旗渡过也儿的石河。

如果有人胆敢阻止的话，即使刀剑相向，他也一定要贯彻出征的决定。

只是没想到这个年轻的卜筮家出现了，很轻巧地解决了问题。

游牧民族的征战大多都有女性相伴。这次西征，成吉思汗决定带居第二斡儿朵之首的忽兰同行。古儿别速虽然没有相随，但实际上和带着两人的感觉是一样的。

"玛丽亚，你就负责跟忽兰聊天解闷吧。"成吉思汗说道。

不知为什么，成吉思汗很为玛丽亚所吸引，不过对她并没有肉欲。

可能因为她父亲帕乌罗曾经教给少年时期的成吉思汗一些令他心驰神往、温暖又朦胧的东西吧，成吉思汗不能很好地解释，特别是每当想要接近它，弄清楚它时，它就变得像天上的云霞似的不可捉摸。

"乃蛮的帕乌罗"闻名遐迩。一段时期内，游牧民族的青年都为乃蛮帕乌罗的言论热血沸腾，特别是比成吉思汗稍微年长一些的人，对他更是着迷。

有很多人想要舍弃一切去追随帕乌罗，然而就在这时候，帕乌罗被杀害了。

成吉思汗有时想，如果帕乌罗不死的话……他没有将美丽的玛丽亚揽入怀中，或许与那种青葱岁月时的回忆有关吧。

忽兰和玛丽亚还有十个左右的侍女，带着两个移动帐篷出发了。

成吉思汗的幼弟帖木格·斡惕赤斤作为留守司令官留在草原上，深受成吉思汗信赖的国王木华黎继续坚守着东方战线。

为了等待马儿肥壮，西征军暂时驻扎在了也儿的石河。

到了秋天，大军越过阿尔泰山向南行进，哲别担任先锋官，他刚刚扫荡完屈出律。

翻过阿尔泰山，沿着天山山脉向西行。从现在的地图看，就是从乌里雅苏台向西北行进，自科布多翻越阿尔泰山。

从那里南下就是吐鲁番盆地，经乌鲁木齐进入准噶尔，渡过伊犁河，到达阿拉木图附近。

蒙古军西征最大的难处在于翻越阿尔泰山。由汉人和契丹人组成的工兵队在前面凿碎山顶的坚冰，开辟出前进的道路。

"道过金山（阿尔泰），时方盛夏，山峰飞雪，积冰千尺许……"

耶律楚材在《西游录》中这样记述翻越阿尔泰山时的情景。

蒙古大军马不停蹄地向西行进，花剌子模早就应该觉察到了，然而，他们盲目地相信从东方向西方进攻的军队，如同过去的西辽，到达伊塞克湖附近就是极限了。

想当年雄霸天下的"大唐"，也在伊塞克湖西边的塔拉斯败退了。倾"大汉"举国之力，也只进军到锡尔河中游的大宛。

大宛也好，塔拉斯也罢，对西方人来讲，只不过相当于进入东方的入口处而已。

据说西征的人都会招来厄运：出征大宛的贰师将军李广利、在塔拉斯与伊斯兰军作战的都护高仙芝都不得善终。李广利被匈奴擒获杀害，高仙芝则因安禄山之乱被逮捕处决。

同样，从西方进攻东方，也没有获得成功的人。亚历山大大帝有没有进入大宛还不清楚。

东方和西方的分界线划分得很明确，两者不能混淆，这种观念在当时相当根深蒂固。

然而，成吉思汗却对这些先例不以为然。他认为，如果有先例的话，那也是为了要打破它才存在的。

虽然说是因为使者团被杀，激愤之下不得已出兵的，但实际上却必须承认他的作战部署是非常缜密的。

杀害使者团的讹答剌当然就是这场复仇战的主要舞台。这方面，成吉思汗让次子察合台和三子窝阔台共同指挥。

成吉思汗和幼子拖雷率领中军去攻打不花剌[1]。不花剌原本由布儿汗家族统治，花剌子模的穆罕默德于 1207 年刚刚占领它。

成吉思汗的大营设置在了距离不花剌城一天半行程的地方。不用说，忽兰和玛丽亚等人就在那里。

这次，达达马斯稍晚也抵达了大营的帐篷中，因为他对西方的情况很熟悉，有他在某些时候会很方便。

"达达马斯，你来过不花剌吗？"忽兰问。

"小时候来过。可以说旅行的商人没有不知道不花剌的。"达达马斯回答道。他没有平时的欢快，仰望天空时的表情也缺乏生气。

1　今乌兹别克斯坦布哈拉。

"你有什么伤心事吗？"玛丽亚用温柔的声音问道。

"伤心事？是啊，可以说是伤心事。我在这里失去了非常宝贵的东西。"达达马斯答道。

"是什么？非常宝贵的东西是什么？"忽兰问。

玛丽亚知道是什么，过了一会儿，忽兰似乎也明白了，赶快闭上了自己的嘴唇。

达达马斯擦了擦额头上的汗水，勉强做出了笑容。

少年时代，他在不花剌城的一间简陋的小屋内做了净身手术。为什么要做这个手术，身为孤儿的他完全不知道缘由。

成年后，达达马斯有很多次来不花剌的机会，但他无论如何都不想再来。在他朦胧的记忆中，当年的手术好像和金钱的收受有关，后来他逃到了沙漠中。这是很久之前的事情了，已经无法追究谁是责任人。但是，对于他来讲，却总是耿耿于怀。

大营和战场之间，负责联络的马匹不断地卷起沙尘穿梭往来着。虽然不知他们会传递什么消息，但马匹的数量越多，传达的消息肯定越重要。

最近马匹变得很多，而且间隔也短了，想来事情非常重大。

达达马斯还负责解说。

从不花剌城出城迎敌的花剌子模军，在阿姆河畔被蒙古军捕捉，结果花剌子模军溃灭了。

成吉思汗把来自城内的求和使者召到了很远的大营来。虽然蒙古的原则是抵抗的地方屠杀、降服的地方宽恕，但这次可以说是采取了折中的办法。

不花剌的市民被命令只许穿着身上的衣服到城外去，然后蒙古士兵开始了在城内的大掠夺。因为市民都被命令出城去了，如果有人胆敢留在城内守护家中财产的话，就会毫不留情地被杀掉。

掠夺之后就是放火焚烧。那些什么东西都没带就被逼出城的市民，被驱赶到撒马尔罕。撒马尔罕还没有被攻破，不花剌市民充当了人体盾牌。

在他们后面是拿着刀枪的蒙古兵，前面也有拿着刀枪的花剌子模军。

不仅如此，撒马尔罕的花剌子模军还拥有蒙古军从来没有见过的武器——大象。

撒马尔罕有二十头战斗用的大象。

进入不花剌城时，成吉思汗被带到了城内最壮观的建筑物中去，当然是骑着马的。

"这是谁的宫殿？"通过翻译成吉思汗问道。

"这是真主的宫殿。"花剌子模的向导回答道。

那是不花剌第一的清真寺。

"嗯，真主啊。……"成吉思汗没有理由不知道，却表现得毫不在乎。

"不管是谁的宫殿，现在我的马肚子饿了，快拿饲料桶来。"

成吉思汗说着环顾了一下四周，然后用下巴示意，说道："把那个拿来。"

那是收藏《古兰经》的柜子，伊斯兰教认为是非常神圣的东西。

蒙古士兵把柜子翻了过来，毫无顾忌地倒出了《古兰经》，然后把饲料装进了里面。

"给马喂饲料、喂水之类的活儿就让他们干吧。"士兵们说道。

他们指的是清真寺里的教职人员、法官等。蒙古士兵就像指使奴隶似的随意支使他们。

那些教职人员装作擦汗，偷偷地擦去流下的眼泪，其后蒙古兵在清真寺中大摆酒宴。

命令给马喂饲料的是成吉思汗，他是在教坛上大声地发出命令的。

从不花剌到撒马尔罕大约有五天的行程。蒙古一方的人几乎全都是骑马，而不花剌的俘虏们则全部是徒步行走，他们如果因疲劳倒在地上就会遭受鞭打，如果还不起来的话，就会被当场砍死。不花剌和撒马尔罕之间几乎全是沙漠。

撒马尔罕城里驻守着花剌子模的大军。

大象就像战车似的，士兵们跟在它们的后面。大象不像人那样，一支箭就能射倒。而且这些大象都被严实地武装了起来。

如果大象猛冲过来的话，蒙古兵为了不被踩倒，只能不顾一切地逃跑。而且在大象的长鼻子能够触及的范围内，难以避免杀伤。

虽然平时大象给人的感觉是慢悠悠的，但它跑起来出乎意料的快。就连那些素以腿脚灵敏著称的蒙古士兵也很快就被它追上，被它用鼻子卷起来，或是踩在脚下。

"瞄准大象的脚！"不知谁下达了这样的命令。

这些战斗用的大象披着厚厚的铠甲，什么样的箭都射不透。不过，它的脚因为既是踩踏敌人的武器，又要向前冲锋，所以垂下来的铠甲会不时翻卷上去，蒙古士兵要趁着铠甲翻卷上去的时候，用带火的箭射它的脚。

这可不像说起来那么简单。不过，射火箭还是起到了作用。当没有射中的火箭把地上的东西烧着时，大象会很兴奋，然后就慢慢地疲倦了。

由于蒙古军把作战方针改变为让敌人疲劳，从而取得了相当大的效果。

与不花剌不同，驻守撒马尔罕的军队是一支庞大的军队，号称有塔吉克兵五万和突厥兵六万。即使实际人数只有号称的一半，也是不可轻觑的大敌。

然而，就在撒马尔罕战役中，讹答剌失陷的消息传来了。讹答剌是杀害蒙古派遣的四百四十九名使者，从而挑起争端的地方。

蒙古要对这个城市施以惩罚，派了成吉思汗的两个嫡子察合台和窝阔台前去攻打。

讹答剌太守亦纳勒术又称海儿汗，从一开始就明白事端是由自己引起的，无论如何，自己是没有退路的，所以除了彻底抵抗外别无选择。

"简直太不妙了。"

有人这样想也是理所当然的。

率领一万士兵前来救援讹答剌的哈只卜哈剌察，想趁这个机会投降蒙古，他派人悄悄与蒙古联系道："我要把讹答剌城献给蒙古，到约定的时间我打开城门，带领一万部下出城，你们就从那里攻进城吧。"

他们约好了地方和时间。到了约定时间，哈只卜哈剌察带着部下陆陆续续地出城了，并到约好的地方待命。

直到蒙古军从那个城门进城为止，都如约定顺利进行着。哈只卜哈剌察的军队先就地休息了一会儿，随后就与蒙古军会合了。

然而，这个约定却没有被彻底地遵守，只能说是哈只卜哈剌察学习得不够充分。

因为无论敌友，成吉思汗对背叛者一律不会饶恕。出卖君主的人，无论抓到其君主是多么重要，也决不会得到宽恕。以往已经有很多这样的先例了。

在战场上英勇作战，最后战败投降的敌人很多都被饶恕了。就拿讨伐屈出律的哲别来说，他就曾经是与成吉思汗作战的泰赤乌部的将军。

与武将哲别相同，文人塔塔统阿也是如此。蒙古实际上可以说是由投降的人建立起来的国家。

筋疲力尽最后被捉住的人，或像塔塔统阿那样具有文字技艺的人，从人道的角度来讲是允许投降的。有时甚至还要说服那些慷慨赴死的人，将他们收入麾下。

但是，对于那些背叛君主的人，则没有饶恕他们的先例。

王汗的儿子桑昆有一个名叫阔阔丘的马夫，在桑昆战败逃走时，偷了他的马逃走了，导致桑昆无马可骑而被捉。阔阔丘以为自己立了大功，前来邀功。然而，成吉思汗立即下令将他处死。

成吉思汗说："盗窃主人的马就是抛弃主人，对于不忠诚的人，要立即斩首！"

如果要对成吉思汗做一点研究的话，像这样的事情，可以说是首先应该知道的。

在草原的东方已经成为传说的札木合的最后结局，好像还没有传到西方来。成吉思汗在处死札木合之前，先把背叛他的五名随从砍了头。

如果这些事情都传到西方的话，哈只卜哈剌察大概也不会抛弃海儿汗了。或者即使离开海儿汗的军营，也不会投到成吉思汗的阵营中去，或许会逃到草原的更西边去吧。

"这和咱们的约定不一样啊，让我去见成吉思汗！"

哈只卜哈剌察被捉时绝望的叫喊声听上去，是那么苍白无力。

成吉思汗的这种做法也许会堵上一条获胜的路，但他更满足于从战争中消灭对主人的背叛行为。

不过，成吉思汗虽然厌恶哈只卜哈剌察的做法，但不会放弃上天给予的机会。

由于哈只卜哈剌察的背叛，可以说讹答剌的命运已经决定了。

像洪水一样涌进城的蒙古军因为要活捉海儿汗，展开了一场相当艰苦的战斗。

终于，海儿汗背后插着大棒被带到了排列整齐的蒙古军前。

大棒被插进了在地上挖的坑中，而且还不太稳定，可能是故意这么做的吧。

海儿汗的身体因此不停地摇晃起来，每一次摇动好像都很痛苦。但是，他紧闭双眼，默默地忍耐着。

蒙古兵对捆在棒上的海儿汗慢慢地并且非常残忍地施刑。

蒙古兵将熔化了的银水注入了海儿汗的两耳和两眼中，虽然他发出了短暂的惨叫声，但还是在忍耐着。

不知道海儿汗是什么时候失去意识的，他的身体在很长一段时间内都在不停抽搐着。蒙古士兵们一直站在他旁边，直到他的身体停止这种像动物似的抽搐。

之后，蒙古军将讹答剌城化为灰烬后就扬长而去了，同时带走了城中的全部百姓，因为撒马尔罕还没有攻陷，需要人体盾牌。

由于蒙古军的数量少，在攻打撒马尔罕时只能依靠谋略智取。

花剌子模是一个内部纷争不断的国家，现任国王和他的亲生母亲关系不和。

现任国王在玉龙杰赤，而政治中心地撒马尔罕的总督则是太后的弟弟脱海汗。

此时，在蒙古阵营中，伊斯兰商人的书记很忙碌，他们伪造了密信。这种事情是蒙古人不擅长的。伪造的密信是伊斯兰商人和汉人合作的结果，由伊斯兰商人写就，由汉人负责校正。

撒马尔罕总督是太后的弟弟，现在撒马尔罕的主要当权者都是太后派的人。于是，蒙古乘隙伪造了城内的太后派写给城外同伙的密信。

信的内容是当同伙们入城时，发动对国王的叛变。这是极有可能的事情，就连制作密信的人都忍不住嘟囔："搞不好，真的有与这封密信内容相同的信存在呢。"

这封密信如何才能巧妙地送到摩诃末手中也需要下功夫，要想使事情顺利进行而不被怀疑，就要利用不明真相的人。

事情进行得很顺利，可怜的密使被抓住了。原本打算驰援撒马尔罕的摩诃末紧急返回去了。

摩诃末渡过阿姆河向西去的消息传来了，国王派的将军们不愿意为救援撒马尔罕发兵。蒙古很巧妙地令他们中计了，不过可以说是他们平日里的不和给了蒙古可乘之机。

于是，撒马尔罕没有援军前来救援，它成了一座孤立无援的城池。

撒马尔罕的守军被包围，他们决定孤注一掷，主动出击了。蒙古军一度退却，将之引诱到伏兵埋伏的地方，然后全力反击。这虽然是一种传统的战法，但花剌子模军却没有看出来。

根据蒙古方面的记载，这场战争敌军的损伤达到了五万人。

两天后，撒马尔罕向蒙古军表示愿意投降，跟随总督脱海汗投降的大约三万人，没有跟随他、拒不投降的只有两千人。

拒不投降的两千人想要杀出一条血路来，约一半在撒马尔罕城战死了，只有大约一千人逃出城去。

战士中能够活着出城的只有这一千人，投降的约三万士兵全部被蒙古杀死了。

蒙古的基本方针是能杀的尽量都杀掉，蒙古军的人数实际上很少。为了壮大声势，他们甚至把从不花剌抓来的俘虏伪装成蒙古兵。

兵力少从出发时就是一个问题。在也儿的石河畔召开的作战会议上，俘虏的处置就是一个问题，最后讨论决定原则上格杀勿论。

不过，这些话由蒙古人讲出来不太合适，于是就安排由契丹人耶律阿海讲出来。人们都知道他是虔诚的佛教徒，平时经常参拜观音菩萨。这样的耶律阿海也不得不提议杀死俘虏。

不过，换个角度来看的话，对于杀害俘虏这个问题，需要这样麻烦的方式，可以说是蒙古军的一种质变。如果是以往的蒙古军，杀人是不需要多余的粉饰的。

当年的撒马尔罕城遭到了蒙古军的彻底破坏，只留下一片废墟，这片废墟几乎原封不动地保留到了今天，现在被称为阿非拉希雅山丘，那里曾经矗立着壮丽的宅邸和清真寺。

在阿非拉希雅山丘南面是新建的城市，那是蒙古占领以后的撒马尔罕，主要是由帖木儿建造的。游览撒马尔罕的游客去的都是建于帖木儿时代的新撒马尔罕。老的撒马尔罕、阿非拉希雅山丘，从公元前 5 世纪到被蒙古军破坏的 1220 年为止，是一个以繁华著称的城市。

阿非拉希雅山丘东西、南北长都是一点五公里，水流过城中，水渠都铺装上了石板。

现在只有考古学家才对阿非拉希雅山丘感兴趣，那里有清真寺的遗迹。

说是清真寺的遗迹，不过连一面墙也没有留下，完全是一片空地而已。当年的清真寺，据说更早以前是拜火教的遗址。

蒙古人入侵时，据说城中到处都是鲜花盛开的庭院，由于野蛮人来袭，惊慌失措的人们四处乱逃，很多人为了寻求真主的保佑躲进了清真寺，所以清真寺中人满为患。念诵《古兰经》的声音不绝于耳，人们都相信野蛮人不会来这里，因为这里是真主的家。

然而，蒙古人还是来了，并命令道："什么也不许带，全都出来！"

面对蒙古的这道命令，他们拒绝了。

不服从命令的人，除了死别无出路。他们想寻求真主的救助，但希望落空了。

清真寺的大门被关上了，谁也不能出去。蒙古兵在那里面开始了杀戮。

这是杀害三万降兵的人，他们眼睛的颜色早已经变了。

鲜血飞溅，墙壁立刻被染红了，老人的血迹上重叠着年轻人的血迹，女人的血迹上又流淌着男人的血迹，而且更有孩子的血滴下来。

"唉，这家伙还活着呢，你刺的劲太小了，不使劲刺的话不行。"蒙古兵像疯了似的这样叫骂着。

在凄惨的嚎叫声中，隐匿着不可思议的静谧。

蒙古兵在所有的地方跃动，有的如飞般跳跃，有的在尸体间舞动着身体。

白色的布在空中飞舞，好像是女人的衣服。挥舞着布的士兵发出了奇怪的声音，或许他已经疯狂了。

撒马尔罕城中，有一条名叫沙布的河流过，沙布意为黑色之水，但一时间它流淌的却是红色的水。

公元1世纪和10世纪，城中的人们曾经两次在流经这个城市的河流上进行了人工铺装。第二次离蒙古入侵并不很遥远。

10世纪的水渠，由石板铺装而成，用铅封边，非常正式。而且几乎所有的人家都有水引入。

不仅水渠，街道、广场都由石头铺成，到处都有免费供应冰水的地方。

真可谓一个充满文明气息的都市，这里人们的生活是来自草原、沙漠的侵略者们根本就没有见识过的。

"怎么样，就像我说的那样吧，这里比燕京不知道要强多少倍。"成吉思汗嘴里这样夸耀着，却下令毁坏撒马尔罕城，而且还放火焚烧了它。

闻名遐迩的撒马尔罕工匠被分配给了王族、后妃、将军。在此之前，蒙古人对百姓的职业技能进行了调查，工匠们几乎全部被送到了东方。

这个地方不能留下一丁点繁华的种子，因为蒙古军还要继续进攻其他地方，所以，所有的大都市都要尽可能地变成一片荒芜。

继撒马尔罕之后的下一个目标是位于天山山脉西部的中心城市忽毡，这里的总督是猛将帖木儿·灭里。

在攻陷撒马尔罕后，蒙古军分成了三路：一路追踪摩诃末的行踪，由曾经追捕过屈出律、以追击战闻名的哲别率领，速不台辅佐。当时的想法是：因为一路军队追踪的是国王摩诃末，所以其他军队早晚都要与它会合，加入这个行动。

第二路军由阿剌黑率领，负责征服附近的小城市。

第三路军即所谓的"太子军"，成吉思汗的次子和三子——察合台和窝阔台——也从撒马尔罕赶过来加入了其中。

而与蒙古军对决的则是锡尔河的英雄帖木儿·灭里，他在离锡尔河岸很远的河中沙洲布置了阵地，这个阵地就连所向披靡的蒙古军也是久攻不下。不过，随着战争的长期化，沙洲的军队开始缺乏粮食和武器，早晚都要离开阵地。

　　"这条锡尔河是我们的河，河的深浅、漩涡等情况我们一清二楚，那些放羊的家伙知道什么。"帖木儿·灭里久久地注视着锡尔河的流水，自言自语道。

十二　　梦的碎片

　　锡尔河之子帖木儿·灭里对此很自负，在河的中洲摆下阵势的他好像在对锡儿河说话似的说道："听说蒙古那里有斡难河、克鲁伦河等大河，不过我们没打算去那些地方打仗，所以不知道他们的河流什么样。但要是锡尔河的话，那可就不一样了。"

　　蒙古军用锁链封锁了锡尔河，锡尔河之子帖木儿·灭里知道那在什么地方。突击出去的时候，切断它并不是很困难的事情。

　　接着，花剌子模军把平底船排在一起组成了舟桥，并在两岸安置了投石机。

　　突围船在河的西岸地势良好的地点让士兵们上了岸，就地留下了辎重，向着玉龙杰赤逃去了。

　　玉龙杰赤是花剌子模的首都。《汉书》记载康居国有五个小王，各自拥有城池。小王之一奥鞬王的城池就是玉龙杰赤，据说它距离阳关有八千三百五十五里。它的历史虽然很悠久，但直到公元3世纪左右才在史书中见到它的名字。

　　自从玉龙杰赤成为花剌子模首都后，那里的伊斯兰化又加上了突厥化。它是阿姆河左岸的中心城市，自古以来就是伊朗和北方草原的中转地。

首都玉龙杰赤虽然还在那里，但阿拉丁·摩诃末已经逃走了。不过，摩诃末的母亲图儿干合敦还在王宫中，由于她的娘家人是佣兵队队长，在军队中她的支持率是压倒性的。

她和儿子摩诃末关系恶劣，所以花剌子模的官员、军人都分成了国王派和太后派，导致国家没有凝聚力。

蒙古深知花剌子模的国情，而且战争中做出了正确的决策，这些决策大部分都是成吉思汗直接做出的，他比谁都熟知花剌子模的内情及其所处的环境。

以往攻打燕京时，成吉思汗自己待在鱼儿泊，仿佛战争是别人的事情似的，与之截然相反，这次西征他倾注了满腔热情。

在撒马尔罕西南约一百五十公里处，成吉思汗建立了大营，这是他战时的斡儿朵，被称为卡儿西。

在进行撒马尔罕战役时，忽兰和玛丽亚就待在这个斡儿朵中。开始不见踪影的达达马斯也不知什么时候出现在这个斡儿朵中了。

自1219年夏天的大雪之日出征，蒙古军在西域生活了七年。不过，成吉思汗的凯旋是乙酉年（1225）正月，因此实际年数是五年半。

这么长时间都没有返回自己的根据地，即使在游牧民族中也是非常罕见的。

"大汗陛下好像特别喜欢这片地方啊。"忽兰说道，她出身于蔑儿乞贵族。

"这片地方的水果很好吃。"成吉思汗说道。

当然，并不是这个原因使他忘记故乡，千里迢迢前来攻打西域的。他陶醉于"力量"所能带来的满足感、成就感。

与撒马尔罕相比,他出生的故乡只是一个荒凉的小地方。而现在,他却在吃着撒马尔罕的水果,玩弄着西域的美女,沉醉在西域的乐曲中。

之所以能够这样,都是靠"力量"实现的。最初只有很小的力量,逐渐地变大了,大到其他任何力量都不能与之抗衡。

他躺在斡儿朵的帐篷外,对自己日益强大的力量充满着无尽的爱意。然而,他却并不满足。

最近,他的部下常说:"咱们尽早打败摩诃末,尽早凯旋吧。"他们无论如何都想回去了。

成吉思汗总是安慰他们道:"摩诃末逃跑了,现在哲别在追他,还是再等一些时候吧。"

他的部下们也渐渐地觉得,与回去相比,还是暂时留在这里更好。

可以说几乎没人能确切地说出蒙古军西征时的人数。近代研究俄罗斯的东洋学者推测蒙古远征军的人数不少于十五万,不超过二十万。然而,这个数字好像太多了。蒙古军最初的兵数少得令人难以置信。

"吃了这里的葡萄,会有三倍的力气,三倍还是不够啊。"一边吃着葡萄,成吉思汗一边笑着这样说道。

玛丽亚马上明白了他的意思。

忽兰过了很久,才领会到可能是怎么回事。

进攻不花剌时,说是以三万人攻破了南边的城门,实际上不过一万多而已。靠葡萄使出三倍的力气,指的就是这个意思。

成吉思汗不打没有胜算的仗,他是看出以一万兵力就足以胜券在握后,才进兵的。他将敌我的兵力综合比较后,做出了冷静的判断。

花剌子模的军事力量完全依靠雇佣兵，分为突厥兵和塔吉克兵。塔吉克兵属于伊朗系人，从人种上来讲是欧洲人。塔吉克和突厥的容貌虽然相似，但语言完全不同。他的军队内部不统一。士兵的爱国心岂止是淡漠，根本是从一开始就没有。这样的军队，成吉思汗会给予什么样的评价呢？

"这样的军队，没有理由败给它。"成吉思汗这样想。

构成复杂并不表示软弱。要说构成复杂的话，成吉思汗的军队也一样。花剌子模军队中民族的种类还算少，成吉思汗的军队，除了伊朗、突厥之外，还有蒙古、契丹、汉族，此外还有少量的吐蕃、女真族士兵。

"不能一盘散沙。"成吉思汗经常这样告诫自己的军队。

就算是蒙古族，成吉思汗所属的孛儿只斤氏和泰赤乌氏，虽然血缘关系很近，但以往一直互相仇视，成吉思汗小时候就曾经被泰赤乌氏抢走过。

此外，蔑儿乞部和塔塔尔部也是蒙古族，因为统称起来方便，所以才用蒙古这个名称。

也就是说在蒙古这个名称普遍使用之前，蒙古族其实也是四分五裂的。不过，最近这段时间以来，就连那些明显属于突厥系的乃蛮人、克烈人，也理所当然地自称为蒙古人。

已经不是一盘散沙了。

就连曾为敌人的将军哲别，现在都授予他大军，让他讨伐西辽或者说乃蛮的残党。有传闻说哲别或许会在西辽的地盘上自立为王。

"哲别不会那么傻的，当蒙古的将军会更轻松。"成吉思汗这样想，所以才委派他去讨伐屈出律。

有人听信传闻忠告成吉思汗要警惕哲别，成吉思汗一边笑着一边说："蒙古还不是那么缺少将军，不要担心。"

然而，这并不是玩笑就能打发的事情。蒙古如果勉强拼凑的话，能够聚集四十万士兵，但是，要给东方战线的木华黎至少留十万以上的士兵。而且留守部队的斡惕赤斤那里也需要至少十万人。另外十万人作为后备，所以西征军超过十万已经是很困难的了。而且，最为困难的是对指挥官的训练。士兵们没有习惯集团作战，一千人、两千人的小军团或许还能勉强指挥，但超过万人的军队，能够按照自己的意愿随心所欲地指挥的人才，实际上少之又少。

真的是为能当将军的人太少而犯愁。虽然说想当将军的人很多，但没有能超过敌将哲别的人。

"必须一边打仗一边培养指挥官。"成吉思汗从一开始就这样盘算着。

他抓起一颗葡萄，扔到了嘴中。忽兰起身要进帐篷，她低头看着成吉思汗的脸。

成吉思汗好像自言自语似的说："一颗使出三倍的力气还是不够，希望一颗能使出五倍的力气。"

忽兰指着盘子说道："大汗的葡萄中，有一颗特别大的，那个，就是那个。"

成吉思汗捏起那颗大葡萄说道："这是玛丽亚给我摘的，玛丽亚大的小的都摘给我，葡萄并非一定大的就好吃。"

蒙古军并没有全体休息。由于阿拉丁·摩诃末逃跑了，必须火速追赶。

有三个军团在追击，这些军团按蒙古式的叫法被称为"万人队"。三个万人队，应该有三万名士兵。不过，虽然号称万人队，实际上每队也就五千或六千人。

　　这些军团出发的时候，成吉思汗笑着说："作为万人队来讲，这几支军队的规模是有点儿小，不过力量绝不输于任何军队。"

　　这是追击战。敌人也许会在中途喘息，重整旗鼓，绝不能允许他们那么做。

　　成吉思汗命令道："不能只顾着掠夺，无论如何要抓紧时间。哪怕是轻而易举就能拿下的城市，也不要去包围它。你们三个军团的目的就是追击摩诃末并且消灭他。"

　　三个军团中，第一万人队队长是哲别，他也兼任全军总指挥官。

　　第二万人队队长是出身于成吉思汗亲卫队的速不台，他兼任全军的副指挥官。

　　第三万人队队长是脱忽察儿。

　　"没抓住摩诃末，就不要回来，哪怕一直追到天的尽头。"成吉思汗严厉地命令道。

　　于是，追击军一心一意地前进，尽可能地避免战斗，因为这是成吉思汗的命令。

　　逃跑的阿拉丁·摩诃末渡过阿姆河，抵达了你沙不儿[1]。因创作四行诗集《鲁拜集》而闻名遐迩的波斯诗人兼数学家奥马尔·海亚姆，大约一百年前就是在这里去世的。奥马尔·海亚姆死后的一百年间，这个城市依然是一片歌舞升平的乐土。

　　你沙不儿是一个非常适合阿拉丁·摩诃末的地方。

　　"啊，好久没听你沙不儿的歌女唱歌了。最近总顾不上听，好了，今天就尽情地听一回吧。"摩诃末安慰自己说。

　　你沙不儿的歌姬远近闻名，玉龙杰赤也好，撒马尔罕也好，第一流的歌手、演奏家都出身于你沙不儿。

1　今伊朗东北部呼罗珊省内沙布尔。

　　喜欢游乐的摩诃末已经有很长时间远离了歌舞音乐的世界。在你沙不儿，摩诃末就像疯了似的寻求歌舞声色，而且还亲自演奏一种名为塔尔的弦乐器。

　　自由自在地吟唱波斯古典诗阿巴兹也是摩诃末擅长的。阿巴兹有叫喊之意，能配合任何歌曲。

　　在歌舞的间隙，摩诃末仿佛害怕回到现实世界似的，拼命地喝酒。虽然是伊斯兰世界，但是你沙不儿有很多与酒有关的歌曲。奥马尔·海亚姆的诗就几乎全是以酒为题材的带有厌世情调的东西。

　　因此，这里适合战败的阿拉丁·摩诃末的歌曲数不胜数。

　　"唉，太多了，唱不完哪，我累了。如果还有的话，就让那些野蛮人唱吧，我真的累到了极点。"摩诃末这时候已经得了肺病，累不仅是因为逃跑的缘故。

　　蒙古军追击之事，花剌子模方面一直是半信半疑。

　　蒙古军应该不熟悉花剌子模的地理，他们千里迢迢来到这里已经消耗了大量的精力。蒙古军或许只是做出一种穷追不舍的姿态吧，在敌人的地盘里孤军深入，是不会坚持很长时间的。

　　蒙古军将大举返回自己的故乡。

　　阿拉丁·摩诃末急切地等待着这样的消息传来，却一直没有丝毫这样的征兆。

　　蒙古军三个万人队粮食供给很充足。虽然当地百姓讨厌外来的人，但对于花剌子模的突厥兵也一样，反而是蒙古兵的纪律似乎更好一些。

　　阿拉丁·摩诃末在你沙不儿只停留了三星期，无论他怎么期盼，都没有等到好消息。岂止如此，蒙古的追击军队已经离他非常近了，有消息说他们已经渡过了阿姆河。于是，摩诃末不得不打起精神动身了。

蒙古追击军经过一个名叫咱维城的小城时，要求城中百姓提供粮草，但遭到了拒绝。蒙古军遵照成吉思汗的指示，本来不想理会它，而是继续前进，咱维城就是现在阿富汗东侯腊散的托巴特黑达里。

"回来的时候再找你们算账，记着点儿。"

蒙古军为了赶时间，打算直接过去。

然而，咱维城的人却站在城墙上辱骂、嘲讽蒙古士兵。

"怎么办？"哲别的部下问道。城墙上骂声不绝于耳，令人不忍卒听。如果置之不理的话，蒙古就会名誉扫地。可是，成吉思汗却命令一心一意地前行。

"喂，现在听见他们骂的话了吗？"哲别问道，"蒙古的胆小鬼，马上从你们身后射箭了……他们这么说的，我听见了。"

"我也听见了。"

"我也听得很清楚。"

"是啊，他们骂的声音很大。"

将士们争先恐后地说道，哲别的手下全都听到了。哲别站起来说道："我们虽然要抓紧时间赶路，但如果身后有箭向我们射过来的话，就没法赶路了。所以我们必须要让咱维城无法向我们射箭。"

将士们都急忙站了起来，为了尽快指挥部下攻城。

蒙古军对咱维城的进攻很迅速，抢到的粮草比最初要求的还要多。于是，又召集了一批搬运粮草的夫役。

城中的百姓全部被轰出了城，那些被认为可能站在城墙上叫骂的人全部被杀了。只能说本来可以避免的流血，却在这个城市流淌了。

关于咱维城的事情很快就传播开去。

咱维城离你沙不儿只有百公里左右的距离，阿拉丁·摩诃末已经从那里逃走了。

你沙不儿不再进行无用的抵抗，粮草也要多少给多少。

蒙古军为了寻找藏身附近的摩诃末的行踪，连日出动。

摩诃末早已不是大部队行动了。在他得到蒙古军已经接近的消息后，就以出外狩猎为名，带着少数人离开了你沙不儿。

哲别和速不台分成两路追踪摩诃末的行踪，并约定在剌夷城会合。剌夷城大致相当于今天的德黑兰。

哲别由你沙不儿绕到了祸椤答而，速不台则沿着南面的道路向剌夷进军。

蒙古军渡河时,在马尾拴上牛革袋,与马一起浮水渡过。然而，哲别和速不台都没能找到摩诃末。

摩诃末或许会去往可疾云，他的儿子在那里聚集了三万士兵。由于哲别和速不台分成两路，兵力分散了，对摩诃末来讲应该是个好机会。

然而，他打算投奔巴格达的哈里发，这实在是一个荒唐可笑的举动。就在数年前，摩诃末还打算攻打哈里发，只不过因为天气恶劣返回而已。

现在去寻求哈里发的保护，实在是想得太美了。坊间盛传哈里发送给蒙古钱物，让他们袭击摩诃末的传言，就像真的似的。摩诃末也终于明白了逃往哈里发那里不是个好办法。于是中途他又改变主意返回了。

逃跑的人这么无头绪地乱跑，追击的人自然也很劳神费力。

摩诃末向哈伦堡逃去，其间蒙古军差点就追上他，却没有觉察到。

蒙古军好不容易侦察到摩诃末的动向，包围了哈伦堡，但他已经金蝉脱壳，逃跑了。

摩诃末逃到了可疾云西北的山城吉里阳，在那里待了七天又逃走了。他从厄尔布尔士山脉[1]向着里海海岸拼命逃窜。

摩诃末一味狂奔，尽管他的兵力超过蒙古军，却根本没有丝毫战意。与其说没有战意，不如说无法作战。成吉思汗似乎在出征之前就知道花剌子模没有战意，或者说无力战斗。

他在出征前就把所有方面都计算好了，西征毫无疑问是属于他的战争，他对这次征战的高昂热情是伐金战根本无法比拟的。

成吉思汗经常从他的大营前往撒马尔罕，摩诃末追击战的指令大多是由撒马尔罕发出的。另外，从前线传递报告的使者也通常先到撒马尔罕去。

摩诃末最后的藏身地哈伦城，相当于现在的哪里不太清楚。大概与其说是城，不如说是山寨更恰当。

蒙古方面没能掌握花剌子模军溃败之后摩诃末的行踪。他逃到了里海中的一个小岛上。

不过，他患了胸膜炎，在当年（1220）十二月十六日死去了。有人说他是单身一人孤独地死去，但实际上他临死时好像有三个儿子在身边。

摩诃末临死时，把后事托付给了儿子札兰丁。

摩诃末死后，札兰丁渡过里海，经曼格什拉克半岛前往首都玉龙杰赤。

三支万人队的队长哲别、速不台和脱忽察尔中，脱忽察尔因

1　位于今伊朗德黑兰东北部的里海岸边。

行为不检触怒了成吉思汗。他因没收、掠夺敌人财物时触犯了法规，受到了斥责。蒙古军的掠夺和暴行必须按照一定的法规进行。即抵抗的城市会遭到屠城，但降服的城市则可得到宽恕。

脱忽察儿的军队原本是进攻玉龙杰赤的预备军，几乎没有经历过什么风光的场面，全军很感不满。

攻打玉龙杰赤时，是由成吉思汗的儿子，除幼子拖雷外的三个皇子术赤、察合台、窝阔台指挥的。

术赤想尽可能地不破坏玉龙杰赤而攻陷它，因为已经预定好战后包含玉龙杰赤在内的呼罗珊地区将成为术赤的领地。

"因为这些地方要成为自己的领地，所以就尽量小心地不损伤它们。为此延长了攻打的时间，加大了我军的损失，真是可耻。为什么不早点打下来？"察合台这样说，他主张速攻。

"战争不仅是弓箭、刀枪这些东西，真正的胜利到底是什么？你的着眼点要远大一些。虽然早打下来十天、二十天的，却弄出半年、一年的损失，合算么？"术赤反驳道。

"看来还是少不了窝阔台啊。"成吉思汗得知儿子们的争执后，咂着嘴说道。

术赤连成为自己领地之后的事情都想到了。而察合台却是一个讲求原则主义的人，他不喜欢想着那么长远的事情。他认为被命令的事情，只要完全、正确地做好就行，不必去想多余的事情。

成吉思汗对这两人都不赞赏，两人都是各持己见，要使他们改变自己的意见，需要具备特殊的才能，而具备这种才能的人就是三子窝阔台。

因此，在攻打玉龙杰赤时，在针锋相对的术赤和察合台之间，窝阔台一介入，事情总能平息下来。

因为术赤和察合台的不和，大概原本都是出于意气之争，两人或许都在暗中期望调解人的出现吧。

调解人必须是窝阔台，没有比他更善解人意的调解人了。作为年龄相近的弟兄，窝阔台很清楚地知道两个哥哥的真心。

"不会吧……"窝阔台一边摇着头一边走出了成吉思汗的廷帐。达达马斯站在那里，窝阔台微笑着问道："玛丽亚在吗？我想跟她聊聊。"

蒙古虽然不像伊斯兰那么严格，但要靠近后宫也不是那么容易，必须先和达达马斯打招呼。

"我先去问问她有没有时间，您先等一会儿。"达达马斯说着，进了后宫的帐篷，过了一会儿他出来了，说："请您到平时那个地方等她吧。"他说着恭敬地低下了头。

成吉思汗的儿子们，被叫到父亲的廷帐后，回去时总要找玛丽亚闲聊一会儿。

忽兰再怎么说也应该回避，而玛丽亚作为闲聊的对象正合适，特别是在旅途中，谁也比不上她。因为成吉思汗的儿子们西征的道路，玛丽亚在十几年前已经走过一回，可以从她那里听取宝贵的经验。

成吉思汗西征之所以带她来，也是看重了她的这种经历吧。不过，似乎不仅仅是这些。到底是什么，成吉思汗自己也不是很清楚。

玛丽亚既不是自己的家臣，也不是奴隶，这让成吉思汗的儿子们感到很高兴。

成吉思汗对待玛丽亚的态度，就像客人似的，虽然不知为什么，但很明显与对待别人的态度完全不同。

另外一种人生，成吉思汗或许会有另外一种人生——跟随帕乌罗四处宣扬人间正道。在成吉思汗的记忆中，平时它淡得像一抹缥缈的白雾，但有时候又异常的清晰、栩栩如生，令人恐惧。

帕乌罗出身于乃蛮，但他的足迹遍布草原、沙漠。他本来应该宣扬基督的教诲，但他宣扬的神却是草原的神、沙漠的神。

那时，成吉思汗也想构建一个人与人之间没有争端、和平共处的世界。但为了实现这个理想，就要先凭借刀枪的力量把大多数人会聚到一起。

"那是很荒唐的，铁木真，你确实有能力，但是，你的能力是有限度的。如果你想靠力量创造出理想的世界，就必须先把世界统一了。那是不可能做到的。"

"我的能力没有限度，总有一天，我一定能把世界统一。"

"从现在起假设活三十年吧，你认为像我这样到处去向人们宣扬道义，或者三十年不停地打仗，哪个会更接近理想呢？"

"不好说，还是应该先做了才能知道。"

这是成吉思汗与帕乌罗最后的对话。

年轻时的理想很辉煌，然而随着时光在战火中夜以继日地流逝，年轻时的理想仿佛已经远去了，仿佛融入了一种甜美的、有时又有点酸涩的奇怪梦境中去了。每次胜利后，曾经的理想或许会闪现片刻，但成吉思汗已经很长时间不再追求它了。

帕乌罗有很多的追随者，这让现实世界中的统治者感到很不爽。不久，他就倒在了凶刃之下。

"还是应该像我说的那样，要拼尽全力去战斗。"

成吉思汗这样想道。不过，从那以后，他再也不思考理想之类的事情了。

在与乃蛮的太阳汗作战时，成吉思汗像以往一样调查敌情，那时他得知帕乌罗的女儿去了遥远西方的基督教国家。不久，他又得知她为了传教，已经踏上了归国之旅，这就是玛丽亚。

"要尽可能地给她提供方便。"

成吉思汗命令道，就这样一直到了今天。

对于成吉思汗的儿子们来讲，玛丽亚是帮助他们了解今日西方的导师。而对于成吉思汗来讲，则是曾经的梦的碎片。推荐儿子们去见玛丽亚的就是成吉思汗。

"玉龙杰赤啊，真是辛苦了，那里我曾经待过一段时间，是个很美的城市。"玛丽亚似乎回想起当时的情景来，一时间闭上了眼睛。

"就因为太美了，术赤好像舍不得破坏。不过，即使如此，术赤和察合台的关系也太不好了。"窝阔台摇着头说道。

"父子、兄弟关系不好会带来什么后果，玉龙杰赤已经教给我们了。只是一味地规劝术赤殿下降服那个城市是没有效果的，而且还会破坏你们兄弟的关系。我祈祷窝阔台殿下能够巧妙地解决这个问题。"玛丽亚真的像祈祷似的说道，她的声音似乎带着哭腔。

玉龙杰赤表面上看来是由国王的母亲图儿干合敦掌控着军队，实际上充满了阴谋和暗杀。

在得知国王逃往西方后，图儿干合敦也逃离了玉龙杰赤，而且她走时还把作为人质的塞尔柱贵族全部扔进了水里，非常残忍。

在阿拉丁·摩诃末和与之争权夺势的母亲图儿干合敦都出走后，守卫玉龙杰赤的是锡尔河之子帖木儿·灭里。

然而，他也卷入了政治斗争中，并与摩诃末之子札兰丁一起逃到了哥疾宁（阿富汗东部的古都）。

剩下的忽马儿的斤只是图儿干合敦的亲戚，根本没有军事才能，所以吃了败仗。可尽管如此玉龙杰赤的战斗还在继续。

十三　　　胜败

国王走了，太后也走了，国王的儿子们，还有勇将们都走了，但就是这样，玉龙杰赤还没有陷落。因为术赤想尽可能无损伤地得到玉龙杰赤。

城内的大势倾向于投降，然而，无论在什么时候，抵抗派的力量都很强大，他们大骂投降派胆小软弱，用一种悲壮感来装饰自己。

投降派中也有人偷偷地和蒙古联系，这样当然就会拖延时间。

然而，在明白了成吉思汗的意思是要尽早占领玉龙杰赤后，术赤也放弃了无损伤地占领的念头。剩下的就只是各人的面子问题了。

窝阔台一到玉龙杰赤就去见两个哥哥。他感谢术赤，说因术赤的努力，包围玉龙杰赤到了最后的阶段。他又感谢察合台，因察合台精锐部队的奋勇作战，终于到了最后一击的时刻。

像这样的外交式的交涉，表面看上去窝阔台是在表达自己的谢意，但实际上却是准备彻底地镇压。

术赤也放弃努力，做好了大破坏的心理准备，转而为营救城内的贤者、工匠做最后的努力。

对于术赤和察合台的不和，窝阔台的斡旋取得了成效。不过，在他们不和期间，军纪松弛，令一直所向披靡的蒙古精兵没能充分发挥出威力来，有时反而被玉龙杰赤一方钻了空子。

"玛丽亚让我代她向你们问好。"术赤、察合台都因这一句话心情平和下来，在这种情形下利用玛丽亚的魅力，是窝阔台的直觉。松弛的军纪也一下子紧张起来。

玉龙杰赤的攻防战非常惨烈，长达六个月的包围战太过长久了。现在无论如何也无法再说投降的事了。

在争夺街道一个个角落的战斗中，连妇女和孩子也出动了。

即使如此，玉龙杰赤也根本没有一点获胜的希望，巷战一直持续了七天，激烈到一家一户地争夺。

最后，没有指挥官的市民终于屈服了。工匠被送往了东方，妇女和儿童成了奴隶，其他的人全被杀掉。

藏起来的人也没能保住性命，因为阿姆河决堤了。

在这场战争的十年之后，阿姆河的右岸兴建了同名的城市，不过那个城市现在也完全消失了，人们说是被希瓦市[1]夺去了繁华。

阿姆河的决堤是蒙古军所为。虽然也有自然决堤之说，但从前后的状况来看不太可能。藏在家中的市民很多，蒙古军进行了地毯式的搜索，决不允许逃跑，蒙古方面的决心，最后表现在了挖开河堤上。

到底是一国的首都，玉龙杰赤的人才很多，后来成为蒙古的财政长官，还当过宰相的牙老瓦赤父子就是此时投降的人。

1　位于乌兹别克斯坦西南与土库曼斯坦交界的地方。

不仅如此，西征的蒙古军的大部分是中途加入的或者投降的敌方的佣兵部队。

没有参加玉龙杰赤之战的成吉思汗的幼子拖雷，被命令去平定呼罗珊地区，他军队的大部分都是由曾经的"敌军"组成的，主要是突厥系的军队，与蒙古军中的乃蛮人使用的几乎是同一种语言。

此时，成吉思汗渡过阿姆河，占领了巴里黑。由于巴里黑发誓效忠蒙古，所以避免了战争。然而，那里的人们却被欺骗了，他们全部被杀死。蒙古以清点人口为名赶出城里所有居民，然后将之全部杀害。

因为，接下来蒙古军要去讨伐在哥疾宁的新国王札兰丁，背后留着像巴里黑这样人口众多的城市是很危险的。

在差不多同一时间，拖雷攻陷了马鲁。这座城市最初进行了抵抗，但很快就放弃了。

然而，即使如此也不行，百姓被驱赶出城后遭到屠杀。

与在玉龙杰赤用水淹隐藏起来的百姓一样，马鲁城也上演了同样的一幕。

一部分百姓在蒙古军到来之前逃到了别处，幸免于难。等到血腥杀戮结束，蒙古军走后，这些避难的人观察了一阵，小心翼翼地回到自己的家园。然而，蒙古军随后又返回来，重新上演了一次杀戮。

拖雷军的下一个目标是你沙不儿。在数月前，哲别和速不台率领的蒙古军曾经进驻过这个城市，当时由于它没有抵抗而免遭杀戮。

然而，此时你沙不儿已经不那么温顺了，因为他们明白即使不抵抗也会遭到同样的下场。顽强抵抗的你沙不儿守军给了蒙古万人队沉重的打击。

进攻你沙不儿的蒙古万人队的队长是脱忽察儿，由于他之前的不检点行为曾经触怒过成吉思汗，所以他想凭借这场战斗来挽回名誉。

而且，此时呼罗珊方面军的司令官是他的妻弟拖雷。为了他妻弟，他也要在这里好好表现一番，脱忽察儿或许有些急躁。

在玉龙杰赤战役还在进行中的 1220 年 11 月，脱忽察儿在你沙不儿中箭身亡。在呼罗珊地区，有很多蒙古军人死亡，但著名将军的死亡这还是第一次，而且死的是成吉思汗的女婿。

"鸡犬不留。"年轻的拖雷铁青着脸叫喊道。

蒙古军因拖雷的到来开始了复仇战。遵照他的命令一个活口也没有留下，而且报复行动还殃及了猫狗甚至是草木。

砍下来的头颅被堆成了金字塔，惨不忍睹。

"不要再杀了，已经够了。"

脱忽察儿的遗孀因为是成吉思汗的女儿，所以被特别允许随军。拖雷以为这种报复行为会带给姐姐一点安慰。

然而，成吉思汗的女儿也只能发出这样的悲号。

镇压你沙不儿是 1221 年 4 月的事情，与以窝阔台为主帅的，由术赤、察合台率领的太子军最后以大水终结玉龙杰赤大约在同一时期。

呼罗珊地区剩下的主要城市只有也里城了。也里城的百姓期望和平，打开了城门，不过守军企图继续战斗。

"不要做太过分的事情啊，拜托了。孩子们太可怜了，再怎么说那么做都是太过分了。孩子们有什么罪过！"

经姐姐兼脱忽察儿遗孀这么一说，拖雷在也里城只把守军处死了，没有屠杀普通百姓。

　　拖雷被姐姐批评"太过分的事情"，是指他在你沙不儿连孩子都杀死之事，而且被杀者的头骨按男、女、儿童分开堆成金字塔形。当看到由儿童头骨堆成的金字塔时，就连脱忽察儿的遗孀也忍不住哭了起来。

　　拖雷在也里城没有杀害百姓，他特地派使者向在塔卢坎的成吉思汗大营的姐姐报告说："这次一个孩子也没杀。"

　　在哥疾宁的花剌子模新国王札兰丁聚集了三万士兵。

　　与在里海海岛上去世的父亲相比，他似乎稍微有些才能。

　　成吉思汗的义弟失吉忽秃忽停留在阿富汗的喀布尔附近监视札兰丁的动向。然而，他的一支军队却被从八鲁湾出击的札兰丁的军队打败了。

　　这是蒙古此次西征中仅有的一次败仗。

　　成吉思汗告诫义弟道："平日里习惯了胜利，不知战争的残酷。通过这次的事情，要好好吸取教训，以后务要慎重。"

　　不管是战死的脱忽察儿，还是这次的失吉忽秃忽，成吉思汗亲人相继出丑。

　　出丑还好说，但不幸也接踵而至，察合台的儿子木秃坚在范延堡战斗时不幸中流箭而亡。

　　爱孙的去世，让成吉思汗也失去了平日里的冷静，他命令道："这个地方是'卯危八里'（意为歹城），禁止俘虏。"

　　禁止俘虏指的就是杀掉所有的人。

　　脱忽察儿死的时候，连猫狗都被杀掉，一草一木也没留下，这次就更加彻底了。

　　死去妇人的肚子被剖开，连腹中的胎儿都要用剑刺一刺。岂止是一草一木，连草木的根都被刨了出来。"卯危八里"是不允许有生命存在的。不只是成吉思汗在世时，直到现在，那里也远没有达到人能够生存的状态。

成吉思汗得到失吉忽秃忽惨败的消息是在爱孙死后不久。

失吉忽秃忽是成吉思汗母亲的养子，因此相当于他的义弟。他是一个不知亲生父母模样的孤儿，是从塔塔尔的帐篷中捡来的。

他享有的特别恩典是即使犯一百次错误也会得到宽恕，从第一百零一次才会受到惩罚，不过他一次也没有受到过惩罚。

这次败仗他也只是受到了批评而已，与打仗相比，失吉忽秃忽更适合搞行政。

作为蒙古军，败仗是不能置之不理的。对于这第一次的败仗，要尽可能快地扳回来。成吉思汗加紧了向八鲁湾的行军速度。

然而，国王札兰丁已经不在那里了，他后退到了申河[1]沿岸。

两军隔着申河的决战于1221年11月24日展开。

取得八鲁湾胜利后，花剌子模军内部产生了矛盾，围绕缴获的阿拉伯名马，札兰丁的岳父阿明灭里和在哥疾宁加入进来的赛甫丁·阿黑剌黑发生了争执，阿明灭里盛怒之下鞭打了赛甫丁·阿黑剌黑，赛甫丁·阿黑剌黑愤然率领四万人马离开了战场。花剌子模好不容易才取得一场胜利，却在这大好时机因为一匹名马失去了兵力的重要组成部分。

在决战打响之前，花剌子模就已经处于不利的境地中。

序战中，蒙古军打败了自大宛以来就一直让他们头疼的帖木儿·灭里。不过，决战时札兰丁用尽了全力。战斗持续了半天，士兵们的体力已经到了极限，札兰丁大声疾呼道："不要败给蒙古沙漠的小狗，草原的小羊、蒙古的小猴子。"

1　即今巴基斯坦境内的印度河。

挥舞刀剑的将士们也破口大骂，虽说蒙古军像洪水一样，但其中半数以上的人都是投降的突厥系的士兵。

"蒙古的小狗养的突厥猪，要知道点羞耻。"

札兰丁他们可能在期盼蒙古军中的突厥系士兵临阵倒戈吧。然而，在蒙古内部，对于异民族的人几乎是一视同仁的，战利品的分配也极其公平。

像花剌子模内部发生的围绕阿拉伯马的争执，在蒙古军中绝对不可能发生。因此，不管札兰丁他们怎么挥着剑乱喊，都没有人响应。

花剌子模主帅札兰丁开始了最后的突击。

趁着蒙古军稍微松懈的空隙，札兰丁掉转马头，脱去铠甲，与马一同纵身跃入了申河。从他跳的地方距离河面有五六米。

蒙古兵想要去追他，成吉思汗制止了，说："太精彩了，做人就得像他那样。"

对敌人勇气的赞叹马上过去了，接着就箭如雨下般射向了河里，河水立即被染红了。

札兰丁已经到达了对岸，其后他收拾残兵向德里逃去。他的妻子成了俘虏，剩下的花剌子模士兵全被杀死。

"虽然父亲摩诃末是个懦夫，但儿子札兰丁却是个英雄，真得好好学学，犬父也生出了虎子。"

成吉思汗被敌人札兰丁的勇气感动，如果可能的话，想将他收入麾下，所以命令要尽量活捉他。

不过，追击札兰丁直到印度的蒙古将军，不仅追丢了札兰丁，还因为士兵忍受不了印度的酷热和潮湿，不得不无功而返了。

成吉思汗命令窝阔台彻底破坏哥疾宁，因为如果札兰丁从印度卷土重来的话，哥疾宁很容易成为他的根据地。

于是，在哥疾宁也上演了以清点人口为名屠杀百姓的一幕，最终只留下了人类无法居住的彻底的废墟。

另一方面，八鲁湾的暂时性的胜利却给也里、马鲁百姓带来了一抹多余的希望。也里之前因为没有抵抗而免遭杀戮。然而，当听说札兰丁获得胜利后，他们起来反叛了。

像这样的城市会遭到严酷的惩罚，所有的百姓都被杀了。而且蒙古军一度佯装离去，等到避难的百姓陆续回来后，部分士兵又突然返回来重新开始杀戮。

马鲁也一度投降了，由拖雷任命的总督治理。然而，摩诃末的军官杀害了那个波斯总督。这个城市以前曾遭到过两次袭击，这次也同样，蒙古军先一度退去，随后再返回去进行最后一击。

接受破坏马鲁命令的是失吉忽秃忽，他必须要弥补八鲁湾的失败。正是因为他的失败，马鲁才发生叛乱的。

马鲁最初由于没有抵抗，百姓免于一死，这次却因为反叛全被屠杀了。

从前线传来的话或许会有些夸张、扭曲。但尽管如此，让人作呕的话还是很多。

“对女人不要说太多杀伐的事情。”成吉思汗说。

“有的女人就专门喜欢血腥话题。”一个名叫库拉的女人说道。

与玛丽亚一样，她也是跟随忽兰的人，说话向来一针见血。平时她总是沉默寡言，但说起话来就毫不留情。即使换了常人就会被砍脑袋的话，她也会毫不在乎地说出来。

话到此处本该停下来了，可她还接着说：“反而是那些在斡儿朵中干杂役的女奴隶们，最喜欢听血腥的事情了。”

听得人不由得捏出一把冷汗，库拉却无所顾忌。

"那个女人可能是大汗的私生子。"玛丽亚曾经听人这样说过，不过玛丽亚知道事实并非如此。

库拉就是一个想找死的人，总说一些会被处死的话，说明她就是想找死，不过不能骂成吉思汗，这是他们两人之间达成的默契，也就是游戏规则。成吉思汗好像很喜欢这个游戏。

看到库拉时，成吉思汗真的就像看到自己的私生子似的，心情很好。库拉也总在极限处游戏着。她自己说自己是二十八岁。

成吉思汗沿着申河北上，进入了冬季宿营地。

哲别和速不台追逐花剌子模国王，但得知对方已经死在了里海海岛上。本来他们的任务就此结束了，可是他们还在向西深入。这方面的战斗还在继续，不过不是主力军的战争。

自深爱的长子木秃坚在范延堡中流箭死亡后，察合台一直陪伴在父亲左右，尽可能地从大局来看待这段时期的战争。

受命破坏哥疾宁的是三子窝阔台。

平定呼罗珊地区的是幼子拖雷。

长子术赤在攻打玉龙杰赤城时，最后不得不把指挥权让给了三子窝阔台。再加上与次子察合台的不和，其后他就一直待在了钦察草原。

成吉思汗仰望天空叹了口气，这种时候他觉得反而是听库拉的恶言恶语更让人舒心。

他在考虑术赤的事情。

在西征前他就决定解决继任者问题。按照蒙古的风俗，这类问题应该由忽里台大会决定。不过作为主宰者，他有权发表自己的意见。他的意见作为重要的参考意见，能够在一定程度上左右忽里台大会的决议，但是，并不是决定性的。

忽里台是"集会"之意，蒙古的军国大事全都由忽里台大会决定。

在成吉思汗出现之前，该由忽里台大会决定的问题没有什么大不了的。铁木真登上汗位也是忽里台大会决定的。

不过，那次忽里台大会，铁木真能够掌控。

但是，在决定继任者的忽里台大会上，成吉思汗应该已经不在了。他的意见能在多大程度上得到尊重，只有到那个时候才知道。

在死之前一定要把这个问题定下来。

这是人之常情，成吉思汗也是人之子，也有体面，这些话他自己很难说出口。

在西征前，他让也遂提出了这个问题。也遂是第三斡儿朵的主人，出身于塔塔尔。本来让从征的忽兰提出来或许更好，不过，由于也遂没有孩子，让她提出继任者问题更容易说出口一些。

"您越高岭渡大水，不辞辛苦地长征，目的是为了平定诸国。但生死无常，若您万一有什么意外，我们这些柔弱的百姓将依托谁呢？您所生的四个儿子中，您决定由谁来继承汗位呢？请事先知会我们这些可怜的百姓吧。"也遂讲道。

"也遂妃虽是妇人，但所言极是。你们诸弟、诸子及博尔术（四骏马之一）、木华黎（国王）等，不论何人都未曾提出这样的建议。而我因为不是继承先祖的汗位，是自己打的天下，也没有想到确定继承人的问题；又未遭受到死亡的威胁，因此像睡着了似的忽略了这件大事。"成吉思汗说道。

《元朝秘史》这样记载。当然，成吉思汗并没有像睡着似的忘记这件事，而是睡时醒时都在思考它。他早过五十岁了。

他在这个时候指定窝阔台为继任者。

这个指定正确与否，事实胜于雄辩。长子术赤和次子察合台本来就不和，两人在攻打玉龙杰赤时，久攻不下，最后还是在三子窝阔台的援助下好不容易才摆脱困境。

不过，在嫡子之中，幼子拖雷的器量还没有得到明确的证明。排除他，在三人中决定继任人是有问题的。

在游牧民中，自古以来就有尊重幼子的风俗。

以长子为首，幼子上面的兄长成人后就会离开父母的帐篷独立，而陪伴年老双亲的，怎么着都是幼子。"斡惕赤斤"这个词的意思是守灶火的人，它也是幼子的别称。成吉思汗的幼弟被称为帖木格·斡惕赤斤。成吉思汗父亲的幼弟被称为答里台·斡惕赤斤。

不过，这种尊重幼子的风俗与继承没有太大的关系。因此，在继承汗位时，并不是说幼子就格外有利。

在成吉思汗家，长子的出身成了问题。他母亲孛儿帖在怀孕时曾被蔑儿乞部抢走过。这种情形下，有人散布谣言说生下来的孩子的父亲是蔑儿乞人。散布这种谣言的人恐怕早早地就想到了继承的问题吧。术赤本人也听到了这些谣言，令年轻的他很是烦恼。

成吉思汗因为知道孛儿帖在被抢之前就已经怀孕了，所以根本没当回事，而且他还特别喜爱长子。

然而，他们兄弟之间就不一样了。特别是二子察合台，曾经无所顾忌地说哥哥是蔑儿乞人的儿子。

成吉思汗不欣赏这样的察合台，认为特别是作为需要团结一族人前进的大汗，他是不合格的。不过，他这种不饶人的性格，作为法律（札撒）的守护人倒是很合适。

术赤也一样，在这种恶意的谣言之下，他的性格好像也有些扭曲。最重要的是，他缺乏作为蒙古统帅者不可或缺的性格——冷酷无情。

表面上说是因为战后将成为他的领地，所以不想破坏，其实他根本就不喜欢破坏。

排除了长子和次子，指定三子继位应该是妥当的吧。

那么四子拖雷呢？

拖雷太喜欢打仗了，成吉思汗将自己的事情放在一边，这样想道，仗自己打得够多的了，还是像窝阔台那种程度正合适。

绕着帐篷走了一圈后，李三来了，跪在地上表情凝重地说道："可能发生了瘟疫，已经命令伊斯兰医生、中医大夫去调查了。"

十四   真人往还

成吉思汗第一次听到长春真人的名字是在鱼儿泊，是谁说的他已经忘记了。他的记忆力虽好，不过无关紧要的事情还是会忘记的。

长春真人是道教集团全真教的教主，年纪已经超过了七十岁。

全真教的开山始祖是王重阳，他在故乡陕西布教很不顺利，后来移到了山东。在山东他收了富豪马氏为弟子，终于获得了成功。全真教第二代掌门人是马氏家族的马丹阳。

全真教的开山始祖王重阳是在成吉思汗出生的那年，即1162年开始布教的，这是一种新兴宗教。据说王重阳自身精通儒、佛、道诸教。

以往的道教太过于世俗，迷信色彩过多。王重阳和马丹阳这两代掌门人，确立了道教作为宗教的基础教理，去除了迷信成分。全真教的教义中没有了装神弄鬼的东西，而增添了与禅相似的修行。特别到了接下来的第三代掌门人长春真人时期，是道教中禅修最兴盛的时代。

　　长春真人俗姓邱（或丘），名处机，字通密。长春真人是他的道号，最广为人知。

　　他进入始祖王重阳门下，与二代掌门人马丹阳是师兄弟。他的祖籍是山东登州的栖霞。当时的朝廷经常派使者到栖霞去劝他出山。

　　但是，长春真人都对其置之不理。他推说自己年事已高，对方也就打消了这个念头。

　　在蒙古进兵河北，并于1215年攻陷燕京时，真人对弟子说："如果蒙古人来找我的话，无论在什么情况下我都要去。"弟子们很是诧异。

　　当时的中国分为南北两半。北方是女真人统治的金朝，南方是以古老传统为骄傲的宋王朝。

　　金朝的宣宗，还有宋朝的宁宗，都曾经派使者恭敬地去请长春真人。实际上，长春真人在壮年时期，曾应金世宗的邀请，在燕京的万宁宫中待过一年。但那已经是三十年前的事情。自那以后他就拒绝各种邀请，不再离开故乡栖霞。尽管如此，现在他却表示一定会接受蒙古的邀请，令弟子们大感意外。

　　"蒙古都是些只会骑马射箭的野蛮人哦。"弟子们以不屑的神情说道。

　　"所以才一定要去。"长春真人道。

　　"什么呀，成吉思汗知道全真教吗？"全真教的人心里大都这样想。

　　教主虽然说一定会答应蒙古的邀请，但这好像不过是教主的一厢情愿罢了。

　　全真教如果能穿过沙漠、草原传播到野蛮人那里去，倒真是值得庆贺的事，不过，那似乎不太可能。

然而，从沙漠的那方，一位名叫刘仲禄的使者翩然而至。

这位使者拿着"金虎符"。

金虎符是一种特别的通行证，在成吉思汗势力所及之地，持有它的人就会获得到最高的待遇。

"很荣幸，我接受邀请，"长春真人说道，"我带多少弟子去合适呢？"

"谨随尊便吧。"刘仲禄回答道。

"那么，我就带十九个人去拜访吧。"说着，长春真人重新看了一遍邀请函。蒙古语以畏兀儿文字表记的方法已经由塔塔统阿研究制定了出来。不过，由于这封邀请函是送给汉人的，所以是用汉字写的。

"嗯，写得真不错啊。"长春真人对邀请函行了一礼后说道。

真可以算是一篇名作，令人无法想象是来自沙漠的另一方。

> 天厌中原骄华太极之性，朕居北野嗜欲莫生之情，反璞还淳，去奢从俭。每一衣一食，与牛竖马圉共敝同飨。视民如赤子，养士若兄弟……

这与其说是蒙古族的，不如说是成吉思汗对中原文明的评价。"莫生之情"指的是甘于无修饰的、简朴的生活之情。

汉族的生活与之相反，是"骄华太极"——奢侈、华丽而且是过度的。回归淳朴，不事奢华，恪守俭约，与牧牛、牵马的人寝食与共是我们北野（北方草原）的生活方式。它在政治上的表现就是把人民看作赤子、把将士看作兄弟。

"衷心感谢蒙古皇帝的关心，请问这篇文章是谁起草的？您能告诉我吗？"长春真人再一次拜了诏书后，这样询问道。

"皇帝身边的事情我不太清楚。听说最近陛下的汉文秘书是在燕京归降的名叫耶律什么的人。"刘仲禄回答道。

后来成为中书令（宰相）的耶律楚材此时的知名度，当时在蒙古内部也就是这种程度而已，反而是长春真人知道的比蒙古人更多。

"他是以史学著称的耶律履的公子吧。我听说在燕京陷落时归顺了蒙古，名叫楚材，字应该是晋卿。他作为居家的佛教信徒很有名。哦，他现在侍奉在陛下身边啊，那样的话，我们或许在北地能够相会。"长春真人说道。

刘仲禄于太祖十四年（1219）十二月前往栖霞邀请长春真人，得到了真人的应允。

长春真人挑选了十九名同行的弟子，加上他自己一共二十人。不过，不知什么原因，《长春真人西游记》中只出现了十八名弟子的名字。

长春真人一行到达燕京是翌年二月。

蒙古军离开也儿的石河驻扎地，进攻讹答剌的时候，长春真人已经七十三岁了。由于担心长途旅行身体吃不消，他在燕京请求等大军返回后再拜见成吉思汗。刘仲禄为此又去传信。

再怎么说，刘仲禄也是要从现在的北京到撒马尔罕附近然后再返回来，因此回信用了将近一年的时间。这期间，骑马往返的他一定也吃了不少苦头。不过，成吉思汗还是指示要长春真人到他那里去。

等待回信期间，长春真人受耶律秃花的邀请，在他的幕府所在地宣德待了大约半年的时间。

成吉思汗的弟弟帖木格·斡惕赤斤在鱼儿泊，每次蒙古大军出征时，斡惕赤斤总是负责后方留守，《长春真人西游记》中把斡惕赤斤写为"斡辰大王"。

斡惕赤斤也很想听长春真人的说法，但还是克制住了。不老长寿的法语，成吉思汗肯定也想听，他不能比哥哥先听到这些。

很快，从撒马尔罕传来了成吉思汗的命令：不能无限度地挽留真人。斡惕赤斤只好对长春真人说："很遗憾，等你从西方回来时，再听你法音吧。"并以牛马百数十头、车十乘作为礼物，送别了长春真人。

成吉思汗也上了年纪，想尽早听到关于不老长寿的法语。于是，长春真人一行沿着克鲁伦河向西行，渡过土拉河和鄂尔浑河，走向位于杭爱山的斡儿朵。

一个斡儿朵中有成百上千个帐篷，大的帐篷能容纳上千人。不过，作为后宫用的帐篷不是很大，却很华丽。

在杭爱山的斡儿朵中，有汉公主和夏公主两个"公主皇后"。

汉公主实际上是金朝卫绍王的女儿，正确的应该称金公主或女真公主。不过，在蒙古看来，金朝也好，女真也好，全都算是汉人。

夏公主是西夏王李安全的女儿。

两个公主皇后赠送给长春真人"寒具"，当时虽然是六月，但在寒冷的漠北，御寒用具也是必要的。

从杭爱山的斡儿朵再前行十五六日的路程，就是镇海驻守的地方。

镇海是克烈人，但从很早起就效力于成吉思汗，是一同饮过班朱泥河泥水的功臣。

蒙古军即使在攻城略地时也不杀工匠等有技术的人，镇海就负责管理这些俘获来的大量的工匠。工匠对于蒙古来讲是十分宝贵的，因此管理他们的人地位也很高。

镇海驻守的地方名叫八剌喝孙。八剌喝孙意为城市。由于这里是羁押工匠的地方，因此也就成了保管工匠制作物品的仓库，汉人称其为苍头城。

汉公主的母亲钦圣夫人袁氏也在这里，实际上从燕京遣送来的金章宗的二妃——徒单氏和夹谷氏均在这里。为了陪伴二妃，钦圣夫人被叫到了这里。

汉公主是按照两国的协议，坐着轿子风光地嫁到蒙古的，而与她相比，二妃则是作为俘虏来的。

在镇海的八剌喝孙，除了章宗二妃、袁氏之外，汉人工匠也都来看了长春真人，大家为他送上了祝福，《长春真人西游记》中则说二妃、钦圣夫人袁氏等均是"号泣相迎"。

《长春真人西游记》说是长春真人所作，实际上是他的高徒李志常写的。长春真人的这次西域之行，全真教倾全教之力认真对待，挑选了最高等的弟子尹志平、李志常等成员随行。

尽管如此，他们最初也没想到会去那么远的地方。

他们觉得在燕京附近等待成吉思汗回来就行了，所以才在燕京等待成吉思汗的旨意，而且还在耶律秃花的邀请下，在附近的宣德滞留了半年之久。

因为挽留长春真人，耶律秃花受到了成吉思汗的责备。经过一年的时间，大家才终于明白成吉思汗的这次召唤是非常认真的。

在八剌喝孙，镇海派遣急使去请示成吉思汗。

"我要能陪你们一起去就好了。"镇海说。他虽然出身克烈，但会讲畏兀儿语、波斯语。可以说在蒙古是一个少见的国际派。另外，他虽然看不懂汉文，但可以应付简单的会话。所以，让他在八剌喝孙负责管理工匠，大概也因为他的这种才能。

他认为，陪护长春真人去谒见成吉思汗，除自己之外再没有更合适的人选。

　　结果也的确如此，他护卫全真教一行越过阿尔泰山，到达了相当于现在的乌鲁木齐的别失八里。长春真人在那里写下了一首五言律诗《夜宿鳖思马大城》：

　　　　夜宿阴山下，
　　　　阴山夜寂寥。
　　　　长空云黯黯，
　　　　大树叶萧萧。
　　　　万里途程远，
　　　　三冬气候韶。
　　　　全身都放下，
　　　　一任断蓬飘。

　　一行人从别失八里经塔拉斯、讹答剌到达目的地撒马尔罕，沿途所经的城市都遭到了严重的破坏。虽然是陌生的西域城市，但从残留下来的遗迹中还能依稀想象到它们全盛时期的繁荣景象。

　　成吉思汗没有在撒马尔罕。长春真人到达撒马尔罕时，正是申河战役的关键时期。于是，一行人在撒马尔罕停留了四个月，等待成吉思汗的命令，终于等到由博尔术带领一千士兵护送长春真人到行在的命令。

　　博尔术是四骏马中的一人，由此可见长春真人受到了何等的重视。

　　养生之术，为了传达这个教义，他走过了多么漫长的旅程啊。

　　然而，一想到此，弟子中有人甚至想要逃走。因为一般人期望从长春真人那里得到的是长生不老之术。

　　而长春真人说法的第一句话就是"那根本不存在"，为此有很多人感到非常气愤。于是真人说服了这些人。

可是，手握生杀大权的成吉思汗是那么容易劝说的吗？他会不会愤怒地说："这个骗子，给我杀了！"

虽然前途吉凶未卜，但长春真人在途中一直是谈笑风生。看到他的笑容，一般的人都会感到安心。但是，这适用于成吉思汗吗？

成吉思汗的行在位于兴都库什山麓，长春真人历尽艰辛到达那里时，成吉思汗正在做出征的准备。由于附近的畏兀儿发生了叛乱，正要去讨伐它。

"很遗憾，不能慢慢听你讲话，我要去讨伐畏兀儿人。等我得胜回撒马尔罕后，在那里再仔细地听你讲吧。现在我就简单地问一句：到底有没有长生不老的药？"成吉思汗身着戎装，手握马鞭，不时地甩出响声。

"这个世上根本没有长生不老的药，有的只是养生之术。"真人回答道。

"哈哈，大师你很诚实嘛，应该是这样的。那养生之术是什么，等我回撒马尔罕再仔细听你讲。"

说完，成吉思汗就和军队一起出发了，真人又顺着来时的路返回了撒马尔罕。

三个多月后，成吉思汗回到撒马尔罕。

> 为政的要诀是敬天爱民。
>
> 欲长生者必须要清心寡欲。
>
> 欲得天下者，必须戒好杀之心。

长春真人教给成吉思汗的没有特别的东西，都是十分普通的道理。不过，仔细想想的话，蒙古的孩子，就连这样寻常的道理都未曾学过。成吉思汗让人把长春真人的话全部记了下来，好让孩子们学习。

平日里，长春真人要做好随时回答成吉思汗问题的准备，不过，成吉思汗狩猎时就不必如此了。

有一次，成吉思汗的马在狩猎中被绊倒，成吉思汗从马上摔了下来，他虽然没有受伤，但真人却借此忠告道："上天好生，陛下年事已高，狩猎之事应当慎重。"

长春真人在撒马尔罕时，耶律楚材也在那里。撒马尔罕的地方长官是耶律阿海。长春真人在这场万里西行的大旅行途中，曾经作为耶律阿海的弟弟耶律秃花的客人，在宣德待了大约半年时间，和耶律兄弟缘分很深。

耶律楚材和阿海是诗友，二人在撒马尔罕唱和了很多诗，阿海也是很有名的诗人。阿海、真人和楚材，相聚在撒马尔罕的这三位诗人中，楚材最年轻，而且作为诗人最出名。

不过，对他们三人来讲，撒马尔罕时代是很快乐的。对于作诗的人来讲，异域奇特的风物会使人浮想联翩，诗兴大发。

长春真人写下了一首题为《河中园游》的诗，"河中"就是撒马尔罕：

> 深蕃古迹尚横陈，
> 大汉良朋欲遍寻。
> 旧日亭台随处列，
> 向年花卉逐时新。
> 风光甚解流连客，
> 夕照那堪断送人。

窃念世间酬短景，

何如天外饮长春。

"啊，发生什么了？"

诗人作完诗抬起头来，看见一名女子跑过去，另一名女子在后面追着她，想让她停下来。

被追上的那个女子脚步好像不太稳。

"不行，你不睡也不要乱跑，乌思塔尼正睡着呢。"

追的人就是玛丽亚，被追的、站不太稳的是库拉。

突然什么东西掉下来发出了很大的声音，玛丽亚赶紧过去制止响声，然后，轻轻地捡起掉落的东西。她与随后赶来的侍女一起，搀扶着库拉进了帐篷。

"她是病人，什么都不知道了，可能是发烧的缘故吧。一定要小心啊，最近生病的人很多，达达马斯正伤脑筋呢。"耶律阿海说道。

三位诗人中只有耶律楚材知道库拉掉下来的东西是一把装饰精美的短刀，而且他曾经听成吉思汗说过："与想要我命的女人一起生活，也是很有意思的事情啊。"

这个时期，瘟疫开始在蒙古军中流行。

长春真人的主要目的就是告诉成吉思汗即使神仙也不能抗拒死亡。

"那还用说，这种事情我也知道。"成吉思汗说道。或许他心里也在暗暗期盼长生不老之法吧。不过，对于这个问题，他还是表现出了王者风范，只是一笑而过。人无论是谁都是要死的。

此时，他还没有得到消息，他的老战友国王木华黎在攻打京兆时，出师未捷，已经抱憾病死了。木华黎虽在东方战线上，但他的嗣子孛鲁却在西征军中。

癸未年（1223）三月七日，长春真人踏上了回国之路。

成吉思汗授予了长春真人"神仙大宗师"的封号，并且给予全真教信徒"蠲免"的特典。"蠲免"即免除租税、夫役等。

长春真人带着十九名弟子，长途奔波四年，得此特典，也算是得到了充分的回报。

全真教靠着这个特典，信徒的数量肯定会有飞跃式的增长，即使想入教也不再是那么简单的事了。那是一种权益，与教祖一同去往西域的十数人掌握着这种权利。

很显然，最终这会导致整个教团的堕落。长春真人很明白这点，在归国途中，他一直在思考相应的对策。

这一年，除了速不台和哲别的追击部队进入了欧洲之外，其他没有什么大的军事行动。

主力军已经开始了回国的准备，而此时瘟疫也在流行。

在后宫的帐篷中，乌思塔尼和库拉都在躺着。乌思塔尼主要是疲倦，库拉则是发高烧。

乌思塔尼连话也说不出来，只是静静地躺着而已。由于她平时很木讷，以至于生病了都没有马上被看出来。库拉是个活跃的女人，但发烧后的行为却让玛丽亚很焦虑。

"我要杀铁木真。"说着，库拉就会突然坐起来。当她稍微有些体力时，就会不顾一切地往外跑。

只听她的呓语，让人觉得不得了。不过她虽然口中说要杀铁木真，但幸亏声音很虚弱，含混不清，一般人听不清楚。

长春真人归国之日是玛丽亚最伤心的日子，一直陪伴她的乌思塔尼死了。

虽然她们平日总是在一起，但玛丽亚对乌思塔尼的身世并不是很清楚。不知从何时起，她觉得不好再去追问乌思塔尼的经历。

不过，在乌思塔尼快要死去，躺在床上的这半个月里，她却有意无意地说起了以往从来不说的事情。玛丽亚握起她的手，她也握住玛丽亚的手，张口说道："其实我自己也不知道我是谁，出生在哪儿。只是模模糊糊地记得我好像是在喀什噶尔长大的。我小时候可能是被人卖了。学习读书写字也是为此，因为有些技能的孩子能卖高价，是不是很可笑？"

乌思塔尼躺在床上无力地笑道，她学习读书写字不是为了教养，而是为了做抄写员这种在奴隶中最高等的工作。

"这个孩子会读书写字的，而且长得也挺可爱的吧。"

在奴隶市场中，还不到十岁的乌思塔尼夹杂在成群的年轻女人中被叫卖道。在她面前摆着一张简陋的桌子，上面放着纸和芦笔。

"来，在这里把你的名字写下来。嗯？像名字这种简单的不行？难的也会，那好，月怎么写，斋月的月怎么写？"

年幼的乌思塔尼拿起眼前的纸笔，一边流着眼泪一边开始写起来。

这时一个男人出现了，他说："这孩子就按你说的价成交吧。"

"啊，是帕乌罗殿下，没错，是乃蛮的帕乌罗殿下。"叫卖奴隶的人发出了惊异的声音。

帕乌罗是乃蛮的皇族，不过他号召草原、沙漠各民族团结一致的倡议，在当时已经超越了国境，传到了很远的地方。

"好了，你到我那里去吧，去教不识字的人读书写字吧。"帕乌罗牵着乌思塔尼的手去了乃蛮。后来人们都以为她是乃蛮人，但实际上由于她是从喀什噶尔来的，或许她是畏兀儿人也未可知。在到畏兀儿之前，她在哪里，她自己也不知道。

乌思塔尼连自己的年龄也不知道，她被卖的时候可能是十岁左右吧。买她的帕乌罗也很年轻，当时好像还没有结婚，不用说玛丽亚当然也没有出生。

乌思塔尼进了帕乌罗的帐篷，从那时起她成了孩子们的老师，同时她还学习了阿拉伯语、乃蛮语，更重要的是她皈依了基督教，当然，不用说，是聂斯脱利派的。

在她年幼的印象中，她知道基督是一个很了不起的人。等她稍微长大后她知道了这好像不是聂斯脱利派的教义，在喀什噶尔有天主教的教区，那里讲的耶稣基督好像不是后来她皈依的那个。

帕乌罗告诉她，这种事情怎么样都行。

如果相信他的言行是正确的，那么无论他是神还是人都一样。在帕乌罗的教导下，她变得很轻松。

乌思塔尼就相当于幼儿园的老师，她的学生大多都是皇族、贵族子弟。等到玛丽亚出生后，她就成了玛丽亚的专职保育员，并且从此一直陪伴她。

乃蛮王太阳汗的姐姐经常来照顾玛丽亚，玛丽亚去君士坦丁堡之事，也是她安排的。

乌思塔尼随同玛丽亚到达君士坦丁堡后，就断绝了与乃蛮的联系，后来回来也是玛丽亚提出来的。不过，与乃蛮仍然没有关系，乃蛮这个国家已经灭亡了。

乃蛮的玛丽亚对成吉思汗来讲，更重要的是她是帕乌罗的女儿。

成吉思汗之所以对玛丽特别关照，好像是出于年轻时代对帕乌罗的崇拜。乌思塔尼大概对年轻时的成吉思汗也有一点印象，不过她从来没有提起过。

到了快要死的时候，偶尔一次，她用非常含混的声音说道："我好像还记得年轻时的铁木真陛下。"

在要死的那几天里，她一直在拼命地考虑这件事。"啊，那个人应该是铁木真陛下，没错。"她如呓语般地说道。

乌思塔尼在不知不觉中老了，然后死去。虽说年长二十五岁以上，但玛丽亚从来没想过乌思塔尼会死，虽然这是任何人都不可避免的事情。

"听说乌思塔尼死了。"成吉思汗很罕见地走进了乌思塔尼的帐篷。虽然这帐篷是禁止男人进入的，但对于王者来讲，进到哪里都是可以的。

"是的，就在刚才。"玛丽亚掀起了盖在乌思塔尼脸上的布，她好像安静地睡着了似的。

"从年轻时起，就是个很漂亮的人。"成吉思汗叹着气说道，亲自为乌思塔尼盖上了布。

乌思塔尼只是模糊地记着，但成吉思汗却记得很清楚。现在成吉思汗说的话，乌思塔尼活着时听到该有多好，玛丽亚心想。

成吉思汗刚送长春真人归国，现在又送乌思塔尼去往另一个世界。

"人们总会去那里的……"成吉思汗这么感叹着走出了放置乌思塔尼遗骸的帐篷。

到此为止，玛丽亚下意识地强忍着泪水，但听到成吉思汗的脚步声远离了帐篷，终于忍不住哭了出来。想到今后要继续没有乌思塔尼的生活，她充满了悲伤，同时也觉得无法想象。

"玛丽亚，你在哪里，赶紧过来……拜托了。"库拉的声音传来了。

乌思塔尼的声音一天天衰弱，而库拉的声音则与之相反。数日前，她发高烧，都听不清是她在低语还是热风的声音，有时那声音只有玛丽亚能够听出来。

现在情况完全不同了，她的声音听得很清楚，她的意识也恢复了，能够分辨可以说的话和不可以说的话了。

　　"乌思塔尼，我先去一下，等我一会儿。"玛丽亚对乌思塔尼这么说着，擦了擦眼泪。然后她就走进了隔壁库拉睡觉的帐篷。这边剩下的事情交给女奴们去做，她还必须要照顾活着的人。

　　"不行了，我要死了，帮帮我，求你了……"库拉这么说着，但她的声音中气十足。

十五　　凯旋

　　成吉思汗本来打算与长春真人一起胜利回国，但不能成行。因为哲别和速不台的远征军还没有来会合。

　　蒙古军的主力军在锡尔河东面的草原。

　　通过对也里、马鲁、巴里黑还有哥疾宁等城市的破坏，中亚已经知道反叛要付出怎样的代价了。然而，哲别他们踏入的欧洲还不知道。

　　1221 年年初，库尔德族和土库曼族作为蒙古军的先锋进攻基督教国家谷儿只[1]。哲别和速不台采取了反复进行小规模作战，消耗敌人，最后给予致命性打击的作战方法。

　　蒙古军随后又进攻阿哲儿拜占[2]，接着威胁巴格达，并在哈马丹进行了大屠杀，这是对蒙古任命的驻哈马丹官员被市民残杀的报复。

1　今格鲁吉亚。
2　今阿塞拜疆。

屠杀之后是放火。

之后，蒙古军再次逼近阿哲儿拜占首都帖必力思[1]。之前只向它索要了财物，没有攻击它，这次又提出了同样的要求，但遭到了拒绝。蒙古把第二次被拒绝看作是从一开始就被拒绝。

谷儿只还有三万军队，速不台佯装撤退，把敌人引诱到哲别埋伏的地方，一举歼灭了它。

然后，蒙古军劫掠了设里汪地区[2]，攻陷了其首都合马哈城。为了穿越太和岭[3]向北进军，他们从合马哈城带了十个向导。

蒙古军经过打耳班关隘，到达了北高加索的捷列克河。但是，这是一条非常险恶的道路。

据《元史·速不台传》记载，大军到达太和岭后，必须要凿石开道。

打耳班关隘被希腊历史学者称为"亚历山大的铁门"。蒙古军好不容易搬运到此的攻城机械，由于无法继续搬运，不得不就地烧毁了。

蒙古军在捷列克河流域遭遇到了敌军，由于穿越高加索山时士兵们消耗了大量的体力。打了一天仗，明白了敌人是不容易对付的。

这种时候，蒙古军更确切地说是成吉思汗的军队开始仔细地研究对手，汇集众人的智慧，在作战会议上，就连普通的士兵也可以自由地发表意见。

"敌军是由多个民族组成的，是个不太团结的集合体。"

1　今伊朗大不里士。
2　里海西岸、库拉河北面的一个地方王朝。
3　即高加索山脉。

"对了，敌军中有和我们用同一种语言的家伙。"突厥系的士兵说道。

"是啊，这附近的钦察人就是这样的。"

"有没有人了解钦察人？"

蒙古军中有很多新加入的当地士兵，他们中有认识敌军兵将的人，而且大致都知道敌军主要将领的情况。

"那个大将特别贪财，参加这场战争可能也是以金钱为目的的。大将是这样，部下也好不到哪里去，上上下下都是金钱的亡命徒，这一带没有人不知道。"有人这样说道。

速不台一直不动声色地听着部下的发言。不久，他站了起来，说道："好，对于贪财的人，咱们就给他钱。"

他们有从谷儿只抢夺来的金子、宝石，据说好像是罗马教皇的礼物。反正都是他人的东西，干脆就送给贪财的敌军首领。

速不台向钦察部队派去了使者。使者是从众多突厥兵中挑选出来的能言善辩的人，让他们带去了来自罗马的礼物。

使者口吐莲花般地说道："我们不是同种人吗？使用的语言不是也一样吗？你们没必要去帮那些连语言都不通的家伙，不是吗？我们给你们带来了土特产。怎么样？收下吧。不要再为那些家伙流血了。"

热烈的言辞和光彩夺目的黄金、珠宝，不知是哪个起了作用，钦察部的首领放弃了同盟，悄悄地撤退了。

钦察系的民族众多，而且分化得很细，在俄罗斯称之为"库曼"。

俄罗斯人和钦察人并不是很友好，不过，他们之间偶尔也有通婚的例子，加里奇侯国的姆斯季斯拉夫勇侯就是钦察部忽滩汗的女婿。姆斯季斯拉夫勇侯把南俄罗斯诸侯召集到基辅，诉说蒙古的威胁。

他的诉说取得了成功，俄罗斯诸侯形成了对蒙古的统一战线。

蒙古方面为了应对俄罗斯的诸侯联盟，派使者送信道："我们没有做任何让俄罗斯人生气的事情，也没有袭击过俄罗斯的街道、村庄。钦察人是俄罗斯的敌人，这是大家都知道的。你们何不趁此机会把钦察人歼灭掉呢？"

信中竭尽所能地痛骂了钦察人，俄罗斯人把送信的蒙古使者杀了。

俄罗斯军拥有八万两千名步兵和一万骑兵，蒙古军只有两个万人队，而且重型的攻城器械还在穿越高加索山脉时就烧毁扔掉了。

一场重装备的俄罗斯军和轻骑兵的蒙古军的战役拉开了。

蒙古军的前锋故意败走了，这是他们常用的作战方法，但俄罗斯并不知道，而且俄罗斯联盟内部出现了有人想独占功劳的动向。加里奇勇侯为了让自己指挥的军队独占功劳，没有通知其他军队，就独自渡过了迦勒迦河，想与钦察军共同对付蒙古军。迦勒迦河是一条与第聂伯河[1]大致平行的小河。

蒙古军主要以钦察军为目标，钦察军士气不高，而且指挥不统一。钦察军的溃灭使俄罗斯军陷入了恐慌，不久，俄罗斯军也战败了，钦察军趁机杀害俄罗斯士兵，惨景随处可见。

其他尚在出兵路上的俄罗斯军听到消息后都慌张地返回了各自的领地，没有赶上迦勒迦河之战是他们的幸运。

这次战役中，三名俄罗斯大公成了俘虏。蒙古军把这三人绑在木板上，并坐在上面饮酒作乐。不用说，这三名大公最后都被压死了。

1　欧洲的第三大河。源出俄罗斯瓦尔代丘陵南麓，流经白俄罗斯东部及乌克兰中部，注入黑海第聂伯湾。河长 2200 公里。流域面积 50.4 万平方公里。

捎去休战书的蒙古使者共十人，俄罗斯人把他们全都杀了，这是为死去的使者的复仇。

十人的生命代价高昂。其后，蒙古军如入无人的原野般地疾驰了俄罗斯。

进入俄罗斯的蒙古军只有两个万人队，再加上投降的或中途加入进来的各支军队，充其量也不过三万多人。如果想占领土地，建立行政机构的话，人数太少了。所以三万骑兵径直穿过了俄罗斯草原，这也是应成吉思汗长子术赤的要求。

蒙古军到达的最西边的地域——这是成吉思汗答应给他的领地。哲别和速不台为他预先扫荡了西方的地域。

"对术赤来讲这是正合适的地方，残暴的事情我们已经做过了。"速不台说道。

从攻打玉龙杰赤就可以看出来，术赤不喜欢残暴的事情。残暴的事情两位将军已经做过了，剩下的术赤按照自己喜欢的做就行了。

从俄罗斯的归途中，哲别的身体好像有些不适。

"如果抓紧时间的话，应该还赶得上，我随后去追你们，你先走吧。"哲别对速不台说道。

"赶得上"指的是成吉思汗凯旋之事。

"不，咱们不是一起来到这里的吗？回去也要一起。"速不台好像鼓励他似的说道。

他在这次西征中，总是和哲别一起进行追击战。

成吉思汗曾经悄悄地叫来速不台，向他下达密令，那就是监视哲别的行动，如果他有反乱的意图的话，就马上逮捕他，在必要的时候还可以"杀了他"。

讨伐屈出律时，成吉思汗说要把旧西辽的领土给他，但哲别拒绝了。他本来是应该被处斩的泰赤乌的武将，成吉思汗特别施恩饶了他的性命并收于麾下。

成吉思汗手下投降后受到重用的人很多。但是，哲别没有投降，他一直抵抗到了最后。成吉思汗为他赐名哲别，意为神箭手、锐利之箭。成吉思汗虽然对他施以了大恩，但是直到最后都对他怀有戒心。

恐怕哲别心里也明白这点，以至于他生病后说要留下时，准备留下的士兵都非常少。

出身于成吉思汗亲卫队的速不台，对于哲别的这种小心谨慎，不禁感到很悲哀。

"这附近已经没有强敌了，你放心地慢慢地走吧，坐着轿子，慢悠悠地走。来的时候，这附近非常紧张，不过回去的时候没关系了。"

速不台让哲别坐上特大号的轿子，让六名身强力壮的年轻士兵抬着。

"好了，给你添太多的麻烦，让我心里很过意不去。"坐轿子的时候，哲别还这样说道，不过逐渐地他就变得无精打采，不久，连话也说不出来了。

可怜的哲别，速不台在心里不停地这样念叨着。

很长一段时间，两人一起并肩作战。速不台被暗地里命令监视哲别，但是，哲别始终没有什么值得怀疑的举动。

或许因为他知道自己被怀疑，言行举动格外的小心谨慎吧。

后来，哲别抱病跟随蒙古军凯旋，在旧乃蛮之地去世了。

蒙古主力军在西征的最后一年即 1223 年中，几乎没有什么大的行动。不过，进行了那么大规模的战争，因此相关活动，比如说扫荡残敌还是有的，当然这不能算是主力军的行动。

这年五月迦勒迦河的会战，在世界史上都占有重要的地位，但它只不过是远征俄罗斯的战役。可以说它是蒙古军此次西征最后的战役。

1223 年，与和敌人作战相比，和瘟疫的战斗更为紧张。不过，由于没有蒙古军著名将领因瘟疫而倒下的记载，所以对其流行的严重程度持怀疑态度的学者也不乏其人。

这年一月，成吉思汗在撒马尔罕，不久，他就去往了锡尔河右岸，在那里召开了忽里台大会，商讨有关回国的事情。

最初预定的回国路线是经过吐蕃。草原民众大规模地翻越喜马拉雅山脉，耶律楚材对此提出反对意见也是理所当然的。

回国前夕，阿姆河出现了独角兽，成吉思汗问耶律楚材它预示着什么。此时，楚材作为天文官，解释这样的现象是他的职责。

耶律楚材说道："独角兽应该是麟，它代表停止战争，回归故里之意。孔子《春秋》的最后一篇文章以'西狩获麟'终结，孔子也以此语结束了全书。我认为这预示现在是大汗放下武器的绝好的时机。"

"嗯，停止战争的时机啊……"成吉思汗这么默念着点了点头。

从他千里迢迢把长春真人叫来也可以看出，他经常聆听宗教家、学者的话。而且，他还具有听过一次后就不会忘记的特异本领。

更重要的是，他知道应该何时利用"西狩获麟"这句话。成吉思汗不停地点头，就是因为这个"时机"非常好。

不用耶律楚材说，成吉思汗也已经决定停战回国了，这与吉兆吻合就行了。

"现在，出现了回国的吉兆，全军就此开始做归国的准备吧。"成吉思汗下达了准备回国的命令。

　　一度想走喜马拉雅山那条线路的蒙古军，返回了白沙瓦，在巴米扬翻过大山。

　　由于没有战争了，他们一边尽情狩猎一边前行。忽里台大会召开了，但主要是宴会，察合台和窝阔台带领各自的人马来了，幼子拖雷则一直跟着父亲。此时没有参加大会的只有长子术赤。因为他在最西边，所以错过了大会。

　　春季忽里台大会后，察合台和窝阔台返回了自己的军队。简直就像是前后脚似的，长子术赤随后赶着大群的野马来了。

　　蒙古军当时的所在地位于西征的起因地讹答剌和塔拉斯河的中间地带。术赤赶来的野马群原来生活在咸海的西北部。

　　术赤为父亲的回国准备了两万匹马，这让成吉思汗欣喜异常。蒙古军强大的秘诀之一就是换乘的马多，一个普通士兵都有三匹左右可供换乘的马。而与之相对，花剌子模军即使地位相当高的将士，也没有换乘的马。可以说，马的强弱决定了战争的胜负。

　　虽说战争结束了，但回国时也需要骑马，所以术赤带来的礼物是越多越好。

　　"作为礼物没有比这更好的了，全军都会很高兴。"成吉思汗表扬道。

　　术赤深深地低下了头。

　　"过去的事情就不要说了，玉龙杰赤的事已经完了，你现在主要的是考虑如何更好地治理钦察平原。"

　　术赤不擅长打仗，成吉思汗也明白这点，从今以后就不仅是打仗了，还需要统治的才能，他期待术赤在这方面能有所作为。

　　术赤很温和，这是草原男儿很少见的品性。遇到什么事情，他也不会大声说出自己的要求来。

　　他的这种温和或许与他的出生有关，他母亲在怀着他的时候，曾经被篾儿乞部抢走过。

他一直被人称作"敌人之子"，而且这么说的人并不是无心的，虽然他们知道术赤不是敌人之子，还要这么说，因为这样术赤就被排除在继任的候选人之外了。

这种卑劣的事情并不是术赤的弟弟们干的，他们要干这件事情显然太年轻了。可能是弟弟们周围的人干的，他们逐渐长大后，"敌人之子"的说法渐渐地平息下去了。在篾儿乞部袭击前，他母亲已经怀孕了，族中的老人们都知道。

然而，术赤自己主动退出了继承人的争夺。

"虽然必须留人来做平定钦察的事，不过也不一定非得是你，你要不要再想想？"成吉思汗说道。

他已经超过六十岁了，在不远的将来，继位的问题就该提上议事日程了。虽然成吉思汗暂时指定了窝阔台，但最终必须要经过忽里台大会的同意。术赤不待在父亲身边是很不利的，这么着也行吗？这是成吉思汗的言外之意。

"钦察平原不能给我吗？只要把这里给我作领地，我就别无所求了。"术赤望着从钦察草原带来的大群的野马，这样说道。

这样也好，成吉思汗心里这样想道，但嘴里什么也没有说。

他心里一直期盼为无来由的谣言而苦恼的术赤，具备抵抗谣言的力量。那样的话，他还有做蒙古帝国领袖的希望。

"野马很多啊。"成吉思汗口里说的话尽量远离心中所想。

"那请您尽情地狩猎吧。"术赤说。

"哈哈，不过，长春真人劝我不要太尽兴地狩猎。"成吉思汗说着表情凝重起来，他想起之前狩猎时落马的事情了。

术赤见到父亲，让他看过马群之后，说要巡视一圈忽兰巴失的狩猎场。

"你还年轻，我可能追不上你，而且长春真人还劝我不要快跑，你就自己去转吧。"成吉思汗这样说道，话中有点凄凉。像这样在帐篷外散步，要是以往的话，可能会骑马疾驰吧。他步行是很少见的。

想要巡视忽兰巴失的狩猎场，不骑马根本就做不到。

"那么我就告辞了。"术赤行了一礼，转身走向了拴马的地方。他心想这可能就是此生与父亲最后一次相聚了吧，父亲可能也是这么想的吧。别离的场面还是尽早结束的好。

甲申年（1224）春，蒙古军渡过锡尔河，踏上了归国之途。

术赤留在占领地进行军事监察。

"长皇子（术赤）不想念故国吗？有什么事的时候，蒙古人总爱念叨斡难、克鲁伦等故地的名字。到底这是怎么回事呢？又正好是在这种时候。"

蒙古贵族周围的人们都悄声地议论着。

尽管说得隐晦，但他们口中的这种时候指的是成吉思汗的死期并不是那么遥远了。

虽然不能公开地说，但所有的事情都以成吉思汗的死为前提开始议论了。

成吉思汗自己也知道这点，自孩童时期起就骑惯了马，从熟悉的马上摔下来，除了表明老了之外，再没有其他的意思。

班师回国的大军比预想的数量要多，也就是说留下的军队很少，表明即使发生叛乱，蒙古军也有信心以少数精锐部队镇压下去。

而且，花剌子模的降兵忠诚度相当高，由于与蒙古军共同行动，无论好坏，他们都被看作是蒙古人。还有，这个地方原本分得很细的民族，因为这段时间的战争，有再融合的倾向。比如说撒马尔罕附近的突厥系士兵，就有混在克烈兵中凯旋的例子。

最先凯旋的是卡尔尔古特族将士，热海湖附近是他们的故乡，即现在的吉尔吉斯斯坦共和国。卡尔尔古特族在归附蒙古之前，曾经臣服于西辽。

同样曾经臣服于西辽的畏兀儿将士，因其故乡在天山南麓，凯旋得也很早。他们是为了展示其忠诚心，作为蒙古的友军参加西征的。

大军进入现在的新疆境内后，凯旋的气氛突然变得异常浓烈起来。大军经过乃蛮故地，到达了原克烈的中心，后来被称作哈刺和林的地方。

成吉思汗的脸上露出了笑容。

著名的军乐手虎儿赤因为年事已高，这次没有从军，只吹响了出征的号角。而现在，在这凯旋的时刻，那个满头白发、昂首挺胸地吹奏号角的人，毫无疑问就是高龄的虎儿赤。

那首打碎哀愁的、雄壮的乐曲依然没有改变。

十六　讣报相继

乙酉年（1225）年正月，蒙古主力军班师返回土拉河故地。

成吉思汗凯旋时乘坐的是由数十头牛牵引的车，就好像搬运整个宫殿似的，速度很慢，但摇晃也很小，非常平稳。

即便如此，这次旅行，忽兰的身体好像也有些吃不消。而习惯于旅行的玛丽亚，身体虽然没事，但因为乌思塔尼的去世，精神上似乎相当的疲惫。

"再不坚强一点的话，就没法活下去了。神啊，请帮帮我们吧。"玛丽亚祈祷神灵的护佑，她已经很久没有这么做了。

她并不是为自己祈祷，而是为变得很衰弱、几乎不再开口的忽兰。

不过，库拉倒慢慢有了恢复的迹象。

成吉思汗胜利回到第三斡儿朵后，暂时在那里休息了一阵，就决定去故乡斡难和克鲁伦。

第三斡儿朵原本是克烈的大本营，对于成吉思汗来讲，是他父亲的安答王汗的居所，也是一个留下很多回忆的地方，不过那些回忆都是他成为君临天下的帝王之前的。

成吉思汗也有在这里臣服于王汗的记忆。而现在，他最想去的地方是斡难河和克鲁伦河流淌的可爱的故乡，他幼年至少年时代的回忆都留在那里。

坐在摇晃的牛车中，经过乃蛮和克烈的旧营，成吉思汗仿佛看到了这么多年来一直如痴如狂地追逐求索的自己。

第二斡儿朵是忽兰的居所，当然古儿别速也在那里。代替旅途劳顿的忽兰，那天晚上由古儿别速服侍成吉思汗就寝。

进入蒙古领域后，各后妃都出来迎接了。蒙古后宫中，除大皇后孛儿帖外，以这次从军的忽兰皇后为首，有二十一名皇后和十五名妃子。

大皇后孛儿帖到底与众不同，只有她在大斡儿朵中悠然地等着，其他的后妃则全都到国境附近去迎接成吉思汗的归来了，唯一的例外是第二斡儿朵的古儿别速，这也是因为成吉思汗的命令。

到达大斡儿朵时，成吉思汗手里还拿着地图。

"真是喜欢战争啊，你这个人。"大皇后孛儿帖说道。

成吉思汗手里拿着的是西夏地图。

西夏和蒙古交战了很多次，然后求和了。求和时，西夏王李安全献出了自己的女儿，就是第三斡儿朵中的夏公主。

"战争只进行了一半，剩下的一半也必须完成。"成吉思汗说。

妻子孛儿帖的话听上去有点批评的意思，这让成吉思汗感到些许意外。

与西夏的战争，因为花剌子模战争的缘故中断了，而且是在非常关键的时候中断的。征讨花剌子模时，蒙古要求西夏派出援军，西夏干脆利落地拒绝了。

在西夏看来，虽然仗打败了，但自己不是蒙古的属国，派军队参加蒙古的西征是不情愿的。何况出兵的费用等全要自己负担，实在是不合算，作为一个独立的国家，自尊心也不允许。

如果蒙古方面态度好，懂得低头道歉的话，或许西夏会出兵，但它非常骄横，不巧的是西夏的谈判代表也是傲慢的阿沙敢不。

"哼，什么大汗啊，没有力量还称什么大汗。"阿沙敢不的态度很狂妄，他知道蒙古急欲西征，大概此时他认为花剌子模会取得战争的胜利。

蒙古的确是急于西征，所以对于阿沙敢不的狂言，虽然气急败坏，但还是默不作声地转身离去了。

其后，畏兀儿、卡尔尔古特等都答应了蒙古的出兵要求，就更衬托出西夏的傲慢了。

现在，到给它点颜色的时候了。

从撒马尔罕附近到蒙古的斡儿朵，乘牛车大约需要十个月。这么长的时间足够思考下一场战争了。而且，对那个狂妄的阿沙敢不的憎恶也变得更加强烈了。

然而，这种时候，能够放心托付一切的木华黎死了，再怎么说都是一个惨重的损失。

木华黎去世的消息是在凯旋的前一年传到的。当成吉思汗在西方忙碌时，木华黎是可以放心托付东方的人物。当时，木华黎的嗣子孛鲁正在西征军中，成吉思汗命令他马上回国。

真想和木华黎再谈论谈论兵事，与西夏交战前，成吉思汗只对这件事感到遗憾。想与之说话的木华黎不在了，能够和他对等谈话的人没有了。那样的人已经被成吉思汗杀了，札木合、王汗、太阳汗都早已不在这个世上了。

现在，有的只是跪伏在他面前的人，他又能够和谁目光相对、平等地交谈呢？

　　对了，已经找到那样的人了，在不知不觉中找到的，成吉思汗想。比如说，视他有如杀父之仇的库拉，成吉思汗明知她如此却还让她做侍女，就是因为她是个不屈服的女人。

　　此外还有那个帕乌罗的女儿，成吉思汗年轻时曾经有段时间想当宗教家，那是一个非常短暂的时期，连他自己都几乎忘记了。

　　看到帕乌罗的女儿玛丽亚，成吉思汗的脑海中就会不可思议地鲜明地浮现出那个短暂的时期来。如果他向着那条路发展的话，也许会成为大祭司。看到玛丽亚，他觉得好像能够构建出失去的另外一个人生。

　　玛丽亚虽然礼数周到，却不是一个奴颜屈膝的人。或许是一个能够平等地说话的人。这样的人可能是在无意识中安放于身边的吧。

　　成吉思汗很少见地徒步走着。最近，在帐篷附近他尽量不骑马了。女眷的帐篷周围戒备森严，达达马斯表面上仿佛若无其事似的，却暗藏着武器在周围警惕地巡视着。

　　在达达马斯还是小商人，成吉思汗还是一个小首领的时候，他还不知道奴颜屈膝，然而，现在却不是这样了。

　　"唉，达达马斯，把玛丽亚叫出来，我想和她说说话。"成吉思汗命令道。

　　"明白了，在哪个帐篷好呢？"达达马斯跪下应答道。

　　"就在这附近散步，你只要把她带到这里来就行了。"成吉思汗说。

　　不一会儿，达达马斯就把玛丽亚带来了。玛丽亚上前跪下行礼，成吉思汗说道："玛丽亚，不用了，我讨厌这个，今天没什么事，只是想在这条克鲁伦河边散散步。年轻的时候，我从帕乌罗那里听了很多话，很受感动，但那些话的内容是什么，我现在一点也想不起来了。如果就这样离开这个世界，那就太遗憾了。年轻时的感动，哪怕能想起一点来也好，能唤醒一点也好。和你一起走走，或许能想起来。"

在成吉思汗不停地用手示意下，玛丽亚站了起来。

玛丽亚跪在他面前好像是他不能忍受的，他的愿望是能够和她眼光相对、真诚地交流，跪着的话，是无论如何做不到的。

成吉思汗凝视了一会儿玛丽亚的眼睛，与她并排走了起来。成吉思汗的身高与蒙古人的平均身高大致相当，而玛丽亚在女性当中算是较高的了。

"咱们就这样走走吧，和你一起走着，我感觉或许能想起忘记了的事情，很重要的事情。"成吉思汗说道。

"只是走走就行吗？"

"就这样很好。我想起什么的时候可能会说说，你可以回答，也可以不回答。"

"好的，我明白了。"玛丽亚继续走着，只是低下了头。

她感觉从刚才一开始成吉思汗的说话方式就有点异样，不像平时的大汗，好像拼命地想抓住点什么似的。

"也许想起来之后，会意外地觉得没有什么。原本重要的事情应该是不会忘记的。可是数十年里一直都忘记了，只能认为是有相当的理由。"好像只想让自己听到似的，成吉思汗小声嘟囔着。对此，玛丽亚觉得没有必要插嘴。

他们走近了拴系成吉思汗爱马的木桩，在马前停了下来。成吉思汗抚摸着马的鬃毛。他抚摸了很长时间，突然笑了起来，好像抓住了令他困惑的东西似的。

"啊，您想起来了吗？到底想起来了。"玛丽亚说道。

成吉思汗停住笑声，看着玛丽亚的脸，深深地点了点头，什么也没有说，又把残留着笑意的脸向左右摇了摇。

"啊，太好了，"玛丽亚笑着说道，"不是坏的回忆，真的很好。"

"因为你，我想起来了，虽然杂乱无章，不成体统，但不是坏的东西。不知道以后还能想起多少，但我想牢牢地抓住它，哈哈。"

成吉思汗又一次抚摸了爱马，然后轻快地骑了上去。

最近，成吉思汗的马被换成了一匹很温顺的马。温顺的马并不等于一只狐狸窜出来就害怕的马，而是十分沉着、老练的马。不过，并非老马，而是正值壮年。如果催赶它的话，速度也很快，非常能够体贴主人。这是匹驯马高手千挑万选才选出来的马。

"最近，一见到这样的情景就提心吊胆。如果再被马摔下来的话，那可不得了。"达达马斯耸耸肩膀说道。

这周围是后宫区，看上去非常华丽、平静，但是在看不见的地方，却严密地戒备着。

"啊，也遂殿下！"

达达马斯不由自主地整理了一下衣领，第三斡儿朵的主人也遂骑着马来了。不过，再仔细看的话，也遂旁边还有一辆牛车。达达马斯手下的五名宦官跟随着，但他们护卫的好像不是也遂，而是牛车。

能让也遂顺从的，除了大皇后孛儿帖外再无他人。孛儿帖掀开牛车的帘子，仔细地看着外面。她看到成吉思汗尽情地跑了两圈后，又高高地举起了鞭子。

"哎呀，看来铁木真还是不知道自己的年龄。"孛儿帖呷着嘴说道。

达达马斯说让人担心，是因为在西征途中，成吉思汗曾经两次坠马。

成吉思汗靠近孛儿帖，招呼道："怎么样，散散步吗？"

他和孛儿帖从十几岁开始就是夫妻了。孛儿帖比成吉思汗大一岁。

"我听说老师（长春真人）劝你不要老骑马了。"孛儿帖说着慢慢地下了牛车。

"现在算不上骑马，长春真人也只是说不要老骑马，而且这匹马老实得很。"

成吉思汗从马上下来了。

"我今天突然想起了五十年前的事了，这种情况极少见。"孛儿帖说。

"五十年前？什么事啊？"成吉思汗问。

"你不会回忆的吧，我平时也很少回忆。"孛儿帖说。

"我也会回忆的，今天回想起来一点事情，很怀念，所以就骑马跑了跑。"成吉思汗说。

"对于铁木真来说，这可真是罕见。真让人想不到。"孛儿帖说。

"怀念"这个词出自成吉思汗之口，让孛儿帖好像有点不相信。虽然他也是一个人，这种感伤之情也应该有，但是，令人想不到的是他居然会说出口。

"你想起什么来了？"成吉思汗问。

"在咱们还是小孩子的时候，有人对咱们说：'孩子们，你们说人们不互相残杀，一起和平、友好地生活该多好。'当时咱们都赞成了，那时咱俩还都是孩子。这么多年来，这件事我忘得干干净净，你也是这样吧？因为你一直都那么忙。"孛儿帖说道。

"怎会忘记？刚才我骑着马还在想。那个人的名字叫帕乌罗。"成吉思汗说道。

"对了，就是帕乌罗，你的记性真好，我早就把他的名字忘得干干净净了。对了，就是帕乌罗！"孛儿帖说着动情地拍起手来。

"原来孛儿帖也忘了帕乌罗的名字啊。"成吉思汗说。

"还是你的记性好，尽管你成天忙于战争，真让人佩服。"孛儿帖说。

"不是，他的女儿来了，在我快要忘记的时候，她叫玛丽亚，她总是提醒着我。"成吉思汗向玛丽亚那边看去。

"啊，玛丽亚……"孛儿帖惊讶地瞪大了眼睛。

成吉思汗身边有个名叫玛丽亚的女人，不只是孛儿帖，后宫所有的人都知道，大家都知道玛丽亚是一个很特别的女人，成吉思汗西征时，不仅是她，就连她的侍女乌思塔尼也带上了。

"玛丽亚在我身边，就像帕乌罗在我身边似的。帕乌罗说不要多杀人，长春真人也这么说，另外，耶律楚材虽然小心翼翼的，但也是这个意思。而我呢，除了杀死我孙子的人外，对于那些投降的人也尽可能地不杀。如果没有玛丽亚的话，死人或许会成倍地增加。"成吉思汗说道。

玛丽亚低着头，她只是在那里，她不知道因为她的存在能让战争中的死者大量地减少了。

"真是很幸运的事情。"也遂说着从马上跳了下来。

"与西夏交战时，就让也遂代替之前的忽兰陪伴大汗吧。也遂，你不要输给忽兰，好好照顾大汗。玛丽亚，你还像以前一样在大汗身边吧。"孛儿帖说道。

成吉思汗西征时，东方战线交给了木华黎。成吉思汗期望木华黎做的是把金军驱赶到黄河以南去。

蒙古即使占领了燕京，也只是在那里部署了守军而已，没有想着扩大领地，这是蒙古的战争观。蒙古的作战方式是秋季出击，劫掠到春季就结束，夏季休息。

在成吉思汗掉转方向准备西征之前，他才终于意识到更有效的方法应该是占领城市。这种事情都是一边打仗一边学习到的。他终于明白攻下某个城市，掠夺一番后扬长而去，下次再掠夺时，还要再次攻打，不得不做多余的事。

攻下来的城市暂时又被金军夺回去了，蒙古军并不认为这是失败。他们判定胜败的标准是抢得财物的多少。

以西安为首，主要的城市都必须再次攻占。

在这方面，汉族降将表现得很活跃。蒙古的汉将张柔攻下了满城，史天倪降服了绛城。绛城的防守很坚固，史天倪采用了挖洞摧毁的战法。

史天倪被任命为河北西路兵马都元帅。这时，他声泪俱下地劝说木华黎道："现在中原大致平定了，不过我军经过的地方劫掠很严重，这算不上王者为民讨伐有罪之人。如果大王（木华黎）您是奉天子之命为天下除暴的话，像这样以暴制暴是不行的。"

此时，木华黎降服了金朝将军武仙，让他做了史天倪的副手，然而，武仙不久就叛变了，并且杀了史天倪。

史天倪的继任者是他的弟弟史天泽，他的军队非史家人是无法统领的，因为它是私家兵团，武器、粮草、马匹等全由史家负担。

木华黎是东方战线总司令，名头听上去很吓人，但实际上军队很少，必须依靠史家军团这样的私家军团的力量。

癸未年（1223）春，蒙古进攻金将完颜仲元坚守的凤翔，但没能攻下来，他们沿渭水而下。这时候，木华黎得了病，不久就结束了五十四年的人生。而此时，征西军已经开始准备班师回国，木华黎的儿子孛鲁也在归国的大军中。

在凯旋的大军中见不到兄长术赤的身影让察合台感到很不满，父亲成吉思汗对术赤是怎么考虑的，他只能猜测。

由于术赤是作为西方的留守司令留下的，或许成吉思汗对他的评价很高。因为大军西征时，东方的留守司令是国王木华黎，他是事实上的二号人物。

但是，这样一来，回国后，在决定继任者时，可以说术赤被从候选者名单中剔除了，也就是说把他晾到了一边。

不管怎样，还有忽里台大会。成吉思汗虽然暂时指定了窝阔台，但这也不是决定性的，术赤也并不是完全没有希望。

"从自己的性格来考虑，我恐怕成不了继任者吧。"察合台想。这样也好，不过，万一术赤被指名为继任者的话，一定要拼全力阻止。

察合台反对术赤的感情相当强烈，成吉思汗死后，这或许会成为造成蒙古政权崩溃的一个因素。

尽管彼此都不是小孩了，不能再说什么"篾乞儿的孩子"或"敌人之子"之类的话了，但对他的厌恶感却远远超越了兄弟之爱。

这种厌恶感从这次西征的序战——塔拉斯战就开始了。位于热海湖边的塔拉斯离中国很近，它以城墙壮美而闻名。

"只有这样壮观的城，才配称为城。"

术赤抬头望着塔拉斯城墙说道。

称赞敌人的城墙壮美可以，但是因为城墙壮美就不想破坏它，那就有点太过分了，而皇长子术赤就是如此。他的优柔使一向无坚不摧的蒙古军也不得不投入援军才攻下这座城池。投入的援军不受术赤的指挥，是成吉思汗的直属军。

攻下塔拉斯城虽然晚了，但术赤却很高兴。因为直属军的到来较晚，塔拉斯城是以力尽援绝的形式而陷落的，没有遭到太大的破坏。术赤此时的高兴，是察合台无法理解的。

因为塔拉斯城美丽而不忍破坏，玉龙杰赤也如此，术赤也想尽量保持原状。在他的这种顾虑下，很长时间都没能攻打下来。

察合台是玉龙杰赤战的副司令，这场战争使兄弟不和更加明显，最后不得不由三弟窝阔台出马才得以解决。

因此，察合台对术赤的反感情绪日渐增长。

这次，成吉思汗的凯旋术赤没有同行，表面上的理由是身体不适。可是，就算是任西方留守司令，正常的做法也应该是先与成吉思汗一同班师回国，然后再返回西方的任职地。

"术赤有点乖僻。"

蒙古贵族之间这样的声音很多，"乖僻"这个评价对术赤来讲很合适。

"术赤企图谋反。"

也有这种激进的传言。

"真的吗？成吉思汗的嫡长子？"

果然，最初听到这个传言的人大多不相信。但是，随着时间的流逝，渐渐变成了也许有可能。

成吉思汗的嫡长子不可能谋反这种想法，逐渐变成了正因为是嫡长子所以才有可能。

术赤本应是离继位者最近的人，但从一开始他就被排除在候选人外了。所以，他才想谋反。这样考虑的话，渐渐地也觉得好像很合情合理了。

在班师途中，察合台对弟弟窝阔台说了关于术赤谋反的事。

窝阔台最初的反应也是"这不可能吧"，但是，窝阔台周围的人都认为在术赤要谋反但尚未谋反时消灭他对自己更有利。

"无论如何，必须要让大汗知道这事。窝阔台，这是你的事，我平时和术赤关系不好，大汗是知道的。在攻打玉龙杰赤时，天下人都知道这个了。"察合台说。

"可是，我对术赤谋反还是有点怀疑。"窝阔台说。他这么说也是可以理解的，没有确凿的证据时，这样重大的事情是不能随便说的。现在，虽说尚需忽里台大会的确认，但窝阔台已经在众人面前被成吉思汗指定为继任人了。

总之，由兄弟揭发谋反之事还是不太好，于是他们决定使用一个与他们没有什么关系，但又深受大汗信任的人，这个人名叫撒特儿，精通谍报之类的事。

不过，撒特儿面对提供给他的材料摇了摇头，咧开嘴笑了，说："如果只凭这些就能断定术赤谋反的话，那么谁都有可能谋反了。如果没有更明确的证据，是无法下判断的。有没有更好一些的东西？"撒特儿认为从提供给他的材料来看，断定赤术谋反是很不充分的。

"那么，拿出什么样的证据才能断定是谋反？咱们必须要抓紧时间，哪怕是造出证据也行。术赤佯装狩猎，正在召集大军，咱们必须要在萌芽期就粉碎他的阴谋。"察合台在地上拍打着帽子说道。

在他看来，术赤的反意很明显。在父亲班师回国时，他不仅以身体不适为由没有同行，甚至连送行都没有送。如果没有反意的话，会这么做吗？

"那再造一条吧，就说在狩猎之外，他还在悄悄地召集军队。"撒特儿说道。

"这不是捏造的，事实如此。他连为父亲送行都没去。"察合台抓着头发咬着牙说道，他那种痛恨的表情非同寻常。

"明白了，明白了。"撒特儿有点畏缩地说道。

"那么，这么办吧，"一直没有说话的窝阔台说道，"撒特儿向大汗报告这件事也很不容易。如果因为这事撒特儿出什么麻烦的话，咱们要全力保护他。这样行了吧。"

如果密告的事情不是事实的话，那么告密者是会被砍头的，撒特儿之所以犹豫就是因为这个缘故。而现在皇子们说会保护他，有两个皇子的保护，应该不会有问题吧。

"那么我今晚再想想。谋反不是一件简单的事情，如果说的有漏洞的话，大汗是不会当真的。这是一生都难得一遇的大事，我试试看。"

撒特儿接下了这项工作，为此他要先思考如果是自己谋反的话该怎么做。

他的密告很有震撼力。而且，从察合台处也得到情报，说术赤以狩猎为名而召集的兵力，正好与钦察平原上的人数一样。

"嗯，报告得很好，很幸运，我手里还有随时都可以战斗的军队。看来，征讨西夏又得延期了，它总是延期啊。"讨伐西夏曾经因为之前的西征而延期。

随时都可以战斗的军队，指的是为讨伐西夏而组建的军队还在成吉思汗的手中。现在看来，讨伐西夏又要往后推，要先去讨伐自己的儿子术赤。

成吉思汗的心情很复杂。

作为军人，成吉思汗不欣赏术赤，但作为自己的儿子，他深爱着术赤。说是因为城市很美，不舍得破坏，所以用了很长时间才攻陷，其实还是不擅长打仗。不想杀人，也表明他缺乏决断力。这些作为军人来讲都是不合格的。

正因为深爱着他，所以一旦恨起来也是百倍地恨。早就知道他与兄弟关系不好，怀有恨意，所以一直在庇护他，但如果企图对父亲谋反的话，那是不能原谅的。

成吉思汗接到长子术赤企图举兵谋反的报告后，打算亲自去镇压。他下决心一定要在他活着的时候解决掉家族内的矛盾。因为密报来自撒特儿，应该没有错。

实际上，这个密报的内容不是撒特儿而是察合台调查的，有一定主观的因素，他的自以为是起了很大的作用。如果成吉思汗从一开始就知道这是察合台主导的话，也会多考虑考虑的。

"术赤那家伙，还不过是个黄口小儿，想干什么呢？"成吉思汗两手背在身后，在帐篷中走来走去。显然他很焦躁。

他打算这次出兵要秘密进行。成吉思汗和自己的儿子打仗，不是什么光彩的事情。耶律阿海在撒马尔罕，本来以他为留守司令，让他率领精锐部队去镇压术赤，成吉思汗在一旁观看进展状况是最理想的。

"即使他乞求饶命，这次也不会饶他。"成吉思汗终于坐了下来。

这时，紧急铃响起来了，有急报。不愧是撒特儿，成吉思汗心想，他满心以为送来的是关于术赤叛乱的急报。

"放在那里。"成吉思汗说道。

一般在这种时候，他都命令"快念"。但这次，让别人读出自己儿子造反之事，成吉思汗觉得很没意思。所以，他没有让读就把送信的人赶出了帐篷。

他说是不会读写，不过写不说，读在不知不觉中早已学会了。因为蒙古文字是表音文字，即使不明白意思，看多了也能读出来。

"什么？这是……阿海，啊，不对呀，耶律阿海怎么了？生病，死了……"

那不是关于术赤谋反的报告，而是汇报从早年一直跟随他的功臣耶律阿海病死消息的急报。

一同饮过班朱泥河泥水的人被称为班朱泥功臣，总共只有十九人，耶律阿海就是其中之一。是啊，他应该已经过了七十岁了。

撒马尔罕虽说是一片绿意盎然、生机勃勃的地方，但很可能并不适合他的身体。

"你让我一直待在撒马尔罕的话，我能活到一百岁。"

耶律阿海的话仿佛就在耳边。

然而，耶律阿海知道术赤谋反的事吗？如果他身体健康的话，应该早就察觉到，并且妥善处理了。再怎么说，就连成吉思汗自己，也没能掌握儿子的动向。

不过，即使如此，上天也从我手中夺走了一个重要的人。木华黎是这样，哲别是这样，这次，是班朱泥功臣耶律阿海……

成吉思汗一个又一个地回忆着死去的部下的名字。部下都如此令人惋惜的话，那么自己的儿子就更是如此了。而对自己的儿子，现在却要以谋反的罪名去讨伐并且杀掉他，真让人于心不忍。

今天就不想这些了吧，在知道耶律阿海死讯的日子里，就不想这些了吧，成吉思汗心想。

"这些"指的是为讨伐术赤而组织军队，把为西夏作战的准备调转过来的事情。

到目前为止，讨伐术赤对谁也没有说起过，能够推测到的恐怕只有撒特儿吧。

此时此刻，为讨伐术赤，连一根手指都没有动，但再过数天，应该已经调动了数万的军队。那支军队的最前头立着的就是成吉思汗，他脸上的表情比哪场战争都悲痛。

这种情景只是想象，就让成吉思汗感到无比悲伤。

在新占领地中安置了像耶律阿海那样老练的行政官，现在看来，他好像年纪还是太大了，应该起用更年轻的人，成吉思汗想到了这些。

而在做这些之前必须要先收拾西夏。讨伐术赤，本来他不亲自出动也行。还是应该把精力投入到西夏战争中，一定要早点教训那个狂妄的阿沙敢不。成吉思汗即使睡觉时都在想这个。

成吉思汗或许潜识中想饶术赤一命。但是，他还是出马了。

不对，没有这事！在半梦半醒间，成吉思汗在与自己战斗。

"大汗，睡醒了吗？"不是梦里的声音。

成吉思汗睡觉时，如果不是特别重大的事情，是不会被叫醒的。一般的事情，第二天早晨再听就行。

战时情况另议，而在成吉思汗故乡土拉河附近，大军凯旋之后，可以说是没有值得分秒必争的事情。

成吉思汗揉着眼睛问道："什么事啊，耶律阿海死了的消息我已经知道了。其他还有吗？"说着，他打了个大哈欠。

比耶律阿海之死还要重大的事情当然有，但是，除了撒特儿之外，应该谁都不知道。

"嗯，是刚才知道的吗？"成吉思汗好像回答自己的问题似的，这样说道。

"刚才？是的，从玉龙杰赤快马加鞭送来的，刚刚送到。"送信的年轻人以为成吉思汗已经知道他送的信的内容了，呆呆地站在那儿。

"快马加鞭，不是什么好消息吧。"成吉思汗想到自己儿子造反的事情已经被更多的人知道了，感到很郁闷。这样的话，即使他想救术赤的命也不可能了。

"不是什么好消息，不，很遗憾，是个坏消息。"送信的年轻人说道。

"坏消息？坏消息换个角度来看的话，也能变成好消息。就算我儿子的死，从国家的角度来看……"成吉思汗说到这里再也说不下去了。

于是，年轻人带着哭腔说道："术赤殿下直到最后还在隐瞒他生病的事。因为他相信这样做对蒙古更好。他的遗言是从葬礼到家事、到继承人全都听凭大汗的安排。"说着他小声地哭了起来。

成吉思汗也终于意识到年轻的送信人送来的不是术赤造反的消息，而是他的讣报。

但是，话正好接得上，成吉思汗自己也说到了"我儿子的死"。只要装作一开始就知道术赤的死就行了。

同样是死，病死更好，比造反被杀死这种不名誉的死法要好得多。

尽管如此，撒特儿是怎么回事？术赤直到最后都隐瞒了生病的事实，可能连撒特儿都没能搞清真相吧。

十七　姚里氏

蒲鲜万奴原本是金朝的部将，据守辽阳。后来投降了蒙古，而后又叛变了，经历很复杂。他自立为王是在1215年，1233年灭亡。在他自立为王的十八年间，其国号是东夏。

西征回来后的成吉思汗首先要做的就是继续对西夏的讨伐。西夏本来只称为"夏"，但由于突然冒出了东夏这么一个国家，所以从那以后被称为西夏。不过这个国家自己仍自称为夏或者大夏。它的领域是今天的陕西、甘肃、宁夏、青海的一部分。定都兴州，并将其名改为中兴府。

蒙古西征时，曾要求西夏出军，但被阿沙敢不断然拒绝了。他出言不逊地说道："没有能力，不能征讨回回（即花剌子模）的话，就不要当皇帝嘛。"

成吉思汗很愤怒，但决定等西征之后再处理此事，所以就暂且不理会他了。因此，西征后的第一件事就是讨伐西夏。

成吉思汗一边在土拉河流域悠闲地狩猎，一边向西夏进发，到秋季军队应该能会合。曾经远征到欧洲的蒙古充满自信。

不过，成吉思汗喜爱的术赤没了。术赤隐瞒了病情，隐瞒得也太巧妙了。或许，造反是和术赤关系不好的人捏造的也未可知。

也许是计谋，连撒特儿都中了计谋，真是了不得。或者撒特儿明知是计谋，却故意中计？

如果是计谋的话，那是谁干的呢？为什么呢？想陷害术赤的，一定是术赤的敌人。想到这里成吉思汗心里有谱了。

成吉思汗在步行的时候，骑马的时候都在想这个问题。这种思考方式不像他，如果是平时的他，早就付诸行动了。

之所以想那么多，都是因为那是自己的儿子，而且刚刚知道长子的死讯。

"不要再想了。"他命令自己道。

为了不想，要做点什么才行。狩猎是最好的了，他命令手下做狩猎的准备。

狩猎是一种特别的游戏，中国人称之为围猎，把猎物围起来捕猎。从某种意义上来讲，这是一种智力游戏。

儿子死了就不能狩猎，没这一说。

想忘记一切，但深爱的术赤，不是那么简单地就能从脑海中忘却的。

成吉思汗在围猎中再次从马上摔了下来，暂时不能进兵了。最近，他经常落马，虽然没有什么大伤，但蒙古军变得非常慎重。

这次西夏之战决定由第三斡儿朵的也遂随军。也遂的随从中也有玛丽亚。

本来想慢慢地休养好再进军，可是那个阿沙敢不又口出狂言了，他说："想杀我的话，就到贺兰山来找我好了。"

这是个一开口就让人不痛快的家伙。

征服了花剌子模的蒙古，已经没必要再向天下隐瞒自己的实力了。

"让西夏知道我们很生气。"成吉思汗说道。

远征到欧洲的成吉思汗，没有理由对西夏之流的国家生气。不过，让西夏觉得自己很生气是很有利的，他打算采取恐吓政策。

蒙古成了世界帝国，西边连接着欧洲，东边的辽东国是它的附属国。辽东国的主人耶律留哥在成吉思汗西征时去世了，留哥的妻子以摄政的身份管理国家。

耶律留哥的长子耶律薛阇参加了西征军。留哥的遗孀在西征军班师回国时，特意前往西凉府[1]迎接。她想要回耶律薛阇，让他继承父亲的职位。

"欢迎欢迎，你身为一个女人，从东方的辽东来到西方的西凉，真不容易。就连健壮的雄鹰也飞不到的地方，你一个女人却能到此！真了不起，真是一位巾帼英雄。"成吉思汗慰劳她道。

"我不畏艰险，千里迢迢地来到这里，为的就是请您把长子耶律薛阇归还给我们，请您无论如何也要答应我。"耶律留哥夫人说道。

"那有点困难。耶律薛阇在我军中已经很长时间了。受过枪伤，在撒马尔罕还被流箭射中过，因此被授予了巴特儿（勇士）的称号。他已经是蒙古人了，你让次子继父位吧。"成吉思汗说道。

"耶律薛阇是长子，而且不是我的亲生子，如果让我生的次子继位的话，会有问题的。请您要体谅。"留哥夫人说道。

"不行，耶律薛阇已经是蒙古人了，我们蒙古人本来就少，你就不要再减少我们的人口了，算我求你了。耶律薛阇已经从契丹人变成了蒙古的巴特儿了。夫人，辽东的王，你们就自己看着安

1　今甘肃省永昌。

排吧。"成吉思汗微笑着说道。

"蒙古"这个词还没有说习惯，从哪里到哪里算是蒙古，并不明确。

永远的河——额尔古纳河，被认为是蒙古的语源。唐代史书记载的"蒙兀"是它最早在史书中的现身。不管怎样，它是一个新的词语，起源与河有关。

斡难河、克鲁伦河两河是黑龙江的水源，西方的土拉河、鄂尔浑河注入贝加尔湖。在水资源丰富的这个地区游牧的人们，不知从何时起自称为蒙古。但是，没有明确的定义。

成吉思汗属于孛儿只斤系的乞颜氏，不管怎么说都是小集团，因此，他总有一种自己是少数派的意识。

即使在他建立起大帝国的现在，他也无法从"人口很少的我国人"这种思维定式中摆脱出来。

"好了，咱们本来就是金和银的关系。"成吉思汗说道。

不仅女真族人、就连契丹族人也认为自己是"金"的民族。与之相对，蒙古人有时称自己是"银"的民族。通过金银并称，将两者看作是兄弟。

对成吉思汗这一席话，留哥夫人只能低头不语。

耶律留哥是在东北的契丹人。金朝唯恐契丹人造反，在一户契丹人两旁会安置两户女真人，使之"夹居"。这种做法在一定程度上是很有效的，但契丹人对这种制度感到很不安。

耶律留哥原本是金朝的猛安（也称千户），趁夹居的女真人为保卫国都而转移到燕京之机，袭击各地，迅速聚集了十多万人。而后，他又与木华黎联合，攻取了辽阳、大名城等地。

接着发生了兵变等事情，留哥得到蒙古军的援助，降服了攻击他的杂牌军。后来，高丽军也和蒙古结盟了。

成吉思汗看了看跪在地上的耶律留哥遗孀姚里氏的肩膀。姚里氏的后面是她的儿子善哥、永安，还有耶律留哥的孙子收国奴。她从成吉思汗的幼弟帖木格·斡惕赤斤那里得到了虎符，作为摄政很好地管理着东边的帝国。

"我这里有西域的酒，女人也能喝，希望你能尽兴。"成吉思汗说道。他对自己的酒量日渐变小感到很伤感。的确，西域的葡萄酒远比蒙古的马乳酒好喝。

"就到这里吧。"成吉思汗拍了拍膝盖，近侍立即从左右搀扶着他出去了。

这时，一个女人的声音响起来："好了，你放松一下吧。"说话的人就是乃蛮的玛丽亚。

玛丽亚坐在成吉思汗坐的地方的正对面，她的声音让人听了感到很安心。姚里氏对她报以笑容。

"你累了吗？"玛丽亚问道。

"谢谢你的关心。因为对大汗有重要的事情要说，刚才一直很紧张，现在已经完全放松了。刚才喝的酒，现在好不容易才觉出味道了。"姚里氏仿佛真的放松了似的说道。

"这酒要再喝一杯才能尝出它真正的味道来。"

"不了，再喝一杯的话，没准会失态。"姚里氏两手拢住酒杯说道。

"再怎么说，你也做了七年……真不容易。"玛丽亚说道。

说到七年，玛丽亚停顿了片刻，姚里氏在丈夫死后的七年里都做了什么呢？她丈夫是部众推选出的"辽王"，她是"妃"。丈夫死后，她以"辽王妃"的身份，佩戴皇太弟斡惕赤斤授予的虎符，七年间总管着国事，也就是摄政。

"确实很不容易，我再也不想做了，所以才向大汗请求的。"

姚里氏说道。

"不过，我听说王妃殿下干得非常出色。"

"幸运的是虽然西方战云密布，东方却没有什么大事。不过，今后高丽可能会进入多事之秋。我觉得有点什么事就去请示皇太弟斡惕赤斤也不好。幸亏有已经从军七年了的薛阇，让我觉得还有点盼头。"姚里氏仿佛央求似的说道。

姚里氏不知道现在眼前的这个女人是谁，但从她的服饰、做派以及现身的方式来看，可以推测是一个很有分量的人。

"不过，你自己的儿子也大了，以后有依靠了。"玛丽亚说道。

"我们丧国已近百年，弱小的鸟儿总算在强大的鸟的羽翼下找到了栖身之所。如果有袭击强鸟的敌人出现的话，我们虽然是亡国之民，也会与强鸟并肩作战的。可是什么时候该作战，像这样的事情，是我们女人、幼童不知道的，所以说长子耶律薛阇不在身边的话，我们是很不安的。"姚里氏一边轻轻地摇着头一边说道。

"你不是七年间一直做下来了吗，你的孩子也渐渐长大了。"

"我做到现在已经是筋疲力尽了。薛阇回来了，替代薛阇，我献出其他的孩子怎么样？如果说薛阇能成为优秀的蒙古人，其他的孩子一定也能行。"

"我理解你的心情，特别是失去国家的女人的心情，我也是这样的。"

"你是……"

"我是乃蛮人，亡国，咱们都一样，不过正因为如此，咱们才有可能接触更广阔的世界。如大汗所言，薛阇成为优秀的蒙古人，这难道不是值得高兴的事情吗？王妃殿下，你难道没有一种迎接的不是耶律家的薛阇，而是更广阔世界的薛阇殿下的心情吗？如果你是这种心情的话，我会竭尽所能帮助你的。"

两个女人相互凝望着，虽然姚里氏此时只知道对方是乃蛮人，但是，她已经产生了一种把一切都托付给玛丽亚的念头。

"不管是契丹还是其他什么，只要能指引我们前进就好了。"姚里氏说着合起了双手。

说到契丹这个国名时，契丹人胸中会涌起一股热流来，契丹原是在希拉穆仁河流域游牧的民族，它本来只是一个小集团，隶属于突厥、畏兀儿、高句丽、中国等。最初它是血缘集团，从8世纪后半期到9世纪，逐渐发展成地缘集团，不久又发展为政治集团，最后形成了国家，即10世纪的契丹国，中国式的叫法是辽王朝。

在它的国内，游牧和农耕这两种生活模式共同影响了政治体系，形成了北面官和南面官并存的格局，但在其后期也有一元化的倾向。它的国号一会儿叫作辽，一会儿又改回契丹，而后又改为辽，很混乱。此外，它还创造了契丹文字等。

大约一百年前，契丹被女真族的金朝消灭了。一部分契丹人在耶律大石的率领下，迁移到西方，建立了西辽。

在蒙古的中枢机构中，有不少契丹姓的耶律氏。喝过班朱泥河泥水的十八个功臣中，就有耶律阿海，他曾经归顺过金朝，但最终成了蒙古的撒马尔罕总督。

耶律留哥也曾是金朝北方的千户，但事实上投降了蒙古。他的长子耶律薛阇参加了西征军，现在，留哥夫人想请求成吉思汗归还他。薛阇是亡夫前妻之子，她愿意用自己的儿子善哥交换薛阇。

"我去向大汗说说情，如果他肯听就好了。现在，你先等等吧。"玛丽亚说道。

留哥夫人不知道玛丽亚有多大能力，但像她这样在成吉思汗身边侍奉的人，说话应该很有分量吧。

"那就拜托你了。"留哥夫人深深地低下了头。

"王妃殿下，你不要这样。我只是想大汗所想，哪怕只有一点微薄的力量。不过，仅此而已，能不能帮上忙，我也不知道。"玛丽亚说道。

两天后，成吉思汗下旨命令耶律薛阇到东部、辽东、高丽做事，而且为了进一步增强辽东与蒙古的一体感，命令留下善哥和收国奴（薛阇之子）等人，并让幼子永安护送母亲回去。

此外，还赐予他们驿骑四十，西夏俘虏九人、马九匹、白金九锭，赐品的数目全都是九。

耶律楚材也在成吉思汗接见耶律留哥遗孀的西凉府，作为同样曾经归顺过金朝的契丹人，楚材对留哥遗孀感到很亲切。楚材的妻子也随同丈夫到了西域，她是苏东坡的四世孙。

这天晚上，楚材夫妇为将要返回辽东的留哥遗孀举行了一个送别宴。作为契丹人，留哥遗孀姚里氏现在还能讲契丹语，楚材则在西域时认真地学习了契丹语。彼此都是失去国家的人，见面后心情很复杂。

耶律楚材的妻子是汉族人，在这个宴席上，使用的是在座的人都能听懂的汉语。

席上，楚材问："辽东是蒙古的附属国，已故的留哥前辈有过自立的打算吗？"这是一个非常敏感的问题。如果在座的哪怕有一个蒙古人，耶律楚材应该都不会问这个问题。

"他想过自立，不过他认为大汗在世的时候是不可能的，可惜他死在了大汗前面，很遗憾。"留哥夫人回答道。

这是非常坦率的回答，正因为是同族，才能像这样毫不设防地回答吧，尽管对方是成吉思汗亲近的人。

"我也觉得遗憾，人生总是不能如意。只要有五成以上的事情如意就该认为不错了。五六成，到七成左右就该知足了。"楚材说道。

姚里氏静静地看着楚材的脸。

楚材夫人也在一旁，她是汉族人，虽然不是契丹族，但同样也不是蒙古族人。

"好了，"楚材夫人往玻璃杯里倒了一些酒，说道，"这是撒马尔罕的葡萄酿的酒，喝点吧，能帮助睡眠的。"

"我在大汗那里也喝过这种酒，真的很不错，真想让留哥也喝一杯啊。"姚里氏端着玻璃酒杯，长时间注视着那红色的液体，或许是在悼念没能喝上这酒的丈夫吧。

"不过，在西域，男人好像不怎么喝这酒的，因为他们觉得太甜了，不像在喝酒。"楚材夫人举起玻璃杯，与姚里氏碰了下杯，干了。

"这也算是拜战争所赐吗，过去我们尝不到的东西都能品尝到了。"耶律楚材说道。

不仅仅是喝的东西，西域充满了很多新奇的、闻所未闻的事物。蒙古虽然对宗教不太介入，但用好奇的目光注视着一切。

"咱们虽然是契丹同胞，但你是在燕京长大的，还算见过世面，吃过各种各样的东西。像我们这些东边穷乡僻壤的人，无论走到哪里，都是吃惊连连。"姚里氏说道。

"同胞"这个词对契丹人来讲，除了亲切之外，更伴有悲哀。

"我们契丹人已经分散到了四面八方，恐怕就是害怕我们团结吧。民族分散了，家族也分散了。我有两个年龄相差很大的哥哥，现在在开封，为金朝效力，我在为蒙古效力，我们成了敌人。"楚材说道。

"兄弟成为敌人，父子成为敌人的事例很多。更可悲的是，哪场战争都不是为了我们自己。晋卿（楚材的字），你和我们一样，是为蒙古而战。而晋卿的兄长们则是为女真而战。"姚里氏说道，眼里带着泪光。

耶律楚材有两个异母哥哥，现住在金朝首都开封。金朝迁都前，他们兄弟三人都在燕京。他上面的大哥叫辨才，二哥叫善才。

由于蒙古占领了燕京，楚材转而仕奉蒙古。开封作为金朝首都，一直延续到了癸巳年（1233），耶律楚材的两个哥哥也为金朝效力到那时。姚里氏谒见成吉思汗时，耶律氏兄弟真的可算是敌我分明。

"燕京陷落时，我本来可以带着母亲随便去任何地方，不过，我没有这么做。我想为契丹做些事。为契丹，可以像我哥哥们那样，在女真人手下做事。然而，我认为在现在这个时代，不调动蒙古的话，就没有契丹人的生路。"楚材低着头说道。

契丹没有自立，在西方建国的西辽（黑契丹）也已经灭亡了，没有自立的话，就必须要有个靠山。

具体来讲，是依靠女真（金），还是依靠蒙古，首先要从这二者中选择一个，选择的关键就是谁将是下一个霸者。

姚里氏在谒见完成吉思汗后，与耶律楚材相见，并不仅仅是出于同姓的情谊。虽然她向成吉思汗再三请求，要回了长子薛阇，但他现在成了什么样的人，她没有信心。

成吉思汗说："薛阇已经是蒙古人了。"她想知道这句话真正的含义。由于不能直截了当地问成吉思汗，所以决定问他的亲信，并且是同族的耶律楚材。

"那么，像大汗说的，薛阇完全变成了一个蒙古人，这样合适吗？"姚里氏问道。

"这种看法确实有。不过，薛阇应该不是这么认为的，到了薛阇的孩子那代，不，孙子那代不知会怎样，薛阇自身归根结底还是契丹人。"楚材信心十足地说道。

"要是那样的话，就好了。再怎么说，他不是我的亲生儿子，而且我也不知道男孩子都在想什么。"

"薛阇跟我讨论过今后的道路，讨论过他是该作为蒙古人生活呢，还是应该作为契丹人生活，他对此好像很苦恼。那是在撒马尔罕时的事情，虽然当时他刚喝过酒。"

"那孩子说了什么？不，他和你探讨了什么？"

"哈哈，留哥大嫂总是把薛阇当作孩子，如果你要想让他继承家业的话，什么都不要说，笑着交给他就行了，不用担心。"楚材笑着说道。

"什么也不用说吗？"姚里氏皱起了眉头。

"好了，继续刚才的话吧，在撒马尔罕的事。"楚材说道。

"好吧。"姚里氏直了直身子。

"我首先对他说，你想探讨这样的大事情，就不要喝酒。接着我问他：'你自己认为自己是什么人？无论怎么回答都行。'薛阇回答说是契丹人，很棒的回答。不过，薛阇又反问我你是什么人。"

"反问你？唉，真是不懂事……一定是酒的作用。"

"我回答了，我说我是契丹人，是说不好契丹话的契丹人。在外人看来我也许是汉人，因为我妻子是汉人，我孩子可能也算是汉人吧。不过，这样不是也很好吗？我们称自己为契丹人，其实也没有多长的历史。"

"我的孩子们也说不好契丹话。"姚里氏说道。

"也有不会说蒙古话的蒙古人。'蒙古'这个词本身就很模糊，听一位长老说，居住在河附近的人就是蒙古人。居住在斡难河和克鲁伦河附近的大汗无疑是蒙古人。居住在土拉河和鄂尔浑河的克烈人也是蒙古人。还有，居住在希拉穆仁河的契丹人叫蒙古人，又有什么可笑的呢。"

　　耶律楚材的意思是契丹和蒙古是一样的。的确，他们的语言也很相似，比如"希拉"一词在契丹语和蒙古语中都是"黄色"的意思。后来窝阔台的夏季行宫希拉斡儿朵就是黄色离宫的意思。

　　如果稍有点语言天赋，蒙古人讲蒙古话时再放慢语速，契丹人一般都能明白。成吉思汗和姚里氏谈话时虽然用了翻译，但在翻译之前，姚里氏就已经明白了成吉思汗说的话。通过翻译，只是争取了思考如何应答的时间。

　　不用说，成吉思汗也在她张口说话时就明白了她的意思。

　　"听说薛阇现在不在这里，不过不久，他就会出现在我们面前，他到底变成了什么样的人，真让人不安，又让人期待。"

　　姚里氏和耶律楚材虽然都是契丹人，但是用汉语讲话。对两人来讲，这是最容易理解的。

　　"即使成为优秀的蒙古人，那也很好。不知这会持续一百年吗？"楚材说道。

　　"是这样吗？"

　　"我不用说明天，从今天起都能成为汉人。耶律铸等就更快吧。还是孩子，孩子很诚实的。"

　　因为耶律楚材的母亲杨氏是汉人，他可以算是半个汉人。而且他妻子苏氏也是汉人，他的儿子耶律铸就更算是汉人了。

　　"好像我心里的芥蒂被除去了似的，今天见到你真的很好。"姚里氏轻轻地抚着自己的胸口说道，好像堵在心里的东西突然被去除了似的。

　　这时，苏氏端过了茶，这时的茶是抹茶，做法并不是很麻烦。

　　"这是在撒马尔罕时，长太子术赤送给我的茶。"楚材说道。

　　"他去世了，真可惜，听说长太子对薛阇很好。"姚里氏说。

　　"是个不好奢华的人，"苏氏说，"不过，只是特别喜欢茶，真的是喜欢茶，他是个很平和的人。”

当时的茶叶从南方的宋朝作为贡品或作为商品进到北方，数量巨大。金朝为此银两不足，很是苦恼，因为贸易支付时使用银子。

南宋向金朝岁贡绢二十五万匹、银二十五万两，后来减为五万匹和五万两，岁贡也改称为岁币。不管怎么说，金朝得到了大量的无偿援助。通过收受岁币，金朝不再进攻南宋。

尽管如此，金朝也还要向南宋购买大量的物资。无偿得来的银、绢，又都用来支付进口物资的费用了。

为此，奢侈品的进口受到了限制，茶叶即是如此。因此，不是正五品以上的官员是不能喝茶的。

在金朝，茶叶都是如此的珍贵，那么在金朝更北面的蒙古，就只有王侯贵族级的人物才能喝了。

苏氏是苏东坡的四世孙，泡茶的功夫也算是登堂入室了。姚里氏虽然是小国的人，但毕竟是王妃，对泡茶也很有心得。

两人很高兴地喝着茶。

“大汗怎么样？很多人都说他老了。”苏氏放下茶杯问道。

“我也是第一次见到大汗，无法比较，不过感觉他很和气。长子薛阇也按我们的请求归还给我们了。”姚里氏答道。

“啊，是这样啊，我疏忽了。”苏氏笑着说道。

姚里氏和苏氏的手握在了一起。

耶律楚材和耶律留哥都曾经效力于金朝，又都背叛了金朝，转为效力蒙古。这个蒙古刚刚才创造出文字来，而且那文字也是畏兀儿的，创造的人也是畏兀儿人塔塔统阿。

对于文字，蒙古人根本不感到骄傲，如果不强制的话，蒙古子弟根本不愿意学习文字。

这对于被蒙古统治的民族来讲，实际上是很轻松的，因为蒙古引以为傲的只是力量。只要赞扬他们的力量就行了。

不过，他们在力量之外，还拥有一种东西，那到底是什么呢？虽然确切地说是成吉思汗拥有的。

在握着手的两个女人旁边，耶律楚材思考着这个问题。

从肉体的力量来讲，成吉思汗确实已经衰弱了，他数次从马上摔下来就是明确的证据。不是这样的"力量"。也许是"智力"吧。

楚材从成吉思汗想到了这个仿佛非常遥远但其实又很近的概念。凭借这个，成吉思汗开创了崭新的时代。然而，他本人已经不久于他自己开创的时代了。

楚材默默地点了点头。

对于他的这个举动，苏氏早已习以为常了，于是说道："你今天和王妃殿下没什么事了吧，我们进里边说话去了。"

耶律楚材一旦默不作声地沉思起来，会呆呆地持续很长时间，不时地点点头，在旁人看来很怪异。不过，苏氏知道，这对丈夫来说是很重要的时间。

两人女人相互扶着肩进里面去了。

楚材接着思考这个时代。

蒙古的时代，在成吉思汗活着的时候，无疑会继续，而问题是之后会怎么样呢？

窝阔台虽然被指定为继任者，但必须要经过忽里台大会的确认。成吉思汗死后，如果他的意愿不能通行的话，就有可能成为战国时代，那么就是天下万民的巨大不幸，这是无论如何也要避免的。

如果出现与窝阔台争夺汗位的人的话，恐怕不是哥哥察合台，而是弟弟拖雷。

卷 二

征服中原

一   继任者们

在蒙古，"幼弟"被称为斡惕赤斤，地位很特殊。

成吉思汗的幼弟名帖木格，人们一般称他为帖木格·斡惕赤斤，征讨花剌子模时他也没有从征。斡惕赤斤是守灶人的意思，守灶人是不能让家里没人的，他必须要好好地守护家园。

有人认为蒙古是幼子继承制。其实，在那个时代，说是继承，父母一般也留不下什么有价值的财物。在游牧社会中，由于兄长们早早地长大成人独立生活了，最后只剩下幼子与年迈的父母相依为命，结果自然而然就形成了这种风俗。

拖雷是成吉思汗儿子辈中的斡惕赤斤。

他的大哥术赤从一出生就颇遇波折，因为母亲孛儿帖在怀着他时曾经被其他部族抢走过一段时间，所以难免有人对他的身世有所猜疑。而且，当继任者问题进入人们的视野时，他已经去世了。因此，他那一支就远离了继承大汗位的候选人之列。到成吉思汗孙子辈时不知会发生怎样的变化，但至少现在术赤家一系根本没有可能继承大汗之位。

二哥察合台生性严苛，很容易和人产生矛盾，他与大哥术赤的关系就不是很好，而且，不光是与术赤，与功臣、元老们也是冲突不断。

成吉思汗曾经训斥他："像你这种性格严苛的人，是做不了领袖的。"

当时察合台就回答说："我不想当领袖，我就是不能饶恕坏人。"

成吉思汗听了皱着眉头说："唉，看来你当大札撒的守护人倒是挺合适的。"或许他内心还感到一丝欣慰，因为大札撒的守护人也是必需的。

札撒是法律或命令的意思，在蒙古文字被创造出来之前，它是通过口头相传的。蒙古帝国成立后，它逐渐被神圣化，有着至高无上的地位，约束着人们生活的方方面面。札撒的守护人，按照现在的说法，就是"宪法的守护人"。

察合台听成吉思汗说完，答道："大札撒的守护人吗？很好，我想当的就是这个。"

就这样，察合台也被排除在继任者之外了。

然而，在成吉思汗指定的继任者窝阔台之外，还有幼子拖雷。如果这两人围绕大汗位争斗，互不相让的话，就会形成大混战的局面，那样，就是出生在那个时代的人们的巨大不幸了。

耶律楚材明白自己应该做的事情就是想方设法促使窝阔台和拖雷保持良好的关系。

他总是在心里感叹："啊，大汗真了不起，他早就预想到未来，做好了准备。他让我的形象看上去比实际的更高大。"他为天才成吉思汗的高瞻远瞩深深地折服。

楚材是新来的家臣，他在成吉思汗的阵营中并不太引人注目。他是辽国东丹王的八世孙，虽然辽国灭亡了，但也是堂堂正正的皇族出身，具备成吉思汗喜爱的优良血统。

"听说他出身很好。"这是当时人们在谈论新到的家臣时，首先就会提到的。

据耶律楚材写的谒见成吉思汗的经过：他于戊寅年（1218）三月，从燕京出发，经居庸关，出云中之右，抵天山之北，涉大碛，越沙漠，不足百日，到达成吉思汗的行在。

从此，成吉思汗称耶律楚材为大胡子，并予以重用。耶律楚材生于金明昌元年（1190），二十九岁时见到成吉思汗。他比成吉思汗嫡子中年纪最小的拖雷只年长两岁，不用说，窝阔台、察合台都比他年长。至于术赤，甚至可以说楚材和他的儿子斡儿答、拔都是年龄相仿的人。

最初，楚材是以卜筮而闻名的。当时蒙古的官制还没有完备，人们并不知道楚材的具体工作。

有一次，在出征之日大雪纷飞，很多人都因此产生了动摇，担心前途不利。然而，成吉思汗心里明白：无论如何，出征的日期是不能随意变更的，因为这样一来会对士气产生很大的负面影响。

当时，由于耶律楚材熟悉"祃牙"（出征仪式），所以也在场，成吉思汗询问他："出征之日大雪纷飞预示着什么？"他大声地毫不畏惧地回答道："这是大吉的预兆。"

这件事情在蒙古早已经演变成了一个神话。

他是一个顶天立地的汉子。

《元史》记载耶律楚材："身长八尺，美髯宏声。"可见他身高有一米八左右，与《三国志》中诸葛孔明身长八尺完全一样。而且由于他声如洪钟，他的声音能够传遍全军。

此时，耶律楚材非常清楚成吉思汗想让自己做什么，他想让楚材代替自己传达长生天的旨意。在那个大雪天出征是成吉思汗下定的决心，楚材读懂了他的心意。

也许是楚材的心思偶然和成吉思汗的巧合了，又或者是，在成吉思汗还有一丝犹豫时，楚材为他提供了解决问题的线索。

总之，耶律楚材当时的表现令成吉思汗啧啧称奇，赞叹不已。

如果换作一般人，那样做也许会引起人们的警戒心，然而，楚材却丝毫没有让人产生异样的感觉，或许这源于他的坦荡情怀吧。

"大胡子将来一定会发挥重要作用，在西域时他经常在我身边，只要他在身边我就感到很安心。这到底是为什么呢？或许是因为他能够调和好我的家庭吧。如果没有他的话……"

成吉思汗总爱这样自问自答，不过，每次他说到这里就会停下来，他不愿再多想下去。

最近，成吉思汗经常做噩梦，他梦见自己死后，他的儿子们互相争斗，互相残杀。

为了避免出现这种情况，他早早就在忽里台大会上指定了继任者。然而，与儿子们本身相比，他更担心他们周围的人的举动。而能够调和各方利益的人，他想到了耶律楚材。

那些出身蒙古的重臣们，由于与成吉思汗家的关联太过长久、错综复杂，因此很难对继任者问题发言。而耶律楚材呢，则能够毫无顾虑地说出成吉思汗想说的事情来。

没有战功是耶律楚材一个很大的弱点，但是，他平时总在成吉思汗身边，无形中具有了一种特别的力量。

"大胡子是苍天赐给我家的礼物，必须要好好对待他。"从西域远征(1219—1225)后半期起，成吉思汗经常如此说。从这句话中，楚材自觉地意识到了成吉思汗托付给他的任务。

"有点奇怪啊。"一天夜里，睡眠中的成吉思汗突然睁开眼睛坐了起来，问道："有什么消息吗？唉，反正也没有什么好消息。"

帐篷中只有爱妃也遂。她担心地问："要不要把值班的人叫来？"

"嗯，叫来吧。问问他们有没有从哪里传来的消息。还有，把大胡子也叫来。"成吉思汗说。

宿卫官进来跪在地上说道："从燕京传来消息说，长春真人去世了。因为这不是军国大事，所以准备明天早晨再向您报告。"

"原来是神仙大宗师去世了……"成吉思汗点了点头。

"您找大胡子有什么事吗？"也遂问。

"啊，"成吉思汗的目光转向了耶律楚材，"大胡子，行了，不是什么大事，你回去吧。"

成吉思汗坐起的上身再次躺倒在床上。神仙大宗师去世的确不是紧急的重大事件，宿卫官的判断很正确。不过，如果是紧急的大事情的话，与任何重臣相比，他首先会和耶律楚材商量。

成吉思汗对耶律楚材的信任由此可见一斑。

全真教教主长春真人的死对成吉思汗家没有什么影响。这位来自山东栖霞，翻越了兴都库什山脉，千里迢迢抵达西域，为成吉思汗讲授养生之术的道教圣人，他的热诚很让成吉思汗尊敬。

"也像召来道教的长春真人那样，召来佛教的领袖怎么样？"有人提议道。成吉思汗的重臣中有不少佛教徒，比如耶律楚材就是其中之一，他还有一个"湛然居士"的名号，他是曹洞宗宝典《从容录》编著者万松禅师的嫡传弟子。

不过，对于召唤佛教领袖的事情，成吉思汗不太热心。他不以为然地说："佛教啊？佛教领袖为什么要从燕京附近召唤呢？佛教领袖从印度召唤不是更好吗？佛教的发源地不是印度吗？"

确实，由于道教的发源地是中国，所以从中国召唤长春真人是顺理成章的。

自从长春真人归国后，有一个问题很让耶律楚材烦恼，那就是成吉思汗赐予长春真人一门的"免除税金、夫役"的特典，由于没有惠及佛教徒，他担心这种不公平会招来他们的不满。

成吉思汗本人没有分清道人、僧侣的不同，他似乎觉得自己赐予的特典是针对长春真人个人的。

当耶律楚材等人提到这件事情时，成吉思汗好像很有些不耐烦地说道："等与西夏的战争结束后，再讨论这个问题吧。"

最近一段时间，成吉思汗的心绪很不安宁，所有的事情都让他烦心。这天夜里，不管是清醒时的感觉，还是睡着时做的梦，都令他不安。

术赤死了，耶律阿海也死了，如果西域发生叛乱怎么办？如果东方发生大的叛乱，木华黎死后的军队还是否可靠？对西夏战争的战况会不会有什么不测？

虽然派人特别监视西夏大臣阿沙敢不的动静，但他会不会对自己的狂言感到恐惧而畏惧潜逃？

只要想起一件事情，其他所有的事情都被牵扯出来。

闭上眼睡着后，梦里仍然被这些烦心事萦绕，做不了安详的梦。自己死后的事情只能托付给楚材，所以，一旦做了不好的梦，成吉思汗就会叫楚材来。

在成吉思汗身边只有幼子拖雷。不过，虽说同在六盘山，但要从拖雷所在的地方把他叫来，也需要半天的工夫。看来，今后有必要让他待在更近的地方。而成吉思汗指定的继承人窝阔台则在大约一天行程远的地方。

"那我退下去了，好吗？"楚材问道。

"退下去吧。今天只叫了大胡子，有没有派人叫拖雷？"成吉思汗问道。

"派了，还有，窝阔台殿下那边也派人去了。"

不管什么事情，如果只叫耶律楚材来，而没有告诉家人的话，搞不好会出问题的。

"好像有点小题大做了，只不过是神仙大宗师出现在我梦里，来向我告别而已。马上派人去通知说不用来了，我打算再睡一会儿。"成吉思汗轻轻地摆了摆手，让所有人都退了出去。说是所有人，但在场的只有宿卫官和耶律楚材。

他们退出去后，也遂为成吉思汗盖好被子，说："大汗好好休息吧。"

"你也睡吧，昨晚上你好像也没有睡好，今天可要好好睡。"成吉思汗闭着眼睛说道。

已经故去的国王木华黎曾经对成吉思汗说："您竟然真能安心地和也遂睡觉啊。"成吉思汗西征时本来想带也遂去，但遭到了木华黎的强烈反对。

从前，也遂的前夫为了找她，偷偷地潜入了成吉思汗的营地，结果被抓住砍了头。据说也遂不爱她的前夫，因为前夫对她很粗暴。可是夫妇间的事情谁能说得清呢？明知有被砍头的危险还斗胆潜入成吉思汗的营地，不正是爱的表现吗？

所以，对花剌子模作战时，木华黎反对带也遂去可以说是顺理成章的。像这种事情，成吉思汗会很爽快地听从部下的意见。于是，西域之战改由忽兰从行。忽兰前后七年陪伴在成吉思汗身边，接下来的西夏之战才由也遂代替。这时，之前持反对意见的木华黎已经离开了人世。

成吉思汗心想："木华黎也是担心得过头了，也遂会暗杀我吗？"不过，他还是放弃了带也遂去西域的打算。反正也不是非她不可，可以替换的女人多得是。

那种百依百顺的女人很无趣。成吉思汗没有与任何人商量，就让扬言要刺杀自己的库拉做了侍女就是这个原因。侍女之类的，木华黎就管不到了。库拉出身于篾儿乞部，是与成吉思汗有深仇的部族。不过，库拉之所以扬言要刺杀成吉思汗，正是出于成吉思汗的教唆。

"说那种话，会被砍头的。"刚开始时，库拉这样说。但成吉思汗告诉她："不那么说反而是不诚实，我倒有可能把你杀了。"

库拉很擅长表演，以至于到最后，人们都分不清她是在表演还是真的那么想。在西域七年，可以说因为有库拉的存在，成吉思汗没有感到无聊。

不过，虽说是做戏，但库拉什么时候真的付诸行动也未可知。而成吉思汗有时甚至还暗暗地期待她行动，这是一种很刺激的游戏。库拉从西域回来后身体一直不太好，所以西夏之战没能从军。因此，成吉思汗带上了与自己的部族有很深宿怨的塔塔尔部的也遂，与她寝食相伴。

慢慢地，人们都知道了成吉思汗的身体不太好。因为无论怎样隐瞒，他落马之事大家还是全都知道了。这从他过去总是骑马，而最近却总坐马车就可以明白。

在儿子们中，最了解父亲的是拖雷。蒙古风俗，幼子是要待在父亲身边的。

如果是普通人家，家业会由斡惕赤斤继承。然而，对于需要壮年领袖的王族，情况就不一样了。成吉思汗虽然是长子，但整个家族还是由他统领的。他最小的弟弟帖木格·斡惕赤斤，在兄长们征讨花剌子模时，担任留守任务。

自从成吉思汗身体不好的消息传开后，拖雷家立刻变得忙碌起来。而且，避开当家人拖雷的聚会骤然多起来。

与会的人总爱热火朝天地讨论成吉思汗家的继承问题：

"成吉思汗的家业当然应该由咱们家继承。"

"为什么指定窝阔台为下一任大汗？"

"他既有哥哥也有弟弟。"

"这件事情不应该由大汗指定，而应该由忽里台大会推选。"

"不对，按照蒙古的古老法规，即不是指定也不是推举，继承家业的理所当然是斡惕赤斤。"

"成吉思汗那一代，是因为斡惕赤斤年龄太小了。可现在不一样，拖雷殿下已经三十六岁了。"

"总之咱们有竞争对手，所以咱们要面向忽里台大会，全力做好各项准备工作。"

"据说关于这个问题，大胡子的发言权比想象得还大。"

"为什么？大胡子又不是蒙古人。"

"他是契丹人。"

"可能正是因此，才觉得他能保持中立、能一碗水端平吧。"

"大胡子和窝阔台殿下的关系太好了，一定有什么内幕。大汗应该知道这个事情不是单靠指名就能决定的，肯定是接受了大胡子的建议，说出指定窝阔台殿下的话。咱们要注意他，那个大胡子。"

"不对吧，最初指定窝阔台殿下时，大胡子还没有来，他应该和指名没有关系吧。"

这样的聚会，当家人拖雷从没参加过。只是有一次，他和几个主要的家臣聚在一起聊天，他们提到了继任者的问题，拖雷马上变得很不高兴，说："你们说什么呢？简直就是把活人当死人对待了。"说着很气愤地拂袖而去了。

从那以后，在拖雷家，这个话题似乎成了禁忌。然而，这样一来，每当拖雷不在时，家臣们讨论这个话题的兴致反倒更高了。

另一方面，在窝阔台家，由于当家人受到了成吉思汗的指名，家臣们认为整个蒙古帝国都应该坚定不移地遵守大汗的旨意。不过，问题就是忽里台大会。

于是，有家臣就说：如果问创建蒙古帝国的是谁，我想谁都会回答是成吉思汗，而不是忽里台大会。在这样的国度中，决定继任者时，为什么要征得忽里台大会的同意呢？

他的这番言论极其合情合理，征得忽里台大会的同意，只不过是成吉思汗的谦逊而已。就算成吉思汗去世了，违反他意愿的事情可能发生吗？

由忽里台决定继任者不过是形式而已，在这个国家中，成吉思汗决定的事情就是全部，剩下的只是对其进行修饰而已。

窝阔台家人胸有成竹，想要推翻成吉思汗的旨意，是要有相当心理准备的。成吉思汗好不容易快要平定这个世界，谁要想在这时候搅局，重新引起战乱，没有人会答应。

"好吧，看你们的能耐。"窝阔台家人心情泰然。

成吉思汗丝毫没有改变继任者决定的念头，这是他充分考虑后做出的结论。所以窝阔台甚至还有开玩笑的闲暇，他曾轻松地自嘲道：大汗之所以选我当继任者，可能是因为我的酒量比拖雷小吧，论喝酒的话，我是甘拜下风。

这虽然是笑话，但没准却说到点上了。窝阔台虽然也爱酒，但与弟弟拖雷的豪饮相比，却是望尘莫及的。

拖雷比窝阔台小六岁，除喝酒外，在对人的宽容度上，也存在一些问题，他也不善于宽恕人。

不过，拖雷虽然爱喝酒，却没有因此误过事。与之相比，窝阔台反而显得有些马马虎虎。

拖雷的性格非常认真、严肃，容不得半点疏忽，这可能是因为他作为幼子，总是跟在父亲身边，自然而然形成的吧。酒量大可能也是因为在父亲身边，总是很紧张，需要一个发泄途径而形成的吧。

窝阔台家人在静静地等待"那一天"的到来，不像拖雷家人那样躁动不安。

不过，如果平日里一点努力也不做，只是被动地等待的话，也许会在不知不觉中被拖雷家赶超过去。所以，无论遇到什么事情，窝阔台家人都会不动声色地表明有窝阔台在，没关系。当然，他们所做的这一切都与拖雷家一样，也是在当家人不知道的情况下悄悄地进行的。

在次子察合台家，一些不安分的家臣也在悄悄地行动。

察合台从一开始就被排除在了继任候选人之外。他从孩童时期起就和术赤关系恶劣，还曾经骂术赤是"敌人的儿子"。原来，当年他们的母亲被卷入了部族争斗中，成为蔑儿乞部的俘虏，后来在王汗的倾力相助下才得以回来，回来后不久就生下了术赤。虽然术赤确实是成吉思汗的儿子，以成吉思汗本人为首，知道当时情况的长老们谁都没有对此怀疑过，但是恶意的流言还是悄悄传播开了。孩童时期的察合台正是听信了那些流言，才说出了"我们不能拜倒在蔑儿乞人脚下"的话。

"我们怎么能对一个蔑儿乞人俯首称臣？"

察合台这样说，孩童时的他很感情用事，但同时又自以为充满了正义感。

　　即使长大成人后，两人在孩童时期形成的怨恨也没有消除。

　　这件事情使得术赤和察合台两败俱伤，结果他们两人都被排除在了大汗的继位候选人之外。

　　《元朝秘史》中记载了术赤和察合台的争执以及和解的过程：

　　那是发生在准备征讨花剌子模前的事情。在一次作战会议上，成吉思汗对术赤说："你是长子，谈谈你的看法。"然而，没等术赤开口，察合台就抢先说道："您让术赤先说，是想把国家交付给他吗？我们为什么要受这个流淌着蔑儿乞血液的人的统治？"

　　术赤听了很生气，霍地一下站起来抓住了察合台的衣领，察合台也毫不客气地抓住了他的衣领。在场的重臣们不得不赶紧过来拉住怒目相视的两兄弟。

　　拉住术赤手的是四骏马之一的博尔术，拉住察合台手的是国王木华黎。而后，萨满阔阔搠思谆谆教导了两人，使他们俩和解了。

　　成吉思汗斥责察合台道："为什么对术赤说那种话！术赤是我的长子，以后不得再说。"

　　对此，察合台面露微笑地说："长子是术赤和我。我们跟随父亲前往，共同斩杀敌人。窝阔台性格温和，让他继承汗位吧。"

　　成吉思汗转头问术赤的意见，他回答道："我同意察合台说的，我们两人并肩作战，让窝阔台继承汗位吧。"

　　察合台所说的"长子是术赤和我"，大概是指要和术赤两人一条心吧。

　　而成吉思汗则对和解了的两个儿子说道："你们二人不必共同前往。像母亲一样的大地非常宽阔，河水丰富，只要拓展可以分配的土地，征伐异国就足够了。"

　　接着，他也让窝阔台和拖雷各自发表了意见。

虽然《元朝秘史》不够严谨，不能全信，但它对这个问题的记述大体上应该是准确的，即由于术赤和察合台两人不和，性格温和的窝阔台被选为继位者。

当年，察合台因为和哥哥术赤不和而被排除在继位候选人之外，现在术赤死了，情况会不会发生变化呢？

渐渐地，一种说法开始流传起来：察合台只是小时候起和术赤个人不和，但和术赤家人没有任何矛盾，不信你看，他对拔都（术赤的次子）不是很好吗？

这些话好像是察合台家某些人有意宣扬的，为的是表明他们家和钦察术赤家的友好。

位于帝国西陲的术赤家，因为当家人的英年早逝，已经进入了成吉思汗孙辈的时代。现在，他们对于继位人问题没有什么发言权，但随着他们力量的不断积聚，也许在将来，会发出异常响亮的声音。

成吉思汗儿子们的家中暗潮汹涌，耶律楚材的身边当然也不可能风平浪静。

成吉思汗亲自选定窝阔台为继位人尚且如此，如果没有他的指名的话，真不知会出现怎样不可收拾的局面来。

选定继任者之事在西征前就确定了，史书记载是应也遂妃的请求做出的决定。可能是成吉思汗觉得如果再不对此做一了断的话，会出问题，所以让也遂扮演了这个角色。因为也遂没有孩子，提出这个问题比较方便。

据《元朝秘史》记载，当时也遂禀奏成吉思汗说："可汗打算越过峻岭，横渡大河，长征绝域，平定诸国。有生之物，不能永存。假如你那大树一样的身体倒下去，你那像麻穰一般的百姓托付于谁呢？假如你那基石一样的身体倒下去，你那像群雀一般的百姓托付于谁呢？在亲生的四个儿子之中，要指定谁？应该叫你诸子、诸弟、众多的臣民们，和我们这些无知无识的人知道啊。我把所想到的提出来了，听候圣旨裁决吧。"

成吉思汗说："也遂虽然是个妇人，说的话非常有理。弟弟们，儿子们，以及博尔术、木华黎等人，谁都没有提醒过。我岂不是忘记了早晚也要追随祖先而去；我岂不是忽略了终归脱不过死亡的捆索？"

由于术赤最年长，他先问了术赤的意见。对此，察合台很气愤。

最后确定了性情温和的窝阔台为继任者。

这是七八年前做出的决定，并且经过了忽里台大会的认可。

丙戌年（1226），对西夏国来讲，是多灾多难的一年。先是太上皇神宗（李遵顼）于二月去世，紧接着皇帝献宗（李德旺）也于七月驾崩。献宗的侄子李睍继承了皇位。

蒙古大军指向了灵州。西夏从中兴府派遣了五十营的援军，但他们在黄河岸边被蒙古军击溃了。这是一场严寒中的战斗，攻守双方都伤亡惨重。

翌年（1227）夏，蒙古军在附近的六盘山避暑。

不久，成吉思汗再次以十万兵力从西北入侵西夏，蒙古的另一支部队攻陷了沙州（敦煌），而主力军活捉到了令蒙古人憎恨的阿沙敢不。

不过，此时的蒙古军士气似乎有些消沉。人们盛传着成吉思汗卧病于六盘山的消息。

二　　巨星陨落

考虑到卧病在床的成吉思汗的身体状况，有人提出暂时推迟对西夏的战争。他们说："反正西夏和草原的游牧民族不同，是定居的，咱们暂时不理他们，他们也不会逃跑，以后再慢慢收拾他们也不迟。"

特别是医生们都殷切地奉劝成吉思汗休战，先疗养一段时间。不过，成吉思汗笑着摇了摇头。他有自己的想法，心想："他们虽然不会逃跑，但我的寿命可能快要结束了，在我死前一定要消灭西夏。"

这些话，他虽然没有说出来，但心里明白这是与死神的赛跑。

成吉思汗在出兵西域期间，把东方事务全部托付给了深受他信任的木华黎。而木华黎在成吉思汗凯旋之前不久因病去世了，享年五十四岁。成吉思汗马上把参加西征的木华黎的儿子孛鲁送回东方，让他继承了父亲的职位。

就在西征军刚刚回到土拉河军营的时候，担任史天倪副官的金朝（女真）降将武仙发动叛乱，杀死史天倪后逃走了。史天倪的弟弟史天泽接任了他的职位，因为他们那支军队是由史家班底组成的，这个职位只能由史家人担任。

就在史天倪、史天泽兄弟在蒙古军中大展身手的时候，许多生活在金朝的汉族有识之士也纷纷投奔了蒙古。因为对于他们来讲，无论是金朝还是蒙古，都不是汉族政权，所以投靠谁都一样。其中著名的有易州定兴人张柔、泰安长清人严实等。

在成吉思汗的病房中，也经常能见到汉人的身影，他们是医生、药剂师、巫师等。不过，巫师被成吉思汗遣散了。

"我相信医药，但不太相信巫术。"成吉思汗的表情虽然很痛苦，却明确地这样说道。

慢慢地，他连说话也变得很艰难，只是默默地皱着眉头。不久，他的病房不再允许一般的人出入，能到他病房中的只有两个医生和窝阔台、拖雷、也遂妃，还有耶律楚材，另外就是从远方赶来的察合台。

"金朝的精锐部队在潼关阻挡着我们。"在沉默了一整天后，成吉思汗突然张嘴说道。

"我们要借道于宋朝，从唐州和邓州进攻开封……金朝把精锐部队都聚集到了潼关……他们仓促转移部队，兵马都会疲惫，从那里进攻……宋朝与蒙古没有任何仇怨，而与金朝有深仇大怨。宋帝曾经死在北地。而且，憎恨金朝的不只是宋……契丹也是如此。"

说到契丹时，成吉思汗用眼睛看了看耶律楚材。说完后，成吉思汗又闭上了嘴。这些话可以说是成吉思汗的遗言。

接下来的一天，成吉思汗似乎有微弱的呼吸，但是已经没有意识了，前一天讲授对金朝作战的秘计时可能是他最后的清醒时刻。在那之前有很长时间的沉默，之后只有时断时续的呼吸声。

为了讲出遗言，他可能用尽了全身的力气。嘱咐完这些后，成吉思汗已经没有什么要说的了。

"我死后不要发丧。"

从一开始生病时，成吉思汗就这样叮嘱道。他的意思是他去世的消息要先隐瞒一段时间。

成吉思汗死得很平静。

就在他临终躺在病床上时，西夏派来了乞降的使者。

此时西夏已经没有余暇记录史实了，而蒙古为了隐瞒成吉思汗的死对很多事情的记述也很晦涩。所以，史学界对这段时期的具体情况可以说是众说纷纭。

不知西夏国王李睍是在成吉思汗死后被杀的，还是在他生前被杀的，不管怎么说都是被蒙古军杀掉了。

有学者说当时蒙古下达了屠城令，但也有说屠城被耶律楚材阻止了。屠城在西域战争中很常见，就是把城中所有的人都杀死。还有一种说法是西夏所有的百姓都给也遂妃当了奴隶。

《元朝秘史》说西夏百姓都成了俘虏，国君被杀，国君的父母子孙全被诛灭。也就是王室成员被屠杀，普通百姓当了奴隶，其中大部分给了也遂。

《元史·耶律楚材传》记载："从下灵武（首都），诸将争取子女金帛。"

《元朝秘史》丝毫没有提到成吉思汗的死。

《元史·太祖本纪》大都有事实根据，比较可信，据其记载：太祖二十二年丁亥（1227）闰五月，"避暑六盘山。六月……夏主李睍降帝，次清水县西江。秋七月壬午（初五），不豫（生病）；己丑（十二日），崩于萨里川哈喇图之行宫"。

由于遗命不发丧，成吉思汗的死讯暂时没有公布。他的遗体被装在由数百匹马或牛拉的车上，向着斡难河、克鲁伦河、土拉河三河的发源地不儿罕山走去。

蒙古虽然也制定了一些礼仪，但规模从未有如此之大。

虽然有悼念死者的仪式、祝福首领就任的仪式等，但都是小规模的。主持仪式的大多是萨满，自从阔阔出失势以来，他们只是担任这些没有权势的司仪罢了。

新的领袖当然会开创新的礼仪，这项工作成吉思汗交给了精通天文历法的耶律楚材，他不允许蒙古萨满死灰复燃。成吉思汗晚年反复对儿子们讲："礼仪的事情全部由大胡子负责。"

耶律楚材是汉化的契丹人，汉族的礼仪可以说是世界一流的。不过，作为契丹人，他的自尊心不能容许他完全照搬汉人的礼仪，他要制定出新的礼仪来。

从成吉思汗病重时起，耶律楚材就开始构思葬礼的程序，并且他还要隐瞒，不能说是自己制定的。

"我已将祖传的葬礼仪式告诉大胡子了。"成吉思汗说。

成吉思汗没有见过那种葬礼，不过他相信要是将其托付给耶律楚材的话，耶律楚材能够毫无差错地为自己举办一场庄严、隆重、肃穆的葬礼，所以他放心地把一切都托付给了耶律楚材。

成吉思汗的灵柩庄严地运往北方。路上凡是碰见灵柩的人全被杀掉。这种杀戮一直持续到了为成吉思汗发丧时，直到他的死讯被公布以后，才不再杀人。

成吉思汗的葬地在靠近克鲁伦河源头的曲雕阿兰。葬礼是在他死后三个月后举行的。葬礼举办地点是第一斡儿朵即大斡儿朵所在地，为的是让以成吉思汗的妻妾为首的，主要的亲戚能够很方便地参加。不过，要把世界帝国主人成吉思汗的亲友故旧尽快聚集到一起也是一件非常困难的事情。

皇子、公主、驸马、各斡儿朵的主人以及将领们等都纷纷前来向这位世界征服者告别。

制定礼仪的耶律楚材站在将领们的队伍后面，没有出现在葬礼的前台。

主持葬礼的是拖雷，按照蒙古风俗，幼子负责葬礼的一切事宜。

成吉思汗生前虽然选定了窝阔台为继承人，但按照蒙古风俗，直到下一届忽里台大会召开为止，暂时先由拖雷作为"监国"掌管国家。

乃蛮的玛丽亚也来参加葬礼了。

此前，无论在君士坦丁堡，还是回来后，她已经参加过无数场葬礼。虽然她是修女，但她参加过的葬礼并不全是基督徒的，从聂斯脱利派修士到佛教僧侣、蒙古萨满的都有，而且形式多种样式。

这次葬礼是成吉思汗生前向耶律楚材口述的，被称为蒙古秘仪。在这个国度，成吉思汗的教导是至高无上的。

不过，玛丽亚还是能够看出这个葬礼所包含的不同元素：有佛教的、有萨满教的、有基督教的，还有道教的。

真不愧是耶律楚材，玛丽亚佩服得五体投地，除他之外还有谁能够编排出这样一场规模宏大、庄严肃穆而又兼容并蓄的葬礼来呢？因为玛丽亚自幼就在宗教氛围很浓厚的环境中长大，所以明白这些。这是天才的创举，而发现这种天才的成吉思汗是另外一个天才。

在天才们的合作下，成吉思汗的葬礼有条不紊地进行着。

就在这时，嘹亮的号角声响起来了。"啊，是虎儿赤……"人们排队注视着白发飘飘的虎儿赤，他吹奏起包缠着白布的号角。

在蒙古军出征、凯旋时，人们都能听到令人心潮澎湃的虎儿赤的号角，而现在他吹奏的却是人们从来也没有听过的乐曲。

蒙古军出征、凯旋时吹奏的，都是雄壮中夹杂着哀伤的曲调，而在这个葬礼上吹奏的乐曲，却从始至终都是雄壮的，不知向何处出征，也不知从何处凯旋，但成吉思汗的送葬曲始终慷慨激昂，完全没有哀伤的影子。

如果仔细听的话，就会发现那毫无疑问是欢庆的曲调，仿佛在庆祝成吉思汗去往了他世。

从妇女们的队伍中传出了哭泣声，在欢庆的乐曲声中送别盖世英豪，至少该有妇孺的泪水相伴吧。

来之前，玛丽亚以为自己不会在成吉思汗的葬礼上哭泣。然而，当虎儿赤吹奏的乐曲达到最高潮时，她也情不自禁地呜咽起来。

葬礼结束后，在返回各自的斡儿朵时，忽兰走到玛丽亚身边轻声地说道："库拉自杀了，不知道为什么。"

可以说成吉思汗死得其时。蒙古军这一阶段的任务就是讨伐在西征时拒绝派出援军的西夏。在西夏国王投降的当天，成吉思汗去世了。按照他的遗言，西夏皇族被斩尽杀绝，这样一来，西夏就不会有复仇行动了。而西夏百姓则作为战争俘虏全部赐给了也遂妃。

成吉思汗的遗产分配也早就规定好了：

长子术赤家，虽然当家人术赤死了，但他的家人同样有份。

位于帝国最西端的钦察草原给了这一家，这是术赤生前就约定好的，具体位置在乌拉尔山脉和也儿的石河之间，南面是咸海、锡尔河。

西边是蒙古铁骑所到之地的尽头，更西方可以自由地依靠自己的力量去拓展。

后来，蒙古军远征欧洲时，术赤的次子拔都之所以担任远征军总司令就有这样的原委。

分给次子察合台的大致相当于西辽的旧领地。

分给三子窝阔台的相当于乃蛮的旧领地，被称为准噶尔，是位于阿尔泰西麓的土地。

这些是成吉思汗生前就分给儿子们的，幼子拖雷则没有。因为成吉思汗所领的蒙古故地、再加上克烈的土地，死后由拖雷继承。并且，直到下届忽里台大会召开为止，拖雷作为"监国"代理皇帝的事务。

窝阔台周围的人都希望忽里台大会能够早日召开。在成吉思汗的话还能决定一切的时候，忽里台大会只是一个形式。因此，窝阔台家的人主张尽早召开忽里台大会。他们说："监国让人觉得不够稳定，还是尽早确定下皇帝吧。不是已经决定了吗？为什么还要设立监国呢？"他们大张旗鼓地鼓吹要尊重成吉思汗的遗志。

然而，与窝阔台家人的急不可耐相比，也有不少人主张等准备充裕后再召开忽里台大会，他们说："干吗那么着急？忽里台大会是我们蒙古人自古传承下来的规矩。因为仓促中做决定，有可能招致失败。祖先定下这个规矩，就是为了避免仓促中做决定。并且做错时还可以更正。祖先留下的这个规矩是很好的，我们一定要遵守。"

三　　成吉思汗其人

西征结束后，成吉思汗在惩罚了不听话的西夏后去世了。

他之所以能够成为世界征服者，不用说有"运气"的成分，而他之所以能够抓住"运气"，不用说靠的是他的天才。

他出身于小首领之家，原本兵众很少。然而在很短的时间内，他就变得能够指挥调动大军，可见他具有非凡的人格魅力。另外，用现在的话来说，他准确地掌握了世界历史的潮流。

以往塞外游牧民族被中原（以黄河为中心的中国一带）势力操纵，他们的分裂、相互争斗，对中原来讲是非常有利的。

例如，中原的金王朝与塞外的塔塔尔本来保持着良好的关系，然而，当塔塔尔变得过于强大时，金朝就要想办法打压它，于是鼓动克烈讨伐塔塔尔，克烈首领因讨伐塔塔尔有功被金朝封为"王"，他就是王汗，成吉思汗作为王汗的一员干将参加了对塔塔尔之战。

而当克烈变得过于强大时，金朝又把矛头指向它，想要压制它。总而言之，中原势力时刻在警戒着塞外民族的强大。一股股中小势力相互角逐、争斗对金朝来讲是安全的。当成吉思汗还属于中小势力中的一员时，也受到了金朝的鼓励。

中原最厌恶、最恐惧的就是塞外民族的"大团结"，而成吉思汗依靠他的力量实现了这个目标。他相继征服了克烈、乃蛮、蔑儿乞、塔塔尔、西辽等部族、国家，此外还有主动归顺的瓦剌、畏兀儿等，从而形成了一股前所未有的强大的势力。

中原最害怕的事情，因天才成吉思汗的出现成为现实，被他征服的部族纷纷加入这场空前绝后的民族大融合中。

成吉思汗的爱妃忽兰是蔑儿乞首领的女儿，也遂和也速干姊妹是塔塔尔人。四个嫡子中，长子术赤的妻子必黑秃惕迷失和四子拖雷的妻子唆鲁禾帖尼是王汗的侄女，是克烈部人；三子窝阔台的妻子脱列哥那是蔑儿乞人，不过，从她的名字推测，她也许出身于乃蛮。最初她嫁给了蔑儿乞的一个酋长，后来成吉思汗打败蔑儿乞，她被俘改嫁了窝阔台。次子察合台的妻子也速仑，据十三四世纪历史学家拉施特的《史集》所讲，是一位聂斯脱利派的基督徒。

这四位汗位候选人的正妻全部是聂斯脱利派的基督徒，不过，他们的孩子不一定受过基督教的洗礼，因为如果将来他们成为大汗时，很多做法可能会和基督教相抵触。

从成吉思汗时代起，蒙古就对宗教采取不干涉政策。通过召见长春真人，中国的宗教问题也在一定程度上得到了解决。

从血缘上来讲，成吉思汗属于乞颜部的孛儿只斤氏，蒙古是一个非常笼统的称呼，游牧是他们谋生的方式，同时游牧也是他们的学校。

成吉思汗之所以为四个嫡子全部选择与家族血缘关系非常远的部族的女性，也是从游牧中学习到的智慧，因为从畜牧业中人们懂得了近亲结婚是无法生产出优秀的后代的。游牧民族之所以流行抢婚可能也与此有关，虽然附近就有美丽的姑娘，但还是要故意到很远的地方去抢婚。

中国文献中经常可见斥责游牧民族不知廉耻的观点。成吉思汗把自己的妃子亦巴哈赏赐给功臣主儿扯歹。主儿扯歹死后，她又嫁给了其子克答。这就是一个典型的不知廉耻的例子。不过，从亦巴哈的角度来看，下嫁到民间生活反而会更加轻松舒适，和妹妹们也能自由地来往了。

另外，蒙古并不认为投降是耻辱的，在成吉思汗的阵营中，降臣或者降将相当多，而且他们往往都身居要职。

当年，成吉思汗被王汗追击，仓皇逃至班朱泥河，跟随他的十八名部下中就有耶律阿海、耶律秃花兄弟和克烈人镇海等降将，他们与成吉思汗一同饮下了班朱泥河的泥水。后来，这十八名部下被称为"班朱泥功臣"，是成吉思汗集团的核心。

耶律楚材也是降臣，他最高做到了宰相。本书中出现的人物，像石抹明安、耶律留哥等都是契丹人。

投降的汉人，前文中史家已经出场。严实、张柔等汉人世侯（拥有一定自治权的地方势力）也开始活跃了，随着战场转向中原，人数会越来越多。

在司令官中，与速不台一同远征到俄罗斯的哲别，原本是泰赤乌部的将领，曾经与成吉思汗交过战，还把他的白口黄马射死了。他投降后，在攻打屈出律时，为了补偿当年的过失，他捕获了千匹白口黄马献给成吉思汗。后来，他在从俄罗斯返回蒙古的途中病死了。成吉思汗好像直到最后都没有放松对他的警惕。

在西征中，还增添了许多色目人降臣，牙老瓦赤即是其代表。他作为经济官员发挥了重要作用。色目人指西域的突厥系、伊朗系、阿拉伯系的人。在经济方面大展身手的主要是伊朗系的人。

成吉思汗很善于获取人心，因此自家人有时反而要忍耐。

成吉思汗是也速该·把阿秃儿和诃额仑的长子。他有三个同父同母的弟弟：拙赤合撒儿、合赤温、帖木格·斡惕赤斤，还有同父异母的弟弟别勒古台和别克帖儿。不过，别克帖儿在少年时因捕鱼和成吉思汗发生争吵，被他用箭射死了。

拙赤合撒儿曾经在成吉思汗狼狈不堪地与仅剩的十八名部下同饮班朱泥河泥水时，带着援军前来救援他。在讨伐塔塔尔时，分配他杀死一千名塔塔尔俘虏，而他因为妻子是塔塔尔人的缘故，只杀死了五百人，从而激怒了成吉思汗。

成吉思汗的堂兄忽察儿因为私吞战利品而被没收，虽然他是成吉思汗的亲人，但也没有受到特别的对待。

帖木格·斡惕赤斤是成吉思汗的幼弟，在窝阔台即位时发挥了重要的作用。

异母弟别克帖儿虽然被成吉思汗杀死了，不过，别勒古台得以安享天年。他以有儿女百人而闻名，被世人戏称为"有百子的别勒古台"，他和成吉思汗的关系一直很好。

如果加上别勒古台的上百个儿女，也速该的直系孙子很轻易地就超过了三百人。成吉思汗之所以始终对四个嫡子爱护有加，也是因为如果不这样的话，很容易出现不可收拾的局面。

成吉思汗的同母幼弟帖木格·斡惕赤斤也有八十个孩子。到忽必烈时代，他子孙的数目已经达到了七百人，繁衍速度非常惊人。忽必烈是拖雷的儿子，和他的孙子同辈。

成吉思汗的大皇后孛儿帖出身于弘吉剌部，她为成吉思汗生下了四位嫡子。他们夫妻一直非常恩爱，爱屋及乌，以至于成吉思汗曾经下令：弘吉剌部女子世配皇子，男子世尚公主。

　　成吉思汗的母亲在汉文文献中写作"诃额仑"或"月伦"。她收养了四名因战争成为孤儿的敌人的孩子，其中一人后来成为蒙古第一任最高行政长官——大断事官。敌人的妻女往往被收入后宫，男性幼儿则以这种形式被吸收到蒙古军队中去了。

四　　燕京

1227 年，成吉思汗去世了，讨伐西夏的战争也结束了。

燕京被蒙古的契丹将军石抹明安攻占，投降了蒙古。石抹明安放弃屠城，挽救了燕京百姓的性命。然而，不幸的是，刚刚五十三岁的他不久就因病去世了，他的儿子石抹咸得卜世袭了他的"兵马都元帅"的职位。

石抹咸得卜是一个很年轻却很贪婪粗暴的人，他父亲好不容易挽救了燕京百姓的性命，他却使他们又陷入恐慌之中。因为无论什么事情，他都要索取贿赂。他平时总爱得意洋洋地说："因为我父亲，你们才保住了命，你们不要忘记这点。"

燕京百姓对此很反感，私下里偷偷议论道："那个不孝之子，父亲做的善事，全让儿子给败坏了。"

石抹咸得卜明目张胆地收受贿赂，甚至有时还会毫不客气地抄家。有户人家想把家中财物埋藏到地下，不想埋藏时发出的声响被人发觉，结果就遭到了破门而入的搜查。

人们不由得悲叹："真像是住在由强盗治理的城市。"

这样的地方，逃走了或许更好，但想逃走也并不容易。

各地的汉人豪强拥有自己的武装组织，很多都和蒙古军有密切往来。他们从木华黎那里得到金牌，被允许自治。当时被称为"汉人千户"，后来被称作"汉人世侯"。

其中最有势力的是史家，离燕京最近的则是张柔。最初张柔的自卫队曾和蒙古军作战，不过，不久就投降了，并被蒙古任命为"保州都元帅"，获得了金牌，其自治得以承认。这种在汉人千户统治下的地方比燕京要安全得多，所以逃亡者络绎不绝。

石抹咸得卜为了阻止百姓逃亡，派人严密地监视各个城门。

此时，燕京城中最昌盛的是全真教，那些无法逃往城外汉人千户那里去的人，很多都投奔了城内全真教门下。全真教老掌门人长春真人已经去世，随同他一起去往西域的尹志平接替了他的职位，住在名为太极宫的道观中。

不过，人们并不是躲到全真教里就算安全，必须要加入全真教才行，为此他们支付了巨额的入教费。有特权的地方往往容易滋生腐败，这里也不例外。成吉思汗赐予的金牌，造福了与信仰无关的富人，而贫穷的信徒却被拒之门外。

成吉思汗去世，西夏一战结束后，人员的流动一下子变得剧烈起来，去往燕京的人当然也随之多了起来，那里的情况也就为世人所知了，这令视燕京为故乡的耶律楚材等人感到很不安。

成吉思汗晚年常说："要尽早制定好大札撒，为住在城市里的人制定札撒的事情就交给大胡子做。"

札撒是从宪法到日常礼仪规范的统称。游牧民族的札撒没有明文规定，不过通过口口相传，人们大体都知道。

成吉思汗对城市不太了解，但在西征时，他知道了撒马尔罕、不花剌、玉龙杰赤等很多城市的生活，他开始考虑为居住在城市里的人制定札撒。

因有已故大汗的遗命，所以没有人对耶律楚材制定札撒提出异议。蒙古贵族们觉得，反正大胡子的札撒是为住在城市里的人制定的，与他们没关系，所以对此漠不关心。耶律楚材开始思考如何使目前一片混乱的燕京重获新生。

在克鲁伦河畔举行的成吉思汗的葬礼结束后，耶律楚材决定立即南下燕京。在动身前，他专门去拜见了监国拖雷，向他汇报了将要在燕京做的事情。

听了耶律楚材的汇报，拖雷说："是不是采取更严厉的措施对将来更有利？"

耶律楚材低头答道："就这样很多人都会觉得太严厉。不管怎样我会尽力而为，我想札撒制定到这种程度就可以了。"

"那我派侍卫官哈儿赤和月赤察儿为急使先去燕京吧，你什么时候动身？"

"我打算比他们晚到十天左右，请您尽早给燕京的都元帅颁下敕旨。"

"内容写什么呢？"

"燕京的治安，全权委托耶律楚材管理，审查也是一样。并请表明，如无监国发布的玺书许可，不得擅自征用百姓劳役财物；如有犯死罪者，一定呈报其罪状，获得许可后再处刑。违背这两条的人以死罪论处……"

楚材盯着拖雷的脸说道。

当时描写燕京的文章写道：百姓在豺狼的威胁下生活，街上到处都是衣衫褴褛的人，行人显得无精打采。

　　老百姓出门如果不穿破衣烂衫的话，就会被当作有钱人，家中的财物就会被洗劫一空。令百姓恐惧的豺狼指的就是以石抹咸得卜为首的官吏。

　　被誉为花都的燕京城，现在变得景况悲惨。

　　即使街上偶尔有身穿普通衣服的人，不是全真教的信徒，就是官吏的亲戚。

　　耶律楚材到达燕京后，直接去了元帅府。他在燕京有很多亲朋好友，特别是以万松老师为代表的佛教界的知己很多。另外，受到蒙古特别待遇的全真教，以现任教主尹志平为首，很多重要成员在西域都与他有过交往。不过，楚材谁也没去见，径直去了元帅府。

　　哈儿赤和月赤察儿大约十天前就已经到达，他们与石抹咸得卜等人一同出来迎接耶律楚材。

　　"跪下！"月赤察儿提醒直愣愣站在原地的石抹咸得卜。石抹咸得卜一直以为在燕京他是老大。

　　"为什么？"他看着跪在地上的月赤察儿很诧异地询问。曾为成吉思汗顾问的耶律楚材此时还没有官职。而月赤察儿的父亲博尔术是四骏马之一，他为什么要给耶律楚材下跪，石抹咸得卜感到很不可思议。

　　"他是奉监国殿下的玺书来的，不能失礼。"经月赤察儿这么一说，石抹咸得卜很不情愿地跪了下来。

　　这个简短的上任仪式结束后，耶律楚材立即开始工作了。

　　他准备逮捕三十八名最恶劣、最凶暴的人，对他们进行审查。在耶律楚材动身到燕京来时，监国拖雷为他配备了三千名禁卫军。

　　"燕京是归我管辖的，你不能随便乱来。"当耶律楚材要逮捕这三十八人时，石抹咸得卜向他抗议道。

"元帅，监国的玺书你读了吗？"耶律楚材问道。

"那个……"咸得卜无言以对。

自从成吉思汗去世后，各种文书就像雪片一样纷至沓来，多得数不胜数，如果每一份都认真阅读的话，就没时间做事了。石抹咸得卜也懒得去读，他自认为按惯例做事就行了，所以根本就没有认真阅读过任何文书。

"监国殿下特别点着元帅你的名字，命令你要听我的指挥。如果你胆敢违抗的话，搞不好就会犯谋逆罪，从今以后你要严格地遵守札撒。"耶律楚材仿佛要让石抹咸得卜醒悟似的说道。

"在燕京，凡是不遵守我的命令的人就逮捕，此事由我带来的禁卫军负责。元帅府的军队现在立即交出所有的武器，侍卫官哈儿赤负责收缴。"耶律楚材不断发出命令。接着，禁卫军开始逮捕那三十八人。

"那三十八人的名单呢？"石抹咸得卜急忙问道。

"都在这里，不是什么秘密，你看吧。就是搜遍整个燕京城，也一定要抓到他们。嗯，这些人好像大多都与元帅府有关系，先派三百人搜查元帅府。"耶律楚材说着，很自然地递过了名单。

石抹咸得卜粗略一看，几乎全是他的亲戚，他的脸色马上变了，不过，他还想做最后的挣扎，说道："我想其中也有被冤枉的人，先由元帅府调查一下再……"

还没等他说完，哈儿赤就打断道："调查由我们来做。会询问元帅府的，不过还会从其他途径调查。为了公平起见，我们不会根据一个地方的调查就做决定的。"

"这次设了一个特例，"耶律楚材说道，"本来，没有监国的玺书确认，滥征百姓劳役财物者要处死刑，但这次先不予追究，只追究滥杀无辜的人的罪行，条件放得够宽大的吧？这三十八个人中，处死刑者仅限于性质极端恶劣者。"

"我要向监国殿下申诉，请先等一等。"石抹咸得卜立即派出了特使。

耶律楚材这边的调查继续进行着，在被逮捕的三十八人中，已经决定将其中特别恶劣的十六人处以死刑。不过，由于石抹咸得卜提出他正在向监国殿下申诉，所以耶律楚材决定等监国殿下有了回信后，再予行刑。

"那就等监国殿下的旨意下达后，再做决定吧。"耶律楚材决定暂且等待。

由于事关自己亲人的性命，石抹咸得卜拼尽全力地进行了申诉，不仅准备了巨额的贿赂，而且还悄悄地通过不同的渠道散布损毁耶律楚材形象的言论。然而，监国拖雷根本就不接见石抹咸得卜派去的特使，并命令严查诽谤耶律楚材的人。

结果，石抹咸得卜的特使得到的回复是："今后，未经耶律楚材过目的公文信函一律无效。"并且，回复的正文催促道："对违法者的处刑不可延期，从速执行。"

监国的回复使以燕京之王自居的石抹咸得卜颜面尽失。

经过耶律楚材的整顿，燕京秩序逐步得到了恢复，这一消息很快就传到了蒙古正在建设中的新首都哈剌和林。成吉思汗生前对建造新首都没有投入太大的精力，蒙古人根本就没有想过要建造比撒马尔罕、不花剌更加宏伟壮观的都城，而且他们也并不以此为耻，因为他们觉得再壮观的城市都能够很简单地付之一炬。

不过，确定国家的中心，任何时候都可以联络也是很便利的，所以他们也不反对建造这样的地方。

成吉思汗死后，新首都的建设依然按部就班地进行着，因为无论谁当大汗，都需要根据地。

忽里台大会还没有召开，哈剌和林依然在建设中。在这种什么事情都没有着落的时候，耶律楚材的妻子苏贞婉邀请玛丽亚一同到燕京去散散心。

成吉思汗死后，他后宫的人员减少了，玛丽亚也能比较自由地活动了。当年与她一起来到东方的亨利、约翰的活动范围扩大了，她很难见到他们。

玛丽亚已经年过五十了，这些年来她尽情地呼吸着故乡的空气。现在自由了，她开始想尝试一下在不同地方的生活。

"燕京和君士坦丁堡比，哪个更大呢？"玛丽亚不假思索地问道。

"哈哈，我不知道的城市，你让我如何比较呢？"苏贞婉笑道。

与苏贞婉同行，做什么都很方便。苏贞婉在蒙古生活了很长时间，会讲流利的蒙古语，玛丽亚可以和她用蒙古语交流。而到了燕京后，因为苏贞婉是汉人，没有比她更好的翻译了。而且，在燕京还可以见到她的丈夫耶律楚材，由于他是国家要人，一路上还会有警卫兵跟随。

"唉，玛丽亚，不要忘记咱们的使命啊。"在旅途中，苏贞婉不止一次地重复这句话。

"使命"一词让人听起来觉得很郑重其事，可说白了就是：人活在世上，要想获得幸福，就应该在自己的能力范围内尽可能地多做些事。

苏贞婉是一位虔诚的佛教徒，而玛丽亚人生的大部分时间都是在基督教会中度过的。她们皈依的对象虽然不同，但追寻的目标是一样的。

"嗯"，对苏贞婉的话玛丽亚总是这样回答道，有时会接着说，"你比我年轻很多，又有一位志同道合的丈夫。以后，可能要你照顾我啊。"

耶律家在燕京有府邸，因为苏贞婉要回来，看门的人早就将它打扫干净了，随时都可入住。

耶律楚材回燕京后，尚未回自己的府邸住过，都是住宿在官署或寺院的僧房里。人们问他为什么不回家住，他总是半开玩笑地回答道："家中主人不在，住进去不方便。"他说的主人就是妻子苏贞婉，所谓男主外，女主内，妻子当然就是家中的主人了。

耶律楚材得知妻子与玛丽亚一起回来后，好像感到有点困惑。他说："监国殿下派来了急使，这个急使却说不着急，真让人不知如何是好。王妃殿下想让玛丽亚去她那里，跟随她。虽然没有催促，但希望早点回个音信。"

在玛丽亚面前，耶律楚材伟岸的身躯仿佛变得柔和了。

玛丽亚和苏贞婉互相看了看，苏贞婉好像下了决心似的说道："唉，没办法啊。不过，玛丽亚在王妃殿下身边，我们会很放心。"

因为玛丽亚进监国府又给了楚材夫妇希望。成吉思汗去世后，如果蒙古帝国土崩瓦解的话，不得不说那是天下人的悲哀。

监国拖雷的妃子唆鲁禾帖尼出身于克烈部，是聂思脱利派基督教徒。她二姐必黑秃惕迷失嫁给了成吉思汗的长子术赤，后来的欧洲远征军总司令拔都是她儿子。两人与成吉思汗家渊源很深，她们是王汗的弟弟札合敢不的女儿。

王汗曾经是成吉思汗的保护人，成吉思汗的妻子孛儿帖被抢走，是在他的鼎力相助下才又抢回来的。不过，后来他们成了仇敌。

王汗的弟弟札合敢不与兄长长期不合，王汗很勉强地才允许他独立。不过有一个条件，就是要他交出女儿来。

他的女儿们，其中一人成了成吉思汗长子术赤的妻子，另一人成了幼子拖雷的妻子。这两姐妹的关系非常好，可以说是成吉思汗家的地下同盟。

不过，两姐妹却离得很遥远。唆鲁禾帖尼想要玛丽亚到她身边去。苏贞婉想，她可能是想让玛丽亚充当她与姐姐间的联络人。

"如果对大家有所帮助的话，我很高兴。"玛丽亚说道。

"你可能要去很远的地方，请多保重身体。"苏贞婉嘱咐道。从位于哈剌和林的监国府到术赤家所在的钦察草原非常遥远，玛丽亚很有可能要走这条路。

成吉思汗虽然指定窝阔台为继承人，但他的正式即位要等待忽里台大会的确认。忽里台大会召开之前，暂时由幼子拖雷以监国的身份行使皇帝的权力。蒙古帝国在现在这种局面下，在忽里台大会召开前，应该说是安泰的。

但是，拖雷有没有想过从监国的身份一跃成为皇帝呢？因为有人认为虽然有成吉思汗的指名在先，但这件事归根结底是忽里台大会的"专管事项"，成吉思汗的指名不过是参考意见而已。要是这样的话，对拖雷是很有利的，因为幼子继承制是游牧民族代代相传的古老习俗。

在草原上，从来没有人能够像成吉思汗一样构建起如此庞大的势力，所以，现在人们对待继任者问题的态度也可以说是史无前例的。

那些仇视蒙古政权的人，都期盼着成吉思汗死后，政权会随之土崩瓦解。不过，他们明白到下次忽里台大会为止，现有局面会维持下去，于是就转而静静地期望着下一次机会。

下一次机会就是忽里台大会。为了忽里台大会，各派都在暗中忙碌着做准备工作。

说是各派，其实，由于术赤家的当家人已死，可以说术赤家已经退出竞争了。察合台家因为主人严苛的性格，不得不退而求其次，甘心于做大札撒的守护人。因此，实际上就是窝阔台和拖雷两家的角逐。

窝阔台家的依靠是成吉思汗的指名；拖雷家的依靠是蒙古自古以来的幼子继承制，以及现在的"监国"这个准皇帝的身份。更进一步说，拖雷多年来一直服侍在成吉思汗身边，也是一个很大的加分点。

"大汗嘱托我要辅佐窝阔台殿下。"耶律楚材说。

成吉思汗唯恐自己死后，有人捏造他的遗言，说什么"实际上大汗曾经这么说过"之类的话。所以，他晚年说每件事情的时候，都尽可能地对两个以上的人讲。而且，不时还会特别强调"这件事之前我已经对大胡子讲过了"。

很明显，成吉思汗意识到了自己的身后事，也及早采取了一些措施。不过，无论如何伟大的人，在他死后，他的影响力都会逐渐地减弱。所以，窝阔台一方的目标是趁成吉思汗余威犹存时，尽早召开忽里台大会，而拖雷一方则想方设法地拖延。

窝阔台和拖雷两兄弟本身的关系很好，绞尽脑汁谋划的全是他们身边的人。拖雷的妻子召唤玛丽亚，可能是着眼于下下次的忽里台大会，并非针对目前即将召开的忽里台大会。

"我听说继任人早就定下来了，剩下的只是等待忽里台大会的召开。"苏贞婉说。

"忽里台大会一旦召开，就一定要让它欢欢喜喜地结束。"耶律楚材说。

忽里台大会只是一个形式，在会上讨论的问题其实早已有了结论，拖雷阵营中的强硬派已经被说服。

"要是那样就好了。本来关系很好的两兄弟，却要拿起武器厮杀，只是想象都让人觉得不忍目睹。"玛丽亚说道。不过，她的工作稍后才会正式开始。

虽说是遵照成吉思汗的遗愿拥戴窝阔台为大汗，但可以说拖雷一家还是做出了巨大的牺牲。家族中的主要成员开始讨论起对拖雷家的补偿问题。

那就是再次确认蒙古的习俗，即大汗之位不是由窝阔台一家独享的。这样一来，术赤家和察合台家也有机会。不过，按照讨论的结果，下下次要给予拖雷家优先权。

拖雷家得到的只是口头上的承诺，并不是白纸黑字明确的约定。这对于拖雷家来讲是很含糊靠不住的，不过有这么一个承诺在先，十数年后，或许会使他们家处于有利的位置。

不管怎样，下下次机会不能错过。玛丽亚已经要被委以这方面的工作了。玛丽亚并不认为她只是在为拖雷家做事。她衷心地希望乱世不要再现，百姓不再痛苦。她相信拖雷的妻子唆鲁禾帖尼也是同样的心情，与同样怀有慈爱之心的人合作，她认为是幸福的。

"玛丽亚，你的工作好像也不是太着急，先在燕京玩玩吧。如果你有什么想见的人，我来为你引见。"耶律楚材说道。

玛丽亚想了一会儿，微笑着说："不知道是不是真的有这么个人，我听说这里有一位乃蛮人，曾经想把基督教的经典翻译成乃蛮语。我不知道他的名字，你能帮我查查吗？"

出身于乃蛮的玛丽亚，从君士坦丁堡回来时就听说了这个同胞的事情。她听说他住在遥远东方的燕京，独自生活，正在把《圣经》翻译成乃蛮语。好奇心促使她很想见这人一面。

不过，玛丽亚遇到的乃蛮人都说："翻译成乃蛮语的《圣经》，有几个人会读？只要有几个像你一样会希腊语、拉丁语的人就行了。"人们对将《圣经》翻译成乃蛮语一事好像有点漠不关心。

自幼生长在燕京的耶律楚材对这位谜一样的乃蛮人也一无所

知。他询问了许多与基督教相关的人，他们都表示虽然曾经听说过这么一个人，但那是很早以前的事情，现在怎么样，无从知晓。

不想，踏破铁鞋无觅处，得来全不费工夫，耶律楚材居然很偶然地找到了他，他竟然近在咫尺。有一天，楚材去拜访远征西域时结识的全真教的友人尹志平，自长春真人去世后，他接任了全真教掌门人一职。

尹志平见到他就说："真人去世了，同去西域的伙伴少了一人，只剩十八人了。"

"嗯？不是十七人吗？"楚材歪着头反问道，尹志平笑着说："正式的文书中说是总共十八人，不过编外还有一人，实际上是十九人。那个人是乃蛮人，他对西域的事情很清楚，所以我们就请他做向导。他是全真教的教友，过去曾经是基督教徒。他在燕京生活了很长时间，外貌几乎和我们一样。他本名马克斯，不过，起了个中国名字叫马斯。"

"玛丽亚说的是这个人吗？"楚材心想。人一旦离开他原来的生活圈，就连以往很熟悉他的人也很难找到他。

"马克斯"可能是他基督教徒时代的洗礼名，而他现在姓马名斯，他的人生分成了两部分。据说，他已年近花甲。

"我妻子有一个乃蛮朋友，最近她刚到燕京来，不久又要回去。她在这里待的时间很短，如果能在这里见到故乡的人，她会很高兴的，你能帮忙介绍一下吗？"楚材说。

"好的，乃蛮的人，是不是基督徒？马斯以前也是，他们见面，一定会勾起很多回忆的。"尹志平说。

拜访友人，没想到竟然意外地得知乃蛮的原基督徒马斯现在居然在燕京全真教总部的太极宫里。

玛丽亚很想见这位同胞。不过，马斯是弃教者，这点让她觉得稍微有点不快。

而马斯却说："你生下来就是基督徒吧？我也是这样的。这不是我自己选择的。我自己选择的是全真教。"

马斯五十八岁，但看上去显得苍老，他的目光很柔和，好像总是在微笑，给人的感觉是无论遇到什么事情，都不会计较。

"你选择全真教时没有痛苦吗？因为你从出生时起就是基督教徒。"提到这个敏感的问题时，玛丽亚尽可能地露出了笑脸。

"可是，从出生起我就是人，这是我无能为力的事情，作为人我想做我喜欢的事情。这么说或许有点不妥，我喜欢语言，乃蛮语、克烈语、蒙古语还有中文我都学过，拉丁语、希腊语也学过。最后，我想把《圣经》翻译成乃蛮语。我也是很刻苦的。"

"把《圣经》翻译成乃蛮语，你译完了吗？"玛丽亚问道。马斯轻轻地摇了摇头，说："没有。后来，我发现能让我竭尽全力去做的是语言，不是基督的教诲。你明白这点吗？"

"我好像明白。"玛丽亚说道。

玛丽亚隐约地明白了拖雷妃唆鲁禾帖尼她们在成为基督徒之前，首先是一个人。而且她确信如果不明白这点的话，作为人是有很大缺陷的。

"你好像理解了，我真的感到很幸运。我学习了多个国家的语言，或许说研究了多种语言后，感觉最便利的是全真教。它几乎没有像戒律似的东西，这个不许做，那个不许做之类的。真的很便利。哈哈。"马斯发自内心地笑道。玛丽亚也会意地笑了起来。

"看起来你真的很快乐。"

"是的，这是最重要的。你可能不知道，过去乃蛮有这样的教导，教导人们快乐是第一位的。这是你父亲帕乌罗的教导，每个人都懂。因为太容易懂得，反而不知如何是好了。"马斯说道。

五　　忽里台大会

己丑年（1229）八月，忽里台大会召开了，地点在克鲁伦河畔。

20世纪柯劭忞撰的《新元史》记载："犹遵国俗（蒙古习俗），召诸王驸马及诸大将会议。"

克鲁伦河，中国称作"起辇谷"。葬礼时，成吉思汗的遗体也安葬在了起辇谷。这是一片与成吉思汗家族渊源很深的土地。

在河畔的广场上，诸王、驸马、诸大将的帐篷星罗棋布。这里之所以只有诸大将，而没有提到诸大臣，是因为在蒙古文臣武将的区别不是很明确。

说是召开忽里台大会，但实际上在会议之前，结论已经大致定下来了。

由于拖雷在成吉思汗身边的时间最长，而且他作为监国也取得了不俗的成绩，所以也有推举他为大汗的呼声。另一方面，窝阔台也坚决推辞做大汗，以至于"犹豫不决者四十余日"，这样作秀似的场面连续上演了四十余天。

这期间，每天都要举行盛大的宴会。由于蒙古如今成了一个疆域辽阔的大国，人们都离得很远，特别是女人们，与娘家见面的机会很少，而忽里台大会正好提供了不可多得的同族人团聚的机会。

尽管拖雷和窝阔台每天都在作秀、互相推让，但大家心里都明白其实早已尘埃落定了，所以整个大会期间都是一团和气，没有出现怒目相视、唇枪舌剑的场面。

在温情脉脉中度过了四十多天，当那些因为离得太远而迟到的人也都聚齐了的时候，忽里台大会终于要做出最后的决定了。成吉思汗幼弟帖木格·斡惕赤斤作为一族长老发言了，他说："虽然已经讨论了四十天，可是还没有决定下由谁接任大汗。对于此事我最后一次发表意见，希望大家都能认真听，继承成吉思汗汗位的人是……"

他讲到此停了下来，克鲁伦河畔顿时变得鸦雀无声。

"我推戴成吉思汗生前指定的窝阔台为新任大汗。"

帖木格·斡惕赤斤的话音刚一结束，"可汗万岁"的欢呼声就震耳欲聋地响了起来。

不久，皇兄察合台搀扶着新皇帝窝阔台的右手，皇叔帖木格·斡惕赤斤搀扶着左手，从帐篷中缓缓地走了出来，皇弟拖雷用黄金做的酒杯向新皇帝进献上了美酒。

接着，拖雷又向诸王、驸马、诸大将敬酒，所有的人都摘下了帽子，低头行礼九次，三呼"可汗万岁"。

一度回到帐篷中的窝阔台不久又从帐篷中走出来拜祭太阳。然后，他接受了族人和群臣的祝贺。

此时，不仅是帖木格·斡惕赤斤，就连皇兄察合台也对窝阔台行了跪拜大礼，这是以往蒙古没有的礼法。

"这样一来感觉就像变成了中国人似的。"

　　蒙古人之间发出了这种不满的声音，因为兄弟之间行跪拜礼这种事情在蒙古前所未闻。

　　蒙古高原直到成吉思汗出现为止，没有强大的政治中心，中原势力不喜欢他们团结。多年来这里一直都是弱小集团不断地相互争斗，无法形成占绝对优势的势力，只是各个部族在争夺联盟的主导权而已。联盟各成员之间，在行礼时一般是面对面盘坐在地上，想借力的一方先低下头来。

　　中原国家曾经诱导游牧民族行跪拜礼，比如说，辽朝、金朝在接受游牧民族献上的贡品时，作为回礼，一般会赏赐他们数倍于贡品的物品。这种时候，游牧民族的使者会行跪拜礼，因为他们觉得这是一个只赚不赔的买卖，下跪没有什么。游牧民的性格大都很爽快，并不觉得屈辱。

　　但是，同是游牧民族，颇忌讳向对方下跪。因此，当耶律楚材制定这个礼法的时候，反对的人很多。然而，他却非常强硬地推行这种礼法，毫不妥协。他说："现在的蒙古已经不是过去的蒙古了。燕京早已是蒙古帝国的一部分了，西夏也是。所以，以往的那种盘腿礼太简单了，不够庄重。"

　　在耶律楚材的教化下，慢慢地人们的观念开始转变了。"的确，燕京、伊斯兰各民族都是我们大汗的臣下。以往的礼法确实应该改改了。"拥护新礼法的声音逐渐强大起来。

　　"这次的忽里台大会，不仅是推选新大汗，还应该制定国家的大政方针。其中，最重要的事情是什么？"

　　因为前来抗议新礼法的人以年轻的王侯贵族子弟为多，耶律楚材觉得这件事情也需要顺便明确一下。

　　"讨伐金朝。"马上就有了回答，快得迅雷不及掩耳，而且回答的不止一人。

伐金战争，忽里台大会既然决定下来了，那么这场战争很快就要进入实质阶段了。如果获胜的话，金朝统治下的女真族、契丹族，还有人数最多的汉族就全要跪倒在蒙古人脚下了。

所以礼法必须要重新制定。

"如何进行伐金之战，今后我们必须要考虑的事情是——"

与提到伐金战争时不同，这次没有人立即回答。不过，大家并不是不知道，至少贵族子弟们应该全都知道。

"伐金战争时，借道于宋。宋朝与蒙古没有任何仇怨，而与金朝有深仇大恨。"

这是成吉思汗的遗言，是他在病床上说的最后的话。

耶律楚材看没有人接自己的话，苦笑着自己回答道："就是联合宋朝。"

联合宋朝，这虽然是大家都知道的答案，但之所以没人回答，是因为他们心底不是很赞成。

"用得着借用蛮子的力量吗？"年轻自负的蒙古贵族子弟们觉得消灭金朝不需要借助他人的力量。

金朝的统治阶层是女真族，一般大众是汉族，还有少量的契丹族。不过，像蒙古这样居住在塞外的人一般把居住在金朝领土内的人统称为"汉人"。金朝嫁到蒙古的岐国公主，也被称为汉公主。

而居住在宋朝领土中的汉人，蒙古人则称之为"蛮子"，意为"未开化的人"，带有轻蔑之意。不过，在宋朝人看来，自己才是文明的中心，被称为蛮子一定会觉得很意外。

蒙古人的观念是北方好，越往南方越野蛮。至今为止，没有哪个蒙古人去过蛮子的国家。南方是瘴疠之地，气候水土都不好。还是清清爽爽的北方更好，闷热潮湿的地方本来就不是人住的。

这是北方人的常识。

"这不是喜欢不喜欢的问题，已故大汗也没有去过蛮子的国家。但是，要想从这个世上消灭战争，很多事情是我们不得不做的，联宋伐金是目前我们应该做的一件事情。"耶律楚材耐心地劝说对联合宋朝不太热心的年轻人。

人们在克鲁伦河畔聚会的时间不会很长，忽里台大会决定继位人花费了很长时间，但一旦定下来后，倏地一下大家就又分散到各个地方去了。

联宋伐金中的"联宋"不是忽里台大会的决定，是已故大汗的遗训，因此，这点耶律楚材需要特别耐心地教导大家。

王爷们准备返回各自的领地，不过，在出发前，他们聚在一起探讨了一下下次战争的相关事宜。

领地在成吉思汗生前就已经分配好了。

长子术赤家是最西边的钦察草原，次子察合台是从伊犁河谷到塔拉斯、苦盏、撒马尔罕、不花剌等地区。三子窝阔台大致是旧乃蛮领地。四子拖雷是幼子，在父亲生前他没有分得领地，父亲死后，他继承了父亲的领地。因此，拖雷的领地是蒙古皇帝理所应当保有的，它包含了蒙古发祥地。

"您应该把领地上交给皇帝。"耶律楚材对拖雷说道。

"你说要我上交领地？"拖雷吃惊地瞪大了眼睛，目光锐利。不过过了一会儿，他闭上了眼睛。

"正是如此，这片土地是蒙古帝国的发祥地，理应由帝国的主人保有。这件深明大义的事情您大声地宣扬吧，让所有的人都知道，深深地烙在所有人的脑海中。"

耶律楚材说完后，拖雷大大地睁开了眼睛。

"下任皇帝当然也是帝国的主人。"拖雷说着，露出了浅浅的笑容。如果下任皇帝从拖雷家选出的话，他的领地自然而然地就又回来了。

"您一定要大张旗鼓地宣扬，要让大家不忘记这件事。"楚材说着低下了头。

"该做的事已经定下来了，我别无选择。"拖雷表情淡漠地说着，随手拿起了酒瓶。

"不要喝太多了，差不多就好。"耶律楚材说道。

"这应该是我自己对自己说的话。"拖雷说着，递给耶律楚材一杯酒。

耶律楚材的酒量不亚于拖雷，不过喝酒的方式截然不同。成吉思汗一族人经常会喝得烂醉如泥，但他会在留有很大余地时就停下不喝了。

"对了，大胡子，你知道那个乃蛮的玛丽亚吧？"拖雷突然转变了话题。

"知道，最近，她和我妻子一起去了趟燕京。"

"听说大汗年轻时很尊敬那个女人的父亲。"

"我也听说了。"

"那个女人的父亲想做的事情，大汗用弓箭做到了，好像是这样。"

拖雷最近好像有点心不在焉，又好像总是在思考着什么。身为幼子的他，如果在以往的话是要继承整个家族的，父亲这样教育他，一族人也是这样期待的。

然而，在不经意间，他们的集团变得太庞大了。再简单地套用以往幼子继承制的话，这个集团就无法适应新的形势了，必须要选择更优秀、更符合这个时代的继承人。

"唉，还是窝阔台，能够团结所有人。"拖雷有时会冷不丁地这样自言自语道，尤其是喝过酒后像这样的嘟囔就更多了。他似乎觉得这不是他自己在说话，而是别人在讲，他在听，有时他还不住地点头赞成。

在这种时候，耶律楚材都会保持沉默。

有时拖雷好像突然醒悟过来似的，向四周看看。

"对了，咱们在说乃蛮玛丽亚的事呢。那女人就像我们四兄弟的儿子们的姐姐似的，跟她最亲近的大概要数拔都了吧。"拖雷好像忽然想起来似的开口说道。在这种状态时，楚材就可以和他交谈了。

"不知为什么拔都殿下和她很亲近。拔都殿下的性格很刚烈，但对弱者却很和善。"楚材说。

"这有点儿像他父亲。"拖雷说道，眼睛好像在注视着远方。

拔都是长兄术赤的次子，由于他父亲去世得早，所以和其他堂兄弟相比，他显得更有决断力。但事后观察，很多事情他都接受了玛丽亚的建议。

拖雷说拔都很像他父亲，指的是他继承了其父术赤的和善之处。当年，术赤见到美丽的城市不忍破坏，打起仗来格外小心，进攻西域的塔拉斯城时就是如此。

"看他的眼睛就知道他很善良，玛丽亚可能正是被这点感动的吧。拔都殿下的眼睛很漂亮。"楚材说。

"对了，以后大概不能经常见到你了，听说从明年起你要做中书令了，恐怕必须要待在窝阔台殿下身边吧。"拖雷垂下目光。

"真是很遗憾，恐怕的确要如此了。"

"唉，那也没办法，以后，就让玛丽亚和你联系吧。"

　　成吉思汗在世时，他的话就是法律，人事也因他的一句话就
定下来了，但他死后就不同了。

　　中书令相当于宰相，在成吉思汗生前，蒙古没有这样的官职。
当蒙古初设这个职位时，除了耶律楚材外，没有更适合的人选。
他当了中书令后，就是政府要员，必须待在皇帝身边了。

　　修建首都之事也定下来了。成吉思汗时代，有四个用帐篷群
构成的后宫，即四大斡儿朵，但今后就行不通了，此事成吉思汗
生前也很赞成。而对修建首都最欢欣鼓舞的是来自西域的"色目人"
（伊朗系、突厥系和阿拉伯系的人）。平时，色目人的工匠们总是
抱怨在帐篷中没法安心工作。

　　对游牧民族来讲，工匠们制造的物品是财宝，制作财宝的环
境应该干净整洁。所以说一直悬而未决的"不能移动的斡儿朵"
看来还是很有必要的。

　　"去哈剌和林看看吗？"拖雷说。不过，现在也只能去看看，
因为这个新首都还没有修好，准确来讲，应该是去首都的预建地
看看。

　　"好的，游牧民的首都会建成什么样，我很感兴趣。"楚材回
答道。

　　早年，成吉思汗问耶律楚材："如果修建首都的话，哪里更好？"
楚材马上回答道："原来克烈的营地。"

　　当时他虽然马上做出了回答，但实际上，对于这个问题楚材
思考了很久，最终得出这个结论。他认为，除这个地方外再没有
更合适的地方。成吉思汗的出生地克鲁伦、斡难河流域太靠东边了，
与之相比，位于鄂尔浑河、土拉河还有色愣格河流域的克烈旧营，
可以说是游牧民族的中心地。

　　"到底还是王汗的地方啊。"成吉思汗点了点头。

　　成吉思汗在这里建立了第三斡儿朵，也遂妃是它的主人。成吉思汗临终时，也遂妃一直陪伴在他身边。后来，绝大部分西夏俘虏都给了她。

　　"不过，首都是定在了那里，但修建首都的人不是游牧民族，而是西夏工匠。"拖雷对新首都似乎不太关心。

　　"那我先去看看那个地方吧。"楚材说。

六　　柩车北归

对于统治阶层来讲，忽里台大会提供了一个非常好的与亲友团聚的机会。男人们进行工作上的商谈以及结交朋友，女人们则可以和很久不见的娘家人欢聚。

拖雷妃唆鲁禾帖尼就在这里见到了久别的姐姐亦巴哈。

亦巴哈是克烈王汗的弟弟札合敢不的长女。札合敢不的次女是必黑秃惕迷失，她是成吉思汗长子术赤的妻子，但没来参加这次的忽里台大会，所以很遗憾三姐妹无法团聚。

克烈战败后，王汗的这三个侄女落到了成吉思汗手里，成吉思汗把长女亦巴哈留做了自己的妃子，把次女必黑秃惕迷失赐给了术赤，三女唆鲁禾帖尼赐给了拖雷。

不过后来亦巴哈又被成吉思汗赏赐给了他的功臣主儿扯歹。那时候主儿扯歹已经年老体衰，不久就死了，于是亦巴哈按照"国俗"（蒙古风俗）又成了主儿扯歹儿子克答的妻子。克答是左翼四千户长，有资格出席忽里台大会。

在游牧民的观念中，女性一定要有保护者。就连成吉思汗的母亲诃额仑在丈夫死后，也改嫁给了蒙力克。蒙力克就是那个大萨满阔阔出的父亲。

在大会期间，亦巴哈每天都与唆鲁禾帖尼见面，她们在一起总有聊不完的话题。

"其实，我想父亲早就看出了成吉思汗的能力，不过他也不能因此就与伯父把关系搞僵吧。"亦巴哈说。

一般总是亦巴哈到唆鲁禾帖尼的帐篷里来，因为她那里警备森严，让人放心。而且人手也很多，吃喝什么的不用客气。亦巴哈来后，与唆鲁禾帖尼一同聊天吃饭，玩得尽兴后，再由拖雷的侍卫护送回自己的帐篷。

"伯父可能也看出来了，不过他那里有堂兄桑昆，所以恐怕也不是想怎样就能怎样的。"唆鲁禾帖尼说。

她们口中的伯父就是克烈国王脱斡邻勒汗，即从金朝获得封号的王汗，他晚年不能控制儿子桑昆，最后与成吉思汗作战失败了。

她们的父亲札合敢不很早就投靠了成吉思汗，因此一族人得以幸免于难。

两姐妹猜想伯父王汗和父亲之间是不是有某种默契，因为他们身处的是一个乱世，在这种世道下，最终能够胜出成为霸主的人是屈指可数的。兄弟分别投靠不同的势力，在需要时，失败的一方就能得到获胜方的保护，这样就能分散风险。

"幸好咱们三姐妹存活下来了，其中两人还生了大汗的子孙。不过我……"

亦巴哈说到这里，压低了声音，她向四周环视了一下，谁都不在，刚才还在帐篷里的侍女也被唆鲁禾帖尼支使走了，暂时不会回来。

这里是皇弟拖雷的帐篷群，警备非常森严。如果压低嗓门的话，不用担心谈话的内容会被泄露出去。亦巴哈确认帐篷里没有外人后，才小声地说："蒙古皇帝是由忽里台大会选举的，现在的陛下也是如此。这次大会上，也有拥立拖雷殿下为皇帝的声音，不过你们主动放弃了，这个做得很好。下次是不是该轮到你的儿子了？在皇室子弟中，你儿子蒙哥比谁都优秀。可是，现在却有拥立贵由为下任皇帝的动向。贵由哟，就是那个嗜酒如命的贵由，能允许这种事发生吗？"

亦巴哈虽然压低了嗓门，但不时却很激动，自己都不能控制地发出高音。

"这还是很久之后的事情呢。"唆鲁禾帖尼说。

"你不要这么漫不经心，脱列哥那很早起就开始为拥立现在的陛下活动，我早就跟你说过了。这次忽里台大会刚结束，脱列哥那又开始为贵由活动了。唉，唆鲁禾帖尼，你不能掉以轻心啊。"亦巴哈鼓动妹妹拖雷妃唆鲁禾帖尼道。如果在正式场合，尽管是自己的亲妹妹，她说话也要更礼貌一些。

包括跪拜礼在内的礼仪礼法变成中国式的以后，蒙古人对它的评价不是很好。如果在正式的场合，是不能直呼窝阔台的妻子脱列哥那的名字的，必须要称她为皇后陛下。

如果有人问这三姐妹谁最幸运，亦巴哈一定会抢着回答说是自己。她是真心这么认为的，因为她觉得自从耶律楚材制定新礼法以来，皇族的生活变得很憋屈。

"这不是中国的礼法吗？"

这样的抱怨之声不绝于耳，不时还会引发一些问题。

"这不是中国的礼法。大国的礼法必须如此。"

耶律楚材这样反驳道，强行推行了新礼法。

例如，察合台是皇帝的兄长，按照"国俗"，兄长没有向弟弟跪拜的道理。但是，蒙古成为大国后，礼法当然要与"国俗"不同，察合台的领悟力很强。他说："好吧，我来做示范。这样，大家都会照着做吧。"他主动向窝阔台行了跪拜礼。

　　克烈三姐妹中，按照新礼法，长女也必须向妹妹们行跪拜礼。不过，亦巴哈并不以此为苦，她很愿意这么做，她说："我盼望着全蒙古人不是向脱列哥那，而是向唆鲁禾帖尼行跪拜礼的那天到来，并且我认为这样才是正确的。"

　　"我明白了，亦巴哈，咱们彼此心照不宣的事情，以后还是不要经常说的好。"唆鲁禾帖尼有点招架不住姐姐的热情。

　　"算了吧，我没觉得你明白了。你要是真明白了的话，就应该有所行动。要确定下来由谁担任什么职务，早点开始活动。"亦巴哈说。

　　"定下来由谁担任什么职务，简直就是谋反似的。"唆鲁禾帖尼说。

　　"对啊，咱们说的就是谋反的话呀，绝不是开玩笑闹着玩儿的。"

　　"亦巴哈，我得跟你说清楚，我们家没有拥立拖雷的打算。我儿子蒙哥今年二十二岁，下面的忽必烈十五岁，再下面的旭烈兀十二岁，为这些孩子做什么事情都不是谋反。我也以我的方式在考虑着呢，为了这些孩子，你也要尽力帮助他们。"

　　唆鲁禾帖尼伸出手来紧紧地握住了姐姐的手。

　　"我明白了，咱们的对手不是新任大汗，是那个嗜酒如命的贵由。如果这样，就好办了。"亦巴哈说。她这么说也有她的道理，如果以窝阔台为对手的话，是很难抗争的。

　　窝阔台是一个让人恨不起来的人。如果说敏锐，拖雷是远占上风的。长期在成吉思汗身边锻炼的拖雷，作战起来，比哪个哥哥都英勇。因为总在身边，成吉思汗是深知这一点的，然而，他还是选定了窝阔台做继任者。

蒙古靠一代人的力量就建立了庞大的帝国，正因如此，也有可能仅此一代就土崩瓦解，所以必须采取措施防止这种情况出现。那需要的不是擅长打仗，而是团结大家、调和各方利益的才能。

窝阔台一直都发挥着这种才能，他打仗的本领一般，但也绝对不差，每当有点失误的时候，他都会毫不隐讳地说出来。这些失误留在人们的印象中，对他来讲其实是一种损失。就拿继任者问题来讲，很明显也是不利的。然而，窝阔台却一点也不在意这些。这就是他受欢迎的原因。

亦巴哈虽然毫不掩饰对脱列哥那的敌意，但也从来没有说过皇帝窝阔台的不好。

作为第二代皇帝，窝阔台是再合适不过的了。不过，第三代皇帝由窝阔台的儿子继承合适不合适就不好说了。第二代皇帝刚刚即位，就开始就讨论第三代皇帝是否合适，确实有些不太恭敬。

"这件事情背地里大家已经议论得热火朝天了。其实，像陛下那样的喝酒法，现在就开始考虑下一任皇帝也是应该的。"亦巴哈说。

"也是，干吗那样喝酒呢？又不年轻了，万一喝坏了身体。拖雷喝起酒来也没节制，真是让人头疼。"唆鲁禾帖尼皱着眉头说道。

"就算明天就要选下任皇帝我也一点都不感到吃惊，所以说从现在起你就必须要做准备。"

"其实贵由小时候也挺可爱的，经常很热心去教会，除了爱喝酒外也没有什么缺点。"

"教会啊，他倒确实挺热心的。好了，咱们说点别的吧。你家的蒙哥已经是大人了，你要注意啊，他的酒量可是日渐增长啊。"亦巴哈说。

"对了，镇海会来吗？"唆鲁禾帖尼问。

"有时来。"

镇海出身克烈，从很早就跟随成吉思汗了，是喝过班朱泥河泥水的功臣之一。他与克烈的众多聂斯脱利派基督教徒一样，与她们同乡同教。

唆鲁禾帖尼平时有意地让孩子们远离教会，因为就任蒙古大汗时，要举行萨满教的仪式，如果是虔诚的基督教徒的话，可能会发生冲突。

镇海是基督徒，他觉得即使皇子是基督徒，即位的时候也不会有什么问题。脱列哥那也是这么认为的。她作为皇后，拥有巨大的权力和影响力。

唆鲁禾帖尼做不到这么彻底，不过，她平时还是小心翼翼地传授儿子们一些基督教的基本教养。

"你要是担心这个的话，有一个人正合适，你应该也在教会中碰到过她很多次，就是那个乃蛮的玛丽亚。"亦巴哈说。

"嗯，是碰到过很多次，她给人的感觉很好。"唆鲁禾帖尼想起了碰到玛丽亚时的情景，印象中她好像总是在微笑。成吉思汗爱妃古儿别速曾经对她说："大汗什么时候见到玛丽亚都很高兴，问他这是为什么，大汗说看到她就想起了自己的前世。大汗的前世好像是哪个庙里的和尚似的。"

"要是她的话，比镇海好多了。蒙哥已经是大人了，不过教忽必烈正当时。好吧，我去邀请她来吧。"亦巴哈说。

来参加忽里台大会的蒙古将士返回了各自军队的驻地。在忽里台大会上，大致的作战计划已经制订好了。

蒙古与金朝的战争还在进行当中。

成吉思汗去世时，作为礼仪之邦，金朝派来了吊问使，知开封府事完颜麻斤出、御史大夫完颜讷呐申送来了奠仪。

不过，监国拖雷拒绝了他们送来的吊问物品，说："你们的国君很久都不投降，使我父亲劳于战争，这事我们不会忘记。"

在忽里台大会的第二年（1230），蒙古军就包围了凤翔城。

凤翔城位于今陕西省，在岐山的西边，是周朝的王畿。这个地方蒙古曾经占领过一次，不过，后来由于蒙古把主要精力都投入了西征，又被金朝夺回去了。在蒙古看来，这里只是因为军队调动，撤退了的土地而已，任何时候都能再夺回来。

原以为如此，但在没有交战的这段时期，金军的实力得到了迅猛增长。

现在的金军已经不是十五年前攻陷燕京时的金军了。

金朝的精锐部队本来防御着南方的宋朝，现在重心移向了北方，而且军队的统帅也换成了能征善战的完颜陈和尚，由他来指挥对蒙古的战争。

"这与以前的金朝军队不同啊，如果还以为金军像当年在燕京作战时那样不堪一击的话，就大错特错了。"

蒙古军渐渐意识到了这点。他们再次占领凤翔府是次年即1231年的2月。

皇帝窝阔台率领中军向东进发，皇弟拖雷的军队从如今铁路的分叉点宝鸡去往四川然后又向东北行进。宝鸡在《三国志》里被称为"陈仓"，是一个兵家必争之地。

从宝鸡进入四川的拖雷军，一路历尽艰辛，那里的路况糟糕，蒙古军很不习惯走这种潮湿泥泞的道路。

主力窝阔台的行军也是不很顺畅。金将完颜陈和尚三年前曾经在大昌原打败蒙古军，这是金朝唯一的一次胜利，因这个功劳，他被封为定远大将军。这次，这位定远大将军完颜陈和尚在倒回谷打败了因攻下凤翔而斗志昂扬的速不台军。

尽管完颜陈和尚在顽强作战，但大势还是日渐一日地对金朝不利起来。金朝人不禁纷纷讨论起来：

"为什么国运这么不济啊？"

"是方位不吉吧？"

"是年号不好，正大这个年号不好。"

自从定下"正大"这个年号后，一直就有人对它的"正"字不满，因为"正"字如果去掉头上的"一"，就成了"止"，也就是说去掉脑袋一了百了，很不吉利。

于是改元被提上了议事日程，由于当时正好是年末，就决定自次年起改元为"开兴"。意为国运开阔，兴隆昌盛，全是吉祥的字眼。

金朝总帅都点检完颜重喜率领十一万步兵、五千骑兵在陕州也就是现在的三门峡一带防御蒙古军。然而，潼关的金军如雪崩似的向东方败逃，使陕州的完颜重喜军也丧失了斗志，尚未交战就投降了。

窝阔台下令："在我的马前斩了完颜重喜！"

刚刚改元的金朝年号"开兴"，在 1232 年 4 月又再次改元，这次的年号是"天兴"。

就在这时候，包围金朝首都汴京（开封）的蒙古军内有了很大的动静。皇弟拖雷在渡过汉水，与皇帝的主力军会合后，病情急剧恶化了。

皇帝窝阔台说："到燕京的官山去避暑吧。"

窝阔台的身体也不太好，两兄弟一起到官山避暑疗养去了。

人们背地里小声地议论："都是喝酒喝的。"

　　其实喝酒只是原因之一，拖雷这次行军穿越的四川周边，是一个瘴疠之地，这极大地消耗了他的体力。而且，一路上金军的抵抗比预想得还要顽强，也使他身心遭到重创。

　　在马前斩杀降将完颜重喜，不像窝阔台一贯的作风。如果是平时，他会在自己看不到的地方处决。

　　分别住在不同斡儿朵的窝阔台和拖雷家人都来到了燕京的官山。

　　游牧民族的风俗是父亲死后，儿子将他的女人，除自己的生母之外，全都收归己有。因为游牧民族认为女人必须要有保护人。而成吉思汗的女人都是各个斡儿朵的主人或者是重要成员，不需要特别的保护。

　　拖雷家虽然比不上窝阔台家排场，但他的家人也是在侍女的簇拥之中，做杂役的女佣很多，还有被称为"教友"的人，因为两家的女主人脱列哥那和唆鲁禾帖尼都是聂斯脱利派基督教徒。

　　不用说，唆鲁禾帖尼身边有乃蛮的玛丽亚。

　　"拖雷殿下这次的行军路线和以前教友迈克尔传教走的路线一样，迈克尔也在这个地方生病了，传教的愿望只完成了一半就去世了，所以拖雷殿下出发前我劝他要格外注意身体，但他却笑着说，我是去打仗的，不是去传教的。"玛丽亚皱着眉头说。

　　"传教和打仗当然不一样。"唆鲁禾帖尼轻轻地摇着头说。

　　"不过也有相同的地方，"玛丽亚说，"因气候恶劣身体受损，不管传教也好打仗也好，情况是一样的。"

　　"只能祈祷了。"唆鲁禾帖尼说。

　　"战争也要祈祷吗？"玛丽亚说。

　　"拖雷在祈祷，祈祷他们自己创建的国家不要衰落。皇帝陛下也生病了，为了国家安泰，拖雷祈祷皇帝陛下能好起来，哪怕是自己代替他死去都行。"

唆鲁禾帖尼是基督教徒，但拖雷不是，从年轻时起，她就希望丈夫理解基督教，向他讲解过很多遍。

她讲到过自我牺牲，即忘记自我，为他人尽力。拖雷听了她的讲解，说这种故事不仅基督教有，蒙古也有很多很多。他好像将之理解为行侠仗义了。

唆鲁禾帖尼只好作罢。

这次生病也是如此，他说愿意代替皇帝陛下去死，这与基督教教导的自我牺牲是有异曲同工之处的。

"拿酒来。"拖雷经常这样叫嚷着要酒喝，仿佛要忘却所有的烦恼似的。真的就那么想喝酒吗？唆鲁禾帖尼感到很担心。在她的反复劝说下，拖雷终于同意在酒里掺点水稀释一下再喝。

最近，拖雷不要酒喝时，好像意识有点混沌。唆鲁禾帖尼反倒觉得还是他叫嚷着要酒喝时更让人安心。

她开始祈祷了，她只能祈祷，作为基督徒的祈祷，请求神灵保佑。

金朝首都汴京的攻防战打得异常激烈，蒙古军虽然已经习惯了对城市的攻防，但还是不如草原上的战争那么得心应手。

攻打汴京之事交给了速不台，皇帝以避暑的名义，去了燕京附近的官山。因为蒙古军的伤亡也很大，速不台决定与金朝进行和谈，他要求金朝皇帝去掉帝号。

速不台提出的这个条件金朝无法接受。去掉帝号的话，就不是金朝皇帝了，只不过是一个王而已，就只相当于蒙古原来的国王木华黎的地位，所以这个条件是金朝无论如何也不能接受的。

不过，在休战这段时间，双方都有事情要做。蒙古要准备接下来的进攻；而金朝由于瘟疫流行，必须要处理大量的尸体。

蒙古向金朝派去了谈判代表。首席代表是唐庆，他带着两个弟弟唐山禄、唐兴禄以及十七名随从，还有十名负责杂务的人，总共三十人进入了金朝。

然而，他们一行人连汴京都没到达，在中途就被杀害了。只有一名因去寻找饲料而迷路的随从侥幸保住了性命，他连忙跌跌撞撞地返回了蒙古。这件事情可能是金朝内部某些激进派的青年将士们干的。

速不台得知此事后，气愤地一下子将剑插在地上，大叫道："我一定要屠杀整个汴京城。"

耶律楚材来到官山看望皇弟拖雷。

窝阔台做了第二代皇帝，第三代是谁来继承，将由忽里台大会决定。不过，大家已经达成默契，推选拖雷的儿子蒙哥或者忽必烈。窝阔台在继位之初，也说过下任大汗是蒙哥。

耶律楚材是这个默契的证人。他频繁地拜访各位蒙古要人，是想提醒他们不要忘了这个默契，想通过这种方式避免战乱。

耶律楚材还带了很多重要的问题去见皇帝，其中最重要的就是请求放弃对汴京城的屠城。以往他虽然也多次请求放弃屠城，但这次最难。因为汴京是金朝的首都，而且金朝杀害了持有蒙古皇帝所赐"金牌"的谈判代表及其随从。

"难啊，大胡子，这次太难了。"窝阔台说。再怎么说，杀了谈判代表，是不能轻易饶恕的。而且皇帝兄弟的健康受损，也是因为金朝执拗的抵抗。

"将士连年辛苦野战就是为了得到土地和人民，如果得到了土地，却没有人民了，什么也做不了。即使得到财宝，也就是到此为止而已。人民是不断创造财宝的源泉。"楚材激动得汗如雨下，他一边擦着汗一边慷慨激昂地反复诉说。

窝阔台也生病了，但不像他弟弟那么严重。亦巴哈学着小孩的口气说，皇帝兄弟生病是因为"杀人太多"。

几天前，她曾经当着皇帝的面这样说。这种话除了亦巴哈，其他人是不敢说的。

蒙古中军仍然在包围汴京，亦巴哈的丈夫左翼大将克答本来也率领部下在战线上，但收到紧急命令来燕京官山护卫皇帝兄弟。克答的妻子亦巴哈，因是拖雷妻子的姐姐，也被从斡儿朵叫来了。

亦巴哈曾在成吉思汗的第一斡儿朵，很受成吉思汗宠爱。札合敢不的女儿们全都貌美如花，成吉思汗长子术赤的妻子必黑秃惕迷失，四子拖雷的妻子唆鲁禾帖尼都是他的女儿。后来亦巴哈被赏赐给了功臣主儿扯歹，赏赐时成吉思汗特别解释说他做了一个这样的梦，并不是因为讨厌她了。

主儿扯歹死后，亦巴哈又成了他儿子克答的妻子，但亦巴哈的年龄比克答大，而且又有与成吉思汗的关系，所以说话是很有分量的。

耶律楚材这次求情非常艰难，因为他的两个年龄相差悬殊的异母哥哥都在汴京，人们很容易认为他在徇私情。

他只能说些人人都能接受的大道理，他要热情洋溢地讲出理所当然的事情，来感动人们。

"你哥哥的事我已经跟速不台说了，交代他叮嘱突击司令官务必要照顾耶律家，另外还有孔子的五十一代孙。让他们格外关照耶律家和孔家，司令官手中有地图。"窝阔台说。

"谢谢。"楚材低下头，眼中涌出了热泪，他并没有请求特别关照耶律家。而孔子五十一代孙孔元措恐怕是史家人提出的请求吧。耶律家与史家的请求受到了同等规格的待遇。虽然不知是谁提出来的，但都让人感到很温暖。只是这种优待措施能不能再扩大一些范围呢？楚材不仅请求皇帝窝阔台，还打算请求皇后脱列哥那。

"还得听速不台的意见，这次所有的事情都委任给他了，嗯，还是要说服速不台，"窝阔台搓着手，考虑了一会儿，说，"明天再给你回信吧，你先等等看。"说完，他轻轻地摇了摇头。

屠城是指将城内的人全部杀死。第二天，窝阔台下令只屠杀姓完颜的人。金朝的宗室全姓完颜，也就是说他命令只杀金朝宗室，其他人可以活命。

不过，虽然得救，但汴京城的人全成了俘虏。只有那些能够交得起赎金的人，才能摆脱俘虏即奴隶的身份。

只要活命就行，只能这么想了。

五月，窝阔台再次患病。拖雷"祷于天地请以身代之"，这个祷愿看来被神灵所接受，窝阔台的病逐渐痊愈，而拖雷却患病死了。《新元史》如此记载。

由于后来蒙古的正统被拖雷家继承，关于拖雷的记述都被美化了。不过，拖雷如果以幼子继承的"国俗"为挡箭牌，他是有即位的可能性的。另外，成吉思汗的军队大部分都由拖雷继承，所以他有争夺汗位的实力。由此可见他的确做出了自我牺牲，避免了蒙古的混乱。从这点来讲，还是应该高度评价他为蒙古做出的贡献。

1232年9月，拖雷去世。死前，窝阔台一直守护在他身边。

运送拖雷遗体的灵车庄严肃穆地向北方走去，左翼四千户克答手持半卷的灵幡走在队伍的最前面。

克答的妻子亦巴哈紧紧地握着刚刚失去丈夫、悲痛不已的妹妹唆鲁禾帖尼的手坐在牛车上。

　　一直忙于成吉思汗后宫善后事宜的宦官达达马斯来到很远的地方迎接。由于第二代皇帝窝阔台没有建立像父亲那样大规模后宫的打算，所以达达马斯今后可能会很清闲。

　　一路上，很多时候明明看到远处有帐篷，但走近之后却发现不见了。这是因为当年凡是沿途看到成吉思汗灵车的人，一个不留全被杀了，这件事情一经传开，人们从此对贵人的灵车产生了恐惧感。

　　成吉思汗去世时，因为要秘密发丧，所以凡是见到灵车的人，无论男女老幼一律都杀死。而这次拖雷去世已经发过丧了，没有必要保密。不过，人们还是心怀恐惧，尽可能地远离灵车。

　　"唆鲁禾帖尼，现在才刚开始，你一定要挺住。"亦巴哈说着，环顾了一下四周。牛车中只有她们姐妹二人。如果小声说话的话，前面驾车的人应该也听不见。

　　"脱列哥那已经开始行动了，她想抹消一半皇帝的话，对她来讲这是一个好机会。"亦巴哈压低了声音说道。牛车的速度缓慢得令人昏昏欲睡。

　　皇帝的话指的是下任皇帝由谁继承，窝阔台当初承诺的是由忽里台大会决定，但希望把帝位传给连蒙古故地都献出去了的拖雷家。当时窝阔台表示，忽里台大会也像他那次一样，采取两人竞争的形式比较理想，由拖雷家的蒙哥和他自己的孙子失烈门为候选人。

　　抹消一半皇帝的话，就是抹消作为继任候选人的拖雷家的蒙哥，只留下窝阔台家的失烈门。

　　亦巴哈所说的好机会是指拖雷一死，对方阵营中，不仅想推出失烈门，还想找机会推出贵由。

　　每次想到这些事情时，可能由于过于兴奋的缘故吧，亦巴哈总要大口地喘气。

　　为了不至于太过疲劳，一行人时不时就会停下来休息一会儿。这时候，玛丽亚从前面的牛车下来，来到唆鲁禾帖尼的车旁对她说："有什么事情尽管吩咐。"

　　"有事呢，"唆鲁禾帖尼答道，"玛丽亚，你也和我坐同一辆车吧。"

七　　金朝灭亡

金朝首都汴京被蒙古军包围得水泄不通。他们一直在眼巴巴地盼着外面的救援。能够援救首都的大体上有三支军队：

邓州　主帅　完颜思烈

南阳　主帅　武仙

陕西　主帅　忽斜虎

如果这三支军队齐心协力共同对敌的话，也许能与包围汴京的蒙古军队抗衡。南阳的武仙就主张将三支军队合并，他说："如果再像以往那样各自为战的话，咱们这三支军队有可能被蒙古军各个击破。咱们应该定下出击的时间，同时向蒙古军发起进攻。"

这是武仙的意见。如果可能的话，他还想亲自去往其他两军的驻地，协商出击的时间。然而，离汴京最近的邓州的回复却是拒绝。

完颜思烈说："汴京已经不能如此长时间地等下去了，救援军队应该尽可能早地出发。再说，武仙有什么资格对我们下命令。"

武仙过去曾经是道士，出身很可疑。蒙古军来袭时，还曾经一度投降蒙古，在史家军队中担当总司令官史天倪的副手，后来他杀了史天倪又逃回了金朝。他的这种经历，邓州主帅完颜思烈很不以为然。

完颜思烈与陕西主帅忽斜虎联络时说："不知道武仙会干什么，他是不是想抢占救援的功劳？"

其实，救援的功劳反而是完颜思烈一心想要抢占的，所以邓州的金军就单独出击了，结果在京水线上遭遇蒙古军，吃了大败仗。

武仙原本打算三军同时出击，正率领着他的军队向东行进，没想到中途听说邓州军在京水被打败，只得气愤地返回了。

包围汴京的虽然是蒙古军，但军中人数最多的是汉人部队，其次是契丹人部队。汉人部队的司令官是河北四大世侯之一的张柔，他的军队纪律非常严明。

张柔是易州定兴人，很早就组建了自卫队式的组织，但正式成为蒙古军队一员却很晚。史家一族归顺蒙古是在太祖八年（1213），而张柔拜行元帅事则是在太祖十三年。

汴京城被二十七公里长的城墙围绕着，中间又有由十一公里长的城墙围成的内城，在内城里面，又有由二点六公里长的城墙围成的皇宫，也就是说汴京城被三重城墙守护着。外城墙的平均高度为十二米。

现在，这个大都城在蒙古军的包围下忍受着饥饿。

汴京城二十七公里长的外城完全被护城河环绕着，河面大约宽五十米，水深约四米。蒙古军截断了护城河的水源，河水日渐一日地减少，不久就彻底干涸了。

蒙古军总帅速不台每天都派人去测量水深，而且，测量时还专门找在城墙上很容易看见的地方进行，故意让金军看到他们在测量水深。

"苍天保佑，赶紧下雨吧。"城内的居民异口同声地祈祷着。

蒙古军不仅切断了护城河的水源，还对它进行了填埋。而且，不光是护城河，其他流入城内的河流，诸如汴河、蔡河、五丈河、金水河等的水源都被切断了。

当时，担任左司都事这么一个不起眼的官职的诗人元好问正患病躺在床上。他在赠给前来看望他的人的诗中，这样描写他那时候的窘境：

　　　　生涯若被旁人问，
　　　　但说经年鼠不来。

这句诗的意思是：如果有人问我生活状况如何的话，我只能回答说最近连老鼠也不来了。乍看好像没有什么深刻的含意，只是说最近来看他的人很少，甚至"连一只老鼠也不来了"。但是，仔细分析的话，就会发现之所以老鼠也不来，是因为没有吃的东西了。他用这种幽默的方式描述了汴京的饥荒。也许多年之后读这首诗觉得很幽默，但当时的读者应该是笑不出来的。

城中的人把马具等皮革制品都煮了吃掉，有些人因为吃了其中的有毒染料而中毒身亡。普通的人都处在忍耐的极限状态中，每天都要用车把很多饿死的尸体运到城外丢弃。

说是包围，也并不是密不透风地将二十七公里长的城墙全部围住，还专门留有运尸车进出的门，这是双方都暗中默许的。

这时候的汴京是一个比唐代长安要繁华得多的大都市，它的面积绝不亚于长安，而且长安城夜间不能外出，居民只在被称为"坊"的非常有限的地方是自由的，坊门从傍晚就被关闭了。各种记载不尽相同，大体上是皇宫的南面有东西十坊，南北九坊，皇宫的东西两面各有十二坊，此外还有东西两市占有四坊之地。而汴京是一个不夜城，通行是完全自由的。

但是，现在汴京城变得惨不忍睹。以护城河为首，汴河等多条流经城内的河流中的鱼全被捕尽了，水源也被切断了，人们从干涸的河床的淤泥中寻找田螺等来充饥，而这些东西也几乎没有了。

因为没有柴火，朱门大户的木材都被拆下来当了燃料。

　　　　城中触目皆瓦砾废区，无复向来繁侈矣。

《归潜志》这样描述当时的景象。

随着冬季的临近，燃料更加缺乏，华丽壮观的建筑物上的木材全被取下来了。

"末日到了。"人们流着泪相互说道。

原本可以依赖的三支军队因为争名夺利而自行溃灭了。金朝皇帝开始考虑秘密逃亡。这本来是个绝密的行动，但还是被人察觉了。于是他打出了一个冠冕堂皇的理由：出去招募勤王的义军。

金朝皇帝出逃是拖雷去世三个月后的事情，具体时间是临近岁末的 1232 年 12 月 26 日，随从、行李都尽量轻减。位于汴京和徐州中间的归德府[1] 还没有被蒙古军占领，皇帝一行逃往那里。他们重新备好粮草后就渡过了黄河。黄河以北，还有很多尚未被蒙

1　今河南商丘市。

古军占领的地方。

卫州城就是其中之一，皇帝一行朝那里进发。然而，御林军一路上为非作歹，所做之事与残兵败将们没有什么两样。

皇帝出逃时因为要带可以信赖的人，所以挑选的都是女真族的士兵。这是一个很大的失误，因为他们不能很好地和当地的汉族人交往。

听说了御林军暴行的卫州城民逼迫守城的官吏不开城门。由于卫州城门紧紧地关闭着，皇帝一行无奈地露宿在城外。负责抓捕皇帝一行的是以真定为根据地的史天泽军。

对于史家军来讲，一度投降蒙古并当了他们的副手的武仙是不共戴天的仇人，史天泽的哥哥史天倪就是被诈降的武仙杀害的。他们得知了武仙在汴京附近的消息后，史天泽边踱步边摩拳擦掌说："前些时候在汲县让他溜掉了，这次一定要抓住他。"

不过，不管再怎么想为哥哥报仇，也不能只追武仙一人。史家军是作为蒙古军的一部分从征的。

真定、河间、大名、济南、东平五路的汉人军队全部隶属史天泽，蒙古的汉人军队在史天泽的率领下向白公庙进发。金朝皇帝一行在黄陵冈渡过黄河，图谋收复河北。如果能够成功收复河北的话，或许就能自然而然地解除汴京的包围。

汴京附近的战况马上传到了蒙古的中枢，此时蒙古的中枢在第三斡儿朵附近。这里是以前克烈王汗的营地，地方并不宏伟，不过蒙古打算将它建设为首都。虽然还在建设之中，但名字早已经起好了：哈剌和林。

哈剌和林不仅是蒙古的中心，还是被蒙古统治的世界的中心。

游牧的人对"城市"这个词很有抵触情绪，但由于自己在统治"城市"的人，所以不得不建造"城市"。

皇帝窝阔台在哈剌和林附近，去年（1232）9月去世的拖雷的家人也在这里。拖雷的儿子蒙哥、忽必烈已经上战场了，但为了参加父亲的葬礼以及处理后事，都来到了哈剌和林。由于前线是包围战，没必要急着赶回战场。

拖雷遗孀唆鲁禾帖尼在服丧期间，很多事情都和姐姐亦巴哈商量。

"拖雷去了，现在世上流言很多，我觉得该知道的事情你还是知道一下为好。"亦巴哈说。世上的流言指的是拖雷是不是被人毒杀的。

"这次疗养，皇帝也在，更重要的是我也在，那种事情连万分之一的可能性都没有，你以后不要再说这个了。"唆鲁禾帖尼含泪说道，顺便在胸前划了个十字。

"好吧，不再说了。你不让说就不说，但我要自己调查调查，这总行吧？"亦巴哈说道，似乎她已经下定了决心。想到拖雷去世前那么无节制地喝酒，唆鲁禾帖尼对丈夫的死因没有丝毫怀疑。不过，姐姐亦巴哈总觉得他差一步就当上大汗了，他的死非同一般。

"这事就到此为止吧。咱们来聊聊从蒙哥、忽必烈那里听说的汴京战役的事情吧。"亦巴哈说。

窝阔台做了大汗也就是皇帝，而拖雷则做过准皇帝——监国，他还把从父亲那里继承来的蒙古故地献给了现任皇帝。拖雷做出的牺牲所有人都心知肚明。

作为补偿，下任皇帝要从拖雷家选出，这是得到忽里台大会承认的一个约定，这个约定也是所有人都知道的。然而，最有资格推动这个约定付诸实施的人现在死了。

窝阔台和拖雷的关系很好，这个谁都知道，即使拖雷真是被毒杀的，也不会有人怀疑窝阔台。然而，窝阔台身边的人就不一定了。

窝阔台的妻子，即皇后脱列哥那，从这个意义上来讲是最值得怀疑的。在一同疗养的人中，她的位置是最微妙的。

停止不愉快的话题，聊聊汴京的包围战反而更加轻松，因为这场战争胜利几乎是指日可待了，这比讨论到底是谁下的毒药之类的话题聊起来要轻松得多。

"金朝皇帝逃亡时好像吃了不少苦，听说他连骑马都很困难。"亦巴哈说。

从汴京逃亡的金朝皇帝完颜守绪，本族名为宁甲速，三十六岁，身体非常肥胖，所以骑马很困难，逃亡的时候主要坐马车。

史天泽军在白公庙遇到了皇帝的御林军，并给了它毁灭性的打击。而皇帝的马车，还在很远的后方。虽然只有七名骑兵护卫皇帝，但他们还是勉强地再次渡过黄河，逃进了归德府城。

"真够辛苦的，就因为做了皇帝。"唆鲁禾帖尼说着叹了口气。她的这声叹息可谓感慨良多，她的丈夫没有做成皇帝，或许这样更好，金朝皇帝虽然做上了皇帝，却因此备受煎熬。

如果早知会这样受煎熬的话，他还会费尽心思地当皇帝吗？

没准现在金朝皇帝正抚摸着便便大腹后悔呢。

金朝皇帝从归德府向汴京派出密使，命令将皇后送出来。然而已经太迟了，与皇帝逃走时相比，蒙古军的包围圈又缩小了一圈。

皇后一行一度出了城，但明白无论如何无法逃走后，不得不再次回到城内。

皇帝出走时，打的是出去召集勤王的义军的幌子，然而，皇后出走失败，清楚地暴露了皇帝出走不过是逃亡而已。

不用说，城中人心动摇了。金朝祖先在一百零六年前，蹂躏汴京，将北宋的徽宗（当时的太上皇）和钦宗强行押送至北地，使其屈辱而死，所以百姓对金朝没有同情之心。

有消息传来说金朝发生了叛乱，最早得知这个消息的是亦巴哈。

据说，有一个名为崔立的金朝将军，以"闭门无谋"为由，突然将皇帝出逃时托付后事的两名大臣杀死了。

被杀的两名大臣是参知政事完颜奴申和枢密副使完颜习捏阿布。崔立指责他们两人虽然受了皇帝的重托，却什么也没有做。事实上也的确如此，但当时的汴京能做的只有投降了。也就是说，两人因为没有投降而被崔立杀害了。

"为汝一城生灵请命。"

崔立公开宣称，"请命"的意思是请求对方饶过全城人的性命。

杀死皇帝特别任命的大臣就是谋反，而且不仅这两个大臣，御史大夫、户部尚书等内阁级别的大臣也相继被杀。

"我听说过完颜奴申，不过没听说过谋反的崔立。"亦巴哈说。

这也是理所应当的，崔立的官职是汴京城的西面元帅。有西面元帅，就应该有东面元帅，南、北面也应该有各自的元帅，这个"元帅"可不像现代人感觉的那样位高权重、威风凛凛。

"不知道是个什么样的人，只是希望战争不要太激烈。"唆鲁禾帖尼说。她的儿子蒙哥、忽必烈参加完父亲的葬礼后就会重新回到战场上去。而且，再下面的旭烈兀上战场的日子也不远了，所以她很关心对手是什么样的人。

"据从汴京逃出来的人讲，这个崔立曾在寺庙里干过敲钲击鼓超度死者的营生呢。"亦巴哈咽了口唾液说道。

"敲鼓也好，吹笛子也好，是个通情达理的人就好了。"唆鲁禾帖尼说。

　　在汴京，崔立原本默默无闻，但他因为杀害大臣而一举成名。

　　接着，他又挨家挨户地搜括富豪人家，他的借口是："想与蒙古和谈，总不能空手而去吧。"

　　然后，他又做了一件让见惯了大世面的汴京人也为之震惊的事情，他命令：城内禁止结婚。

　　崔立于1233年正月二十一日谋反，在与蒙古开始和谈前，他用想得到的所有的官衔来粉饰自己，他封自己为太师、军马都元帅、尚书令，并自封为郑王，妻子称王妃。汴京城中已经没有比他头衔更高的人了。崔立以汴京第一人，也就是金朝第一人的身份开始与蒙古军进行和谈。

　　"你真的做得了主吗？和你谈判真的行吗？"来谈判的蒙古将官问他。

　　崔立被这个无名的蒙古将官这么问，感到有点气愤，但他还是赔着小心地说："这里是汴京城外的蒙古阵营，你们让带二十名士兵来，我就带了二十名士兵，你们说只能一人进入帐篷，我就一个人进来了，金军没有阻挡，很明显我是能够代表金朝与蒙古进行和谈的，这点毫无争议。"他一边说着一边不停地擦着汗。他的如意算盘是做蒙古附属国的国王。

　　"那好，你们先把城橹烧了，表明诚意后，再来和谈。"蒙古将官说。

　　这次和谈在城南一个名叫青城的地方举行。这里正是一百零六年前北宋向金朝投降的地方。当时，北宋的太上皇徽宗、皇帝钦宗等人先集中到这里，然后被强行押送到遥远的北地去了，这是一个富有历史内涵的地方。

　　正在建设中的首都哈剌和林，对战后的事宜已经做出了大致的决定。速不台主张"屠城论"，耶律楚材主张"绥靖论"。今后以金朝、南宋为战场时，如果再将抵抗的城市里的人屠杀殆尽的话，既不现实也不经济。然而，对速不台的功绩也必须要表示敬意。特别是速不台曾经被完颜陈和尚打败，使他"常胜将军"的名誉受到了伤害。

综合考虑各种因素后，最后得出的结论是：除完颜姓的人外，饶恕其他的人。完颜姓氏是金朝的皇族姓氏。速不台很多部下都被完颜陈和尚的军队杀死了，如果不这样做的话是不能平息将士们的怨气的。就连皇帝窝阔台也曾经在马前将率领十一万五千名士兵投降的总帅都点检完颜重喜斩首了，毫不心慈手软。

完颜陈和尚被蒙古军抓住后，自己咬舌自尽了。然而，就算这样，速不台还是不答应。

按照约定，崔立命人将城橹全部点火烧毁。

汴京的外城有十六个城门，几乎所有的城门都有戒备森严的三层楼阁。不过，城橹被烧了之后，就丧失了防御能力，没有比这个能更明白地表达投降诚意的举动了。

从前，北宋的太上皇、皇帝、后妃、皇族向金将完颜宗翰投降的地点就是在这个青城。现在，金朝的皇族同样在青城投降了，在中间上蹿下跳忙碌的是崔立。

后来，据曾经亲眼见过当时场面的人讲，没有一个女人抬着头。

从开阳门徐徐走向青城的宫车总计三十七辆，共有五百余名宗室成员，其中大概有一半是女性，因此在青城被杀的男性宗室应该有二三百人。

而那些被强行押送到哈剌和林的女人后来的命运如何，史书就没有记载了。《金史·后妃传》关于她们结局的记载，只有一句"不知所终"。

她们被押送到哈剌和林时，唆鲁禾帖尼和亦巴哈很犹豫，一方面觉得不去看她们为好，一方面又很遗憾没能安慰她们一下。可是，无论对她们说什么，大概都不能安慰她们吧。

"唉，就算咱们去了，也什么都做不了。"唆鲁禾帖尼轻声地叹息道。她自己在克烈灭亡时，也不知道将来会有怎样的命运等待自己。

金朝宗室的女人们只在哈剌和林停留了一夜，就接着向更北边的地方走去了。她们最终的目的地是哪里，甚至连押送她们的蒙古军队队长也不清楚。

从哈剌和林走了两天路后，到了岐国公主所在的地方。她也说不想见从金朝来的女人们。汴京陷落时，金朝宗室中所有的男性都被杀了，其中就有她的弟弟梁王完颜从恪，她已经知道这件事情了。

"我已经和金朝没有关系了。"

她从一开始就这样说。身为金朝皇女生于这个乱世是很艰难的事情。她离开祖国是金朝将国都从燕京迁往汴京的那一年，即甲戌（1214）春。长春真人来时，她还有些许思乡之情，但现在已经完全成为草原的女人了。宪宗（蒙哥，即拖雷之子）即位时，庆典邀请的嘉宾名单中还出现了她的名字，可见直到1251年她还健在。作为草原的女人，她生活了三十七年以上。

继宗室女性之后，汴京城内的工匠们也被送往了哈剌和林。女人们虽然被送到了更北边，但工匠们就留在了哈剌和林，他们要在这里为建设新首都而劳作。

汴京开城之日，从十六个城门汹涌而入的蒙古军虽然被严格禁止屠杀，但掠夺是允许的。

"你们不要期望太高，汴京的金银财宝已经被崔立搜刮完了。崔立赶走了荆王，自己住进了荆王府，就在东华门外。"负责内城的张柔对将士们这样说道。

汴京在唐代被称为"大梁""汴州"，五代被称为"开封"。宋、金称为"汴京"，元代称为"汴梁"，到明代时再次称为"开封"。总的来讲，开封这个名字更响亮一些，"开拓封疆"是这个名字的由来。春秋时代，这里是"郑"国，因此想在这片地方成为蒙古附属国之王的崔立，自封为"郑王"。春秋时代，人称"郑声淫"，其音乐以注重感官的享乐而闻名。

总而言之，这是一个喧嚣奢华的城市。因此，被蒙古军包围时的惨景，更让人感到悲哀。

崔立的不得人心，从蒙古的汉人将军张柔对部下们说的话中就能看出来，他特意告知崔宅的具体位置是在东华门外，就差直说去抢掠崔立的宅邸了。

许多蒙古士兵蜂拥到东华门外的荆王府，这是崔立从荆王那里夺来作为自己住所的。蒙古兵不仅快速掠走了金银财宝，还把崔立搜罗的美女也抢了去。

《金史·崔立传》记载："（崔）立归大恸，无如之何。"

当时崔立为了迎接蒙古军出了城。他本来满心以为蒙古军至少会保护自己的住宅。

确实有被蒙古军保护的人家，那就是耶律楚材的两个异母哥哥的家，耶律楚材被任命为蒙古新设立的相当于宰相之职的中书令。

崔立也向蒙古军提出要好好地保护蒙古要人的家，希望以此能得到嘉奖。然而，却被回敬道："那还用你说，如果中书令家有什么闪失，我们绝不轻饶。"

耶律楚材两位年龄相差悬殊的异母哥哥中，二哥耶律善才因自己很多亲友死了，此时变得很厌世，而且他身体也不好，最终自杀了。耶律楚材在包围战中得知了这个不幸的消息，是耶律善才的女儿淑卿悄悄地通报给他的。

耶律善才以工部尚书、按察使致仕。他虽然是契丹人，但对由女真族统治的金朝很忠诚，他不忍心看到金朝的衰亡。他认为契丹族的生存之道，就是要和金朝患难与共，这是他的信念，可以说和耶律楚材的人生观正好相反。

"唉，这是他的信念，没有办法。"

耶律楚材只能无奈地这样想。恐怕耶律善才对效力于蒙古的耶律楚材很不以为然吧。

大哥耶律辨才有点玩世不恭，他对金朝的忠诚不像弟弟善才那么执拗。不过，善才虽然执拗，但在迁都汴京时也曾经说："不知道这世道会怎么变，耶律家最好一分为二，不要在金朝这一棵树上吊死。"

耶律楚材在汴京的大相国寺见到了大哥，还有二哥的家人。大相国寺关押着作为行政奴隶的金朝官吏。当时耶律楚材的大哥年龄已经很大，不能再做事了。在耶律楚材的安排下，他返回了燕京。他们从燕京迁往汴京，已经过了十九年。

从大相国寺被转移到青城的官吏们，被分配到了各个地方。普通百姓则被用绳子拴在一起，分给兵将们做奴隶。交不起赎金的人，就被送到蒙古去了。逃亡者接连不断地出现，按照蒙古的规定，隐藏逃亡者或施舍给他们饭的人，整个家族都会被杀，而且还会连累整个村落。

耶律楚材马上向哈剌和林派出了急使，恳求废除这条残酷的法令，皇帝窝阔台允许了。

> 兴亡谁识天公意，
>
> 留着青城阅古今。

这是作为官吏暂时被扣押在青城的诗人元好问的一句诗，其大意是：上天的意志决定着国家的兴亡，其结果无人能够知晓；只有青城，见证着古今的兴亡历史。

这首诗题为《癸巳（1233）四月二十九日出京》。

一百零六年前，北宋皇帝（徽宗和钦宗）等君臣三千人在青城投降，从这里被送往了北地。现在金朝的皇帝不在这里，即使在的话，也已经被杀了。金朝的后妃同样从这里被送往北方的哈剌和林，巧合的是同样也在四月。

耶律楚材急急忙忙地收拾行装准备去往燕京。他打算劝说窝阔台在燕京设立"编修所"，在平阳[1]设立"经籍所"，也就是计划着手组建类似于文化部筹备委员会那样的机构。

开城日，张柔随蒙古军冲入汴京城时，最先保护的就是金朝的史料，因为如果稍一疏忽，这些东西恐怕就被蒙古士兵们焚烧了。张柔挥舞着令旗，径直奔向了皇城内的修国史院。

崔立献出金朝，自以为为蒙古立了大功。

以往，没有人献出像金朝这种大国的先例。无论是西夏，还是之前的克烈、乃蛮，国王都没有献出国家，克烈王汗的弟弟札合敢不早早地投降了成吉思汗，最多只是这种程度而已。唆鲁禾帖尼是札合敢不的三女儿，她姐姐是术赤的妻子，再上面的姐姐是亦巴哈。可以说成吉思汗是非常尊重家世正统性的。崔立也想

1　今山西省。

用有形的东西来证明自己的正统性。

　　崔立想抹消自己曾经在寺院供职的经历，而把别的更光彩的经历镌刻在石碑上，以便流芳百世。因为是他挺身而出拯救了人民的性命，这是永远都值得颂扬的功绩。为他撰写碑文的人，不用说必须是当代首屈一指的文豪。

　　崔立将任务抛给了元好问。在北宋末文人们南迁后，南方的诗文很发达，北方却没有什么值得一提的人，这种南高北低格局中唯一的例外就是元好问。

　　不是因为对他的诗文产生了共鸣，而是因为他的名字广为人知，这点对崔立来讲很重要。

　　而元好问面对一个顺我者昌，逆我者亡，杀人不眨眼的恶魔，不得不接下撰写功德碑的差使。

　　直到汴京开城之日，崔立的功德碑还没有赶制出来。

　　元好问借口碑文需要反复推敲，以便能够打动所有人，一遍又一遍地修改稿子，实际上是在拖延时间。对他而言，这篇文章最终没能刻在石碑上才是幸运的。

　　1233 年 4 月 19 日，崔立把金朝的宗室交给了蒙古军，与一百零六年前一样地点都在青城。然而，与一百零六年前不同的是，宗室中的男子全部被杀了，女人们被送往了哈剌和林。在这方面，一百零六年前的女真人比蒙古人更人道。

　　在青城被斩杀的宗室中，还有逃到归德府的现任皇帝的兄长荆王完颜守纯，他们两人曾经围绕皇位展开激烈的争夺，现在看来，都没什么意义了。

　　两宫皇后（皇太后王氏和皇后徒单氏）虽然保住了性命，但被送往了哈剌和林。

　　"您去看看吗？"侍女问唆鲁禾帖尼道，两宫皇后已经在悲痛欲绝中抵达了哈剌和林。

"她们又不是供人参观的动物，我不去看。"唆鲁禾帖尼说，她姐姐亦巴哈也点头赞同。

蒙古的统治阶层虽然长期与定居民族打交道，但不能说他们真正地理解了所谓的"文化"事业，只是逐渐明白了这个事情似乎必须要有人去做，而且，还逐渐明白了尊重文献是与自己有关的事情。张柔进入汴京时："于金帛一无所取，独入史馆，取《金实录》并秘府图书。"（《元史·张柔传》）蒙古人知道他的这个举动很了不起，然而他们却根本没有想过自己要这么做。

蒙古也有了自己的文字，也需要从事记录的人，于是开始着力培养这方面的人才了。但是大都选择身体赢弱的人来做这些事情。从事与文书相关职业的人才，在他们那个社会并不受重视。

汴京之战到四月就结束了，金朝皇帝当时还在归德府，并在六月进入蔡州城，即现在河南省汝南县，它位于汴京以南二百公里处，汝水、臻水、汶水等河流纵横交错其中。

这是蒙古军最不擅长的地形，然而，进发到那里的蒙古军，半数以上是由汉人构成的，与二十年前的蒙古军大不相同。

在这个地方的蒙古军因为战略部署的调整，消失了一段时间。金军以为蒙古军撤退了，军纪一下子松弛下来。

不久，令金军恐惧的事情发生了。当年逃到南方，每年向金朝进贡岁币的南宋向蒙古支援了二万名士兵和三十万石军粮。

蒙古军的都元帅是蒙古四骏马之一博尔忽的次子月赤察儿，他在燕京治安恶化时，曾经协助耶律楚材处决了十六名违法乱纪的人。

率领南宋援军的是都统制孟珙。

在大约持续了半年的包围战后，金朝终于灭亡了。最后的皇帝被追谥为"哀宗"。1234 年正月，他在一个名为幽兰轩的建筑物中上吊自尽了。实际上，在死前不久，他把皇位传给了皇族中的完颜承麟。他对完颜承麟说："现在金朝皇帝的使命就是生存下去，传承皇统。朕身体肥胖，不便鞍马奔驰，卿比朕敏捷有将略，希望能守住帝统，务必勉力而为。"

这是哀宗的遗诏。然而完颜承麟也没能完成"皇帝的任务"。

哀宗临死时叮嘱道："将我火葬。"他不想让自己的遗体受辱，然而时间却来不及了。

月赤察儿、孟珙从蔡州城的西门冲进城来。与蒙古和南宋联军作战的金军只有完颜忽斜虎率领的一千人。

皇帝的死是在双方激战正酣时。完颜忽斜虎得知这一消息后投水自尽了，五名将军和五百名士兵随他慷慨赴义。

皇帝的遗体被匆忙火化，埋葬在了汝水岸边，然而，宋军马上就赶来了。完颜承麟在这期间也战死了。皇帝的遗骸被挖了出来，落入孟珙之手。孟珙把骨灰的一半转交给了蒙古军。

金朝建国一百一十九年，历经九代皇帝，终于因哀宗之死而灭亡。如果完颜承麟也算的话，他一般应该被称为末帝。

因金朝灭亡而意气风发的是南宋，他们终于一雪祖先的耻辱。令他们魂牵梦萦的悲壮愿望是收复三京八陵。

三京指汴京、洛阳和南宋初代皇帝高宗即位的归德府，八陵指埋葬北宋八位皇帝的八座陵墓，这些都是应该率先收复的神圣地方。

蒙古没有强烈占领土地的愿望，在洗劫一空后，他们把汴京交给崔立就扬长而去了。

崔立在汴京过于张扬跋扈，结果被李伯渊等三名都尉杀了。他的遗体被捆在马尾上，在汴京城中周游示众，以祭慰哀宗在天之灵。随后，李伯渊等人投降了逼近的宋军。

然而，南宋也没能保住以汴京为首的三京。同年八月，他们得到蒙古军又准备再度来犯的消息后撤退了。向蒙古提供了三十万石粮食的南宋，国内发生了饥荒，很多城市被劫掠一空，几乎看不到百姓的身影。

"来犯的蒙古军逼近汴京城可能需要十天的时间，我们必须要趁这段时间赶紧派出谒陵使。"孟珙说。他紧急派出了朱扬祖和林拓两名谒陵使，自己也以轻骑同行。他们昼夜兼程到达陵下，时隔一百零七年后再次举行了正式的谒陵仪式，之后就匆匆撤离了。

八　　万安宫新年

　　蒙古的新首都是"哈剌和林"，简称"和林"。

　　鄂尔浑河右岸的土地，自古以来就是游牧民的宿营地，匈奴以此地为大本营，突厥也是如此，这里至今还残留着突厥的石碑。不过，在这里修建城市，这还是第一次。

　　成吉思汗的出生地在更东边的斡难河和克鲁伦河之间。然而，统一了塞外诸民族，创建起庞大的帝国的蒙古，想要营建政治中心的话，无论如何也只能选择这一带。

　　游牧人没有固定的故乡概念。

　　任何国家的首都都有皇帝接见群臣以及外国使节的场所，从前蒙古的大宫帐就相当于此，不过，从今以后蒙古皇帝也要在固定的场所办公了。现在，这个建筑正在修建当中，汉语称之为"万安宫"，汉人工匠们正在修建它。这些工匠是从西夏俘虏来的。

　　拖雷遗孀唆鲁禾帖尼在城墙预建地附近搭起了帐篷，亦巴哈也在妹妹身边，她虽然是克答的妻子，但实际上是被成吉思汗赐予他父亲的，在父亲死后又成了他的妻子。从年龄上来讲，克答有点太年轻了，不能满足她。因此，她总爱待在妹妹身边，与她做伴。

"战争看上去停不下来哪。"亦巴哈说。

与南宋作战，同时还要向西域出兵，典型的两面作战。在尚未完工的万安宫周围，人们到处都在谈论着战争的事情。对新兴的蒙古来讲，战争就是它的事业。

"应该以回回人（西域的伊斯兰教徒）伐宋，以中原人伐西域。"有人提议道。

以回回人伐宋，以中原人伐西域，听上去似乎是个十分美妙的提案，因为彼此没有关系，打起仗来就不会心有顾忌，能尽快地收拾敌人。

"听说对战争事情一直沉默的大胡子，对这个提议大加反对。我好像能明白他的心思。"唆鲁禾帖尼说。

"是啊，我也觉得这种做法有点太残忍了。就算是战争，如果没有一点人性的话，也太让人窒息了。不过，我不知道大胡子反对是不是因为这个缘故。"亦巴哈仿佛真的呼吸困难似的，揉着自己的胸口说道。她的表情也显得很痛苦，很好地表现出了那种感觉。

唆鲁禾帖尼也学着亦巴哈的样子，揉着自己的胸口，说："大胡子如果不注意的话也很危险。他升迁得太快了，很容易成为众矢之的。"

向伏尔加河西进军和进攻南宋的话题同时进行着。现在，人们激烈争论的是回回人和中原人用到哪条战线上更好。据《元史》记载，这个问题被讨论了数十日之久。

"大胡子也算是很谨慎了，有什么事情想对咱们说的时候也不直接来，一般都是通过玛丽亚。"亦巴哈说。

耶律楚材说是因为升迁太快而被人嫉妒，但在唆鲁禾帖尼和亦巴哈看来，他本来一直就受到了重用，只不过以往没有与之相称的职位而已。

中书令这个职位虽然相当于宰相，但主要是处理文书工作，是典型的文官。不过，在作战会议上，谁都可以自由地发言。然而对于战争的事情，耶律楚材还是有意识地少说话。

"大胡子虽然不爱发言，不过他一旦发言，就会使会议延时，而且他的嗓门很大。"唆鲁禾帖尼说着笑了起来。不仅蒙古，所有游牧民族的女性对这种作战会议的内容都知道得很清楚，因为这与她们的命运息息相关。即使是战争，女性有时也要参与，这绝不是他人的事情。

"是啊，这次也延长了很长时间呢。"亦巴哈用手遮在额头，望向举行会议的大帐篷。在那个帐篷中，激烈的唇枪舌剑正在上演。像这种会议，皇帝窝阔台几乎不怎么发言，只是默默地听着，让群臣们畅所欲言，这是从成吉思汗那里继承来的方法。由于窝阔台的眼睛是闭着的，所以有人说他没准是在睡觉。

现在大帐中正在讨论的话题是能不能得到当地百姓的帮助。

"这种事情，最好从一开始就不要期待。帮助什么的，根本不需要。"

年轻气盛的将军说出了这种强硬的话语。

用回回人攻宋的话，首先语言就不通。

"以往的战争，很多时候都依靠了当地百姓的帮助。只调运粮食这一项，如果没有他们的帮助的话，有很多次就不能很好地完成。"

这也是年轻司令官的意见。

"进攻南宋不用担心粮食的问题，咱们攻打汴京的时候，他们不就提供了三十万石粮食吗？"

"粮食供给需要通过劫掠的方法来解决。"中年司令官这样认为。

像这样，大家各抒己见，作战会议很难得出决议来。进行到一定程度，会议就中止了，开始了酒宴。

出兵是肯定的，问题是怎么出兵。

"陛下早点做出结论吧，我们好照着办。"

很多人这样想，皇帝窝阔台好像在等着所有的人都这样说。

也有人提出水土、疾病等问题。就拿饮水来讲，适合不适合士兵们的体质都是问题。刚刚就发生过一件事情：初到中原的回回兵，七人中有六人因饮水生病，其中两人死亡了。相反的，早年对花剌子模作战时，从军的中原人工兵队的死亡率也非常高。

当一个人举出因水土不服，士兵们连一半的力气都使不出的例子时，另一人马上就很荒唐地反驳道，那多带一倍的士兵去就行了，好像觉得征兵不需要成本似的。

在这里讲人道呀、民族呀等问题是行不通的，因此，所有的问题耶律楚材都从经济角度讨论。把回回人用在中原作战中，花费的钱比想象得要多得多，他用数字一点一点地进行说明，好不容易才让大家明白过来。如果再加上中原人到西域作战的费用，那绝对是个天文数字。

"还是大胡子说得有道理。"

就这样，最终结论采纳了耶律楚材的意见。

"我最近耳朵不好使，只能听见很大的声音，大胡子的声音好像最大啊。"

窝阔台以这种表达方式结束了持续了十多天的争论。与南宋的战争还要继续，而西域战争的准备工作也要马上开始。

把中原兵调到西方，把回回兵调到东方，这种人为的损失至少就有两成。在战争开始前就有两成的损失，是相当大的。

"恐怕大胡子说的会通过。"

在做出结论的数天前，人们就隐约感到了这点。玛丽亚到大帐篷去时就感觉到了这种气氛，她回来后向唆鲁禾帖尼做了报告。

玛丽亚被叫到大帐篷去，是为了让她向窝阔台讲解西域的情况，因为她曾经去西方旅行过，很了解情况。是拔都叫她去的。

"我向拔都殿下讲解了一下西方的情况，我想他很好地理解了。"玛丽亚向唆鲁禾帖尼汇报道。

玛丽亚上了年纪后，身体反而变得更健康了，笑容也更有魅力了。她总是面带微笑。

"拔都还好吧？"唆鲁禾帖尼问。拔都是成吉思汗长子术赤的嗣子，对亦巴哈和唆鲁禾帖尼来讲，他是她们的外甥。

"嗯，很好。"玛丽亚答道。

"没错吧，那件事？"亦巴哈问。

那件事指的是中原兵和回回兵的出征地的问题。

"今天大概就定下来了，我从窝阔台陛下那里听说的，不会错。因为已经定下来了，所以问了我很多问题。"玛丽亚微笑着说道。

"太好了，按大胡子说的去做。就算是相互残杀，也适可而止的好，我是真心这么想的。"亦巴哈说，她仿佛放下了悬着的心。

如果让回回人与中原人作战的话，双方很有可能毫不留情。虽然都是战争，但这种战争还是让人无法忍受。

正如玛丽亚所言，蒙古两面作战的兵员构成，如耶律楚材主张的那样调配。第二天，作战会议的结论正式传达给了各位将军。

像这种声势浩大的作战会议也可以算是忽里台大会，忽里台大会的决定，必须要告知全蒙古。

"不能听到虎儿赤的号角了，真遗憾。"

"不过我觉得这样更好，毕竟最近虎儿赤也是眼看着一天比一天衰弱了，让上了年纪的虎儿赤丢脸，也太不尽情理了。"

"听说他的号角还是崭新崭新的。"

人们为听不到虎儿赤出征的号角感到遗憾。

西征军与上次不同，约定在伏尔加河畔集合，这次的西征军由四个王室之家分别出兵。王室四家指的是成吉思汗四个嫡子的血脉，除皇帝窝阔台家外，分别为术赤家、察合台家，还有拖雷家。

四家都得到了各自的封地，封在最西边的是术赤家。术赤的嗣子是拔都，他的兄弟斡儿答、昔班、唐古忒从征。察合台家派出察合台的儿子拜答儿、孙子不里，皇帝家派出儿子贵由、合丹，拖雷家派出蒙哥、阿里不哥。

皇帝窝阔台任命拔都为这次西征军总司令，窝阔台的儿子贵由也在西征军中，而且年龄还比拔都大一岁。

这样一来，西征军从一开始内部就存在着不和谐因素。副司令速不台是事实上的总司令，说是凭借他的威望使远征军团结在了一起并不为过。

第二年，太宗窝阔台八年（1236），西征军出征了。

"唆鲁禾帖尼，你就一直做拖雷妃好了，别人再怎么以国俗为由劝你，你也不要嫁给那个和自己儿子年龄差不多的贵由，那样的话，你不就和斡兀立·海迷失一样了，让人无法接受。"亦巴哈说。

在游牧民族中，妻子和亡夫的亲属再婚是很普遍的，像亦巴哈那种情况很多。

皇帝窝阔台劝说守寡的弟媳唆鲁禾帖尼再嫁给自己的儿子贵由。不用说，贵由当然有妻妾，其中斡兀立·海迷失最为有名。唆鲁禾帖尼以自己还要教育拖雷的儿子为由，拒绝了这桩婚事。

"虽说是国俗，但我觉得这种国俗还是破除了的好。"唆鲁禾帖尼眼睛望着远方说道。

"是啊，假如你和贵由结婚了的话，"亦巴哈说到这里压低了嗓门，"那不就成了你再婚的丈夫和你儿子争夺皇位了。那样的话，你该怎么办？"

"放心吧，为了避免那种事情发生，我不会再婚的。"唆鲁禾帖尼说着笑了起来。

同年，哈剌和林的万安宫建好了，新年的庆祝仪式就在这座新落成的宫殿中举行。

已经有好几年没有过这么热闹的正月了，总有几位皇族成员在自己的领地中忙碌，主要人员很难全部聚齐，而今年几乎所有的人都到了。

西域战和伐宋战同时展开了，需要大家聚在一起协商的事情很多。

窝阔台亲执酒杯赐酒给中书令耶律楚材的著名逸事就发生在这时候。

"朕之所以推诚任卿者，先帝之命也。非卿则中原无今日，朕所以得安枕者，卿之力也。"（《元史·耶律楚材传》）

这是皇帝窝阔台在群臣面前讲的话。

对于见过很多外国宫殿的人来讲，哈剌和林的万安宫显得很简陋。以往讨论重要问题的忽里台大会，都是在帐篷中举行的。那种可以容纳两千人的大帐篷，看上去甚至比万安宫都要壮观。

"我们的帐篷比这宫殿要好得多。"

不仅是蒙古族人，其他游牧民族的人都异口同声地这样说。

此时，他们说的"我们"，指的是游牧的人，他们自己的首都，在他们眼里就像是外国的东西似的。新年宴会在万安宫内举行，总让他们觉得很不习惯。

递给耶律楚材酒杯后，窝阔台开始痛饮起来。医师虽然劝他不要喝酒，但他根本没当回事。

"至少在正月里得多喝点酒吧。"他说道，完全没有放下酒杯的意思。

"有宽弘之量、忠恕之心。"

《元史》如此记载。波斯史料中也有很多介绍窝阔台慷慨大度的地方。然而从另一方面来看，就有散漫、不检点之嫌。

看到烂醉如泥的窝阔台，耶律楚材情不自禁地想："成吉思汗之后的皇帝，如果像察合台那么严峻的话，就太令人窒息了，而拖雷也是太过认真。总而言之，这个时期还是窝阔台最适合做皇帝。不过，如果他统治时间过长的话，恐怕也会出问题。"

同样持有这种想法的人肯定不在少数。庆祝仪式结束后，酒宴开始时，为了避免不方便，唆鲁禾帖尼、玛丽亚都起身离开了，但她们都能想象得出皇帝喝醉了之后的样子。

"唆鲁禾帖尼，你要让蒙哥随时做好继位的准备哟。看那样子，窝阔台的时间也不长了。"这话到底太敏感，连亦巴哈也得悄悄地说。

这一阵子虽然不怎么提起了，但窝阔台曾经说过他死后要把皇位传给拖雷家的蒙哥，然后再传给自己的孙子失烈门。不过，如果现在这种情况下窝阔台就去世的话，恐怕这个计划就要落空了。

之所以不太提起失烈门了，是因为窝阔台更爱自己的儿子阔出，也就是失烈门的父亲，他希望自己死后，能由阔出继位，然后再传给失烈门。

然而，这里面也有个问题，阔出到失烈门一脉，没有皇后脱列哥那的血统。脱列哥那的儿子是贵由。

所以说，在窝阔台家和拖雷家争夺汗位之前，窝阔台家内部极有可能先发生纷争。

"是啊，如果照这样下去的话，让蒙哥继位之事就没多大希望了，蒙哥好像也做好了心理准备。"唆鲁禾帖尼说。两家的这个约定广为人知，它的大原则是由忽里台大会来决定。

蒙古一个很大的缺点就是没有明确的汗位继承法，虽然形式上要由忽里台大会正式决定。在成吉思汗余威犹存的时候，他生前的话几乎都得到了贯彻执行，但是随着时间的流逝，以后的事情就变得模糊不定了。

"汗位只能传给窝阔台一脉的人。"

最近，这样的声音开始强大起来，就连唆鲁禾帖尼也听到了。据说这是成吉思汗的话，说得煞有介事。虽然人们知道根本没有这种事情，但流言是会迎合当权者意图的。

"这么多人聚集在一起，出现那种奇怪的言论也不足为奇了。现在人们还知道这是假的，但过不了多久也许就会觉得是真的了。再怎么说那个大人物没有明确否认嘛。"亦巴哈说。

确实如此，虽然现在谁都不理会它，但再过五年、十年会怎么样就说不好了。如果那个大人物，也就是皇帝窝阔台发句话"没那回事"，问题就简单了，但不知为什么，他却总也不说。

像这样，丙申年（1236）正月，人们度过了一个比往年更长的新年聚会。欧洲远征军也在这时候组建成了，有的人为了做准备先回领地去了。

当年春天，总司令拔都从野营地出发了，副司令速不台当时还在中国战线上，但紧急转向了西部战线。蒙古顿时进入了战争的季节。

唆鲁禾帖尼留在了新首都哈剌和林，那里是克烈的旧营地，对她来讲算是娘家。虽然城墙已经修好，但她到底还是游牧民族的女性，不习惯住在由砖瓦、木头建造的房子里，她在城墙外搭起了帐篷，姐姐亦巴哈也和她住在一起。唆鲁禾帖尼担心姐姐长期不回家不好，劝她回去看看再来，亦巴哈笑着说："克答大概不希望我这个老太婆回去呢，他觉得既不能说我又不能骂我，正发愁不知该怎么办才好呢。"

九　　旭烈兀的休息日

　　从哈剌和林西征的军队被人称作"长子军"。总司令拔都是成吉思汗长子术赤的嗣子。察合台家的拜答儿、窝阔台家的贵由、拖雷家的蒙哥,无论哪一个,都是新一代中的佼佼者。他们出征时,唆鲁禾帖尼也坐着马车去为他们送行了。

　　出乎唆鲁禾帖尼的意料,她的儿子旭烈兀事先也没打个招呼就来看她了。

　　"你也去吗?"之前唆鲁禾帖尼刚刚送走蒙哥。

　　"不去,因为有事没能来参加新年的聚会,所以现在我专门来看看哈剌和林。"旭烈兀笑着答道。

　　唆鲁禾帖尼和旭烈兀一起走到了她在城外的帐篷处,说是城外,也不是很远,走出帐篷马上就能看见万安宫。

　　"啊,旭烈兀来了?"亦巴哈出来迎接妹妹的儿子。

　　唆鲁禾帖尼忽然觉得有点奇怪,对她来讲儿子的到来很突然,但亦巴哈好像对旭烈兀的来访并没有感到很吃惊。

　　"噢,对了,忽必烈让我代他问好呢,我差点忘了,忽必烈对这种事情很在乎，就像中国人似的，真的。"旭烈兀一边挠着头一边说道。

他们的兄长蒙哥现在正作为长子军的骨干在西征的途中，他有自己独特的世界观，正在默默地为取代窝阔台，自己登上大汗之位的日子做准备。

拖雷家长子蒙哥今年二十九岁。他梦想着有朝一日从蒙古崛起，称霸世界，并且分封自己的兄弟。他经常对忽必烈说："给你中国的土地，这个很大哟，现在南边还被别人占着，那片地方你要想办法收入自己的囊中。"

然后对旭烈兀说："给你呼罗珊西边的地方，这个也要靠你自己去获取。"

旭烈兀十九岁，忽必烈超过二十岁了，唆鲁禾帖尼很担心长子蒙哥太过武断，而且，他信奉萨满教也让她不放心。想到孩子们的事情，她不禁叹了口气。

为了孩子们的未来，唆鲁禾帖尼尽量不让他们受到宗教的影响，但她不知道这么做到底对不对，有时也会觉得有点后悔。

"你就是为了来参观吗？"唆鲁禾帖尼问。

"是啊，前不久忽必烈不是也来看过了吗？只有我还没有见过咱们国家的首都呢。"旭烈兀答。

忽必烈和旭烈兀年龄相近，关系很好。旭烈兀说什么事情的时候，总爱提到忽必烈。

祖父成吉思汗西征凯旋时，忽必烈和旭烈兀一同到乃蛮边境的伊犁河去迎接他。那时候两人第一次狩猎，哥哥射中了兔子，弟弟射中了鹿。蒙古的风俗，少年初次狩猎时，长者要用肉和脂肪搓揉他的手指，当时成吉思汗亲自为他们做了这些。那是差不多十年前的事情了，从那以后兄弟两人经常形影不离。

"那你就好好参观参观吧，还不知道你什么时候会住进这里呢。"亦巴哈说。

"哎，谁知道将来会怎么样呢，蒙哥说给我呼罗珊西边的地方，但要到那里去，还得先发动战争抢过来才行。"旭烈兀笑着说。

"你要来也不先派人通知我一下，起码可以给你准备点好吃的，说来突然就来了，让人措手不及。"唆鲁禾帖尼像寻常人家的母亲一样埋怨道。不过，她看看亦巴哈，越发觉得纳闷起来。

"对了，旭烈兀隔了这么长时间才回来，咱们把在哈剌和林附近的亲友都叫来吧，大伙聚一聚一定会很高兴的。"亦巴哈拍着手说道。

唆鲁禾帖尼慢慢地明白了点什么，作为蒙古男儿，十九岁的旭烈兀应该已经有很多女人了，但是还没有皇族认可的正式的妻子。

作为母亲的唆鲁禾帖尼盘算着也该给他找一个了。不仅是她，就连姐姐亦巴哈平时也常嚷着说这事包在她身上了。

送察合台的儿子拜答儿出征回来的路上，就提到过这件事。在巴米扬中流箭身亡的木秃坚也是察合台的儿子，蒙古男子很早就有孩子了，到三十多岁时有孙子一点也不稀罕。

当时亦巴哈说："旭烈兀是不是太晚了？"

拜答儿出征是大约两个月前的事情，当时旭烈兀正在陕西战线上，说是在战线上，但吸取了木秃坚在巴米扬的教训，一般不会让十九岁的皇族成员去很危险的地方。

"西域的人对我说一定要去看看迦坚茶寒[1]，我现在骑马去的话，晚上就能赶回来。"

---

[1]　在哈剌和林北面的一座城市，主要是由西域人修建的，具有西域风格。

旭烈兀觉得一整天都和母亲还有姨妈待在一起很憋屈。他从陕西带来的随从正在一旁休息，旭烈兀带着他们，骑马去迦坚茶寒观光去了。

"亦巴哈，之前说的事情你还记着呢，是谁啊，你给旭烈兀介绍的女孩儿，是我知道的人吗？"唆鲁禾帖尼问。

"要是顺利的话就好了……我在考虑脱古思呢。"亦巴哈答道。

"什么？脱古思？"唆鲁禾帖尼吃惊地瞪大了眼睛。

脱古思是她们的异母妹妹，也就是说亦巴哈想让旭烈兀娶她们的妹妹。实际上脱古思是王汗的孙女，但札合敢不（唆鲁禾帖尼的父亲）把她收作了自己的女儿。

像这样的事情在蒙古很常见，令唆鲁禾帖尼惊得瞪大眼睛的不是这个，而是脱古思比旭烈兀年纪大很多，所以让她觉得有点吃惊。

"即使是成吉思汗，他妻子的年龄不也比他大吗？"亦巴哈说。

其实根本用不着说别人，亦巴哈就比她现在的丈夫大十多岁，成吉思汗夫妻，妻子虽然年长，但不过一岁而已。

"不就大五六岁吗？也不算大很多嘛。"亦巴哈说。蒙古人对年龄的概念非常模糊，即使是王公贵族也有很多人不知道自己的准确年龄。说起年龄一般就是"当某某还是婴儿的时候，我已经能摇摇晃晃地走路了，所以我大概比他大两三岁吧"，也就是这种程度而已。

才刚到达，但旭烈兀还是带着随从去迦坚茶寒观光去了。像哈剌和林这样的城市蒙古以往是没有的，所以修建时不得不以临近的定居国家的城市为样本。

　　蒙古人最熟悉的定居民族的城市是中国人的，所以大蒙古帝国的政治中心万安宫模仿中国的建筑样式也是顺理成章的，而且修建这座宫殿的工匠们也都是中国人。

　　迦坚茶寒位于哈剌和林以北大约一天行程的地方。由于哈剌和林的宫殿全是中国式的，色目人不太满意，他们提出："再修一座离宫吧，就让我们来建造。"

　　在色目人中，特别热心于此事的是波斯系的人，他们大多是从西域俘虏来的工匠。

　　旭烈兀从哥哥忽必烈那里听说了关于迦坚茶寒的事。

　　忽必烈对它的评价是：不怎么威严。不过，迦坚茶寒的宫殿刚刚完工，忽必烈来看的时候还在修建之中。

　　"嗯，这个感觉很好嘛，忽必烈说的威严指的是什么啊。"

　　旭烈兀对完工后的迦坚茶寒宫殿的感想与哥哥忽必烈不同。可能忽必烈所说的威严是壮观、庄严，还有点阴暗的感觉吧。由于经常在一起，旭烈兀深知忽必烈的嗜好。

　　这时，一个色目人搓着手走了过来。宫殿的主体建筑已经完工了，但内部装修还没有结束，许多色目人不停地进进出出忙碌着，那些人看到走近兀旭烈兀的男人后都恭敬地弯下腰问候。

　　"欢迎您的到来，旭烈兀殿下。我是修建迦坚茶寒宫殿的负责人，名叫阿布杜尔·拉赫曼，我来给您做导游吧。"那个色目人说。

　　旭烈兀看着对方，很奇怪他怎么知道自己的名字。不过，蒙古建立了一种名叫站赤的驿站制度，它借鉴了中国的驿站制度，从首都哈剌和林到燕京共有三十七个站赤。

　　皇族的旅行目的、日程、随从的姓名等早就通过站赤传递了出去，只要是能够看站赤记录的人，从服饰、气派上就能推测出对方的身份来。

"不用了，如果需要的话，一会儿再叫你。"旭烈兀一边说着，一边骑马进了庭院。庭院被建筑物包围着，入口面向庭院，从外面很难靠近。

建筑使用的是白色的石材，看上去很明朗、开放，但实际上却令人意外地封闭，感觉就像白色的监狱。

"忽必烈可能就是不喜欢这种感觉吧。"旭烈兀再次环顾了一下四周，自言自语地说道。

如果快马加鞭赶路的话，当天应该能够回到哈剌和林，但旭烈兀决定在迦坚茶寒住一夜再回去。

"就算今天回不来，明天晚上也一定要回来啊。"

这不是他母亲，而是姨妈亦巴哈临走前反复叮嘱的。为什么要这样格外叮嘱，旭烈兀能猜到大致的原因——想让他去见见脱古思。脱古思本来是蒙古的大敌人王汗的孙女，但王汗的弟弟收做了自己的女儿。

出乎意料的是不知道这桩提亲的，好像只有做母亲的唆鲁禾帖尼。她刚为忽必烈娶完亲，才松了一口气。虽然她也知道马上就该张罗旭烈兀的婚事了，但无论如何也不会想到女方居然是脱古思。

从年龄上来讲，脱古思做长子蒙哥的妻子最合适。她比蒙哥小四岁，很般配，但当时却没有人想到这门亲事。轮到忽必烈时，她比他大三岁。在唆鲁禾帖尼的印象中，当时有人提到过这门亲事，但忽必烈就是不肯点头。唆鲁禾帖尼觉得如果连忽必烈都不答应的话，旭烈兀怎么可能会满足于年长六岁的脱古思呢？虽然像家族内其他女性一样，脱古思也是一个如花似玉的大美女。

"当时忽必烈对我说：'和我相比，这女孩儿更适合旭烈兀。虽然年龄相差大了点，但也可以凑合。'"亦巴哈说。

"我真的是第一次听到这件事，为儿子说媳妇，当妈的居然不知道，真是不知说什么好。"唆鲁禾帖尼摇着头说。

"别人不让告诉你，没办法。"亦巴哈说道。

突然外面热闹起来，好像还有旭烈兀的声音，虽然听不清说的什么，但感觉大家的声音都很开朗，好像很愉快。

"会挨骂的。"只听旭烈兀这样说道。

唆鲁禾帖尼站了起来，竖起了耳朵，亦巴哈也站了起来。

"不会挨骂的，昨天说的事情，今天就忘了，你也真是的。"这个声音很熟悉，是年轻的堂妹的声音。

旭烈兀好像被一群女人围着，男人们大概都忙着狩猎去了。

"不过，我要先谒见一下皇帝陛下。"旭烈兀说。

"那你一定要赶紧回来啊，不然，陛下马上就会灌你酒喝的。"清脆的声音说道。

皇帝窝阔台在第四天接见了旭烈兀。在此之前，皇帝没有在哈剌和林。他酷爱狩猎，去离哈剌和林两天行程的狩猎场了。当天晚上举行了宴会。

"政务嘛，每天外出狩猎和晚宴开始前，我都好好听着呢。"窝阔台说道，不过，他好像是漫不经心地听着。

经过成吉思汗严厉的时代后，政治稍微宽松点更好。成吉思汗之所以选择有点散漫的窝阔台当继任者，可能也源于此。如果是拖雷的话，很有可能成为另一个小成吉思汗。

不过，窝阔台的这种性格，在即位当初很合适，经过五年后，人们就感觉有点太松懈了，所以有人开始怀念起严厉的成吉思汗时代来。

"为什么监国殿下要把大汗位让出来呢？"

即使到了现在,还能听到这种声音。如果当年拖雷不退让的话,现在没准已经进入蒙哥时代了。

"就因为当时唆鲁禾帖尼退让了,事情才会变成现在这样。"

亦巴哈总爱如此说。

虽然有成吉思汗的遗愿在,但就连成吉思汗也知道继任这件事情的决定权在忽里台大会。所以,当时如果拖雷装作不知道,毫不客气地由监国一跃成为大汗就行了。

窝阔台好像也不是那么热衷于当大汗,他数次推让,虽说是形式上的,但没准是他的真心,从窝阔台那种散漫的性格来看,这是很有可能的。

"大汗这个位子,坐着也不是那么舒服的哟。"窝阔台向前来谒见他的侄子旭烈兀抱怨道。

旭烈兀从窝阔台那里回来后,向母亲汇报了经过。唆鲁禾帖尼笑着问:"他还说了什么吗?"旭烈兀摇了摇头。

唆鲁禾帖尼笑着说:"什么事情都交给别人做的秉性看来是改不了啊,皇帝的位子坐上去好像还真是很难受,也怪可怜的。"

窝阔台当了皇帝后,内务全都交给了唆鲁禾帖尼,甚至他还提议让唆鲁禾帖尼嫁给自己的儿子。

这或许会让皇后感到不高兴,但皇后有很多更令她感兴趣的事情要做,所以唆鲁禾帖尼做什么她也没有反对过。对于一般的内务,皇后脱列哥那好像并不关心。

旭烈兀在哈剌和林待了二十天,说是来参观新首都,不过之前他就知道了姨妈为他提亲的事,他也从忽必烈那里听说对方是一个很好的女孩儿。

旭烈兀对这位比自己年纪大不少的女孩很满意。他这次哈剌和林之行，可以说收获丰富。至于结婚典礼之类的事情，就交给好事的亦巴哈操办好了。

旭烈兀返回中国战线那天，唆鲁禾帖尼一直送他到哈剌和林城，并在城内休息了一会儿。蒙古人对这座城的评价不是很好。唆鲁禾帖尼作为皇族一员，在城内也分到了宅邸，但她依旧住在城外的帐篷中。这是游牧民族的本能，也有召唤侍女和杂役比较方便的因素。

"既有帐篷也有房子，但您还是住在帐篷中，今后恐怕不能一直都这样吧。母亲，以后如果让您选择的话，你会怎么选？"旭烈兀问。

"嗯，我还是住习惯了的帐篷吧，不过我不会强迫别人也这么做。"唆鲁禾帖尼说。

"但问题是，这样一来，蒙古人就分成了住帐篷的帐篷党，和住用木头、泥沙建造的房屋党了。蒙古人的交往范围扩大后，这种情况就会变得更多。孩子们不住帐篷，而是修建房屋。而父母却说住不惯那种地方，仍旧住在帐篷中。结果可能会出现在孩子们建造的房屋院落中，父母又搭帐篷的情况。"

"我想以后这种事情会增多吧，我也不知道这算不算是进步。"

"母亲你不知道没关系，孩子们不能理解也属正常，哈哈。"旭烈兀笑道。

唆鲁禾帖尼的神情严肃起来，旭烈兀现在无意中说到了蒙古人亲子间的代沟问题，虽然不知道他自己意识到了没有，但这是个很大的问题。

由于皇族可能会举行一些萨满教的仪式，所以唆鲁禾帖尼没有把自己信奉的宗教传给孩子们。特别是最初的孩子，更是有意让他远离基督教。下面的男孩，由于年龄相差了七岁，给了他适当的宗教教育，不过也没有接受洗礼。

唆鲁禾帖尼平时总爱思考她对孩子们的教育是否正确，是否要更认真地向他们传授基督的教诲。即使他们因此没能做上大汗，但作为人来讲也会很幸福。

"啊，对了，玛丽亚该来了。"唆鲁禾帖尼好像突然想起来了似的说道。

原来玛丽亚每天都来，但最近来的次数明显减少了，可能她是有意这样做的。以窝阔台那种喝酒方式来看，他的寿命也不会太长了，随着新皇帝选期的临近，相关人士的言行都变得谨慎起来。窝阔台经常与唆鲁禾帖尼商量各种事情，有时他会不经意地问：这件事玛丽亚怎么看？特别是内务方面的事情，人们都认为玛丽亚最了解成吉思汗的想法，因此玛丽亚很注意。今天，她是在被安排视察正在修建的基督教会时，偶然遇到唆鲁禾帖尼和她的儿子的。

"真是个奇怪的城市，蒙古的首都，却没有蒙古人住的地方。"旭烈兀说。

哈剌和林本来是山的名字，而且是山峰的名字，流经山下的一条河流也命以同名。坐落于此的蒙古首都有两条大道，一条是伊斯兰教徒的大道，另一条是中国人的大道。

蒙古的王侯贵族虽然在城里都分有宅邸，但大部分人都像唆鲁禾帖尼那样，并不住在里面，所以哈剌和林城里没有蒙古大道。

"玛丽亚的车停在教会前了，咱们也准备走吧。"唆鲁禾帖尼放下了马车的帘子。

很多建筑物都在修建当中，而且大多是中国式的，所以色目人感到很不满，又在迦坚茶寒修建波斯式的宫殿。

旭烈兀骑着马跟在母亲的马车旁，唆鲁禾帖尼一直送他到哈剌和林城门，之前她也是这样送忽必烈的。

"那算是什么呀。"忽必烈对迦坚茶寒的波斯式宫殿感到很不满，直到走的时候还在说它的坏话。

考虑到哥哥忽必烈的感受，旭烈兀很小心地说："其实我觉得还是蛮不错的。"

"同为兄弟，看法却相差十万八千里。"

坐在摇摇晃晃的马车上，唆鲁禾帖尼想道。

相差更多的是最上面的随长子军出征的蒙哥。

"我要让他为我向长生天祷告。"蒙哥有次把马停在了萨满家门前。不用说，他当然知道母亲讨厌萨满，但他根本不在乎这些。我行我素是蒙哥的一贯作风。

十　　孙子们的争夺

1236 年，皇帝窝阔台发动的欧洲远征进展很顺利，不过，在两面作战的另一面——中国战线上，蒙古却迟迟没有取得大的突破。而且在中国战线上，皇子阔出病死于湖广。

皇帝窝阔台实际上最希望阔出继承他的皇位，虽然最初他表示要把皇位传给拖雷家的蒙哥，然后再由蒙哥传给失烈门。失烈门是窝阔台的孙子，他父亲正是阔出。

传给蒙哥是当初约定好的，然后再由蒙哥传回窝阔台家。然而，最近这段时间，窝阔台根本不提蒙哥的名字了。

"阔出死了，恐怕脱列哥那反而会感到很高兴，因为长子军中的贵由终于有了出头的机会。"亦巴哈说。

死去的阔出不是皇后脱列哥那生的孩子，却是一个非常优秀的青年，作为皇位继承人是无懈可击的，所以皇后表面上也无法反对立阔出为继承人。

皇后的儿子贵由与异母弟阔端的关系很恶劣，而且他还酗酒，所以从一开始他就被排除在候选人之外。然而阔出之死可以说使局面发生了突变。

"人死了还高兴，也太过分了，而且还是一家人。"唆鲁禾帖尼说。

"你丈夫死的时候也有人暗地里高兴呢，而且搞不好他还是被人谋杀的呢。"亦巴哈说。

"你不要说这些了，这事又没有确凿的证据。而且就算有证据，现在又能怎么样呢。"唆鲁禾帖尼说。

"不过啊，拖雷死后，人们也不怎么提与蒙哥的约定了，而且还冒出了很多奇怪的成吉思汗遗言。你再这么糊里糊涂的可不行。"亦巴哈瞪着妹妹的脸说道。

奇怪的成吉思汗遗言是指只有窝阔台一脉的人才能继承蒙古皇位这种流言。现在虽然人们知道这是不可能有的事情，但散布这种流言的人好像在期待随着时间的流逝，流言慢慢地变成真理，因为在不断地重复之中，人们会逐渐改变自己想法的。

"与这种事情相比，我更希望四个孩子的武运亨通。蒙哥去了遥远的伏尔加地区，忽必烈和旭烈兀在与南宋作战，阿里不哥虽然还是孩子，但也时不时地要上战场。我能做的只是向上帝祈祷，祈祷他们平安，没有工夫考虑其他的事情。"唆鲁禾帖尼把两手交叉在胸前，闭上了眼睛。

"不过，想想也挺可笑的，我们所祈祷的上帝，请求保佑我们的神灵，伏尔加的人、俄罗斯[1]的人也在向他祈祷着呢。"亦巴哈也像唆鲁禾帖尼那样，两手交叉祈祷起来。

成吉思汗的祖先成为部族小首领时，他父亲也速该、祖父把儿坛的称号都不过是"把阿秃儿"而已，这只是"勇士"的意思，

1　古斡罗斯。

他们没有被称为过带有首领之意的"汗"。唆鲁禾帖尼的伯父，从金朝得到的"王"的称号，再加上带有首领之意的"汗"，合称为"王汗"。

现在成吉思汗的子孙们，就像猎犬一样，争先恐后地冲向敌人。他们越过高山，渡过大河，对准敌人的要害一拥而上，一直抵达遥远的欧洲。那其中就有唆鲁禾帖尼的长子蒙哥，次子以下的孩子则在中国战场上，除了打仗外，恐怕他们没有其他的目标了吧。

唆鲁禾帖尼有一次问中书令耶律楚材，问他如果不打仗行不行。身材修长的耶律楚材弯着腰回答道："现在主要是做战争的扫尾工作，不久的将来该做与战争无关的事情了，等到和平了以后。"

即使来客人，聊的也全是关于战争的事情。

欧洲的蒙古军势如破竹，连战连捷，而对南宋的战争却不像想象得那么顺利。南宋有名将孟珙在，让蒙古军颇伤脑筋。

蒙古以拔都为总司令的欧洲远征军，只有攻打诺夫哥罗德的时候没有成功，其他的战线基本上都很顺利。

诺夫哥罗德在圣彼得堡东南，现在还有与之同名的城市。由于在进攻诺夫哥罗德前面的城市托尔若克时花费了过多的时间，地上的积雪开始融化，为了躲避泥泞的道路，蒙古军不得不匆忙南下。

当然，这也是因为诺夫哥罗德共和国非常强韧的缘故。诺夫哥罗德的亚历山大·涅夫斯基大公两年后打败了瑞典十字军的入侵，再过两年后又击退了德国和丹麦的联合军，非常有实力。

按照不与强敌作战这种游牧民族的作战法则，蒙古军重新编整后，就向更西边进军了。

他们的目标是俄罗斯最大的城市乞瓦。乞瓦公国的米哈尔大公早就从匈牙利逃到波兰西南去了。

指挥进攻乞瓦的是唆鲁禾帖尼的长子蒙哥。

"这座城被破坏了倒真是很可惜哪。"蒙哥感叹道。

乞瓦是一个非常美丽的城市，破坏了很可惜。此时，蒙哥想起总司令拔都的父亲术赤来，他当年就因为塔拉斯城的美丽而不忍心破坏，因此受到了成吉思汗的责备。

进攻前，蒙哥先向乞瓦派出了劝降的使者，没想到乞瓦杀了使者。这迫使蒙古不得不按照老规矩采取行动了。

那就是屠城。

就像有信号似的，蒙古骑兵开始蹂躏俄罗斯了，先是猛烈的攻击，然后是无情的杀戮。

实际上，此时无论进攻方还是防守方的内部都是矛盾重重。

欧洲各公国内部都有很大的对立。神圣罗马帝国和罗马教皇的对立与蒙古的入侵时间重合了。匈牙利在皇帝与教皇之间采取了中立的立场，因此神圣罗马帝国皇帝腓德烈二世十分憎恨匈牙利王，没有派出援军。

由总司令拔都和久经沙场的速不台率领的中军指向了匈牙利的布达佩斯。此外，皇帝窝阔台的孙子海都和拜答儿（察合台之子）向波兰进军，合丹（窝阔台的庶长子）指向了南方的匈牙利。

就这样，蒙古军全面控制了匈牙利。他们一边任命官吏，一边铸造钱币，想要永久占领该地区。

奥地利和波希米亚在大举入侵的蒙古军的威逼下惶惶不可终日。

而蒙古军内部的纷争是皇室子弟的纷争，事情起于蒙古军庆祝制服了俄罗斯的庆功宴上。

总司令拔都带头举杯说道："为咱们战胜俄罗斯干杯吧。"

没想到察合台的孙子不里喊道："等等，那可不行。"

拔都不理他，举起酒杯喝干了杯中的酒，在场大约有一半人学着拔都的样子喝干了杯中的酒。

这时，贵由站起来，把手中的酒杯使劲摔在了地上。顿时，杯子的碎片四处飞溅。

贵由说："最先喝庆功酒的人不该是坐在那里的拔都。"

贵由是皇帝的儿子，年龄比拔都还大一岁。不过，蒙古帝国最西边是拔都所属的术赤领地，而且从他们领地出的兵也最多。另外，拔都虽然年轻，却是堂堂正正的领地主人。其他领地的主人只有拖雷领地的蒙哥在场。

"对，不该是拔都，而该是坐在那边的速不台。"成吉思汗弟弟合赤温的孙子合尔合孙说着，也学着贵由的样子摔了酒杯。

"庆功酒应该是真正的男人喝的。像拔都这样的，不过是长了胡子的女人而已。"年轻的不里在庆功宴开始之前好像就喝了不少酒，满是酒气的唾沫四处飞溅。

"什么？你敢再说一遍。"拔都愤怒地走了过来。

不里想冲向拔都，却被速不台紧紧地抱住了。

"不行，得让你知道知道厉害。"拔都也要跳过去，但他的手腕被蒙哥抓住了。

长子军这种编制本身就是一个错误，这些年轻人都是在各自领地中娇生惯养大的。而在战场上，纪律比什么都重要，这本来是军队的常识，但这些年轻人却武断地认为这并不适用于自己。

贵由是皇帝的儿子，而且单从年龄上来讲，他也觉得没有被拔都命令的理由。贵由的这种态度，使更年轻的不里、合尔合孙等人也产生了同样的错误想法。

速不台拉住了不里，好像暂时阻止了年轻人的争斗，没想到合尔合孙从旁边跳了出来。蒙哥的身材很魁梧，他绊住了合尔合孙的腿。

合尔合孙摔倒了，但马上又站了起来，他用手抓住了拔都胸口的衣服，却被拔都摔了出去。很明显，如果单打独斗的话，合尔合孙根本不是拔都的对手。

"好吧，我们走，"贵由大声地说，"这种庆功宴没什么劲头，不该喝酒的家伙厚着脸皮喝下庆功酒。酒杯摔碎了，庆功宴应该重开。"

贵由带头，不里、合尔合孙离开了宴席。被拔都摔出去的合尔合孙，在离开宴席时转过身来狠狠地说："真正的庆功宴，要把拔都绑在柱子上，痛打一顿后再干杯，不这样的话，难消心头之恨。"

速不台害怕拔都再发作，紧紧地抓住他的手说："以后让他们来道歉，为了蒙古军的团结，你先忍一忍。"

拔都摇着头说道："为了蒙古军的团结，我要马上向哈剌和林汇报这件事。那些家伙们会被抓起来押送回去的。"

蒙古帝国中，分给长子术赤的领地在最西端。术赤去世后，年轻的拔都成了这里的主人。

西征军的主力是术赤领地的士兵，因此拔都被任命为总司令。如果不是这个原因的话，皇帝的儿子贵由肯定不会答应的。从年龄上来讲，贵由比拔都年长一岁。当初有人提议让贵由当总司令，但被贵由的皇帝父亲否决了。

皇帝窝阔台说：哪个领地出兵最多，就从哪个领地选总司令，所以就是拔都。

这个理由被大家接受了。然而真正的理由是拔都最合适。这次违纪事件换成拔都就绝不会发生。拔都对地位比他高的人会绝对服从，无论自己怎么有理，都会默默地服从命令。他秉性沉稳，遇到什么事情都能沉着应对。窝阔台一开始就认定除他之外没有更合适的总司令人选，自己的儿子贵由根本无法与之相比。

窝阔台曾经说自己死后要把皇位传给侄子（拖雷之子）蒙哥，但最近却不再提这件事情了；还说过蒙哥之后要把皇位给自己的孙子失烈门，这个也不再提起了。

窝阔台真正属意的人是他自己的儿子阔出，为了能把皇位传给阔出，就必须要将拖雷家人排除在继位候选人之外。然而天有不测风云，阔出却在湖广战线上病死了。

皇帝窝阔台很伤心，皇后却很兴奋。因为皇帝属意的人是阔出，不是她生的孩子。她的儿子贵由虽然品性不是很好，但总算有了出头的机会。

"法蒂玛，真的变成了你说的那个样子了，以后你要接着好好地为我做事。"脱列哥那对自己的波斯侍女说道，她是蒙古军攻打徒思时俘虏的人，据说会使用妖术。

法蒂玛深知皇后脱列哥那一心想让自己的儿子登上皇位。有一次，她非常神秘地对脱列哥那说："现在出现了奇怪的征兆，请您把头发中的白发拔一根给我。"

脱列哥那按照她所说的做了，结果阔出死了。

在蒙古，即使很务实的军人都相信妖术、魔法，然而却会对使用它的人处以极刑。

不用说这件事情脱列哥那对谁都不会说，而她对法蒂玛的信赖却与日俱增。

可以说这次的庆功宴事件使成吉思汗家族分裂成了两派。

　　成吉思汗家族最初的分裂危机是成吉思汗刚去世时，当时因为拖雷做出自我牺牲而避免了。拖雷的牺牲，可以说就是唆鲁禾帖尼的牺牲，为了感谢他们所做的牺牲，就连窝阔台最初也表示下任大汗位要传给拖雷家，而且平时有什么事情，窝阔台都会与唆鲁禾帖尼商量。然而只是最初的一段时间如此。

　　只有窝阔台一脉的人才能当蒙古大汗，对于这个捏造的成吉思汗遗言，窝阔台家却不予追究，可以说这是窝阔台家策划的独占大汗位的阴谋。

　　拔都向哈剌和林汇报了这次庆功宴事件，从欧洲到哈剌和林的联系时间大约需要三十天，贵由、不里、合尔合孙三人被叫回哈剌和林接受审查。负责带三人回去的是蒙哥，对蒙哥来讲，这是一件令人很不愉快的工作。

　　"一定要好好审查才行，我们可连总司令的一根手指都没动过。"合尔合孙说。

　　说是连一根手指都没有动过，其实是想动却被拔都结结实实地摔了出去。

　　如果按分成两派的说法，那么皇帝窝阔台家和察合台家是一派，拖雷家和术赤家是一派。合尔合孙是成吉思汗弟弟的孙子，也可以算是窝阔台和察合台派的人。

　　"事先要说好，审问我们的时候，那些与拔都、蒙哥关系密切的人要回避。"不里说。

　　"那要听皇帝陛下的安排，被审问的人没资格要求。"蒙哥说。

　　"不过他们很团结，不能掉以轻心哪。"合尔合孙摇着头说道。

　　"如果让那几个姐妹来审问的话，我可受不了。"不里轻浮地笑着说道。

　　"闭嘴，"蒙哥怒斥道，"在押送途中，万一出了意外，是可以杀掉你们的。只不过因为你们是皇族，才没用绳子捆起来，但你们别忘了这种待遇随时可以取消。"

不里说的姐妹，指的是拖雷妃唆鲁禾帖尼、术赤妃必黑秃惕迷失，甚至可能还包括曾被成吉思汗宠爱过的亦巴哈。

"不许进入哈剌和林，在外面等候发落。"

因庆功宴事件准备接受审查的三人接到了这样的命令。窝阔台通过不接见他们，表达了自己的不快。

最近，窝阔台的身体不太好，在这种时候，他不愿意发生令他不高兴的事。皇后脱列哥那也因为儿子贵由要受审查，想尽可能地往后拖延时间，因为这种事情需多方斡旋。

皇帝窝阔台患病已经十个月了。

辛丑年（1241）正月，窝阔台的脉搏曾经一度停止跳动，情况非常危急。他身体本来就不好，可仍坚持去狩猎，结果发起了高烧。

儒、佛、道三教的领袖，伊斯兰教的宗教领袖伊玛目，还有基督教聂斯脱利派的圣职人员纷纷用各自的方式为他祈祷，同时还举行了萨满教的祈祷仪式。

"所有的办法都用尽了，其他还能做什么呢？"侍医长回天乏术了，当重臣们问他还有没有其他的办法时，侍医长这样反问道。

"恕我冒昧，我请求趁此机会大赦天下。"耶律楚材说。他的大嗓门很有名，有一次讨论征税的事情时，他因为嗓门太大，以至于皇帝窝阔台都说："你想跟我吵架吗？"

他很少发言，但一旦发起言来，就极力要使自己的主张通过，他能言善辩而且又热情洋溢，一般人很难招架住。不过在皇帝大病的这些日子，他也压低了嗓门。

"这是个好办法。"牙老瓦赤赞成道。

牙老瓦赤被人称为"玉龙杰赤的贤人"，是进攻玉龙杰赤时投降的人。他和两个儿子一起选择窝阔台的司令部投降了。他的名字在西域广为人知，以至于因为得到了他，窝阔台还受到了成吉思汗的嘉奖。与东方的宰相耶律楚材并列，他被称为西方的宰相。

东西两宰相竞相赞成大赦令，这件事情很快就被定下来了。

互为竞争对手的两人在大赦令这件事情上意见相同了。而蒙古人可能认为大赦令是一种法术吧。

大赦令的效果很令人惊喜，三天后窝阔台就退烧了，不久就能坐起来了，不到一个月，就能像平时一样生活了。

被召回的三人被安置在了离哈剌和林大约十天行程的地方，从哈剌和林到那里不断有送信的人往返。

"我发自内心地反省，我发誓绝不再违反军纪。"贵由无精打采地说。

"这是兄弟吵架，没什么大不了的。"蒙哥说。

两人坐在草原上眺望着远方的天空，虽然都在向上看，但眼睛看的方向却不一样。

"父亲不会轻易饶恕我吧？"贵由看着天上的云彩，摇头说道。

"如果我犯了什么事，也像你现在这样了，你要帮我啊，就算是兄弟之情吧，哈哈。"蒙哥的目光从天空移了下来，笑了起来。

贵由也跟着呵呵呵地从嗓子眼里挤出几声笑，很没底气。他比蒙哥大两岁，年龄处于两人之间的是拔都。

"我反正……"贵由欲言又止。

父亲不是很喜欢他，按规定继任人虽然由忽里台大会决定，但窝阔台有一段时间曾经想把汗位传给拖雷家，然后再传给窝阔台家的失烈门，也就是说跳过一代去，没有他的份儿。

贵由打住话头，停了一会儿，又开口说道：“你要是当了大汗的话，希望你让我做一件事。”

“大汗可能是你……阔出死了。”蒙哥说。窝阔台虽然说下下任大汗是失烈门，但失烈门的父亲，贵由的异母弟弟阔出阵亡了，情况发生了很大的变化。在窝阔台的儿子们中，阔出虽然不是皇后的儿子，但是窝阔台最喜欢他。

“不管是谁当大汗，决不能让那个家伙活，就是那个在我们的血汗上捞取钱财的家伙，奥都拉合蛮。如果你当了大汗的话，这件事一定要帮我做，算我求你了。”

说着，贵由躺倒在草地上，身旁滚落下一个装西域葡萄酒的瓶子。

“我也很讨厌那个家伙。不过，想杀那家伙的话，首先要说服你母亲。这恐怕要做很多工作，那是你的事情。”

蒙哥说着也倒在了草地上，大大地伸了个懒腰。

牙老瓦赤和奥都拉合蛮这两个色目人都是窝阔台一朝的重臣，他们俩是对立的关系。反而是牙老瓦赤和耶律楚材虽然不时激烈地唇枪舌剑，但关系更好一些。

窝阔台重病时，耶律楚材提出大赦天下，最先赞成的就是牙老瓦赤。

耶律楚材提出大赦令是为了拯救全国大量的逃亡者，他们虽然很想回家，但一回家就有可能被捕，被判处死刑或重刑，所以他们不敢回家。因大赦令而获救的主要是这些人，其中很多都因为非常轻微的罪行而妻离子散。

战争俘虏不是自由人，他们想恢复自由的话，必须要支付赎金。

金朝灭亡后，汴京出现了数量非常庞大的非自由民。耶律楚材向皇帝建议让其中的读书人参加科举考试，以便挑选人才。因为广大占领地的行政人员十分缺乏，通过科举考试可以挑选优秀的人才补充官吏队伍。而考试合格的人就成为官吏了，不用说自然而然地就恢复了自由。

这次科举考试被称为戊戌年（1238）选试，有四千名以上的人借此成了自由人。为了防止奴隶主不让他们参加考试，皇帝还特别下令道：

"儒人被俘为奴者，亦令就试，其主匿弗遣者死。"

也就是说让读书人做奴隶，而不让他们参加考试的奴隶主会被判处死刑。

这并不是定期的科举考试，蒙古正式举行科举考试是从元朝仁宗年间开始的，那是八十年之后的事情了。

牙老瓦赤虽然也赞成大赦令，但他的出发点与耶律楚材不同，与恢复自由相比，他更看重因此增加了能够正式征税的户籍。

牙老瓦赤在成吉思汗时代曾做哥疾宁总督，被称为西域的宰相，他主要在财政方面发挥了才能。

"耶律大人，我有很多问题想请教，我和我儿子麻速忽也马上就要去燕京了，请您一定赐教。"退出万安宫时，牙老瓦赤对耶律楚材说，他不久要到燕京赴任。

"我知道的一定告诉您，燕京我很熟悉。"耶律楚材笑着说道。

看样子，窝阔台来日无多了。他一死，那些平时里深受他宠信的人就可能处境危险。离开哈剌和林，到燕京去或许是最好的办法。

窝阔台曾经一度连脉搏都没了，但后来不知是否是大赦令这种法术的神奇功效，他又能奇迹般地站起来走路了。但是，暗地里所有的事情都开始以他不久于人世为前提运作了。

在哈剌和林，女人们的举动好像很受人关注。皇后脱列哥那看上去沉着冷静，但她周围却很不平静。波斯女法蒂玛的举动成了人们关注的目标。她和侍女悄悄说话，就有人觉得很可疑，但一打听，说的只是关于买新地毯的事。

玛丽亚也很忙碌，在哈剌和林新建成的基督教堂中，总有这样那样的事情。这个教堂一般被称为"达娑寺"。

"达娑"波斯语意为"敬仰神的人"，玛丽亚被称为"达娑尼"。她在从事宗教活动的同时，还很热心于教育活动，教人读书写字。

窝阔台的病情加重后，除了原先的三教外，其他宗教人士也被命令要展开各自的祈祷仪式。这时候，在哈剌和林的万安宫中，各种宗教的人汇聚一堂为窝阔台祈祷。达娑尼总是在全真教人的旁边。

其间有一阵时间，没有祈祷的命令，好像窝阔台的身体状况比较稳定了。

牙老瓦赤要到燕京上任去了，走前他去辞别窝阔台。窝阔台一见到他就说："你怎么还在哈剌和林，还不赶紧去赴任？"好像要赶他走似的。

窝阔台在考虑自己死后的事情，就连成吉思汗死后，召开忽里台大会都用了两年的时间，他死后情况只会更加复杂，确定下任继任者所需的时间恐怕要比上次长数倍。

这还是在顺利的情况下。如果忽里台大会没能得出令各方都满意的决议的话，还有可能陷入内战，那样一来，成吉思汗的"蒙古统一"的愿望就成镜花水月了。

成吉思汗死后，由于拖雷"监国"是个顾全大局的人，才使得汗位得以顺利交接。

按照当初的约定，窝阔台之后应该把汗位还给拖雷家。窝阔台最初也是这么表示的，但现在他采取的态度是交由忽里台大会决定。监国的人选大致已经定下来了，那就是皇后脱列哥那。

脱列哥那身边有色目人奥都拉合蛮，到时候奥都拉合蛮可能会掌握对所有人的生杀予夺大权，他最憎恨人的就是牙老瓦赤。

十一　　　第二代的终结

　　窝阔台之所以催促还在哈剌和林的牙老瓦赤赶紧到燕京去，是因为他知道自己死后会发生什么。

　　牙老瓦赤与奥都拉合蛮都是色目人，但牙老瓦赤远比他优秀。以奥都拉合蛮的性格，他是不能容忍比自己优秀的人的。不能容忍的话，就可能会想方设法地把对方除掉。窝阔台意识到这点时，已经太晚了。

　　奥都拉合蛮很会赚钱，这对于财政紧张的蒙古帝国来讲是很有用的。在放心大胆地任用他的这些年里，他最终变成了一个很危险的存在。不管怎么说，还是先让那些被他憎恨的人远远地避开为好。

　　另外还有一个被奥都拉合蛮深恶痛绝的人，就是重臣镇海。镇海虽然出身克烈，但很擅长畏兀儿语，常被误认为畏兀儿人。

　　奥都拉合蛮得以供职蒙古就是镇海推荐的，镇海可以算是他的恩人。但像奥都拉合蛮这种小人，一旦出人头地，就会觉得自己的恩人很碍事。

奥都拉合蛮虽然是伊斯兰教徒，却没有什么教养。他曾经多次在公众面前被牙老瓦赤指责，出过很多次丑。牙老瓦赤觉得只是指出了他的错误，是理所应当的事，并不是有意要使他难堪，然而小人却深深地记恨了。

耶律楚材也曾经弹劾过奥都拉合蛮征税严苛、没有爱民之心。这个奥都拉合蛮应该也不会忘记。

不过，窝阔台也赞成奥都拉合蛮提出的将以往的赋税加倍的"扑买"政策。

扑买指的是承包征税的制度。河南的税收是二万二千锭，一锭为五十两，相当于一百一十万两。将其加倍，就相当于要从百姓那里榨取二百二十万两的税收。当然，由于这是买卖，实际榨取的还要多。比如说榨取二百三十万两，其中二百二十万上交国库，剩下的十万两就是承包人的收益。

围绕这个政策曾经展开过激烈的争论，结果奥都拉合蛮获胜了，耶律楚材没有憎恨他。

随着权力交接的临近，人们开始为自己谋划起来。牙老瓦赤去了燕京，镇海藏起了自己的行踪，其他还有很多人以疾病、旅行等名义，行踪不明了。

这期间，窝阔台的病情有了一点缓和。他走下了病床。在哈剌和林中国式的万安宫中，窝阔台有气无力地说："哈剌和林太沉闷，我要去迦坚茶寒，赶紧准备。"

狩猎用具准备好了。

看到狩猎用具，大臣们惊讶得瞪大了眼睛，虽说窝阔台的身体情况有所好转，但远没到能够狩猎的程度。

"对了，贵由还在离这里十天行程的地方吧。已经差不多了，我对他进行一番教育，这件事情就结束了吧。那家伙年纪也不小了，像这种争吵以后也会收敛了吧。赶紧派人叫他来，还有合尔合孙和不里，都叫来，我打完猎后就见见他们。对了，让他们见到送信的人后，过五天再出发。"

窝阔台的声音听上去底气充足，如果这样下去，这次他的身体没准能完全康复。

欧洲远征军现在正在蹂躏匈牙利全境，捷报频频传到哈剌和林来。不过，对宋战争却依然没有取得大的成果，宋朝将军孟珙是个非常强劲的对手。

不好的消息一概对窝阔台封锁了。窝阔台死后，皇后脱列哥那做蒙古帝国监国的可能性越来越大。因为另一位有力的监国候选人察合台以高龄为由，明确表示不会就任帝国的任何职务。这让伊斯兰教徒们大大地松了一口气，因为察合台作为帝国的最高法官非常严厉。

大札撒中规定：春季和夏季禁止水浴。而春夏之外，水又结冰了，所以可以说大札撒的这条规定全面禁止了水浴。

之所以禁止水浴，是因为蒙古人相信水浴会招来雷电。蒙古人害怕雷电到了令人感到滑稽的地步。

然而伊斯兰教徒却非常喜欢水浴。他们在礼拜前，一定要清洁身体。全身洗浴称为大净，局部洗浴称为小净。由于违反大札撒的人会被判处死刑，在这一高压政策下，大家只能在室内洗浴。

可是却有人仗着窝阔台的宠爱，大着胆子在户外进行水浴，他就是奥都拉合蛮。结果被人告发了，他想凭借着自己的声威抹消这件事，却没能得逞，将要面临死刑，他不得不哭着向窝阔台求助。

"不管怎么说，逮捕是免不了的。夜深了，明天才会审查。如果你承认是在水浴的话，肯定会被杀的。就说是金币掉到了河里，下河去找它了。"

窝阔台教给了他对策，还派人把金币扔进了附近的水里。

第二天审查时，因为找到了作为证据的金币，奥都拉合蛮才幸免于难，捡回了一条命。

一拨一拨的人来劝谏窝阔台不要去狩猎，这反而更坚定了他的决心。他说："我只用箭射士兵们逐赶来的猎物，不策马奔跑，这样总行了吧？"

窝阔台如此喜爱狩猎，就连皇后也无法再阻止他了。看来，在他身体还能动的时候，狩猎和酒是停不下来了。

辛丑年（1241）十一月丁亥，窝阔台去狩猎。按照事先约定好的，他没有奔跑，猎物也都是让部下们拿着。三天后的庚寅日，他返回了阔迭额阿剌勒山（即后来拥立蒙哥的忽里台大会举行的地方）附近。

那里有很多人从哈剌和林赶来迎接他，特别是奥都拉合蛮准备的盛宴很引人注目。不用说，装在白瓷瓶中的是西域产的葡萄酒。

以皇后脱列哥那为首的皇亲国戚、大臣的夫人们，还有后宫的女性全来了。唆鲁禾帖尼虽然没来，不过亦巴哈却在人群中。

"狩猎顺利结束，总算可以放下悬着的心了。"

"陛下真的很注意，射箭的时候也几乎没怎么动。"

"如果再静养一阵的话，可能就会全好了，就差最后一点了。"

女人们津津有味地谈论着，然而皇帝窝阔台的脸色依旧很不好。

亦巴哈看到了献上的白瓷酒瓶，说："这种东西到底是谁送来的？这不是什么好东西。"

她没有压低声音，所以离得较远的人都能听到。奥都拉合蛮好像也听到了，他的头动了动，扭了扭脖子，似乎在寻找说话的人。

"总有人觉得送酒好，真不知说什么才好。"亦巴哈又大声地说了一遍。奥都拉合蛮看到了她，好像知道对方不好惹，耷拉下了脑袋。

不久宴会开始了，大家兴高采烈地谈论着狩猎的事情。待气氛达到高潮时，奥都拉合蛮站起来，手里拿着白瓷酒瓶，劝窝阔台道："这是西域最好的葡萄酒，酿酒的葡萄粒都是一粒一粒精心挑选出来的，寻常的葡萄酒根本无法与之相提并论，直到现在根本没有听说过因为喝它而头痛的人。"

"嗯，看上去很透亮嘛，好像很不错。"窝阔台凝视着倒在玻璃杯中的酒说道。

"从挑选葡萄时就不一样，就连光照的时间都考虑到了，如果那年的葡萄光照不足，长势不好，那年就不会酿这种酒，所以它的产量一直非常低，总是供不应求，为了得到它我费了不少劲呢。"

奥都拉合蛮在对这种酒进行了一番讲解后，又要开始讲授饮酒的方法了。

"喝酒的方法就不用你教了，最好的酒，喝的方法我知道，不就是一口气喝下去吗，很豪爽地喝，哈哈。"笑过后，窝阔台看了看杯中的酒，微笑着说："嗯，这个不错。"说完，就一饮而尽了。

"真爽快，"奥都拉合蛮说，"真正的喝酒就得这样。啊，对了，皇后陛下，你不用担心，这种酒和普通的酒不一样，它有个别名叫'不用医生'"。

"不过，还是适可而止为好。"脱列哥那笑着说。

皇帝打了个大大的哈欠。

"陛下今天好像累了，到吃药的时间了，请您不要忘记。"伊斯兰侍医长说道，他是在撒马尔罕投降的名医玉斯甫。

"唉，那种药太苦了，你们如果不弄得好喝点，我就不喝那种药了。"窝阔台在胸前摆了摆手。

"那么请您去休息吧。"玉斯甫说道。他的话让人无法抗拒。

"好吧，好吧，今天我就乖乖地去睡觉，那种难喝的药也会喝，不过，这瓶酒你要让我拿着。哈哈哈。"

窝阔台踉踉跄跄地站了起来，由两名侍女搀扶着退了出去。他的笑声仍然在空中回响着。

在卧室的床前，他很痛快地喝下了玉斯甫调配的药。

"不苦，今天的药不苦，哈哈，该喝奥都拉合蛮的酒了。"

窝阔台说着进了帐子里，他打了个哈欠，手里还紧紧地握着奥都拉合蛮进献的那个白瓷酒瓶。

"陛下今晚应该能睡个好觉吧。"玉斯甫退出时说，他在窝阔台刚才喝的药中掺入了少量的安眠药。

第二天早上，值班的侍卫发现皇帝窝阔台的身体已经变凉了，他身边滚落着白瓷酒瓶，里面已经空了，酒瓶的塞子也不见了。

对于大汗窝阔台之死，谁也没有感到意外。早在今年 1 月，他的脉搏就一度停止过跳动，他能够活到现在，反而可以说是一个奇迹。他一直活到了 12 月，令他身边所有的人，包括皇后脱列哥那在内，都觉得是个奇迹。

"他不该喝那种酒。"

虽然有人这样说，但批评献酒的奥都拉合蛮的声音并不是很大。

"喜欢的东西总算是尽情享受了。"

脱列哥那擦干眼泪后，好像想通了似的说道。这时候，奥都拉合蛮低下头说："真是遗憾啊，好不容易刚刚见到贵由殿下，皇帝陛下就去世了。"

贵由是为了接受审查回来的，但奥都拉合蛮却巧妙地将之转变成为了父子相见，深深地迎合了皇后脱列哥那的心意。

对于脱列哥那来讲，妨碍自己的儿子贵由继位的人是他的异母弟弟阔出。窝阔台很喜爱阔出，而且，公众的舆论也一致认为阔出远比嗜酒如命的贵由优秀。贵由自己早就断了继位的念头。

然而，没想到阔出却早早地死了。这样一来，事情就出现了很大的转机，贵由即位的可能性陡然大增。但是，他面临的难关是他父亲窝阔台不是很喜欢他。窝阔台觉得还是应该先把汗位传给拖雷家，然后再传给自己的孙子失烈门。失烈门就像他父亲阔出的影子似的，这是窝阔台作为祖父的一种心愿吧。

然而窝阔台死了，不是突然去世的，至少这一年中，所有的事情都是以他的死为前提进行的。对于皇后脱列哥那来讲，准备的时间太过于充分了。

那个波斯女人法蒂玛从窝阔台还活着的时候，就开始了种种谋划。据说她会使用巫术。在蒙古，波斯人的巫术很早就非常有名。

四处漂泊的波斯艺人中有很多会幻术的人。自古以来从西域进贡到中国的"物品"中就有波斯幻人，他们大都是魔术师之类的人。而魔术师与巫术师的区别是非常模糊不清的。

其他的波斯人擅长的职业还有外科医生、牙科医生等。唐代的鉴真和尚到日本去的途中患上了眼疾，为他做手术的人是胡人，应该就是波斯人。法蒂玛擅长巫术，在一定程度上也懂点医术。

正月里，当窝阔台的身体状况急剧恶化，医生都束手无策时，法蒂玛默默地为他配了药。由于事关重大，法蒂玛格外小心。她把写了咒语的纸浸在水中，让窝阔台喝下了。因为不是医生配的药，如果出了意外，首先就会被怀疑是不是毒杀。

而正月的时候，窝阔台的脉搏曾经一度停止了跳动，所以法蒂玛做什么都不会被怀疑是毒杀了，因为不用毒杀，只要放任不管的话，他就会死的。

结果窝阔台起死回生了，人们都认为是法蒂玛巫术的功效。那时候，所有的人都被她的"法术"征服了。

"不是我的功劳，是陛下命强的缘故，请陛下多保重身体。"

法蒂玛那时说的话，让人听着心里很舒服。

"这次法蒂玛没有在陛下身边，真是很遗憾。"

有一些老臣叹惜道。

窝阔台死的瞬间，谁都没有在他身边，为此大家悔恨连连。

不过，他身边滚落的白瓷酒瓶却有一点问题。那天晚上，谁也没有进入大汗的帐子里，因为戒备森严，这点是不会有错的。

然而也许有人从远处施展法术，凶器就是白瓷酒瓶中的酒，这种法术没准能从很远的地方施展。

因窝阔台的死而受益的人首先会被怀疑。窝阔台死后，大概皇后脱列哥那会当监国。而能够随心所欲地操控脱列哥那的，恐怕只有法蒂玛和奥都拉合蛮。奥都拉合蛮虽然不会法术，但能用钱收买会法术的人，据说会这种法术的人大都很贪财。

法蒂玛会法术，但她曾经救过窝阔台的命，让他多活了十个月。当然这期间，利害关系可能发生了变化，但是这次狩猎她没有随行。人们相信法术只有在被施法术的人的气息能够到达的范围内才能发挥效力。

虽然有这样那样的猜测，但最终的结论是：窝阔台没有中法术，只是太想喝酒了，拿着白瓷酒瓶进了帐子。由于酒太过于美味，不知不觉就喝多了。这很符合他的一贯作风。

装殓窝阔台的灵车很快做好了。同时，召集忽里台大会的使者被派遣到了各个地方，一时间各条道路都被戒严了。

会议的召集者是皇后脱列哥那，族中的长老察合台重病在床无法起来。虽然有一部分人提议由察合台来监国，但在这种情况下是不现实的。

脱列哥那原是蔑儿乞部首领的妻子，被成吉思汗俘获后赐予了窝阔台。中国文献记载她为乃马真氏，据此推测她很可能是乃蛮人。她号称六皇后，与大多数乃蛮人一样，是聂斯脱利派的基督教徒，这点与拖雷遗孀唆鲁禾帖尼一样，但脱列哥那毫不隐讳她的信仰。

监国脱列哥那首先派人通知儿子贵由紧急返回哈剌和林，只有很少一部分人知道贵由因要接受审查而被叫回来之事。

一般的人都把贵由突然归来与他父亲的死联系到了一起。虽然他回来的真正原因是堂兄弟的争吵，但由于这是蒙古帝国的耻辱，所以一直被隐瞒着。

"您一定很吃惊吧，但不管怎样，我还是恳请您能战胜悲伤，为国家尽力。"明明知道贵由回来的真实原因的奥都拉合蛮，跪在地上大睁着眼睛这样说道。贵由很不愉快地往地下看了看他。奥都拉合蛮问候结束退出去后，贵由大大地舒了口气，好像要把脏东西抹净似的，反复地搓了搓膝盖附近。

"贵由，奥都拉合蛮为咱们做了很多事情，以后你要对他好一些。"脱列哥那对儿子说道。

"奥都拉合蛮到底做了什么？不过是从国家的金库中算计出钱来，然后当作自己的钱来献给咱们而已。母亲，您能被他欺骗，可我的眼睛亮着呢。"贵由说道。

"贵由，先不说这个了，你以后还是少喝点酒吧。"脱列哥那严肃地说道。

　　成吉思汗死后，忽里台大会推选窝阔台为新任大汗用了整整两年时间，当时的监国是拖雷。那时有成吉思汗的遗言在前，只要按照遗言执行就可以了，可尽管如此还是用了两年时间。

　　窝阔台死后的忽里台大会，比上一次情况更加复杂。监国脱列哥那肯定要推举自己的儿子贵由，但斡旋此事所需的时间要比上一次长得多。首先，由于"长子军"远征欧洲，只是把与会人员聚齐就要花费相当的功夫。别的不说，仅从匈牙利、波兰撤兵就是一个相当浩大的工程。

　　而在这个时候，又出现了想趁机争权夺利的人，他就是帖木格·斡惕赤斤，即成吉思汗的幼弟。他率领军队向万安宫进发，可是在途中他得到了贵由到达了也迷里河的消息。帖木格原来一直以为他在很远的地方，所以有时间举兵夺权，可贵由要是在也迷里河的话，很快就能赶过来。

　　"没有什么，我只是想来吊唁，因为是非常之时，为了以防万一，才带军队来保卫万安宫的。"帖木格对他带军队前来之事辩解道。就这样，成吉思汗幼弟的叛乱还没有开始就结束了。

　　从欧洲战线撤退返回哈剌和林大约需要半年的时间。从哈剌和林频繁地向各地派出使者进行各种各样的磋商。与正式的使者相比，他们很多变身为商队人员。

　　"好像分成了两股大的动向，现在咱们什么都不要做更好，只在一旁观望就行了。"在哈剌和林的基督教堂中，玛丽亚微笑着说道。

　　亦巴哈一边擦着额头上的汗一边说："什么都不做更好？脱列哥那可是大显身手呢，早晨刚向撒马尔罕派出使者，晚上又有使者从燕京回来。我们就静静地待在这里？这是你说的？"亦巴哈好像有点激动。

　　"眼下这段时间，做什么都是无效。两股大的动向，指的是窝阔台家和察合台家联合，以及与之相对的，术赤家和拖雷家的联合，虽然还有一些小的动作。总之这次的忽里台大会是很难召开的。听说拔都殿下的腿不好，只能骑马，走不了路。"玛丽亚笑着说。

按照中国式的做法，窝阔台被追谥为太宗。

窝阔台的葬礼沿袭了成吉思汗的葬礼，是由巫术师主导的，更增添了强烈的佛教特别是密宗色彩。密宗应该是红帽系的喇嘛教，因为当时黄帽派的喇嘛教还没有诞生。还夹杂有不知是儒教还是道教的色彩。最后，仔细观察的话，还有类似聂斯脱利派基督的礼拜，只有这个是成吉思汗时没有的，似乎是皇后脱列哥那穿插进去的。

贵由、合尔合孙和不里为了接受审查被叫了回来，蒙哥也跟随他们回来了。结果在远征军将领中，这四人最早到达哈剌和林。

总司令拔都和相当于参谋长的速不台，正在布达佩斯附近与匈牙利作战。当他们接到窝阔台的讣报和召集参加忽里台大会的信函后，拔都半与速不台商量似的说道："这次的汗位本来应该由拖雷家的人来坐，看来恐怕不行了。"

"是啊，窝阔台家的力量增长了，特别是皇后的力量不容小觑啊。"速不台答道。

"忽里台大会怎么样？"拔都问。

"从窝阔台时代起，忽里台大会大概八成左右的选票都被窝阔台派的人控制了，贵由有八成，要是阔出的话，恐怕得有九成。拖雷家唆鲁禾帖尼妃以下的人都太温和了。从斗志上来讲，他们根本不是对手。"

"不是对手吗？"拔都抱着胳膊说道，"要是那样的话，我不参加忽里台大会了，我的腿又疼了，哈哈……"

腿疼是蒙古贵族之间缺席时最常用的一个借口，因为他们通常都是骑马或者坐车，腿部缺乏锻炼。

察合台的儿子拜答儿和窝阔台的孙子海都在进攻波兰，窝阔台的庶长子合丹在匈牙利的南部作战。窝阔台的讣报也传给了他们，要求他们准备参加忽里台大会。

各地的蒙古军像潮水一样开始撤退了。可以说因为窝阔台的死，欧洲得救了。只有在最前线的匈牙利，蒙古军任命官吏，铸造货币，打算永久占领下去。

一个人的生死极大地左右了世界历史的进程。此时，因为被窝阔台的死掩盖而没有受到特别重视的是成吉思汗的次子察合台也死了。至此，成吉思汗嫡系的第二代人全都去世了。

十二　　失势和死

对于玛丽亚来讲，虽然没有血缘关系，但成吉思汗的长子术赤和次子察合台就像与她年龄相仿的哥哥，而窝阔台和拖雷就像弟弟。现在他们四人都去世了，成吉思汗时代已经变成了遥远的回忆。

"进入了大汗孙子辈的时代了。"玛丽亚深深地叹息道，有些萎靡不振。往昔的岁月仿佛从她身体中抽走了什么似的，她从心底感到了巨大的痛楚。

"干吗要像那样不停地唉声叹气呢？不是还有蒙哥吗？要为蒙哥努力，不要光是叹气。"亦巴哈说。

"蒙哥没有争夺汗位的意思吧。他返回哈剌和林时，我曾经试探过他。"蒙哥的母亲唆鲁禾帖尼轻轻摇着头说。

"这里没有外人，只有我和玛丽亚，你想说的事情就坦率地说出来吧。你想让他当大汗就说出来吧，不用提防我们。"亦巴哈鼓动她道。

"那孩子说了，现在争夺汗位没意思，先不要着急。我也觉得应该这样。"唆鲁禾帖尼抚摸着姐姐亦巴哈的背说道。

"也就是说现在不行，过了现在就行了？"亦巴哈皱着眉头说。

"好像是这样吧。"唆鲁禾帖尼看着亦巴哈的眼睛，深深地点了点头说道。两人的目光交会到一起时，同时点了点头。

"是啊，听你这么一说，我也觉得是这样，如果仔细想想的话。"亦巴哈很赞同。

谁都知道窝阔台从一年前起，就一步步逼近死亡了。窝阔台死后的事情，他的家人早就开始做准备了。在准备工作上，拖雷家至少晚了两三步。

"蒙哥说，与其成吉思汗家人之间互相争斗，还不如到没有纷争的地方去做新的大汗。弟弟忽必烈他们也是这个意思。"唆鲁禾帖尼说。

对此，亦巴哈歪着头反问道："没有纷争的土地？"

"就是对成吉思汗家族来说没有纷争的土地，比如说中国的南方，现在还是蛮子的土地，还没有归属蒙古。攻下那里的人，就会拥有很大的权力。"唆鲁禾帖尼说。她认为蒙哥去开拓新的领土，而不与其他的兄弟、亲戚争夺是最好的事情。

奥地利和波希米亚本来正在蒙古的猛烈攻击下瑟瑟发抖。就在这时候，皇帝窝阔台的死讯传来了，主要的指挥官都必须返回参加忽里台大会。此时的忽里台大会有两千人参加，为此准备了与之相应的大帐篷。

成吉思汗死时，基本定下来由窝阔台继位了，可尽管这样，确认还是用了两年的时间。

窝阔台于1241年12月11日去世。从当年年初起，他的身体就非常糟糕，随时都有可能死亡，所以皇后脱列哥那有充分的准备时间。

表面上虽然提议由拖雷系的蒙哥和窝阔台的孙子失烈门继位，但暗中贵由是最有力的继承者。由于察合台躺在病床上，一切都很容易进行。

成吉思汗的遗言几乎具有绝对的权威，而且拖雷也很顾全大局，所以窝阔台的登基没有出现问题。即使这样，耶律楚材也被看作是有拥立之功。

下任大汗如果是蒙哥的话应该没有太大的问题，但脱列哥那拼命地想把贵由扶上汗位。

她也向耶律楚材征求了意见，耶律楚材答道："此非外臣所敢与者。"

外臣指皇族以外的臣子，耶律楚材的意思是皇室内部的问题，不是我们这些外部的人应该干预的。

次年（1242）是脱列哥那称制（摄政）元年。

虽然欧洲的"长子军"撤退了，但伐宋军还在继续战斗，主要由张柔指挥。

这天，万安宫召开了重要的会议，重臣们都到场了。摄政脱列哥那环顾了一下众人，开口说道："为了能够快速处理政务，我打算把空白的、盖有御玺的诏书交给奥都拉合蛮保管，他可以随时填写内容，你们觉得怎么样？"

她的口吻好像是把已经决定了的事情通知大家一声而已，根本不是听取意见的态度。

这时，耶律楚材发言了。他说："请问这个天下是谁的天下？"

声音很大，他一向以嗓门大著称。窝阔台在世时，有一次曾经对他说："你想和我吵架吗？"

耶律楚材接着说："确定下任大汗的忽里台大会还没有召开，

所以现在的天下还是先帝（窝阔台）的天下。在先帝的宪章中，一个字也没提到要把空白诏书交给臣下保管。像这种违反先帝法度的事情，臣不敢遵从。"

耶律楚材的话使在场的人都纷纷小声议论起来。大家开始还很克制，但渐渐地声音就变大了。

"我们也还是先帝的臣子，正如耶律楚材所说，我们要遵守先帝时的法度。"刚从欧洲战线回来的速不台接着耶律楚材的话说道。接着，刚从伐宋战线赶来的张柔站了起来，说道："空白诏书闻所未闻，我们这些服丧中的臣下，只会一心一意地遵守先帝的法度。"

对于军队最高首领的意见，皇后脱列哥那也不得不遵从。她咬着嘴唇，用颤抖的声音说："那就遵从先帝的法度吧。"

这一回合的较量，脱列哥那和奥都拉合蛮彻底失败了。

他们本来想趁皇帝之死一举夺得政权，然而事情并没有想象得那么容易。蒙古从本质上来讲是军政一体的国家。文书政治只是刚刚开始，文书至上的中国只不过是它的一个样本而已。而且，蒙古的统治阶级大部分都不识字，即使识字的人也对文书政治没有丝毫的敬意。

实际上，这点正是奥都拉合蛮的目的所在。人们对文书政治不熟悉、不重视的现在，正是凭借文书操纵政治的好机会。

然而，他没有想到蒙古也有像耶律像楚材这样的人。耶律楚材熟悉文书，预见到在不久的将来，这个国家也会依靠文书来展开政治活动。耶律楚材打出遵守先帝法度的旗号，使像速不台这样的军人很容易接受，并且正好迎合他们憎恶只知赚钱的"色目人"的感情。而张柔的支持，让人感到在耶律楚材背后，以汉人世侯为代表的汉人在政治上的发言权正在逐渐增长。

皇后脱列哥那真正的政治顾问是波斯女法蒂玛。从一开始，皇后就一直很关注法蒂玛的表情。法蒂玛轻轻地摇了摇头，暗示她正在讨论的这件事情不能强行推进。

皇后脱列哥那出生于乃蛮，对玛丽亚也感到很亲近。然而对她的好感只停留在同乡同教的程度上，作为聂斯脱利派基督教徒，脱列哥那对她有亲近感，但脱列哥那绝不会因此与政治混为一体。脱列哥那的政治顾问，无论是奥都拉合蛮还是法蒂玛，都以伊斯兰教徒居多。

伊斯兰教顾问大都擅长理财，他们在为国家财政做出很大贡献的同时，自己的腰包也随之鼓了起来。

这是功绩还是堕落，对此事的看法因人而异。不过，如果没有他们的话，国家的财务运转马上就会出现问题却是一个不容置疑的事实。

虽然耶律楚材阻止了委任奥都拉合蛮保管空白诏书，但事情并没有就此结束。奥都拉合蛮想把自己以往的功绩留在文书中，而把自己贪污受贿等污点抹消。

而且这件事情必须要尽快完成，皇后脱列哥那虽然很信赖奥都拉合蛮，但她极力保荐的下任皇帝贵由却明显不是这样的。他很讨厌奥都拉合蛮。所以，奥都拉合蛮非常迫切地希望尽早用文书记载下自己的功绩。

贵由在父亲的大葬结束后马上返回了西方。他回到哈剌和林，既不是因为父亲的病，也不是为了葬礼，而是为了接受审查。因父亲一死，审查之事不了了之了，贵由也作为皇帝候选人浮出了水面。

"我去把留在西方的军队带回来。"

贵由对母亲这样说完后，就飞马奔向部下正在待命的西方战线。到贵由再回来为止，奥都拉合蛮必须要做好准备，他要用文书来武装自己。因为耶律楚材的反对,保管空白诏书之事虽然失败了,但奥都拉合蛮不是一个因为一次挫折就一蹶不振的人。

奥都拉合蛮的建议大多数都被写成文书颁布施行了,而且还是以其他重臣的名义写成的。宫廷的权力几乎就是由奥都拉合蛮掌握着的。

"我抗议,为什么奥都拉合蛮的建议要用我的名义颁行?就算我再没落,也不至于成了奥都拉合蛮的秘书吧?"

镇海抗议道。他是十九个饮过班朱泥河泥水的人中的一人,作为中书省右丞相,负责畏兀儿文字记录。同样的工作,负责汉文的是耶律楚材。

奥都拉合蛮派来的人默不作声地回去了。

"镇海,情况不妙啊,你赶紧坐我的马车逃跑吧。"耶律楚材悄悄地对他说。

在不听奥都拉合蛮的话这点上,镇海、耶律楚材都一样。然而,耶律楚材劝镇海赶紧逃命,自己却稳如泰山。

镇海原本是克烈部人,但畏兀儿语很好,以至于很多人都把他当成了畏兀儿人,因为他年轻时曾与畏兀儿人生活在一起。换句话来说,他的"归属"是很模糊的,到危急时刻,很可能克烈部、畏兀儿部都不会挺身而出去庇护他。

说得更明白一点就是,他是一个很容易被干掉的人,杀了他,克烈、畏兀儿都不会发生动摇,更不会因此而造反。

而耶律楚材的情况就不一样了。他是汉化的契丹人。契丹人在蒙古军队中占有相当重要的地位,而汉人的势力之大也是不用多说的,特别是再考虑到今后的伐宋战,所以蒙古军队中汉人的态度是举足轻重的。伐宋战争的首领张柔与耶律楚材同年,他们亲密得就像兄弟一样,这在蒙古军中是众所周知的。

"逃命？到哪里去？"镇海把自己的一切都交付给了耶律楚材，他觉得逃到耶律楚材指点的地方应该是不会错的。

"到西夏阔端殿下那里去。"耶律楚材指点道。

阔端是阔出的异母弟，从一开始就与皇后脱列哥那有隔阂。听说被奥都拉合蛮深恶痛绝的牙老瓦赤也打算万一有什么事情时就逃到阔端那里去。耶律楚材对这类消息是很灵通的。

"晋卿（楚材的字），那这马车？"

镇海的话中包含了很多含意。耶律楚材劝告自己逃命，但他就没关系吗？他不是同样也被奥都拉合蛮憎恨吗？用他的马车逃命，在多大程度上是安全的呢？

"没关系，我可能就是被免职而已，再怎么说，我有本职工作。"耶律楚材说道。

他的本职工作就是观察天象，进行占卜。在蒙古，占卜、占星一类的事情没有人能够超过他。如果没有了他，马上就会陷入混乱。

"我明白了，那么再见吧，以后再见。"镇海与耶律楚材告别了。

奥都拉合蛮似乎也意识到了保管空白诏书之事不妥。他改变策略，提出把自己提议的事情写成文书颁行。其实仔细想想，这与委任保管空白诏书没有什么太大的不同。

"奥都拉合蛮提议的事情，如果令史不写的话，就把他的手砍下来。"皇后脱列哥那在万安宫当着群臣的面这样说道，她不仅仅是皇后，还是监国，也就是说，她是摄政统治国家的人。

为什么她这么信赖奥都拉合蛮，就像被施了魔法似的？

自从参与国政以后，脱列哥那知道蒙古的财政主要依靠掠夺支撑。然而，战争结束后，就要想办法从其他的地方弄出钱来。

其他的地方就是税收，奥都拉合蛮是收取税金的能人。不过，莫说脱列哥那，就是奥都拉合蛮也没有切实地搞明白：如果国民不堪承受沉重的赋税，迟早会起来造反的。

虽然同样是色目人，但牙老瓦赤明白这点，他明白在制定政策时要考虑百姓的承受限度。在这点上，被视为汉人官僚的耶律楚材也一样。

说到底，奥都拉合蛮不过是商人，只以收入的多少来衡量，因此能像变"魔术"似的弄出钱来。而牙老瓦赤、耶律楚材都是关怀民生的政治家，所以对皇后提出的金额会不假思索地表示无法征收。

还是奥都拉合蛮能干，皇后这样想也是顺理成章的。由于奥都拉合蛮在征收的赋税之中，还要加上揣入自己怀中的部分，所以可以说他把黎民百姓逼迫到了痛苦的深渊中。

"令史"是负责文书工作的人，其中既有只负责记录的人，也有像耶律楚材那样的中书令，像镇海那样的右丞，他们有相当大的发言权，可以讲述自己的意见。然而，皇后的话是让所有负责文书的人都要原封不动地记下奥都拉合蛮说的话，如果拒不执行的话，就要把他的手砍下来。

人们不禁想起了因拒绝把奥都拉合蛮的话写成文书、像谜一样失踪了的镇海。

"明白了吧。"脱列哥那叮嘱道。

这时有一个人站了出来，又是耶律楚材，谁都知道他做好了必死的心理准备。

"恕罪，国家的全部典故，先帝都委任给老臣我了，令史也全在老臣的指挥之下，无论是谁的建议，只要是合理的，都会记录下来予以公布。如果不合理，就没必要记录。"

耶律楚材说到这里，停顿了一下，万安宫中静悄悄的，连一声咳嗽都没有。接着，他又开口说道："老臣侍奉太祖（成吉思汗）、先帝三十年，从来没有做过对不起国家之事，从侍奉太祖时就将生死置之度外了，我连死都不怕，更何况是一两只手？"

说完他闭上了嘴，但他的话语声仿佛还萦绕在空中，他说话之前是一片寂静，说完之后仍然是一片寂静，更映衬出他话的分量来。

脱列哥那看了一眼波斯女法蒂玛。这种时候该怎么办，法蒂玛最清楚。奥都拉合蛮有时的做法也不恰当。

"这件事如何处置以后再说，今天暂且到这里。"脱列哥那说道。法蒂玛的眼神暗示她这样做，至于怎样处置法蒂玛自己也不知道。

让奥都拉合蛮处置这类事情的话，他可能会很过激。想要不动声色而实际上又非常严厉地处置时，还是要依靠法蒂玛的智慧。

第二天，处置的办法公布了：免除耶律楚材官职，不过在天象有异变时，必须禀告。

也就是说耶律楚材被驱逐出了国政决议阶层，不过，国家对于他观察天象的才能还是认可的。在蒙古军中，耶律楚材的占卜术，自祃牙（出阵式）以来已经演变成了一个神话，相信的人很多，所以他还有利用价值。

耶律楚材的传记，有的写他在丢掉官职的失意中去世了；也有像《元史》那样，记载他"薨于位"的。哪种说法都不能完全算错。

耶律楚材从万安宫返回自己的宅邸时，表面上看起来和平常一样，然而，他的妻子苏氏却敏感地察觉到了与往日的不同。不过，她什么也没有问，丈夫能够从万安宫活着回家就已经让她很满足了。

耶律楚材盘腿打坐了很长时间。他知道至少他的中书令这一官职被解除了，另外还会有什么处分他也不知道。

最重的处分就是被命令"自杀"。在他退出万安宫时，法蒂玛
狰狞地笑了一下。这段时期，法蒂玛的一个念头足以左右朝中大
臣的命运。

为什么会这样，外部的人弄不明白。毫无疑问法蒂玛得到了
皇后极大的信任，但为什么就不得而知了。

奥都拉合蛮得到信任的理由很容易明白，一言以蔽之，就是
他擅长理财。

在窝阔台时期的文献中，记载皇帝窝阔台慷慨大度的事例很
多。由于记载的都是事实，所以不会有什么差错。其中有很多事
例只能用浪费来解释。如此一来，国家财政就必然会陷入慢性赤
字的泥潭中。据说窝阔台很喜欢听古今中外贤明君主的故事，但
无论哪位君主，只要讲到他节约、惜财的事迹时，窝阔台就会表
现得很不愉快。

这时候他总爱说："无论什么财宝都不能使我们免于一死，而
且也不能让我们死而复生。所以说我们存放财宝的地方，只能是
人们的心中。连这点都不明白的家伙真是可怜，还算什么明君？"

这是窝阔台的口头禅。在他看来，慷慨亦即浪费是一种美德，
而节约、储蓄是一种恶劣的品德。

然而，同样是储蓄，如果是为"美德"所做的准备，就没关系了。
奥都拉合蛮对搜刮来的财富用于何处并不是很关心。对于生前的
窝阔台来讲，奥都拉合蛮是一个使用起来很方便的人。

奥都拉合蛮想要钱，因而深谙搜刮财富技巧的牙老瓦赤就显
得很碍事。荐举自己的镇海也令人不舒服。另外，对于钱财的用
途总是横加指责的耶律楚材也很不知趣。

窝阔台死后，奥都拉合蛮本来想毫不留情地清除掉这些人，
可是镇海却早早地察觉到了这点，不知藏到哪里去了。

耶律楚材是天象和卜筮的权威，不知为什么法蒂玛不同意清除他，另外脱列哥那也不愿意失去有拥立窝阔台之功的他。

"不能让汉人领袖成为敌人。"

这种一般公众的情感也要尊重。

自从被免除官职后，耶律楚材一直把自己关在家中。他家附近有聂斯脱利派基督教会，玛丽亚经常到教会去。玛丽亚和耶律楚材的夫人苏氏关系很亲密，常顺路去他们家坐坐。

玛丽亚身边的乌思塔尼去世了，开设了新教会的亨利也要引退了，只有约翰还不时有消息传来，他打算到中国去开辟新天地，有时会来向玛丽亚请教。

11 世纪初，聂斯脱利派基督教传播到了阿尔泰山麓的游牧民族中。

曾是君士坦丁堡主教的聂斯脱利（428—431 年在位）明确区分了基督的神性和人性。他认定马利亚（圣母）是基督的母亲，但没有神性，只有人性。由他发起的宗教论争演变成了一大政治事件，最后聂斯脱利在埃及悲惨地死去，他的学说一度被看作是异端。

后来，异端的定论虽然被取消了，但在很长一段时期，聂斯脱利派只能着力于向东方传教。唐代的"景教"就是它，但因唐武宗的宗教镇压政策，一时间在中国消失了。

1007 年，聂斯脱利派的巴格达总主教约翰，指示马鲁城的大主教向克烈部国家派遣两名带着圣瓶的圣职者和辅祭。这是 1162 年成吉思汗出生一百五十年前的事情。

虽然有一个半世纪的传教历史，但其中恐怕还夹杂着很多萨满教的成分。

初期的传教似乎把重点放在了仪式上。岂止是重点，玛丽亚受到的宗教教育可以说从头至尾几乎全是仪式。可以说，她是全身投入基督教的。

耶律楚材是一个虔诚的佛教徒，还号称"湛然居士"。他的日常生活是儒者，他认为儒是伦理，而不是宗教。就像大多数佛教徒一样，他对其他的宗教没有明显的敌对意识。对于基督教，反而是好奇心占了上风，他曾经很多次跟随玛丽亚去参观做弥撒。

如果一个基督徒的配偶不是基督徒的话，情况将会如何呢？耶律楚材对此充满好奇心，他就这个问题询问了玛丽亚。

"神的问题，是每个人心灵的问题，在现实生活中只要夫妇从一开始就不把它当问题就行了。"玛丽亚回答。

在蒙古社会中，这点很容易做到。

从一夫多妻这种制度来看，这个足以破坏家庭的问题从一开始就被搁置到了一边。妻子很少有机会能和丈夫就这个问题展开讨论。

"不过，因为我没有这方面的经验，所以也没什么自信。"玛丽亚补充道。

"原来这样，"耶律楚材笑了起来，"也是，上到大汗，下到士兵，这个问题好像都解决得很好。"

在草原诸民族中，东部以塔塔尔部，西部以克烈部、乃蛮部文化水准最高。成吉思汗深知这点，所以他为族中男子挑选的妻子全是这些部族的女性。特别是自己儿子的妻子，尽量避开同族女子。这样做的结果之一就是，他儿子们的妻子全都是基督徒。

儿子们的生活，包括狩猎在内，野外活动被看作是他们的义务，而且他们的侧室也很多，因此基督教并没有太多地深入家庭生活。不过，贵由受母亲脱列哥那的宗教影响很深，即使如此，也只是仪式宗教而已，他母亲想用宗教来矫正他嗜酒的恶习就失败了。

　　在西征战中成为俘虏的玉斯甫，在西方世界是一位著名的医生。他经常出入各位王公大臣家。耶律楚材身体不好时，也请他来看病。

　　"喝酒是我的一大乐事，尽管我也知道这不好。"耶律楚材说。

　　玉斯甫笑着说："你不要太在意，同样喝酒，你喝的量只有贵由殿下的五分之一。"

　　"殿下喝的是我的五倍吗？那对我来讲就是痛苦了。"

　　"对他来讲应该不痛苦吧，要不也不会喝那么多了，可能反而是想逃避痛苦吧。"

　　"唉，也真够难为他的。"耶律楚材说。

　　贵由的病一旦发作起来，他就会难受得大声叫喊。听到他撕心裂肺的叫喊声，人们就能想象出他痛苦的程度来。如果酒能减轻他的痛苦的话，恐怕谁都不会阻止他喝酒的。

　　不知为什么，玉斯甫总爱跟耶律楚材说贵由的病情。大概他是想通过耶律楚材之口告诉贵由的支持者，推举像贵由这样重病缠身的人做大汗是不合适的吧。

　　不过时间久了，耶律楚材渐渐地明白了玉斯甫的真实意图，他想在不经意中告诉人们，他希望这次推举贵由为大汗的忽里台大会避开无用的争执，大家早点为下次做准备。他想向谁传达这个信息呢？肯定是向他认为能够有益于百姓的人传达。

　　他的目标似乎是唆鲁禾帖尼，更确切地说是她的儿子蒙哥，成吉思汗的孙子，被公认为最优秀的人。

　　"我很久没有见到蒙哥殿下了，他还好吧？"玉斯甫通过这样的话，有意无意地向耶律楚材传达了自己的期待。

他希望能够使战争终结的人——换言之，就是最强大的人出现。

而眼前的这次忽里台大会，最有利的人是贵由，只能说他准备得最充分，但并不是最优秀。他身患重病，可以说是一个很危险的人。

晚年的耶律楚材酷爱琵琶和阮咸[1]。说是晚年，他的享年也不过五十五岁而已。在窝阔台死后，下次忽里台大会召开之前他就去世了，比身患重病的贵由死得还早。

自从被逐出官场，永不任用后，他就与诗、琴为友，他非常喜欢诵读五柳先生陶渊明的诗，尤其喜欢他的《挽歌诗》，这是陶渊明想象自己的死而作的挽歌。耶律楚材这时候或许也预想到了自己的死：

> 有生必有死，
> 早终非命促。
> 昨暮同为人，
> 今旦在鬼录。
> 魂气散何之，
> 枯形寄空木。
> …………

《挽歌诗》最后以"但恨在世时，饮酒不得足"结束。耶律楚材虽然算得上是个酒豪，但毕竟是个循规蹈矩的人，或许他有时很向往陶渊明。

---

1 乐器名，琴身圆形，长柄，传说竹林七贤中的阮咸很爱它。

耶律楚材于摄政皇后三年（1244）五月去世。死时没有丝毫的痛苦，就像睡着了似的去往另一个世界。

摄政皇后脱列哥那赙赠（香典之类）甚厚，她虽然把耶律楚材驱逐出了政治舞台，但成吉思汗去世后，他是促使蒙古帝国政权平稳交接给窝阔台的大功臣，这点脱列哥那始终铭记在心。

无论在哪个时代，都不乏向当权者献媚的小人。因为皇后驱逐了耶律楚材，有人以为说损毁耶律楚材的话，就能得到嘉奖。于是就有人站出来指控道："中书令耶律楚材在任二十年，将天下贡赋的一半都据为私有了。"

摄政局派皇后信赖的麻里札对此事进行了调查。结果，在耶律楚材家只找到了琴、琵琶、阮咸等乐器大约十件，以及古今书画、金石等文物数十卷而已，这个调查反而证明了耶律楚材的廉洁。

有人把唆鲁禾帖尼和她姐姐亦巴哈去耶律楚材家吊唁之事报告给了脱列哥那。

"请您要多加注意，耶律楚材虽然死了，但不知道他死之前都做了些什么。"法蒂玛说。

"你是说大胡子为拖雷家做了什么？我不相信，唆鲁禾帖尼看上去只想保住他们的领地而已，没有更大的野心。"脱列哥那说。

"要真是那样的话就好了。"法蒂玛说。

"大胡子是个欲望很少的人，而且他在上一次忽里台大会上也为我们做了很多事情，我想他可以信赖吧。"脱列哥那说。

"唆鲁禾帖尼还好说，亦巴哈呢，如果我是亦巴哈的话，我会这么说的……"法蒂玛说。

"怎么说？"脱列哥那问。

"这次就这样吧，因为对方做了充分的准备，不过，从现在起，咱们就为下次做准备吧。"法蒂玛说。

"下次？"脱列哥那说。

"亦巴哈等人可能已经在计算时间了，他们可能觉得下次不会太远。对此咱们不能掉以轻心，在这次忽里台大会上应该为下次做一些铺垫才好。"

法蒂玛说话的时候，一直注视着摄政皇后的脸，脱列哥那一时间避开了她的视线。

下次忽里台大会很快召开，也就是说贵由会很快地死去。

贵由也有年幼的儿子，但按照窝阔台的话，应该把皇位传给失烈门。失烈门是窝阔台的孙子，却不是脱列哥那的，他是集万千宠爱于一身的阔出的血脉。

人们淡忘失烈门的名字还需要一段时间，而贵由的健康状况却不容乐观。失烈门作为继任人的名字被人们淡忘，贵由的儿子忽察斡兀勒的名字被人广知，至少还需要五年以上的时间。

"这是和时间竞赛啊。"脱列哥那心里很明白。

十三　　　贵由登基

如果是与时间竞赛的话，那就没有什么特效药。

只有窝阔台家的人才能做大汗——这个所谓的成吉思汗遗言本来是谎言，但随着时间的流逝，却逐渐变成真的了。同时，窝阔台登基初期，将来要由拖雷家的蒙哥继位的强大呼声正在逐渐失去影响。

无论有什么样的指名、遗言，最后的决定权都在忽里台大会。所以说窝阔台家从很早就着力于备战忽里台大会的做法是正确的。

蒙古贵族、将军的势力不像过去那么强大，萨满、各民族首领、友邦诸国的要员都要参加忽里台大会，在形式上大汗要受到所有人的拥戴。

忽里台大会一旦召开，就表明暗中的准备工作已经完成了。只要召开的话，一般就会毫无悬念地选出预定好了的人。

窝阔台家之所以急着召开大会，是因为他们胜券在握。除窝阔台家外，察合台家也全力地支持他们。虽然在"庆功宴"上与贵由发生争执的术赤家，自总帅拔都以下予以全面反对。然而，位于帝国最西端的术赤家，想与忽里台大会的成员斡旋是非常不方便的。

拖雷家因有上次窝阔台的事情在前，所以暗中期待着窝阔台家能让位于他们，但他们也明白这次是不可能的了。因此，本来是反窝阔台家联盟的人，对于眼下的忽里台大会的对策分成了两派。

特别是在年轻人之间，彻底抗争的呼声非常高。

蒙古本来就有尊重幼子的风俗。拖雷派坚决认为成吉思汗死后，理所应当由拖雷继承汗位，但拖雷为了成吉思汗家族的和平而退让了。

"这次，难道窝阔台家不该退让吗？"

"如果不服气的话，就用武力来解决吧。"

拖雷家涌现出的这种强硬的声音，不仅仅是口头上的争强好胜，而是以强大实力作后盾的。因为当年大汗位置虽然由窝阔台家继承了，但成吉思汗最精锐的部队，到底还是由斡惕赤斤拖雷继承了。

不过，拖雷家有一位强力的当家人，她就是唆鲁禾帖尼。她的长子蒙哥是一个相当强硬的人，可是就连他也必须要听母亲的话。

"现在就算召开忽里台大会，我们也没有胜算。没有胜算的战争，成吉思汗是不会打的。"唆鲁禾帖尼说。

窝阔台在位十三年后死去了，也就是说窝阔台家为了皇位继承有了这么长的准备时间。即使从阔出死后算起，正式拥立贵由的准备工作也持续了五年，而且是在皇帝的权威下进行的拥立活动。

唆鲁禾帖尼说没有胜算也是情理之中的。不过，她并没有对此感到很遗憾，似乎觉得这样也好。

"还有下次。"

唆鲁禾帖尼这样说道,从她的语气来看,她觉得维持现状可以接受。贵由是一个病人,而且是一个来日不多的病人,特别是从欧洲战线回来后他的身体状况更是每况愈下。当时的文献明确记载他被风湿性的疾病困扰着。

拖雷家虽然分成了两派,但彻底抗争派的代表蒙哥被她母亲唆鲁禾帖尼压制住了。他的同母弟弟忽必烈也主张等待下次机会,可以算是一个慎重派。

"这次等下次,下次接着等下下次,难道就这么无休止地等下去吗?"对于慎重派的主张,彻底抗争派的人这样发泄着不满。

尽管窝阔台家想尽早召开忽里台大会,但因术赤家的阻挠没能如愿。术赤家的统帅拔都以腿疾为由拒绝出席大会。

如果一直这么拖延下去的话,那么成吉思汗家族可能就会四分五裂。

"一定要让成吉思汗家族延续下去。"

说出这话的是拖雷家人,而且是拖雷的次子忽必烈。他首先去劝说兄长蒙哥。蒙哥很不满地对他说:"你想做好人?咱们家以往好人是不是做得太过头了?你还幻想着窝阔台家能怎么样?"。

忽必烈耐心地开导道:"母亲的意思是等下次机会。实际上这次对方已经做好了充分的准备,就算是咱们抗争,也没有多大的胜算。就像打仗,就算战胜,到头来得到一个破败不堪的国家又能怎么样?现在咱们就再等等吧,不会等很长时间的。在忽里台大会上,就按照人家说的做吧。世人一定会觉得拖雷家做出了巨大牺牲,这是咱们的一笔很大的无形资产。"

"也是,光是意气用事成不了气候,就按母亲说的做吧。"蒙哥回心转意了。

兄弟们全都知道忽必烈的意见就是母亲的意见，而蒙哥虽然属于强硬派，不过他也像军人一样非常爽快。

"术赤家可能不会出席，不过，至少也应该让他们表示一下出席的意思。"忽必烈说道。

"那恐怕很难吧，贵由和术赤家的拔都自从那次欧洲远征后就像仇敌似的，还曾经让我很为难呢。"

蒙哥曾经受命押送贵由回去接受审查。

"所以，哥哥你应该去劝拔都，总之，就是请术赤家出席忽里台大会，就算不出席，至少也要让他们表明出席的意思，让他们明确表示对蒙古帝国没有敌意。哥哥，这事就拜托你了，你们过去不是战友吗，这样的举动对蒙古帝国大有裨益。"

忽必烈说完后，静静地看着哥哥，他的热情仿佛传递给了兄长蒙哥。蒙哥思考了很长时间后，终于露出了笑容，他斩钉截铁地说："好，我明白了。"

此时，忽必烈三十岁，蒙哥比他大七岁。拖雷一族人已经暗下决心，再也不会放过登上汗位的机会。唆鲁禾帖尼对此虽然不是很赞成，但还是轻轻地摇着头说："男人想干的事情，想阻止也阻止不了啊。"

窝阔台当上皇帝后，即使在拖雷死后，无论是国家大事还是成吉思汗家的家事，他都会和唆鲁禾帖尼商量。如果贵由也能给拖雷家同样的待遇的话，拖雷家也没必要特别地去争夺皇位。不过，男人的想法或许不一样吧，唆鲁禾帖尼这样想着，轻轻地摇了摇头。

众多使者被派往位于西方的术赤领地。实际上，贵由也派人送去了道歉书，表示那个庆功宴上自己的举动是大错误，不会重犯了。

术赤领地的统帅拔都虽然没有亲自出席忽里台大会，不过派去了使节，这算是一种消极的"参加"吧。

玛丽亚超过七十岁了，依然很忙碌。由于罗马教皇派遣修道士普兰诺·加宾尼来了，精通拉丁语的玛丽亚前来照料他们一行人。

修道士约翰隶属君士坦丁堡修道会，遵照罗马教皇英诺森四世的命令，他带着两名修道士从里昂出发了。当时欧洲人称蒙古人为"鞑靼人"。一行人到达哈剌和林时，正赶上一拖再拖的忽里台大会召开的时候，即1246年7月，贵由于该年8月即位。

约翰在到达哈剌和林之前，先进入了钦察草原的术赤领地。约翰和其同行者本都由两名蒙古人陪伴，离开了拔都的大本营。这两名蒙古人被命令必须于忽里台大会前赶到哈剌和林，所以他们一行人的旅行是很急促的。

1241年8月，罗马教皇葛利果九世去世，教皇位空置了大约两年，英诺森四世才于1243年6月即位。而1241年正好是窝阔台于12月去世的那一年。蒙古的汗位和罗马教皇之位在同一时期长时间的空置不得不说是一种巧合。

此时，神圣罗马帝国和罗马教皇围绕意大利的统治权正在交战中。因此，在蒙古攻击匈牙利时，匈牙利国王贝拉四世虽然请求支援，但无论是罗马皇帝还是罗马教皇都没能对其施以援手。拯救欧洲的，既不是帝国也不是教皇厅，而是蒙古皇帝窝阔台的死。

蒙古汗位比教皇的空缺时间更长，所以新教皇能够很从容地考虑应对蒙古的策略，派遣修道士约翰正是其对策之一。

客观来看，蒙古对对方的情况知道得更多一些。西方的事情，早在成吉思汗出生的一百五十年前就由聂斯脱利派的基督教徒传来了。在成吉思汗的出生地，虽然聂斯脱利派很少，但在他的征服地则人数众多。

从成吉思汗早期起，不仅是玛丽亚，诸如亨利、约翰等宗教人士就很活跃。

鞑靼人对文明世界的事情一无所知，这种观点是有失偏颇的。

在忽里台大会的最终阶段，罗马使节的到来可以说是适逢其时。因为他们以报告的形式，把忽里台大会、贵由即位时的情形传达给了后世。

忽里台大会在可以容纳两千人的大帐篷中举行，贵由在被正式选出之前就已经受到了特别的待遇。他每次从帐篷中出来，欢呼声就此起彼伏，人们挥舞旗帜向他致意。

尽管如此，他还是一遍又一遍地推辞就任大汗。当然，这只不过是形式而已。每当人们请求贵由登上汗位时，形式上他都会坚决推辞，并举出比自己更适合汗位的皇族人选。而他所举的皇族也都坚决拒绝就任。最后，无论如何只能由他登上皇位，他郑重其事地说："看来没有办法了，我只能勉为其难，不过，我有一个请求。"

他深深地吸了口气，说道："我请求忽里台大会今后的大汗也要从窝阔台家选出。"

没有人表示异议。

这件事情已经以成吉思汗遗言的形式广为流传了，虽然实际上根本没有这样的遗言，但很多人都相信有。在克鲁伦河流域的那片地方，成吉思汗托梦传达此事的故事尽人皆知，这都是窝阔台家散布的。在当时那个人们对巫术、法术深信不疑的年代，成吉思汗托梦之事很容易被众人接受。

由于无人作声，这件事就算被认可了，以后再在确认书上签名就正式决定了。大汗位只传给窝阔台家之事，用非常蒙古式的表现形式记述如下：

> "在你的家族中，只要还留下被油脂和草裹着、连狗和牛都不吃的一块肉，我们就绝不会将汗位传给任何人。"

表述虽然很饶舌，但其主要意思就是只要窝阔台家还有人，就不会从其他家推选大汗。

"真像是不入流戏子的拙劣表演。"蒙哥说道，由于他的声音很小，所以只有在他身边的忽必烈听到了，忽必烈不动声色地说："是啊，戏子太过注重装扮了，穿得臃肿不堪，颜色也很花哨。"

按照惯例，忽里台大会要连续举行很多天，主要参会人员每天都会更换不同颜色的衣服。而且随着决定日的临近，会议的场所也由"白斡儿朵"转移到了稍远的"黄金斡儿朵"中。黄金斡儿朵的帐篷的柱子上都包裹着金箔，使用的钉子都是用黄金制作的。

"说的话也绕来绕去的，听着让人肉麻，只是身体看上去比以前更弱了。"蒙哥说。

参加忽里台大会的人中，最重量级的人物是唆鲁禾帖尼，她带领着蒙哥、忽必烈等人。从窝阔台时代起，拖雷家的地位就很特殊，因为他家直接继承了成吉思汗的军队，是帝国最精锐部队的主人。因此，即使汗位交替，对拖雷家依然不能怠慢。

另一位重要的人物是成吉思汗那辈人中硕果仅存的，辈分最长的帖木格·斡惕赤斤，他也带着八十名贵族子弟出席了。不过，这个集团也带来了疑惑，他们是最早赶来的，有人怀疑他们真正的目的并不是来吊唁的，但这个问题被放在忽里台大会之后处理了。

成吉思汗四个儿子的家族中，当家人没来参加忽里台大会的只有长子即术赤家。术赤家的统帅拔都以腿疾为由缺席了，不过，他派人护送从罗马来的使节，表明了对忽里台大会没有异心。

众多的千户长、司令官，军政、民政长官，波斯总督阿儿浑、西域 [1] 总督麻速忽别乞等人之外，还有鲁木塞尔柱王朝的苏丹、俄罗斯大公、阿勒颇国王的弟弟、巴格达的哈里发（教主穆斯台尔绥姆）的使节、阿剌模的亦思马因派的君主，以及其他各地君主的使节，都带来了精美的礼物，聚集在忽里台大会会场附近。

如此众多的人的到来，使这片人口本来很稀少的土地立即陷入了粮食不足的困境中，以至于罗马使节等不得不把一天的粮食分作四天吃。而那些精明的商人们马上从中看到了商机，把大批物品调往此地，一时间，这一带成了一个大的商品交易市场。

人们都稀里糊涂地兴奋着，但蒙哥兄弟却很冷静。比忽必烈小三岁的旭烈兀一直陪伴在母亲身边，但贵由正式成为新任大汗时，他来到兄长们身边，说："以后咱们可能要忙了，有什么需要我做的事情就跟我说，我无论在哪里都会飞奔而来的。"

忽必烈笑着看了看蒙哥，蒙哥也笑了，他说："不要着急，这之后七天的宴会就要开始了，不管怎么说，先好好喝酒。"

"咱们的正事就是喝酒，现在无论咱们做什么，都会有人猜疑的。你看见没有，今天贵由的走路方式，刚刚四十一岁，就和大汗六十多岁时的走路方式一模一样了。"忽必烈把手搭在额头上遮着眼睛，说道。

庆祝贵由即位的宴会要持续七天。贵由与远征回来时相比，

1　今中亚地区。

身体显得更加衰弱了，特别是腿看上去十分绵软无力。就连被选为大汗坐上宝座时，也要左右的人搀扶。

参与忽里台大会的人，按照当年耶律楚材制定的礼仪，向贵由行了九次跪拜礼。外国来的使节们，则在帐篷外叩拜，在他们的后面，许多人也叩首行礼。

在接受完群臣的跪拜礼后，贵由带着皇族、将军们出了帐篷。在外面举行祭拜太阳的仪式，大汗亲自下跪三次行礼。

拜祭完太阳后，正式的仪式就结束了，接着是宴会。葡萄酒和马乳酒是宴会的主角，这两种酒的酒精含量都不是很高，蒙古人能喝很多。当时，有一种名为阿剌吉的烈性酒，产量虽然不大，但深受一部分人的喜爱。不过，在这种宴席上是不会出现这种酒的，因为担心有人喝醉乱了规矩。

为重要的客人都准备了小凳子，而一般的人则随意地坐在地毯上。大汗的右侧是男性贵族的座位，左侧是女性的席位。

人们可以自由地站起来，新大汗坐在座位上，等演奏一两首乐曲后就早早地退出去了。可能是想让大家无拘无束地尽情欢享盛宴吧。不过还有一点就是贵由体力不支，早早地就感到疲倦了。

贵由退出时，他的母亲脱列哥那和妻子斡兀立·海迷失也同时离开了席位。皇帝退出的话，这两人当然也会一同退出的。

整个七天宴会的情形都和第一天的大致相同。不过最后一天有赏赐，所以在分到赐品之前没有人离开。

仓库中，金银、宝石、珠玉、布帛等财物堆积得像山一样。先帝窝阔台当年就以慷慨闻名，贵由也一心不要输给父亲，他要把父亲留下的财物全部赏与臣下。可是不知道各人的喜好，就没法更有效地分配赐品。谁知道这些呢？

贵由稍加思考了一下，拍着手说道："对了，最了解每个人喜好的是唆鲁禾帖尼，这件事就交给她办吧。"

唆鲁禾帖尼新寡时，窝阔台曾经提议按照蒙古风俗，让她嫁给自己的儿子贵由。当时第一大理由就是她最了解臣下的情况。

而唆鲁禾帖尼却以孩子们需要教育为由拒绝了这门亲事。在世界各地，寡妇与亡夫弟弟结婚的嫂婚很多，而在蒙古，岂止和伯母，就连和除自己生母之外的父亲的妻妾结婚也是很普遍的。在游牧民的生活中，这种类型的婚姻绝不稀奇。

在提出唆鲁禾帖尼最适合分配父亲的财产时，贵由莫名地产生出一种不祥的预感。他想到在继承蒙古的遗产这一问题上，是不是有人比自己更合适。

他仿佛觉得那个人会从他手中把所有的东西都抢走。

"是女人吧……"

贵由喃喃自语道。从自己手里抢走一切的人，实际上不是蒙哥、忽必烈，而是他们的母亲唆鲁禾帖尼。无关紧要的东西她不会要，而关键的东西，在关键的时刻，她会不会不动声色地抢走呢？

贵由决定不再往下想了。

唆鲁禾帖尼驾轻就熟地将窝阔台仓库中的东西分配了。

"一样也不要留下，全分了。"贵由说。唆鲁禾帖尼微笑着点了点头。

就这样，七天的即位庆典结束了。与贵由相比，他的母亲脱列哥那可以说更是心力交瘁。不久她就倒在了病床上。虽然皇太后脱列哥那在儿子即位时看上去很健康，但两个月后她就猝然离世了。

如果是长期卧病在床的话还好说，人猝死时很容易出现种种猜测。

假如这是一起他杀事件的话，那么因她的死谁最能受益可以说就是问题的关键所在了。然而，没有人因脱列哥那之死而受益。如果非要说有的话，恐怕就是皇帝贵由了，因为这样一来他就可以随心所欲地按照自己的意愿做事了。不过即使他母亲健在，他大概也能随心所欲地做事。脱列哥那之死好像没有什么值得怀疑的地方。

忽里台大会期间，每当人们请求贵由即位，形式上他都以自己身体不佳为由一而再再而三地推辞。这种时候，他内心深处都会升腾起一种真切得让他恐惧的感觉。

"如果没有助手的话，我就不能很好地履行大汗的职务，我想指定两人作为我的助手。"贵由说。

贵由指定奥都拉合蛮曾经的政敌，在政治斗争中落败的镇海和合答黑。这两人都是聂斯脱利派的基督徒，合答黑还是贵由的老师。

奥都拉合蛮失势了，因他而四处亡命的人一个个又得以重见天日。牙老瓦赤父子也重新登上了要职。什么时代都是这样，有人春风得意，有人却日暮途穷。

奥都拉合蛮对他在宫廷中建立起来的人脉太过自信了，其实他的靠山就是皇太后脱列哥那一人。当忽里台大会推选出新任皇帝后，就需要新的靠山了。更何况脱列哥那一死，他更是万事皆休。即使皇太后还活着，蒙古帝国大汗的权威也是至高无上的，被合答黑恨得咬牙切齿的奥都拉合蛮，迟早会迎来毁灭性的结局。

旁若无人。汉人一提起奥都拉合蛮，就会这样评价他。畏兀儿语、波斯语中都有意思相近的词语。可见无论哪里都有这样的人。

"我觉得你还是以生病为由，躲到什么地方去为好。"玛丽亚曾经这么劝过奥都拉合蛮，那是脱列哥那去世后不久的事情，玛丽亚对他说他可能有杀身之祸，还是尽早亡命为好。

"嗯？去哪里？为什么？"奥都拉合蛮像傻子似的笑道。贵由平时很少待在哈剌和林，奥都拉合蛮对他的性格不是很了解。

奥都拉合蛮乐观地想："我有什么可怕的，干吗要逃命？"

他本来有充足的逃命时间，可是就算是在梦里他也没有想到自己有朝一日会成为阶下之囚。虽然保管空白诏书之事因耶律楚材的反对而搁浅了，但事情最开始除耶律楚材外，谁也没有反对。而那个耶律楚材现在已经死了，剩下的都是他花大价钱收买拉拢的人。

和他作对的人会有什么下场，看看镇海，再看看牙老瓦赤就知道了。就算是耶律楚材，如果他还活着的话，可能也是朝不保夕。

"这世道就是弱肉强食。"

奥都拉合蛮有点自命不凡。

直到捕吏用绳子捆绑起他，把他抓走时，他才明白自己倚靠的不过是座冰山。由于过度的恐惧，他的双腿不停地颤抖，连路都几乎走不了，下颚也没有一点力气，连饶命都喊不出来了。

来抓捕他的士兵对着两腿无力、瘫在地上的奥都拉合蛮的后背就是狠狠的一脚。此时，奥都拉合蛮想起了玛丽亚的话："她难道是巫师吗？"在混沌不清的大脑中，他这样不着边际地想着。

因皇太后脱列哥那之死而失势的不只是奥都拉合蛮，还有那个波斯女法蒂玛。法蒂玛被定了施用巫术的罪名，这是难逃一死的重罪。

巫术指的是控制看不见的世界的方法。如果不处死巫师的话，就不知道他暗中会如何兴风作浪。在中国、日本，巫术被称为左道。无论在哪国，巫蛊之罪，都会被处以死刑。

新皇帝贵由的弟弟阔端得了重病，有人提出这是法蒂玛施了巫蛊之术的缘故。那是一个名叫失剌的伊斯兰教徒。

"请把那个女人抓起来好好审问。"从撒马尔罕来的失剌摆出了一副不得到贵由答复就一步也不离开哈剌和林宫殿上诉室的架势来。

在脱列哥那皇太后摄政的年代，很多大臣落马都与法蒂玛有关。她会使被她盯上的人遭到灾难，还会用迂回的方式收受贿赂，虽然她没有直接出面，但贿赂最终都落入了她的腰包，直到多年之后，这些事情才大白于天下。

法蒂玛是曾经见过地狱的女人，在蒙古军毫不留情地彻底屠杀呼罗珊的徒思[1]时，她因为知道一种神奇之药的配方才得以保住性命。后来，她用那种药治好了脱列哥那的病，一跃成为摄政皇太后的亲信。

"反正我是死过一次的人了，不是一次，死过两次、三次了，对于死亡，我一点也不惧怕。"

这是她的口头禅。

玛丽亚曾经劝说法蒂玛："你还是回徒思比较安全，那里聂斯脱利派的人很多，你向他们求助的话，暂时应该是安全的。"

法蒂玛注视了一会儿玛丽亚的脸，问道："你觉得我还能再活下去吗？"

玛丽亚无言以对。

游牧民族的人不仅有极其现实的一面，还有令人难以置信的迷信的一面。比如说，他们对雷电的恐惧就到了滑稽的程度。

而对巫蛊的恐惧可能更在雷电之上，因此对它的处罚力度是足以起到杀一儆百的作用的。而法蒂玛现在却要直面它。

1　今伊朗东北部。

"神灵保佑。"玛丽亚祈祷道，无论是哪个神都好。法蒂玛是伊斯兰教徒，安拉神也一样会慈悲为怀吧。

玛丽亚匆匆忙忙地退出了宫殿，当她坐上马车，拉下帘子后，眼泪唰地一下就流了下来。虽然说人的命运变幻莫测，但只要没有了脱列哥那，法蒂玛的命运是显而易见的，在哈剌和林，她没有一个朋友。法蒂玛自己也知道自己的命运，这就更让人感到悲哀了。

玛丽亚觉得现在能够拯救这个濒死女人的心灵的人恐怕只有她了。她虽然上了年纪，但还留有坐马车去伊朗的气力，到拔都势力所及的土地——经由钦察草原去的话，应该是没有危险的。

两天后，玛丽亚又有了一次见法蒂玛的机会。一见到她，玛丽亚就说："我要去徒思一趟。"

玛丽亚说出了法蒂玛故乡的名字，她想看看她的反应。

"我是一个天涯孤独的人，没有可以留下遗言的人。不过我有一点遗产，我想把它们捐赠给徒思的清真寺，请你帮助我。我一会儿会把一些票据交给你，请你在撒马尔罕的交易所换成钱。我所有的储蓄都要捐献给清真寺，从第一个巴里失（货币单位）到最后一个。"法蒂玛说。

说着，她从怀中取出了给撒马尔罕交易所的票据，从一开始她就打算把它们交给玛丽亚，但她自己没有回徒思的打算。

徒思曾经遭受蒙古军的彻底破坏，变成了一片废墟，但后来在蒙古任命的畏兀儿人阔里吉思的统治下又恢复了繁荣。阔里吉思的后任斡亦剌人阿儿浑也是蒙古一位很有实力的人，在他的治理下，徒思进一步得到发展。

"我明白了，我先去问候一下皇后陛下。"

　　玛丽亚已经超过了七十岁，她做好了长途旅行的心理准备。

　　新皇帝贵由的皇后斡兀立·海迷失是斡亦剌部族长的女儿。如果皇后下命令的话，徒思长官阿儿浑无论如何也会保护玛丽亚的。

　　如果脱列哥那还活着的话，法蒂玛没问题；但现在要请求斡兀立·海迷失的话，还是玛丽亚自己去说更方便。

十四　　急转直下

　　玛丽亚马上出发了。无论到多远的地方去，她总是只带一件行李。她不光要去徒思，还受唆鲁禾帖尼之托，到更西边的术赤领地去办一件事。

　　那就是，告诉拔都贵由好像正在做远征的准备。

　　"哈剌和林的水土好像不适合我，到这里后，我的身体一直不好，我还是换一个地方疗养吧。"

　　贵由即位之初就这么说。确实，他的身体不太好，但并不是完全因为这个。

　　帝国最西端术赤领地的主人拔都，以腿疾为由没有参加忽里台大会，由于他的缺席，致使忽里台大会长时间不能召开。气急败坏的窝阔台派决定强行召开忽里台大会，拔都也表明参加的意向了，但最终还是没有亲自到会，只是派来了代表而已。

　　拔都和贵由在以前欧洲远征时的"庆功宴"上发生了矛盾。当时两人是总司令和方面军司令的关系，而现在却发生了逆转，成了亲王和皇帝的关系。

拔都没有来表示忠诚。贵由很可能以此为由,前去"讨伐"他。

唆鲁禾帖尼想告诉拔都这件事,拔都的母亲必黑秃惕迷失是唆鲁禾帖尼的姐姐。在成吉思汗的众多孙子中,与玛丽亚最亲近的就是拔都。

"一定要尽快去告诉拔都,"唆鲁禾帖尼叮嘱玛丽亚道,"拔都看上去有点过于悠然自得了。"唆鲁禾帖尼在一边着急得坐立不安。

"拔都瞧不起贵由的能力,因为一起作过战嘛。"蒙哥说。

不过,蒙哥知道拔都悠然自得的真正理由。

拖雷家因为准备不足,致使大汗位落到了窝阔台家。但是,从窝阔台末期起,"下下任大汗"是"我们拖雷家"的,这个目标拖雷家人丝毫没有松懈。在这个大框架下,拖雷家和术赤家紧密地联系到了一起。

如果现在皇帝贵由以拔都抵制忽里台大会为由举兵前去讨伐他,那么拖雷家的蒙哥立即会举兵造反。如果被蒙哥和拔都两面夹击,贵由几乎一点胜算也没有。

在成吉思汗四家中,成吉思汗直属的十万军队是由拖雷家继承的,其他三家各自不过数千而已。虽说窝阔台继承了汗位,但他没有继承军队。如果发动战争的话,幼子拖雷家是最强劲的。另外就是在欧洲远征中实力得以壮大的术赤家,虽然他们的部队外国人较多,但也是仅次于拖雷家的精锐部队。

长子家的拔都和幼子家的蒙哥是盟友。三子家的皇帝即使得到了次子察合台家的援助,也是无法获胜的。只要不是突然袭击,他们根本没有胜利的希望。唆鲁禾帖尼担心的就是贵由的突然袭击。

在玛丽亚动身后的第三天,奥都拉合蛮被执行了死刑。这个旁若无人的人,这个承包了征税之事的人,他的结局悲惨异常。

他脸色苍白，流着口水，全身不停地颤抖，让人不忍目睹。

与奥都拉合蛮相比，对法蒂玛的处刑更为残虐，但她却很从容。不仅是蒙古，各地都一样，对巫女、巫师行刑时会蒙上他们的眼睛。

据波斯史学家的记载，法蒂玛在严刑拷打下承认了自己的罪行。她从头到脚身上所有的孔穴都被缝了起来，然后用羊毛毡包着扔进了河里。

有人认为她是巫师，所以无论怎么拷问，她都不会觉得疼。确实，法蒂玛在受到严刑拷打时也没有显露痛苦的表情。

处死法蒂玛后不久，那个曾经指控她使用巫蛊之术的失剌和妻子也被处死了。因为他被告发向皇帝贵由之子忽察施用法术。

玛丽亚由于身在旅途中，远离了这些巫蛊骚乱。

玛丽亚由三百名士兵护送着向西方走去。她先到了徒思，她要替被处死的法蒂玛把遗产捐赠给清真寺。不过，表面上她说去那里是为了筹建聂斯脱利派基督教堂。

徒思附近聂斯脱利派的信徒很多。在三十多年后，这里出现了一位聂斯脱利派的中国大主教，名叫审温。他的前任是汪古人一位名叫骚马的教士。

在护送玛丽亚的三百名士兵中，肯定有肩负蒙哥的特别使命，前去与拔都商讨同盟的具体事宜的人。

对于这些事情玛丽亚隐隐约约地觉察到了，却也不露声色。她觉得有能力、能为人们带来幸福的人居于高位的话，人们的生活会更好。

与那个从早到晚只知喝酒的贵由相比，拖雷的每个儿子都很优秀。玛丽亚知道的蒙哥、他的弟弟忽必烈，还有旭烈兀，个个都是人中英杰。

从哈剌和林往西走，不久就到了玛丽亚的故乡，乃蛮故地。现在这里大部分是察合台汗国的领地。

察合台在弟弟窝阔台死后不久也死了，推举脱列哥那皇后摄政的正是察合台。

察合台家和皇帝家关系非常亲密，与之相对，术赤家和拖雷家则形成了同盟。

"经过察合台领地时，多加小心为好。"唆鲁禾帖尼叮嘱玛丽亚道。

玛丽亚年轻时一直被成吉思汗另眼相看，受到了特别的待遇。不过，由于她平时和唆鲁禾帖尼很亲近，因此很可能会被当作蒙哥派的人，但她对此毫不在乎。

现在，在察合台领地中，围绕继任者问题起了一些波澜，人们都无暇顾及外面的事情。

察合台十分喜爱西征中在巴米扬中流箭而死的儿子木秃坚，他指定木秃坚的儿子哈剌旭烈兀为他的继任者。按照他的遗愿，哈剌旭烈兀继承了察合台家。

对此，皇帝贵由提出祖父去世后由孙子直接继承家业于理不合。贵由与察合台的儿子也速蒙哥关系很好。

贵由以"跳过一代人去继承家业，以往没有这样的先例"为由，让哈剌旭烈兀退位，并让也速蒙哥做了察合台的继任人。

一家内部的继承问题对整个国家来讲不是什么大事，但对与之相关的人来讲，就不是小问题了。

所以当玛丽亚路过察合台领地时，就有人来征求她的意见："皇帝是这个意思，唆鲁禾帖尼殿下是什么意思，您能告诉我们吗？"

玛丽亚只能回答道："我想唆鲁禾帖尼殿下的意思是，无论什么事情，都要按照神的旨意做。无论是哈剌旭烈兀殿下还是也速蒙哥殿下继承察合台家，对蒙古来说都很好。”

察合台家的主要精力全都集中在这里了，似乎还没有注意到蒙哥和拔都的联盟。

只是还不知道窝阔台家是怎么想的。玛丽亚的旅行，他们应该不会单纯地认为就是为了修建聂斯脱利派的教堂吧。

在撒马尔罕，玛丽亚把法蒂玛的票据换成了钱；在不花剌，又帮唆鲁禾帖尼处理了一些外币。

这两笔钱的汇款人都是匿名的，但使用的都是现金支付信用度最高的金融机构。

处理外币的书记员也随玛丽亚一起去了。

唆鲁禾帖尼和玛丽亚一样是聂斯脱利派的基督教徒，然而在西亚，民众几乎全是伊斯兰教徒。因此为了教化民众就必须要利用伊斯兰教。唆鲁禾帖尼对教育很关心，在这里兴建了学校，托付给玛丽亚的钱就是为了用于此处。

学校的硬件设施已经建成了，剩下就是增添书籍以及其他软件设施了。已经有大约一千名学生来上学。这里不光是学习的场所，还是讨论问题、交换各种信息的场所。所以，它不被称为学校，而被称为哈尼，意为商队休息的集会所。

玛丽亚很喜欢到哈尼去休息。由于到不花剌为止，一路上都很匆忙，玛丽亚决定在这里停留二十天。人们在哈尼聊天、饮茶。中国茶叶的价格在这里贵得令人惊讶。

自从成吉思汗占领不花剌以来，已经过了二十七个年头了。当时能烧掉的建筑物都被烧毁了。成吉思汗大摇大摆地骑马进去的由石头建造的清真寺还原封不动地保留着。另外还有几个玛丽亚有印象的建筑物也保留了下来。

当年成吉思汗毫无顾虑地用盛放古兰经的箱子装马饲料，现在蒙古的领导人还能做到吗？成吉思汗凯旋时，现在成为蒙古核心人物的忽必烈、旭烈兀只有十一岁和八岁，他们一起到旧乃蛮国境的也迷里河去迎接他。

那时的蒙古人充满了野性，说是野蛮集团也不为过。当时的成吉思汗和现在的忽必烈、旭烈兀相比有很大的不同。当时蒙古刚刚创造出文字，开始拼凑文明的碎片。

与其说是进步，不如说迈入了一个崭新的世界。

玛丽亚住宿在"知事"的官邸，耶律阿海曾经住在这里，并在这里去世。耶律楚材也曾经在这里待过一段时间，当时他们两人在一起都谈论过什么呢？

玛丽亚漫无边际地想着故人的往事。

停留在不花剌时，从哈剌和林传来了很多消息。

从成吉思汗时代起，蒙古就仿效中国的驿站制度，在主要道路上修建了站赤。到窝阔台时代，这一体系又得到了长足发展。拥有广袤的领土，无论如何，驿站制度都是必需的，旅行、运输、邮寄等使用起来都很便利。

传递信息也充分利用了这一体系，窝阔台的讣报通过站赤传递到最前线匈牙利的中心部大约用了四个月。

玛丽亚的旅行被看作是国家事务，所以可以优先利用站赤。

"没有什么好消息哪。"玛丽亚说。她虽然嘴上这么说，但表情依然很轻快。她之所以能够获得所有人的喜爱，是因为她的笑容。

的确，从哈剌和林没有传来好消息，奥都拉合蛮和法蒂玛都被处死了。

处死的消息在她踏上旅途不久时就听到了，而到达不花剌后听到的消息是成吉思汗的幼弟帖木格·斡惕赤斤受到了审查。

在窝阔台死后，帖木格曾经想乘机篡夺帝国，但当得知贵由已经到达也迷里河畔后，就改口狡辩道："我是前来吊唁的。"

帖木格也参加了忽里台大会，但有人揭发他之前的吊唁实际上是图谋不轨，所以对他进行了秘密的审查。由于成吉思汗的幼弟是不能公开处罚的，而且他的年纪已经超过七十岁了，所以此事不再追究，只是把帖木格·斡惕赤斤家的几个有实力的家臣处决了而已。

这个消息不是通过普通的站赤传来的。

"从纳林站（秘密站赤）传来的消息我不想知道，以后就不要再送给我了。"玛丽亚对她的警卫队长说。

这次，因帖木格·斡惕赤斤造反之事而受到牵连被处刑的人中，有和玛丽亚关系很好的人。

"知道了，我也想按您说的做，可是把消息传给您是我的责任，您要是不想看也无谓，但还是请您要接受。"警卫队长很为难地说。

"我知道了，我让侍女们先看看，只留下好消息就行了。"玛丽亚笑着说。

不花剌和徒思离得非常近。从现在的地图来看，不花剌在乌兹别克斯坦境内，徒思故地在伊朗境内，中间隔着名为土库曼斯坦的国家。因为隔着一个国家，给人感觉好像很远。但不花剌几乎挨着土库曼斯坦的国境，而徒思故地虽然在伊朗境内，但也离土库曼斯坦很近。

之所以说是徒思故地，是因为这个城市被蒙古破坏后虽然恢复了旧貌，但在 14 世纪末，又被中亚的征服者帖木儿夷为平地，从此它的身影再也没有出现。

附近有伊斯兰教什叶派圣者伊玛目里达的清真寺，它以黄金的穹顶而闻名。它被称为迈谢德或马什哈德，是十二伊玛目派的圣地。法蒂玛希望向这里捐赠巡礼专用的设施。

"从这里走出像法蒂玛那样的人，也是情理之中的啊。"玛丽亚轻轻地叹息道。

马什哈德这个地名意为"殉教之地"。伊玛目里达是被毒杀的，而法蒂玛是被严刑拷打之后投进河里的，罪名为使用巫术，因此被杀，给人感觉有点殉教的意味。

做向导的女人小声地对玛丽亚说："在这里关于信仰的事情一定要多加注意啊，弄不好的话，一点小事情都有可能演变成大事件。"

同样的话玛丽亚在不花剌也听到过。在这些地方，想做殉教者的人很多。

"好的，我一定会注意的。"玛丽亚点头说道。

"您是聂斯脱利派吧，我也是。在这里，很奇怪的是，那些想做殉教者的人，矛头并不指向异教徒，而是指向同属伊斯兰教的其他宗派的人。不过，还是多加小心为好，您一定要记住这点。"

那个女人是汪古人中的基督徒，她丈夫是蒙古知事的副官。蒙古知事是斡亦剌部的阿儿浑。

第二天，阿儿浑来看望玛丽亚了。

阿儿浑十分迫切地想了解哈剌和林的情况。他还没有搞清楚聚集在哈剌和林的军队是为了继续西征呢，还是为了讨伐拔都。

如果皇帝贵由是为讨伐拔都而出兵的，那么会带领多少人呢？

数年前欧洲远征时，在庆功宴上贵由和拔都发生了矛盾。

拔都和拖雷家的蒙哥、忽必烈关系很好。在讨伐拔都的大旗之下，拖雷家岂止是不会行动，恐怕还有可能从后方袭击贵由的军队。

　　可是如果不讨伐的话，拔都无视推选贵由为大汗的忽里台大会，对其置之不理的话，则皇帝的权威尽失，所以必须要做出一点什么来。

　　现在贵由一定很为难，像阿儿浑这样的蒙古高官们，也是进退两难。阿儿浑最近虽然刚去了一趟哈剌和林，但他对之后的情形非常关心。

　　"我们知道的事情，对你有用吗？"玛丽亚问。

　　"是的，是的，无论什么事情，只要带有哈剌和林的气味，全都有用。离开大汗的宫殿后，就连哈剌和林这个名称好像都带有迷人的气息。"阿儿浑笑着说道。

　　不过，在玛丽亚一行出发后，贵由也离开了哈剌和林，去了位于也迷里河畔他直辖的牧地，名义上是这里的水土气候对身体好。可是，他说是为了静养，却不断地调集军队。

　　玛丽亚也经常得到皇帝贵由那边的消息。奥都拉合蛮失势后，镇海又重新上台了，他和另一个大臣合答黑都是基督教徒，皇帝接受了洗礼的传言在哈剌和林一带传得沸沸扬扬。

　　"皇帝向西方去了，带着相当多的军队，不过在中途会有军队不断地加入，所以总数现在还不清楚。"

　　这个消息传遍了帝国各个角落，不用说也传到了拔都那里。

　　"拔都正率军向东方行进，摆出了正面迎击的架势。"

　　这个消息主要是通过商队传来的。

　　一场大规模内战已经迫在眉睫，人们都紧张得屏住了呼吸。

　　拔都从一开始就在等待对手的到来，而贵由一方，虽然中途要等待会师的军队，但行军速度也相当快。

　　不过，在到达天山东部北麓的别失八里时，皇帝的军队就不再前行了，可能是在等待别的军队前来会师，但情形好像又有点不对，或许在警戒蒙哥、忽必烈的动向吧。

就在人们疑惑不解时，一个令人震惊的消息通过秘密站赤传来了，"皇帝患病"，而且情况好像还很严重。别失八里和哈剌和林顿时变得紧张起来。

说是皇帝患病，其实贵由从一开始就是半个病人。现在特别强调患病，可能情况异常糟糕了吧。这种时候，无论哪个阵营的人最好都不要轻举妄动。

"如果发动西征军，就让我们做先锋吧。"

不久，拔都高姿态地派人向皇帝表达了这种意愿。

"迟早会编制西征军，到时候再正式通知你。"

皇帝军也象征性地这样回复道。

"请做好忽里台大会的准备。期待你的帮助。希望联络比以往更加密切。"

蒙哥向拔都送去了这个口信。提到忽里台大会，等于讲皇帝要死了，为了不留下证据，只能通过口头传递。

别失八里的皇帝帐篷被森严地戒备起来。女性用的马车从哈剌和林赶来了。人们猜想最坏的事情发生了。

在贵由发丧之前，拖雷家已经知道消息了，拔都不久也知道了，因为两家联系紧密，一家知道了，另一家也会知道。

贵由死在了距别失八里七日行程的地方。

他在位不到两年，准确地讲是一年零八个月。

在贵由皇帝手下掌管一切事务的两个大臣合答黑和镇海都是基督教徒。

由于最初阔出被看成是继位人，所以脱列哥那对自己的儿子贵由进行了基督教的教育，它曾被看作是成为皇帝的障碍。然而，由于阔出在中国战线上死了，一下子使贵由靠近了皇位，这时候，再想抹消基督教的影响已经来不及了。

镇海早年的经历谁都不是很清楚，他本来是克烈人，但因为畏兀儿语太好了，所以很多人都说他实际上是畏兀儿人。他平时虽然装作不懂汉语，但有一个汉人的姓——田氏。

蒙古政权中不时会出现这种奇怪的人，身居高位却身世不明。镇海曾被奥都拉合蛮憎恶而一度失势。不过，就身世不明这点来讲，奥都拉合蛮也是五十步笑百步。

合答黑和镇海应该会为确保大汗位继续留在窝阔台家而竭尽全力吧。

"这次蒙哥也不会老老实实地退让了吧。"玛丽亚皱着眉头说道。

她还待在徒思附近，少女时代，她离开故乡去往耶路撒冷的途中，曾经在这个地方停留过一小段时间。对于她所属的聂斯脱利派基督教来讲，徒思曾经是一个非常重要的地方。

在波斯萨珊王朝时代，这里因有琐罗亚斯德教的"拜火祭坛"而闻名。同时这里也是被视作异端的聂斯脱利派的避难地。曾经有一段时间，这里是聂斯脱利派的中心，大主教就在徒思。就像天主教以罗马为中心一样，聂斯脱利派以徒思为中心。

当时的徒思，位于玛丽亚现在的地方往南二十五公里左右，后来聂斯脱利大主教的教堂转移到了巴格达，所以玛丽亚去参观的只是保留下来的几处遗迹而已。由于靠近沙漠，它们有一半都埋进了黄沙中。尽管如此，因为不时有信徒前来扫沙，所以与教会有关的遗迹还是要比其他遗迹更为清晰一些。

现在地面上的东西，能够保存多久呢？玛丽亚思索着这个问题。

因为贵由的死，看来战争暂时可以避免了。但面向忽里台大会，宣传战、舆论战可能会持续一段时间吧。

"慢慢走，也没有什么急事。"玛丽亚看着地上的沙子轻轻地说道。

"嗯？慢慢走？"侍女满脸不解地问道。

"我原来想早点回哈剌和林，不过现在改变主意了，决定还是慢点回去为好。"玛丽亚眼睛依然看着沙子说道。

"是这样啊。护送咱们的那些士兵们好像也不想早回去似的。"侍女好像很赞成。

"哈哈，"玛丽亚笑着说，"而且道路也会因为皇帝的军队变得很混乱。"

但是不管怎么说，皇帝死了，士兵们必须要马上回去。护卫玛丽亚的士兵们如果在皇帝死前就回去了的话，很可能会被分派新的任务。考虑到这些，玛丽亚也放慢了脚步。不过，在皇帝已经去世的现在，谁都想早点回去，因为在这种前途未卜的时候，和大多数人待在一起是最好的。

"有好多事情哪。"玛丽亚自言自语道。侍女以为在和她说话，接着道："是啊，真的有好多事情。"玛丽亚注意到了侍女的年轻，不过，在这种时代，年轻并不代表没有经历过苦难。

"你是这附近的人吧？"玛丽亚问。

因为她要求从附近为她挑选一名侍女。

"是的，是玉龙杰赤。"侍女回答道。

"玉龙杰赤被攻陷时，你多大年纪？"

"还是婴儿。"

花剌子模首都玉龙杰赤1221年4月陷落，牙老瓦赤父子就是在那年投降的。今年是1248年。

"一定是个很可爱的婴儿吧。"玛丽亚微笑着说道。

　　说是侍女，但她的身份是女奴隶，虽然还不到三十岁，但可能已经经历了很多苦难。玛丽亚凝视着侍女的脸，微笑了起来。

　　侍女也微笑了起来。

　　玛丽亚很喜欢和各种各样的人聊天，无论什么样的人，他的经历总有和自己经历相似的地方，找到这些相似点后，以往不能理解的事情，好像突然就变得能够理解了。她闭上眼睛思考起该去找谁聊天，想想自从君士坦丁堡回来后，她见过了数不清的人，这其中谁最不可思议呢？应该找那个人聊聊天。

　　对了，就是那个人，玛丽亚不由自主地点了点头。

十五　　　岐国公主

　　玛丽亚称她为岐国公主，有时人们也称她为汉公主。

　　她是金朝卫绍王的女儿。乍一听卫绍王似乎只是一个普通的亲王，然而他却当过金朝皇帝。他被自封为监国都元帅的纥石烈执中，又名胡沙虎的人赶下了皇位，不久被杀。如果保留他的帝号的话，那么胡沙虎的这场叛乱就没有意义了，所以胡沙虎革除了他的帝号，只封他为一般的郡侯。由于当时朝野上下的人都在关注迁都的事情，所以这段时期没有留下太多的记录，具体情况已无从考证。胡沙虎被杀后，已经死了的皇帝才好不容易从普通的郡王升格为卫绍王。

　　岐国公主是作为和谈的条件之一由金朝嫁给成吉思汗的。当时的人都认为她长得不漂亮，父亲又是被杀的皇帝，是被金朝强制送给蒙古的。当时金朝皇家未婚女儿有七人，蒙古在这七人中选中了她，选拔的第一条件是"贤明"，被选中的她在宫中被人称为"小姐姐"。

　　金朝贞祐二年，"小姐姐"岐国公主远嫁蒙古，按蒙古的纪年方式是太祖成吉思汗九年，即1214年。

在蒙古，女真族统治的金朝被称为"汉"，南宋不称汉，而被称为"南人"，蔑称则是"蛮子"。人们一般称岐国公主为"汉公主"。

最初她在第四斡儿朵中，即乃蛮的旧营。后来哈剌和林修好了，她就搬到了那里。

玛丽亚经常见到岐国公主，因为乃蛮的旧营是玛丽亚的故乡。不过她们虽然见过很多次面，但说话的次数却屈指可数。岐国公主手下有一个庞大的侍女团，她一般说话的对象是侍女。说是侍女团，其中也有在岐国公主身边负责时刻警备的人。

岐国公主嫁到蒙古来已经三十四年了，她的祖国金朝也已经灭亡十四年了。金朝灭亡后，岐国公主也不需要警备了。

这一天，玛丽亚去拜访了岐国公主，最近去拜访，经过简单的手续即可见到她本人。

"玛丽亚，好久不见了。最近见我容易多了，你随时都可以来啊。"岐国公主说。

她知道，在金朝没有灭亡的时候，她的行动是受限制的。

"这一带的空气很清爽。皇帝大葬后，一时半会儿也不会有战争吧。"玛丽亚说。

"战争已经和我没有关系了。"岐国公主摇着头说。

战争和她的人生紧密相连，她还在金朝国内时，父亲就因为权力斗争被杀了，那是她嫁到蒙古前一年的事情。金朝至宁元年（1213）8月，她父亲在府邸中被宦官李思忠杀害，背后指使的人是胡沙虎。当年10月，胡沙虎也在家中被元帅右监军术虎高琪杀死了。杀人的人、被杀的人都想把败给蒙古的责任推给对方。那时候岐国公主被这些家伙们操纵着命运。

说是与战争没关系了，但像岐国公主这样与战争关系紧密的人还真是少见，所以，从她口中说出"已经没关系了"，真可谓是百感交集。

"是啊。不过和你没关系的战争，以后还会继续吧。"玛丽亚说。

贵由和拔都的斗争，虽然当事一方去世了，但他的继任者还会继续下去吧。不过那些与岐国公主完全没关系了。

"我嫁到这里，作为成吉思汗的后妃生活了十三年，而且这十三年中还有七年他都在西征。大汗有四个斡儿朵，一个斡儿朵中就有五后七妃。我知道人们怎么议论我，说我只不过是个装饰品，大汗可能一次也没有和我睡过觉。"

对岐国公主的话，玛丽亚不知该如何应答。

"哈哈，其实，大汗经常到我这里来。他说：'你父亲不是我杀的，所以我能够安心地睡觉。'哈哈。"

岐国公主的笑声意外地充满了活力，底气很充足。

"看来你身体很健康，听到你的笑声我放心了。"玛丽亚说。

"不过还是上了年纪，这是没办法的事情。"看上去岐国公主似乎对上年纪感到很高兴。

"我也不太愿意说有关年纪的话题，再怎么说都过了七十岁了，已经是名副其实的老太婆了，哈哈。"

玛丽亚觉得岐国公主的笑声比自己的更有魅力。

"上了年纪后，笑声也沙哑了，不过，玛丽亚的笑声还是这么清脆。"岐国公主说。

"你是在夸奖我吗，那就谢谢了。我过去曾经从别失八里的老人那里听说过公主出嫁时的盛景，据说场面非常隆重热烈，是蒙古过去从来没有的盛况。"玛丽亚说。

说是出嫁，但因为这场婚姻是和议的条件，所以实际上岐国公主不过是一个人质。如果金朝背叛了和议的话，人质是随时有可能被杀掉的。根据和议，蒙古解除了对中都的包围。

岐国公主作为"公主皇后"嫁给了成吉思汗，蒙古把她看作了蒙古人，其后虽然金朝多次违反和议，但她都没有受到牵连。

当时她的嫁妆包括媵护驾将[1]十名、军卒百人、童男女五百人、采绣衣[2]三千套、马三千匹，还有金银珠宝无数。这在蒙古看来，是空前的排场，以至于很长时间人们都津津乐道于此事。

在蒙古后宫中，像岐国公主这样富有的人，以后也没有再出现过。虽然她多次请求将嫁妆上缴国库，但都被拒绝了，所以直到现在那些东西仍然全部属于她。

曾经有一次，有个盗贼想偷她的一部分嫁妆，被抓住后处以了极刑。自那以后，谁也不敢再打她的主意了。在三十四年间，她的嫁妆一直搁置在那里，除了马匹和人等，其他的嫁妆都是原封不动。

"你为什么没有生孩子呢？"玛丽亚有点冒失地问道。

对于这个不太礼貌的问题，岐国公主微笑着回答道："这是天意吧。"

"人们对于我的出嫁有很多猜测。说我是在眼泪中嫁到蒙古来的，等等。当然，那年是我父亲去世之年，我伤心是因为父亲，但绝不是因为嫁到蒙古来。当时其实我对新生活充满了期待。"

岐国公主说到一半时，轻轻地闭上了眼睛，她的眼底会浮现出怎样的景象呢，不得而知。

"期待新生活，是吗？"公主的话好像深合玛丽亚之意，她重

1　护卫嫁妆的军官。

2　绣花的豪华衣裳。

复道。

"是的，在一望无际的大草原上的生活，期待，向往。"岐国公主说。

"是你嫁到这里来之后才这样的吗？"玛丽亚问。

"不是，来之前就是这样。是我血液中的冲动，因为我们的祖先也是在这样的地方生活的。"岐国公主说。

"我的血液中也有这样的冲动。"玛丽亚望着远方的天空说道。

她为什么毅然决然地从君士坦丁堡返回了草原上的故国呢？十字军打碎了希腊世界的拉丁帝国，即所谓的"拉丁骚乱"；铁木真允许自由旅行的传言；还有铁木真消灭了故国乃蛮等，可能都是促使她返回东方的原因。但或许她的血液中还有一股连她自己也不明白的冲动在指引着她,借用乌思塔尼的话就是"草原的呼唤"吧。它可能和血液中的冲动是同样的意思，用具体的语言很难表述出来。

岐国公主的远祖原先生活在今哈尔滨东南。在她的潜意识中荒凉的边境是与他们血肉相连的。虽然祖先的栖息地是森林地带，与草原的面貌不一样，但在荒凉的边境这点上，是具有相同的氛围的。

"或许是祖先在召唤我吧，即使建立了王朝，也无法改变血液中最原始的冲动。"岐国公主说。

"我的祖先也是这样。无论是谁，他们可能希望我们能够明白这点吧。不过想要平静地生活也很难啊，今后女人们要睁大眼睛，教导本族的人。"玛丽亚说。

"是啊，要睁大眼睛。"

这句话好像很合岐国公主之意，她说时大大地睁开了眼睛。

"成吉思汗家族到了孙子这代人时，也远离了克鲁伦河、斡

难河。去世的贵由殿下和也儿的石河缘分很深，也难怪，陛下的
母亲被称为乃蛮皇后嘛。而蒙哥殿下、忽必烈殿下则与鄂尔浑河、
土拉河有着不解之缘。"

玛丽亚仿佛在一一品评着成吉思汗孙子的母亲似的。

"哈哈，以后也许会有女真皇后出现吧。安出虎河[1]也与蒙古
王朝有渊源。"岐国公主笑道。

岐国公主早已超过五十岁了，但脸上的皱纹很少。她自年轻
时离开中原，来到草原已经三十四年了，应该尝尽了辛酸，可她
的表情上一点也没有显露出来。她虽然年纪不小了，但神态显得
很年轻，这点与玛丽亚一样，也许比玛丽亚更好。两人久久地注
视着对方的脸。

年轻时岐国公主不漂亮，有人说"正是因为这样她才被嫁到
蒙古的"。然而，随着年龄的增长，她却不可思议地变得温润起来，
变得很有风韵。这令她从燕京带来的侍女们感到很诧异，她们会
不时地聚在一起皱着眉头小声地议论此事。

公主的魅力源自何处，即使她本人大概也不是很清楚吧。"魅
力"这个词对她来讲非常贴切。

"我听人说公主您比在燕京时的状态好多了。尽管我不知道公
主在燕京时的情形，没有办法进行比较。"玛丽亚说。

"那当然了，"公主马上回答道，"在燕京时的生活不堪回首
啊，我没有过过一天安心的日子。真的，没有一天。父亲被杀之前、
之后都是如此。"

"之后也是如此？"玛丽亚问。

"是的，成天担心不知道下一个会不会轮到我。所以当决定把

---

[1] 向北流注入黑龙江的河流，女真族的发祥地。

我嫁到蒙古时，我很高兴。因为不用再每天早晨起来就想，昨晚虽然平安度过，但今天晚上还能不能睡在这张床上呢？我母亲也大大地松了一口气。"

岐国公主嫁入蒙古时，她母亲钦圣夫人袁氏也陪同她一起来了。她父亲虽然做过皇帝，却被暗杀而死，家人的惊恐不安可想而知。而到蒙古去，远离是非之地，悬着的心终于可以放下来了。

"世人好像都认为你嫁到蒙古来是命运不好呢。"玛丽亚说。

"怎么会呢？当然，那时对蒙古人是有点恐惧，不过，与每天像炼狱一样的燕京相比，那不算什么。在金朝，女真、契丹、汉族的区别泾渭分明，而在这边的差别就比较模糊了。实际上，我不就被称为汉公主吗？听到这称呼，我马上就安心了，觉得到了好地方。"岐国公主说。

"不过，为了习惯这边的生活，你也吃了不少苦吧？"玛丽亚问。

"蒙古专门为我修了汉式的宫殿，是由众多的从金朝抓来的俘虏修的，很地道。不过，我没怎么住过那个宫殿，而是住进了帐篷里。就像你看到的，这是我要求的。"岐国公主说。

"是感觉住在帐篷里更好吗？"玛丽亚问。

"我们女真人，一百年前住在什么样的地方你知道吗？非常简陋的，与之相比，帐篷要干净舒适得多。"岐国公主笑着说道。

女真族是通古斯种系人，汉人称之为肃慎、靺鞨。在靺鞨中，"黑水靺鞨"即是女真。

在唐代，靺鞨是渤海国的重要构成部分。10世纪，渤海国被契丹消灭，沦为"东丹国"，契丹即辽朝派来统治此地的人正是耶律楚材的祖先。

从727年到919年之间，渤海国向日本也派出过使者，两国交往时都意识到了唐朝，渤海国向日本派遣使者三十四次，日本向渤海国派遣使者十三次。

　　也就是说，在并不太遥远的过去，女真曾经建立了文明程度相当高的中型国家，所以说它绝不是个野蛮的民族。到日本来的渤海国使者，不论是高句丽人还是靺鞨人，都以汉诗酬唱，他们作的诗被收进了《文华秀丽集》。

　　渤海国的首代国君大祚荣是高句丽人，但也有人说他是黑水靺鞨人。

　　"我最近很喜欢看地图。我们祖先生活的地方有一条很大的河，我小时候听说那条河叫家鸭河。"岐国公主说。

　　"家鸭河？那条河上一定有很多家鸭吧？"玛丽亚说。

　　"我最近看的地图上，它成了混同江。"岐国公主说。

　　"是名字变了，还是这原本就是它的正式的名称？"玛丽亚问。

　　"家鸭河，这个名字很土啊，一定是它的俗称，还是混同江这名字听起来更气派。不过感觉比较生疏，还是叫家鸭河好。"

　　岐国公主好像很高兴，她虽然在谈论故国的河流，但实际上并没有真正地见过那条河。混同江就是现在的黑龙江。

　　"我听说混同江是一条很大的河，感觉怎么也不像家鸭嬉戏的地方。"玛丽亚说。

　　"小孩子可能以为见到的是家鸭吧。听人说那条河里有黑色的龙，有人害怕会被那条龙吃掉。"岐国公主说。

　　"成了黑龙的饵料，谁会想出这种可怕的事情呢？"玛丽亚歪着头问道。

　　"是我的同胞，说是过去的同胞更合适吧。癸巳年（1233），那时候哈剌和林只修好了七成左右。有人问我要不要去见见他们，我拒绝了。"岐国公主平静地说。

癸巳年即汴京被蒙古攻陷的那年。

金朝宗室五百余人中，男性全部被杀了，女性被强行送往了北方。

《金史》记载："后及诸妃嫔北迁。"

北迁的女人们曾经路过哈剌和林，岐国公主没有见她们。

"我和金朝没有关系。"

公主说。当时她嫁到蒙古十九年了，与在金朝的时间相比，在蒙古的岁月更长。如果减去幼时懵懂不知世事的年月的话，她与金朝的缘分确实不深。

"那些人说他们会被河里的龙当作食物，她们说的那条河指的是土拉河吧。"岐国公主闭起眼睛说道。

蒙古有一种说法，叫"喂河里的龙"。尽管草原上经常爆发战争，但游牧人却很不喜欢鲜血玷污草原，特别是地位高的人的鲜血尤其如此。一般的做法是把人装进袋子中扑杀，尽可能地折断他的关节，使血不流出体外，然后扔到河里去，称作喂河里的龙。对他们来讲，这是一种充满敬意的杀法。

"千里迢迢地送到这里来喂龙，也真够麻烦的，中原有很多更大的河流呢。"玛丽亚轻轻地摇了摇头。

"从那以后过了十五年了，虽然有病死了的人，但还没听说过被龙吃掉的人。"岐国公主说着微微地闭上了眼睛。

"听说她们离哈剌和林并不是很远，不过，在人生际遇上她们和公主还是有天壤之别哪。"玛丽亚说。

"那没办法啊。能做事的人让她们做事呢，能做事的人可能还比较幸福吧……再怎么说也有十五年了。"岐国公主说。

对于从金朝遣送来的女人们，岐国公主只听说了一些关于她们的传言，她很不愿意打听这方面的事情。

岐国公主是作为贵宾，举行盛大的仪式，风风光光地嫁到蒙古来的。

然而，在汴京陷落后被遣送到北方的女人们则是战争俘虏，待遇也极端恶劣，在北送的途中也是历尽艰辛。岐国公主对此也无能为力。

"哈哈，你要嫁到蒙古去了，恭喜你啊。"

当年她们还这样幸灾乐祸地嘲弄过岐国公主。

"我最近很清闲，有时间就来看你啊。"玛丽亚说着站了起来，深深地行了一个礼。

十六　　　拔都之子的旅行

　　皇帝贵由去世后，按惯例皇后斡兀立·海迷失应该是摄政，不过，必须要有人推举才行。

　　很有讽刺意味的是，这个任务落在了离得最近的拔都头上。

　　拔都是成吉思汗长子术赤的儿子，拥立窝阔台为皇帝的忽里台大会他缺席了。作为反窝阔台家的先锋，在窝阔台之子贵由即位的忽里台大会时，他也只派去了代表，用实际行动表示了他的反对之意。

　　贵由率军西征，真正的目的可以说是为了讨伐拔都。拔都也带兵前去迎战，表面上则宣称是参加皇帝的西征军。贵由一死，这些表面上的文章全被人们当成了事实。拔都作为离得最近的皇室重要成员，不得不扮演起拥立摄政的角色。

　　"事情变得很奇妙哪。"拔都苦笑道。

　　拔都一直和拖雷家关系密切，他和拖雷家频繁联络，谋划着在下次忽里台大会上一定要把皇帝之位从窝阔台家手中抢走。拔都从一开始就对皇位没有野心，只想帮助拖雷家将它抢回来就心满意足了。他领地的西边就是外国，想要扩大领地的话，只要攻打别人的地盘就行了。不过，争夺皇位的时机比他想象中的来得还要早。

"好吧，就按计划进行。再也不会让他们说下次了，更别提下下次了。忽里台大会就在这里召开。"拔都做出了决定。他与拖雷家的约定就是要尽早召开忽里台大会，就在先帝贵由去世的地方附近召开。这里指的是拔都的军队休整的阿剌豁马黑山。

"忽里台大会应该在蒙古故地召开。"

窝阔台一派的人提出了反对意见。

"没有那个规矩。现在的蒙古就是世界，在皇帝死去的地方附近召开不是很合适吗？想想将来，只拘泥于蒙古故地的做法不是很可笑吗？"拔都反击对方道。

由于他自己没有当皇帝的打算，所以说起话来理直气壮。

摄政皇后斡兀立·海迷失的政治经验不足。她虽然对外宣称自己出身于斡亦剌部族，但实际上却是成吉思汗仇敌蔑儿乞部的人，她和自己的部族没有紧密联系在一起是她的一个致命弱点，拔都很清楚这点。

与先代摄政皇后脱列哥那对波斯女法蒂玛言听计从一样，斡兀立·海迷失也对萨满的话深信不疑。

斡兀立·海迷失头脑里只想着使窝阔台家的血统，不，是她自己的血统永保皇位。窝阔台即位时，由于拖雷家做出了退让，所以窝阔台曾表示下任皇帝由蒙哥做，再下任由他的孙子失烈门做。但是，由于失烈门的父亲阔出死在了中原战场上，因此没能按当初的计划实行下去。

而且，因为阔出不是皇后脱列哥那的儿子，所以失烈门即位的可能性消失了。斡兀立·海迷失竭尽全力奔忙是为她自己的两个儿子忽察和脑忽的利益。

"如果按照皇太后的意思去办，蒙古这个国家不就分成两半了？"

即使在窝阔台党内，都有人这样摇头叹息道。

与之相对，拖雷党的目标很明确，基本团结在蒙哥一人之下。

"这么大的国家，分成两个统治不也很好吗？萨满也说过类似的话。"

想讨好皇太后的人开始这样议论道，听说萨满们在传达神的旨意时，好像也提到了分治的事。萨满是在极端亢奋的状态下传达神的旨意的，等到亢奋的劲头一过，他自己也不知道自己曾经说过了什么。萨满中有真巫和假巫，斡兀立·海迷失使用的好像是假巫。

"是哪个神的旨意？是基督这个神的旨意吗？他的话我是知道一些的，不要以为谁都不知道，想说什么就说什么。"拔都在自己的儿子撒里答和秃罕等无须提防的人面前一边喝着酒一边这样说道。拔都的母亲必黑秃惕迷失是唆鲁禾帖尼和亦巴哈的姐妹，她们的父亲札合敢不全族都是聂斯脱利派的基督教徒。

"在说话之前，奶奶总会这样比画，这个手势好像很有用似的。"年轻的秃罕做了个画十字的动作。

"这不是开玩笑的事情。"拔都斥责他道。

拔都在家中也没有受到过宗教教育，不过他还是知道画十字的严肃性，知道这是不能以玩笑的心态对待的，这可能是潜移默化的宗教教育的结果吧。

"我错了。"秃罕耸耸肩认错道。

"你也是无心的，我明白。不过，我们术赤一派到现在也和蒙古的大汗位无缘，也是无心的人说出的话造成的，但说得多了就成了事实。"

拔都说着，长长地吐了口气，又吸了回去，一时间谁也不说话。拔都看到有些冷场，一口气喝光了杯中剩下的酒，接着说道："这事就这样吧。你们谁去趟哈剌和林？拖雷家负责和咱们联络的是年轻的阿里不哥。他是拖雷家的斡惕赤斤，看样子还挺不错的。"

拔都环顾了一下儿子们。

"阿里不哥啊……"秃罕眯起了眼睛，他对拖雷家的斡惕赤斤不是很熟悉，正在努力回想他的容貌。印象中在拖雷家的男人们中，他好像是最温和的一个。秃罕对蒙哥、忽必烈的印象过于强烈，以至于对其他人的印象很模糊。不过，忽必烈下面的旭烈兀有一次为了联络到过术赤领地，待了大约一个月，所以对他也比较熟悉。而和阿里不哥只在大的会议时，挨着坐过一次而已。

对了，他的声音有点像女人，很尖，感觉有点怪。

秃罕想起了在那次会议上，阿里不哥睡着了。

"怎么样，秃罕，你去走走吧。"拔都说。

"好啊，我很久没去过哈剌和林了，以后要加强和成吉思汗家族的人的往来。"秃罕笑着说，就这样决定由他去哈剌和林了。拔都所说的"去走走"，实际上就是"你去"的命令。

"对了，你要尽量劝说成吉思汗家的人汇集到阿剌豁马黑山。拖雷家没有问题，因为是推举拖雷家的蒙哥为大汗。到哈剌和林后，成吉思汗子孙的动向你都要掌握，阿里不哥应该会告诉你谁和谁是姻亲等事宜。今后我们家和拖雷家的联络，就通过你和阿里不哥，没有其他的途径。"拔都说着，擦了擦额头上的汗。

秃罕的喉咙有点发干，他端起酒杯想喝一口，却发现杯子已经空了，于是他伸手拿过父亲的酒杯倒了一些，一喝却发现那不是酒，是水。

三天后，秃罕离开了父亲的营地，那里是下次忽里台大会的预定地阿剌豁马黑山附近的牧地。拔都的军队半武装着散布在这片土地上，他们中间还夹杂着少量蒙哥的部队。

拔都在儿子秃罕出发当天，命令他带着来自巴黎的金银细工师威廉·布谢一同前往哈剌和林。布谢是在匈牙利的贝尔格勒被拔都的军队抓获的。他制作的手工艺品极尽精巧，堪称是巧夺天工。他制作的一件名为"向四个大盘中注入四种酒"的作品，因为被拔都的手下不小心弄坏了，拔都命令他再做一个。他已经做好了，为了组装这件作品，拔都命令他跟随秃罕一同到哈剌和林去。布谢的作品部件由一百二十人搬运，另外由二百名士兵护卫。拔都指定秃罕为搬运的总负责人。

拔都必须要下功夫使秃罕的哈剌和林之行尽可能地显得很自然。

"是不是太招摇了，这么多人浩浩荡荡的，沿途的人一问不就知道我们是从哪里来的了吗？那样所有的人就都知道了。"秃罕说。

他好像有点不服气，与拖雷家联络是他的主要任务，父亲也特别叮嘱他要尽可能地暗中行事。可是，却让他带着"四个大盘"这种引人注目的东西去，这不是背道而驰吗？

"想要隐瞒有很多种方法，在引人注目的东西旁边，意外会有人们的盲点。"拔都回答道。

"是这样啊。"秃罕是个很聪明的年轻人，他马上领会到父亲的用意。

"你用不着畏畏缩缩的，又不是做什么坏事，这是成吉思汗长子家应做的事。"拔都好像非常赞同自己的话，轻轻地点了好几次头。

秃罕一行很引人注目。"四个大盘"分别由四个身强力壮的人抬着，因为还有替换的人，所以仅此项工作就须配备三十二人。

剩下的部件都被分解了，并严禁在途中组装，因为要在接受这件礼物的唆鲁禾帖尼眼前组装，让她看看它的不同凡响。

被分解的部件是银制的大树，树顶上同样是银制的天使在吹喇叭，大树的根部有四只狮子，不用说，这四只狮子也都是银制的。这些都是可以分解的，但组装起来后，接缝处用肉眼看不出来。

音乐一响起来，从四只狮子的口中就会畅快地吐出葡萄酒、马乳酒、蜂蜜酒、打刺孙酒。能够操作这件作品的只有布谢。如果没有他的话，就连巨树、狮子都组装不起来。

除这些狮子之外，布谢还会制作各种各样的巧夺天工的工艺品。不过，拔都要把他制作的东西全部献给唆鲁禾帖尼。布谢是拔都俘虏来的，拔都打算把他献给婶母兼姨母唆鲁禾帖尼，所以，布谢制作的所有的东西也都要献给她。

狮子和大盘是布谢花了很长时间设计制作出来的，首先当然应该进献给拔都，连唆鲁禾帖尼都这么讲。

"我只想要一个能一只手拿在手里的银马。"拔都说道。

从尺寸上来讲，这个要求也太过小气了，秃罕心想。

"一只手就能拿在手里，是不是太小了？"秃罕撇着嘴说道。

"小的拿着方便。"拔都答道，他的口气仿佛在责备秃罕怎么连这么简单的道理都不懂。

拿着大件的物品是无法进行游牧生活的，连这么简单的道理都不知道，这让拔都感到很气愤。当然，搬运这类物品可以让手下的人去做，或者还可以使用战争俘虏。但是，为人的根本是不能忘记的，拔都当欧洲远征军总司令时，深切地体会到了轻装简行的重要性。

现在已经进入了对窝阔台党的战争准备阶段，战争是非常残酷的，是得到一切还是失去一切，只有这两个结局。

在这种时候，抬着巨大的银盘在草原上穿行，给人的感觉很滑稽。

为贵由的儿子做幕后工作的只有毫无经验，只会盲目依赖萨满的皇后斡兀立·海迷失。已经没有令人恐惧的对手了，拔都打算与蒙哥联合，一举击溃窝阔台党。

布谢制作的大盘，直径有一米左右，用羊毛毡层层包裹着挂在很粗的大棒上，前后各两人、共四人抬着一个大盘。虽然层层包裹着，但大盘也不能碰到地面，所以抬大盘的人都是经过挑选的身高腿长的人。

"腿长的人一般毛发的颜色都和我们不太一样啊……"秃罕自言自语地说着，看了看自己的腿。

正在抬大盘的十六人，还有替换的十六人，腿都很长。仔细看的话，可以看出大约有一半以上的人是从欧洲战场上抓来的俘虏，外貌也是红发碧眼的人占一半以上。

秃罕在蒙古人中腿算是长的。他不由自主地想起了一些恶毒的谣言来。

他的曾祖父成吉思汗的第一个儿子是他的祖父术赤。成吉思汗新婚时，妻子孛儿帖被蔑儿乞人抢走了。不久她就被抢回来了，没过多长时间，她就生下了长子术赤。因此，对于术赤的生父是谁，一直有不少无来由的谣言流传着。不过，成吉思汗比任何人都喜爱术赤，对外界的这些谣言根本不屑一顾。

把它视为问题的是次子察合台，因此，长子和次子的关系很不好。两人都被排除在汗位继承人的候选人之外了，这才使得三子窝阔台当上了大汗。

　　长子术赤家的人，与其他兄弟相比，身体上的一个特征就是腿很长，次子家的人经常以此为借口攻击他们，使得秃罕也无法不在意自己的长腿。蒙古人由于经常骑马，所以很多人都是罗圈腿，而秃罕的腿却是笔直的。

　　过去，有一次他专注地看着自己的腿时，冷不防地被父亲拔都狠狠地踹了一脚。由于是从正面踹过来的，疼得他眼泪都快要流出来了。

　　"你要是那么讨厌你的长腿的话，就从这里砍下去吧！"

　　父亲怒骂道。秃罕看着自己的腿叹气好像被父亲听到了，愤怒的父亲眼中闪烁着泪光，这令他永远也无法忘怀。关于长腿，他没有和父亲讨论过。不过，父子都意识到了这点，并且都很在意。

　　秃罕骑在马上漫无边际地想着这些。在他身后不远，布谢骑马跟着，不时地拿笔写生。

　　布谢为拔都画像时本来打算画一幅《率领幕僚的拔都》，却被秃罕否决了，他认为画父亲一个人更好。布谢皱了皱眉头，有些不赞成，不过还是按照他的提议只画了拔都一人。如果画率领幕僚的拔都的话，那么他的身高就很显眼，因为幕僚中没有像他那么高的人。秃罕知道父亲对自己的身高很在意。

　　秃罕到达哈剌和林后，觉得这里只是比平时往来的人稍微多一些，没有什么特别的地方。发生了皇帝去世这么大的事件，来往的人多也是理所当然的。不过，如此一来，就感觉这里有点过于安静了。

　　玛丽亚返回哈剌和林后，经常去拜访岐国公主，因为她那里与选举下任大汗的忽里台大会毫无瓜葛，是难得的一块净土。

　　秃罕问玛丽亚在哈剌和林哪里是最安全的地方时，玛丽亚笑着说："哈剌和林真正安静的地方，可能就是岐国公主那里了。选举大汗时，她一次也没有出席过，不过，对新当选的大汗，她都会去祝贺。"

岐国公主虽然宣称自己已经是蒙古人了，但毕竟与金朝皇室有关系，所以所有的选举她都不会出席，从始至终都是如此。没有人期待她发挥什么影响力。大家都想保留一块净土，所以哪个阵营的人都不去接近她。

"你最好也不要去打扰公主，这也是为她好。"玛丽亚说。

"那你怎么又去呢？"秃罕有点不服气地问道。

"我去公主那里，谈论的都是关于基督的话题，离忽里台大会更远了。我到唆鲁禾帖尼殿下那里谈的也是基督。"玛丽亚平静地说。

这段时间，在哈剌和林，人们最热衷的就是谈论一个妖怪的话题，那个妖怪的名字很长，听一遍很难把它的名字记全。人们都深信它能够预言未来，由于它的名字太长了，人们一般只用开头几个字称呼它，叫它为达里。据说达里只有一部分人才能看见它，一般人看不见它。

"反正我是看不见。"玛丽亚仿佛很愉快似的说道。

"如果连你都看不见的话，可见是一个很谨慎的妖怪了。"秃罕说。蒙古人虽然很容易相信妖怪，但秃罕却完全不信，他曾经说什么时候抓住妖怪的尾巴看看。

"达里是为什么诞生的，我知道得很清楚。"玛丽亚面带微笑地说。

"妖怪诞生？"秃罕像戏弄老太婆一样，故意做出了很惊奇的表情。

"关于妖怪的事肯定都是谁编造出来的嘛。最近，只是盛传有个名叫达里的妖怪，你看着吧，用不了多久，人们就会知道那个妖怪的嗜好了。"玛丽亚说。

"啊，妖怪也有嗜好吗？和人没什么不同嘛。"秃罕说。

"妖怪喜欢孩子，因为孩子纯真无邪，没有受到污染。"玛丽亚说。

"喜欢孩子这点也和人类没有什么区别。"秃罕说。

"这样一来，事情的来龙去脉不就渐渐清楚了？秃罕，这个妖怪达里的真实面目不就浮出水面了。"玛丽亚说。

"抓住妖怪的尾巴了吗？"秃罕歪着头问道。

"去世的脱列哥那、在世的斡兀立·海迷失都在为自己的亲骨肉奔忙。斡兀立·海迷失的两个儿子忽察和脑忽，与其说是青年，不如说是少年更恰当。你想想，在战场上浴血奋战的将士们怎么可能对一个少年心悦诚服呢。这种时候，就需要达里这么个能够预见未来的妖怪，好借它之口说出少年好。你明白了吗？"玛丽亚说。

听玛丽亚这么一说，秃罕深深地点了点头，笑着说："我明白了，妖怪达里诞生的原委。那么，谁是编造出这个妖怪的人呢，是去世的那位，还是……"

"我想可能是她们两人合作的结果吧。不过，即使如此，还是有不少很棘手的地方。"玛丽亚说完，轻轻地叹了口气。

"我这样冒昧地来拜访你合适吗？我也不是来听基督的教诲的。今天就到这里吧，打扰你了。"秃罕说着站了起来。

"你不用客气，乃蛮的玛丽亚既不是任何人的战友，也不是任何人的敌人。"玛丽亚说着，微笑着送走了秃罕。

成吉思汗的儿子那一代退出了历史舞台，孙子的时代从贵由开始了。第二代人虽然说彼此间有些芥蒂，但也只局限于兄弟之间的矛盾。

到了第三代，四个家族系列中就有了纷争的端倪和党派了。贵由虽然对基督教比较关心，但他身体孱弱，又嗜酒，令在哈剌和林的基督教徒们感到很失望，转而把希望寄托到了唆鲁禾帖尼的儿子们身上。

随着皇帝窝阔台的去世，成吉思汗家族的第二代谢幕了。长子术赤早就辞世，四子拖雷虽然当了监国，但还是把皇位让给了三哥窝阔台，并且不久就去世了。次子察合台的死期几乎和窝阔台同时。

皇帝窝阔台于 1241 年 12 月去世，志费尼的《世界征服者史》中写道是察合台死后不久。不过另一种说法是察合台死于窝阔台去世的七个月前（拉施特《史集》）。不管怎么样，这一时期前后成吉思汗的嫡子全都死了。

随后，尽管拔都等人抵制，但窝阔台的儿子贵由还是被推选为大汗。

这是成吉思汗家族第三代的开幕。

然而，贵由在登上汗位后不到两年就去往了天堂。

"太快了。"秃罕骑在马上自言自语道。他父亲拔都是第三代，他是第四代。

"少年神圣。"借妖怪达里之口这样四处宣扬的摄政斡兀立·海迷失，拼命为自己的骨肉忽察和脑忽奔忙，他们也和秃罕一样是第四代。

在察合台家，第四代的出场更早。察合台的儿子，第三代的木秃坚在西征时去世，当时木秃坚已经有儿子哈剌旭烈兀，察合台跳过众多的第三代，直接指定第四代的哈剌旭烈兀为继承人。

贵由当选大汗之后，以察合台家的继承人安排不自然、不合理为由，又让第三代的也速蒙哥代替了哈剌旭烈兀。

像这样，成吉思汗的第四代已经活跃在历史舞台上了，而第一代仅存的，成吉思汗的幼弟帖木格·斡惕赤斤仍然在世。

十七　　　蒙哥就任

到了第三代、第四代，人数一下子就多起来了，关系也变得很复杂。玛丽亚甚至连人名都记不全。

"我也记不住，帖木格·斡惕赤斤有八十多个孩子，恐怕连当爹的也记不全儿女的名字吧。"唆鲁禾帖尼说。她也经常抱怨自己上了年纪，记性不好了。

"还是上了年纪哪。"玛丽亚苦笑。

"如果有个记性好、聪明伶俐的女孩在身边就好了，就像你那里的莎拉一样的。"唆鲁禾帖尼说。

"莎拉确实帮了我不少忙。现在她不在教会，在我那里。教会中应该还有其他像莎拉那样的孩子，我给你挑几个吧。"玛丽亚说。

"是啊，你要是帮忙的话，我就先谢过你了。"唆鲁禾帖尼说。

玛丽亚的头发已经全白了。唆鲁禾帖尼的头发平时都是包着的，看不太出来，但大部分也白了。

莎拉曾经在教会中做着类似于助手之类的工作。她刚刚二十出头，对玛丽亚来讲，感觉就像孙女一样。她为人聪明伶俐，出身于畏兀儿，这点让玛丽亚感到很满意。因为蒙古的基督教徒大多是克烈人或乃蛮人，与蒙古的上层社会有着错综复杂的关系，交往起来要格外小心谨慎。就这点而言，畏兀儿很清爽，畏兀儿是个没有经历过战火的族群。

早年，当契丹人从中国逃亡到西域，建立了亡命政权西辽时，畏兀儿没怎么作战就投降了西辽。等到蒙古进攻来时，他们又杀了西辽派遣来的官员，投降了蒙古，得以保持了半独立的地位。蒙古对畏兀儿人也很优待，有很多畏兀儿人活跃在文化、政治、军事领域。宗教方面，畏兀儿以摩尼教徒为多，但还有不少的聂斯脱利派基督教徒、佛教徒和伊斯兰教徒。

这时，莎拉用托盘端着奶酪走了过来。

莎拉母亲的表姐是把文字传到蒙古的塔塔统阿的妻子。塔塔统阿的夫人是窝阔台的儿子的乳母。莎拉的母亲在丈夫去世后，就带着女儿投身于教会了。

"莎拉，谢谢你，你认识的女孩儿中，有没有适合做唆鲁禾帖尼的助手的人，最好是教徒。"玛丽亚说。

"你留心帮我找找吧，不用着急，因为最近我不在哈剌和林。"唆鲁禾帖尼说道，她的话中夹杂着轻轻的叹息声。

"对了，秃罕在这里待了一段时间，现在骑马出去了。那孩子一时半会儿也不会回来吧。"玛丽亚抬头看了看帐篷的顶。

"我很快就会回来。"唆鲁禾帖尼伸手轻轻地摸了摸玛丽亚的脸颊。

从不久前起，离开哈剌和林的人多起来。男人们大都像秃罕那样骑马。唆鲁禾帖尼年轻的时候也经常骑马，但上了年纪后，更多的是坐带帘子的马车。

唆鲁禾帖尼离开哈剌和林去哪里，一般的人都知道，有一个重要的人邀请她。虽然有的人受到邀请也不会前去，但去的人也不少。

唆鲁禾帖尼是去参加决定贵由后任的忽里台大会。召集大会的人被看作是一族的长老，拔都因推举斡兀立·海迷失为摄政，表明了自己是一族的长老。

拔都是成吉思汗嫡长孙，没有比他身世更好的人了。而且，不仅是拔都，他们一族人都没有争当皇帝的野心。所以由他来推举摄政，召集忽里台大会的代表，谁也不会提出异议。

下任大汗是从窝阔台家选出，还是从拖雷家选出，这是争论的焦点。而拔都很明显是支持拖雷家的。

拔都定下阿剌豁马黑山为忽里台大会的召集地，它位于伊犁河南。贵由去世的地方在离畏兀儿国首都别失八里七日行程的地方，作为皇帝去世地点的附近，拔都选择了这个地方。

蒙古的重要人物都汇集到了阿剌豁马黑山。在这次忽里台大会上，拖雷的长子蒙哥当选几乎是铁板钉钉的。

窝阔台党人为了表示反对，决定不出席这个忽里台大会。

"蒙古大汗必须在蒙古故地选举。"这是他们打出的旗号。蒙古故地指的是成吉思汗出生的斡难河和克鲁伦河流域，甚至不是首都哈剌和林。哈剌和林原本是克烈的故地，反而对唆鲁禾帖尼来讲，是个值得怀念的地方。

对此，拖雷党反驳道："时代不同了，如果总是拘泥于斡难河和克鲁伦河流域就不会进步，而且成吉思汗也没有明确说过忽里台大会必须在蒙古故地举行。"

拖雷家除蒙哥之外，其他人没有争当大汗的野心。术赤家的拔都从一开始就没有争夺汗位的打算，这无形中提高了他在族人心目中的地位。术赤家和拖雷家在这个问题上关系也处理得很好。

成吉思汗长子和幼子两家内部都管理得很好。术赤家的嫡子拔都和其兄庶长子斡儿答分别统治着领地的西部和东部，没有什么矛盾。

在拖雷家，拖雷遗孀唆鲁禾帖尼作为蒙哥、忽必烈、旭烈兀、阿里不哥四人的母亲，很好地扮演了轴心的角色，而且四人都非常优秀。

与之相反，窝阔台家最优秀的阔出不是皇后脱列哥那的孩子，更不幸的是他很早就在中国战线上阵亡了。皇后的儿子贵由虽然在拔都等人缺席的忽里台大会上被推举为皇帝，但他和异母弟弟阔端的关系很不好，以至于被皇帝贵由厌恶的部下，都躲到了皇弟阔端那里。

窝阔台家，特别是在皇后脱列哥那死后，没有了能够担当得起中心的人物。面对强劲的对手蒙哥，他们只能推出年轻的忽察和脑忽，还不得不借助达里这么个妖怪来散布年幼者更好的言论。

辅助窝阔台家的察合台家，也因为过于哀悼中流箭而英年早逝的木秃坚而跳过一代继承家业。后来又因为皇帝贵由的异议，将家业交回了察合台的儿子也速蒙哥。总而言之，家中麻烦事不断。

所以说争夺皇位的这场战争，从开战之前，胜负就已经显而易见了。拖雷党在忽里台大会召开前先派了个能言善辩的人到哈剌和林。这种时候，拖雷家以及术赤家的人都不会出头。

与之相对，窝阔台家出来应对的主要是巫术师，还有将军宴只吉歹，他是窝阔台的宠臣。

"窝阔台皇帝即位的时候，群臣不是发过誓，不从成吉思汗其他儿子家推选大汗吗？"宴只吉歹说。

"那是在所有的法令全都很好地遵守了的情况下才有效的。你认为成吉思汗制定的大札撒（法令）和这个誓约，哪个更重要？"术赤家的辩士这样反问道。成吉思汗的大札撒当然比任何誓约都重要。

宴只吉歹还有目光怪异的巫术师都沉默了。术赤家的辩士深吸了一口气，又开口说道："成吉思汗的大札撒规定，凡是带有成吉思汗血统的人，处罚时必须在亲族诸王的会议上对其进行审判。你们在处死安塔仑时，召开相应的会议了吗？"

安塔仑是成吉思汗的第五女，因罪被诛，对她的处刑并没有遵守大札撒的相关规定。

"至于先帝的誓约，"术赤家的辩士并不只拘泥于成吉思汗的大札撒，又提到了窝阔台的誓约，"先帝曾说把皇位传给在对宋战中去世的阔出的儿子失烈门，应该有很多人听到过这话，可是你们遵守这个誓约了吗？"

术赤家的辩士一口气说完后，也不听辩解，径直起身离去了。这个辩士很有勇气，而且术赤家的士兵也在守护着他，该说的话他都说出来了。

辩士发言时，摄政斡兀立·海迷失对宴只吉歹说："回头你向我汇报辩论的情况吧。"

说完她就起身离开了。不过，宴只吉歹没有必要回头向她汇报情况，因为她就在隔壁听着。她正盘算着和宴只吉歹商量怎么处置术赤家的辩士，辩士就在士兵的护卫下堂而皇之地离开了万安宫，令她恼羞成怒。

"就这样让那个钦察的人大摇大摆地回去合适吗？"斡兀立·海迷失气急败坏地说。她把手放在了腰间，那里藏着她随身佩带的护身用的短刀。

"现在就是把他杀了也无济于事，他虽然只带了二十名士兵，但这样一来就等于向拔都宣战了。"宴只吉歹摇着头说道。他真正想说的是，拔都的辩士说的话，不久就会在哈剌和林流传开来。即成吉思汗的大札撒和誓约哪个更重要的问题。

"不用刀杀他也行。我念咒语，让他在这里说的话就像烟一样地消散，我想这样就行了。"戴着白头巾的巫术师神神秘秘地说道。

"这样做需要多少钱？"斡兀立·海迷失问道，她问的是抹消拔都辩士的话的咒语的价钱。宴只吉歹不禁皱起了眉头。

宴只吉歹是贵由任命的波斯远征军总司令。成吉思汗的三弟赤老温有一个儿子和他的名字完全一样，年龄也一样，两人又都是武将，所以为了区分他俩，人们称呼他们时，分别叫"成吉思汗三弟赤老温的儿子宴只吉歹""札剌亦儿部的宴只吉歹"。

赤老温的儿子宴只吉歹在兴安岭西拥有领地，在进攻乃蛮时立下功劳，之后也主要着力于经略东方。与他相反，札剌亦儿部的宴只吉歹，出身于成吉思汗的亲卫队，在征讨西域时崭露头角，特别是攻讨西域时立了大功，在窝阔台、贵由时代，成为波斯方面军的总司令。所以也可以分别称呼两人为"东方的宴只吉歹"和"西方的宴只吉歹"。

东方的宴只吉歹拥立蒙哥有功，被荣耀笼罩着，子孙昌盛。

西方的宴只吉歹虽然建立了武功，但在关于下任大汗的舌战中败下阵来。被术赤的辩士说得灰头土脸，毫无还击之力。

他当时是呼罗珊总督，只是碰巧来到哈剌和林，没想到就被分派上这样的任务。对手是从能言善辩的人中精心挑选出来的超一流的辩士，一介武夫的他当然只能被其说得毫无招架之力。

"如果是打仗的话，就要看我的了。"

西方的宴只吉歹扼腕叹息着返回了任职地。他对把他与巧舌如簧的辩士和莫名其妙的巫术师混杂在一起感到很不满。

从哈剌和林向西方去的人，除了像宴只吉歹这样返回任职地的人之外，大都是去参加忽里台大会的。他们不是术赤派的人，就是拖雷派的人。窝阔台派和察合台派的人明确表示不会参加在蒙古故地之外的地方举行的忽里台大会。

成吉思汗家族从很早起就分成了两派，只不过一直以来，唆鲁禾帖尼为了避免最终的决裂，一直在劝说自己的孩子避免冲突。另外，在贵由即位时，术赤家的人也为了向唆鲁禾帖尼表示敬意，只以腿疾为由缺席忽里台大会而已。

当时拔都说："这是我们最后一次忍耐，反正贵由的命也长不了。"

拔都作为欧洲远征军总司令统率长子军时，在他手下的贵由曾让他很难堪。

贵由对于拔都不出席忽里台大会很气愤，他号称"西征"出兵，实际上是想去讨伐拔都。拔都为了迎击他，也以"参加西征"的名义出兵了。不过，在千钧一发之际，这场成吉思汗家族的内战因为贵由的死避免了。

出现了一段奇怪的空白。

战鼓刚要敲响，突然就沉寂了。代替战争的是贵由的葬礼，其后是无所适从的休息。

被中断的战争迟早会再次打响，虽然也许不是刀枪相向的战争，它好像已经开始了。首先是舌战，这一回合窝阔台派出师不利。

窝阔台派不能把候选人缩减至一人，想由摄政斡兀立·海迷失的两个儿子忽察和脑忽分割统治帝国，欠缺凝聚力。此外，人数虽少，还有一些推举失烈门的人。

拖雷派决定不再更长时间地等待窝阔台派的参加，在贵由去世三年后的1251年，强行召开了忽里台大会。

欧洲远征的副司令速不台与贵由同年去世了，他的儿子兀良合台在这次忽里台大会上扮演了重要角色。出席忽里台大会的人们首先推举成吉思汗家族的首席长老拔都为大汗。这只是一种形式，大家知道拔都会推辞。

"要是拔都像这样再三推辞的话，只能选其他人做蒙古大汗了，谁能统领帝国呢？咱们先来问问推辞的拔都吧。"

一切按照预定的程序进行着。

"这个问题连想都不用想，我推举蒙哥。除蒙哥之外，没有适合做大汗的人。我虽然率领长子军在欧洲作过战，但实际负责指挥的是坐在那里的兀良合台的父亲速不台。在这里我要郑重地请教速不台的亡灵，请你告诉我们今后引领我们前进的人是谁？速不台，请你告诉我们谁适合当蒙古的大汗吧，请通过你的儿子兀良合台之口告诉我们吧。让我们洗耳恭听兀良合台的话吧。"拔都话音停下来后，会场立即响起了震耳欲聋的呼喊声：

"兀良合台！兀良合台！兀良合台！"

兀良合台一步走向前，说道："那么，我就遵照拔都殿下的命令，诚惶诚恐地指名吧。"他说到这里时，全场鸦雀无声，都屏住呼吸等待他说出那个名字来，全场没有一个人担心他会说出其他的名字。

"蒙哥殿下，英明的蒙哥殿下！"

惊天动地的欢呼声经久不息。

"我不合适，请再好好考虑一下吧。"

蒙哥大声地这样说道，但他的声音淹没在了暴风骤雨般的欢呼声中了，人们根本听不到。他又重复了一遍同样的话。

大部分的人仍没听到，不过按照惯例，蒙哥要再三地推辞，所以，大家知道他现在大概正在推辞就任大汗。

接着响起了"蒙哥，蒙哥"的欢呼声。待到欢呼声渐渐平息下来时，兀良合台又带头欢呼"蒙哥，蒙哥，英明的蒙哥"，就像往快要熄灭的油灯中添加油一样，使其又发出了熠熠光芒。

等到欢呼声差不多了的时候，就到了休息时间，蒙古人非常喜欢这种休息。大家开始聊起天，男人上酒、女人上茶。聊天的话题也没有什么特别的规定，聊忽里台大会之外的事情也悉听尊便，反而是与忽里台大会不太相关的话题更好。

这次在阿剌豁马黑山举行的推戴蒙哥为大汗的忽里台大会，虽然只有术赤家和拖雷家出席，但选出拖雷家的蒙哥也用了很多日子。按规定，忽里台大会应该成吉思汗家族所有的人都参加，但此次大会只来了两家，所以如此还不能算是最后的决议。于是，与会的人员商定：在成吉思汗的故地再召开一次忽里台大会，对阿剌豁马黑山的决议进行确认。到那时为止，仍然由斡兀立·海迷失摄政。

做出这个决定后，阿剌豁马黑山的忽里台大会闭幕了。

"与其在故地召开忽里台大会，不如直接调兵前去，那样解决起问题来更容易。"兀良合台在秘密会议上这样提议道。在阿剌豁马黑山拥有最强大兵力的是拔都，大家都在等待拔都的发言。

"我已经尽可能地忍耐了。在西征中，那么难忍的事情我都忍了。而这次贵由实际上是带兵来讨伐我的，唆鲁禾帖尼早就通过玛丽亚悄悄地告诉我了。前几天我征求了一下母亲的意见，今后我打算按照唆鲁禾帖尼的意思行事。如果姑息使敌人越来越强大的话再说，现在的情况是，敌人在慢慢地变弱，所以我想再给他们一些时间。蒙哥的意见是什么？"拔都注视着由他们推选出来的新任大汗蒙哥说道。

　　贵由、拔都、蒙哥分别相差一岁，几乎可以说是同龄人，他们都刚过四十。蒙哥扭过头，微笑了起来，说："果然是赛音汗哪，而且是巴呼修汗。"赛音和巴呼修是波斯语，都是贤明的意思。

　　在钦察，人们很敬仰拔都，都这样称呼他。

　　长子军的总司令拔都为人宽厚仁爱。窝阔台之所以没有任命年长一岁的贵由为总司令，是因为他知道贵由不会团结人，不得人心。不过，他表面上给出的理由是，拔都离作战地最近，而且出兵最多。

　　现在拔都提出大汗就任之事要按照唆鲁禾帖尼的意图办。这对于蒙哥来讲，就等于是把所有的事情交由自己的母亲决定，他当然无法反对。

　　"我也遵守母亲的意思。"蒙哥说。

　　"不过，还是请做好准备，保持随时都可以调动军队的状态，也许明天就要出兵也未可知。"兀良合台满脸遗憾地说。

　　"下次的忽里台大会，无论如何都要在更东边开。对方说必须要在斡难河、克鲁伦河附近，那咱们就那么办好了。"木哥斡兀勒说。他是拖雷的第八个儿子，虽然不是唆鲁禾帖尼的孩子，但在最近的忽里台大会上也被分派了不少的任务。

　　在这次忽里台大会上，他就对一再推辞即任的蒙哥说："要是那样的话，我们也像你一样，随心所欲地行动合适吗？这样也没关系吗？"他扮演了这种威胁者的角色。

　　当然从蒙哥的本心来讲丝毫没有推辞的意思，拖雷家多少年来望眼欲穿的日子终于要到了，怎能放弃？而且还有拔都做坚强的后盾，他是经过西征的锤炼才成为最强军团的总帅，这种难得的好机会是不容错过的。

从阿剌豁马黑山每天都有使者向东去汇报忽里台大会的情况。唆鲁禾帖尼由于年事已高，就在离忽里台大会会场稍远的哈剌火州等候。那附近由全副武装的卫兵把守着各个要道。

成吉思汗去世后，他麾下的军队按照游牧社会的习俗，大部分分给了幼子拖雷。成吉思汗的军队由一百二十九个千人队组成，除其中二十八个千人队以外，剩下的一百零一个千人队都归了拖雷家。这些军队虽然是国家军队，但归属拖雷家的意识很强，所以说即使在窝阔台时代，皇帝的武力根基也是不牢固的。

此外，与蒙哥联盟的拔都还拥有大量的突厥军队。所以说从军事力量上来讲，窝阔台派根本是望尘莫及，蒙哥和拔都的联合军占有压倒性的优势。

拖雷家希望窝阔台派最终能意识到双方军事力量上的巨大差别，做出让步，承认推戴蒙哥的忽里台大会。特别是唆鲁禾帖尼尤其如此，为了避免一族人的纷争，她衷心希望窝阔台派能够让步。

由于拖雷是幼子，所以他继承了父祖之地作为领地，即蒙古故地斡难、克鲁伦两河流域。不过，他将领地进献给了皇帝窝阔台，因为身为蒙古皇帝，不拥有蒙古故地是不合适的。

然而这样一来，拖雷家就没有了独立的领地。这不得不说是拖雷家做出的巨大牺牲。为了对其进行补偿，在忽里台大会上获得下任大汗位是全家人的最大愿望。

在阿剌豁马黑山召开的忽里台大会上，蒙哥虽然获得了盼望已久的大汗提名，但由于窝阔台和察合台两家人的缺席，所以还要在蒙古故地重新召开一次忽里台大会进行确认。

让位给窝阔台时，大家默认下任大汗要从拖雷家选出，然而最有权力主张这件事的拖雷却先死了，窝阔台的话又是一变再变，而且大汗的选举也成了忽里台大会的专管事项。

"再等多少年也不会有什么进展，不过，就再等一年吧，确认之事不能超过一年，如果超过的话，这个国家就会崩溃，我们也无颜再见成吉思汗的亡灵，这个我要告诉在哈剌火州的母亲。"蒙哥说。

他命令弟弟忽必烈向在哈剌火州的母亲这样报告，然后侍奉母亲东归。

只有一队人马向西行去，那是拔都部队的一部分。拔都的精锐部队也和蒙哥的一样，大部分都向东而去了。

在蒙古故地要举行忽里台大会的最终会议，成吉思汗的子孙们还有侄子们都必须要参加这个会议。在行军途中不断有加入进来的人，不过，其中没有窝阔台家和察合台家人的身影。

从畏兀儿进入西夏故地，在那里从中国战线上撤退下来的人马也加入了进来，人数愈发多起来，大军必须要在畏兀儿等待唆鲁禾帖尼。

大军故意放慢了行进的速度，缓缓地横穿过窝阔台家和察合台家的领地。

一辆由士兵们护卫着的妇人用的帘车非常缓慢地前行。

"还要休息吗？老休息不是更累吗？"忽必烈对蒙哥说。

忽必烈来到哥哥蒙哥那里，看见铺在地面上的地毯上放着一本书，书虽然合上了，但中间夹着做标记的红纸。蒙哥翻到那一页，说："这道题我已经想了三天了，还没有做出来，不过倒是可以打发无聊的时间。"

他正在研究一道欧几里得几何学的问题。他已经思考了很多种方法，但还没有解出那道题来。

"真用了不少时间啊。"忽必烈说。

"那是当然，我只能在行军休息的时候思考。在行军途中，无论是骑在马上还是坐在车里，想的都是作战的事情。"蒙哥说。

蒙哥用一种名叫"卡拉姆"的前端尖尖的、书写波斯语非常便利的苇笔在纸上认真地画着圆、三角形、直线等。

"很难吗？"忽必烈问。

"嗯，这个相当难啊。"蒙哥说。

蒙哥是个令人不可思议的人，他非常喜爱数学，但另一面却又非常迷信。《元史》这样记载他道："酷信巫觋、卜筮之术。"

对他来讲数学似乎只是一种游戏，没有将之与现实问题结合起来考虑过。在现实的问题上，他更相信巫术师。欧几里得几何学是他的骄傲，他能像谈论狩猎一样兴致勃勃地谈论它。

"你干吗要去弄那么难的问题呢？其他还有很多很有意思的事情呢。"忽必烈说。

实际上，忽必烈也在学习欧几里得几何学，而且蒙哥现在正在做的问题，忽必烈已经独立做出答案来了。

最初忽必烈对欧几里得几何学产生兴趣是因为知道哥哥对它感兴趣，正在学习的缘故。将来他的命运也许要由哥哥决定，要在他手下做事，忽必烈觉得与哥哥的兴趣合拍可能更有利。在这种情况下开始学习几何学，没想到忽必烈很快就被它吸引了，不久就超过了哥哥。

这个千万不能对哥哥讲，如果比他还能干的话就不招人喜欢了，忽必烈这样想。

最招人喜欢的做法是让哥哥笑着说"你怎么连这么简单的题都不会"，然后开始教他。不过明明会做，还要装出不会来，忽必烈的演技还没有那么好，所以还是装作不懂欧几里得几何学是最安全的。

十八　　分裂的影子

　　就连他们的子子孙孙都要斩尽杀绝，让他们化成灰烬烟消云散。

　　被成吉思汗一族如此深恶痛绝的蔑儿乞部经常受到蒙古的讨伐，它的一支逃到了遥远的钦察草原，但还是被成吉思汗的大将速不台追击，一个不剩地全杀了。然而窝阔台的皇后脱列哥那，他的儿子贵由的皇后斡兀立·海迷失全都出身于蔑儿乞部。

　　"蔑儿乞的人太多了，那个女孩子给谁做养女吧。"在为自己的儿子娶妻时，窝阔台这样说道。将儿子的新娘当作了斡亦剌部酋长忽都合别的女儿。

　　窝阔台家的领地是阿尔泰山麓的也迷里，身为摄政的斡兀立·海迷失在也迷里的时间比在首都哈剌和林的时间更多。

　　"从欧洲一个名叫法国的国家献来了贡品。我请问过神灵，说是哈剌和林的方位不好，还是也迷里更好。"一个深得斡兀立·海迷失信赖的萨满（巫术师）故弄玄虚地说道，萨满早就察觉到她想回也迷里去了。

　　"听说军队正聚集在那边，而且拔都的军队士气昂扬，请您一定要多加小心。"侍女官最多只能这样劝说，能使斡兀立·海迷失改变主意的只有萨满。

阿剌豁马黑山距离也迷里不算很远，拔都等人对缺席忽里台大会，甚至有可能会动武的窝阔台派应该没有什么好感情。

"他们的大会已经完了，没有什么可担心的。"斡兀立·海迷失说。

"听说从欧洲来的使者已经到了。"萨满说。使者带来的贡品，大半都落入了萨满手中。

法国国王路易九世率领第七次十字军（1248—1254）驻扎在塞浦路斯岛时，会见了来自蒙古的两名使者，这两人带着由波斯语写成的信函。

这个信函是蒙古的波斯军总司令宴只吉歹写的。由于有同名的人，所以他一般被称为札剌亦儿部的宴只吉歹。

带去信函的人名叫大卫和马可，两人拜谒了法国国王。

当时路易九世正要从塞浦路斯去往埃及。

第七次十字军进攻埃及最终失败了，但当时路易九世相信在东方有基督教的国家，想得到它的支援。因此可以说大卫和马可与路易九世的接触是适逢其时。由于这两人出现在塞浦路斯的时机太合适了，以至于有学者怀疑他们带去的宴只吉歹信函的真伪。

信函一开头就写道，上天将赐予基督教国家的军队胜利，并且祈祷蔑视十字架的敌人失败。接着写大汗的意愿是把所有的基督教徒从奴隶、贡赋、强制赋役以及其他类似的境况中解放出来，让他们享有光荣和尊敬，财产不会被抢夺，并重建被破坏的教堂。也就是说，我们是遵照神的旨意，为了保护基督教徒的利益而来的。为了能使大家口口相传此事，特派大卫和马可带信函前往。

对于接受信函的一方来讲，这是来自对基督教徒怀有善意的大汗的友好讯息。

又或者这是一种试探，如果他们对于蒙古的进攻，能够像以往的畏兀儿、汪古部族那样，显示出友好的态度来，可能就只停留在和平占领这种程度上。更何况蒙古还派来了使者，很有可能将其从进军途径中取消。

19 世纪，以多桑为代表的蒙古学者认为这封信函是伪造的，这在当时的研究者中几乎达成共识。然而，随着文献学研究的进展，假信函的说法又基本被否定了。特别是以敦煌学研究著称于世的保罗·伯希和的研究认为，它毫无疑问是真的。

不过，由于这封信函的效果没有显现出来，所以有没有这封信函本身都值得怀疑。

1249 年 2 月，道明修道会的三名修道士被选为出使蒙古的使者。他们与大卫和马可一同，从塞浦路斯的尼科西亚出发，向也迷里走去。

如果信函是假的话，那么大卫和马可恐怕不敢与他们同行吧。另外，在沿途关照使者的官吏们也应该得到了正式的证件。

贵由虽然嗜酒，又在欧洲远征时与总司令拔都发生争吵，但他对基督教的兴趣是实实在在的，他想与十字军总司令即法国的路易九世联络也不是不可能的，因此假信函没有必要。

实际上，在修道士们出发前的十个月，大汗贵由就去世了，现在进入了斡兀立·海迷失摄政的时代。贵由生前对她沉迷于巫术感到很不满，贵由不喜欢那些巫术师。

不过，斡兀立·海迷失那时候依赖巫术师只是为了处理家庭内部的事务，但贵由一死，巫术师的能量突然变得异常大，对于家庭外的事务他们也开始涉足。法国使者的到来正是在这种时候。

"让懂点基督教的人来接见他们吧，比如说……"

诸如合答黑、镇海等贵由的大臣就是基督教徒，向塞浦路斯派出使者就是他们的意见。巫术师咬着嘴唇沉默了一会儿后说："镇海虽然是语言上的天才，但也不懂欧洲的语言，让乃蛮的玛丽亚到这里来，您觉得怎么样？"

"嗯，你说得不错。如果是玛丽亚的话，还很明白唆鲁禾帖尼的心意。再怎么说，在这种时候，还是谨慎一点为好。你说得不错。"斡兀立·海迷失不停地点头说道。

玛丽亚七十五岁了，不过身体还很硬朗。现在在蒙古统治的土地上，应该没有人比她的拉丁语更好了。

与从塞浦路斯到也迷里相比，从哈剌和林到也迷里要近得多，玛丽亚必须要赶在三名修道士之前来到这里。斡兀立·海迷失很有把握，只要一召唤，玛丽亚就一定会来。

要修建教堂。

只要这么说，她一定会来。她现在上了年纪，不过有一个名叫莎拉的年轻助手。

玛丽亚果然来了，但她不是被斡兀立·海迷失召唤来的。

"真的不知道该怎么说哪。"玛丽亚一见到斡兀立·海迷失就这么说。窝阔台派没有丝毫的胜算，她到这里来是劝说他们遵从忽里台大会的决定的。

"你不知道我是谁吗？"由于过度愤怒，斡兀立·海迷失的脸色变得很苍白，她身材很娇小，愤怒起来凝缩在一起感觉更小了，她的两只手的手指很明显地颤抖着。

"当然知道，您是大蒙古帝国的皇后，而且现在是摄政，在整个蒙古帝国，没有一个人不知道这个。"说到这里，玛丽亚流出了眼泪。

"你想让我认输啊，那可办不到。"斡兀立·海迷失的手的颤抖好不容易停了下来。

"我为您考虑的是最好的出路。窝阔台殿下的话你们只遵守了一半。如果他的话你们全部记住了的话，是不会忘记失烈门殿下的名字的。你们凭借自己的力量把这半部分抹消了。这点请您一定要好好考虑考虑。"玛丽亚一边流着泪一边说道。

斡兀立·海迷失的脸恢复了血色，但亢奋还没有抑制住。

斡兀立·海迷失沉迷于巫术，所以她的言行有很多是常人无法理解的。她有时候想把国家分成两部分，由她的儿子忽察和脑忽分别统治，有时候甚至还想加上窝阔台家的希望之星失烈门，把国家分成三部分。

"她自己都不知道自己到底想干什么。"就连她的亲信镇海都摇着头这样说过。她虽然执迷不悟，但玛丽亚还是想用诚意来说服她，在和平中把政权转交给拖雷家。

玛丽亚到达也迷里当天，斡兀立·海迷失由于过度亢奋，连普通的对话都无法进行。

过了两天，玛丽亚决心还是要说出必须要说的话来，她就是为这事从哈剌和林来的。

"这件事情你一定要对摄政讲。"临行前，从燕京到哈剌和林去的牙老瓦赤特别委托她道。

那就是浪费的问题。

由于乱发票据，帝国已经陷入了财政危机的状态。商人不能再支付票据了，这件事情已经到了不得不解决的程度。

从窝阔台末期起，财政就很困难，当时在一片"大汗真是慷慨"的赞美声中，收支的结算就稀里糊涂地糊弄过去了。但是窝阔台去世后，财政上可以说就陷入了无政府状态。

"真是个棘手的大问题哪，我正好要去也迷里，我去反映一下这个问题吧。不过，还有比这更棘手的问题呢。"玛丽亚注视着牙老瓦赤的大胡子，叹着气说道。

"想让摄政远离那些人，对吗？"牙老瓦赤说。

那些人指的是巫术师。那些人之所以叫玛丽亚来，可能是觉得她比合答黑、镇海好对付罢了。不过，玛丽亚也觉得有必要忠告斡兀立·海迷失，请她远离那些人。

皇太后脱列哥那死后，凭借巫蛊之术兴风作浪的法蒂玛因使用"魔法"的罪名被杀了。使用巫术师如果不格外注意的话是很危险的，还是尽量远离他们为好。

然而对巫术师深信不疑的人，让她远离他们也不是一件容易的事情。玛丽亚在也迷里停留的几天里，越来越感到这简直如登天一样的难。每当玛丽亚想要忠告斡兀立·海迷失时，她好像马上就觉察到玛丽亚想要说的话了，就以修行为由，躲进内室去了。

"那您暂且一个人仔细地想想如何？"玛丽亚无奈只能这么说，她无论如何也说不出让她驱逐巫术师的话来。贵由死后，所有的事务一下子全都压在了斡兀立·海迷失身上，要承受如此大的重压，需要相当坚强的精神力量。

一个人仔细地考虑一下，从摄政的位子上退下来，恐怕对她来讲是最幸福的途径了。

"这件事情能做到吗？"答案是否定的。她的精神好像平静了一些。

不久，法国国王的使者来了，使者实际上很早就从塞浦路斯出发了，他们在中途得到了贵由的讣报，就地停留了一段时间。

　　斡兀立·海迷失因各种仪式的事情很忙碌，这多少可以转移她的注意力，使她忘却烦恼。

　　她没有必要考虑新的仪礼，负责仪典的官吏按照先例设置仪式会场，她按照先例，一句不差地说出该说的话就行了。

　　作为法王使者的是道明修道会的修道士：隆如摩的安德鲁、卡尔卡松的约翰和威廉三人。他们在帐篷中等待，说是帐篷，但也能够容纳五百人。从蒙古派遣去的大卫和马可站在一旁。

　　安德鲁曾经去过拔都的地方，据说会讲萨拉森语，这可能是波斯语或者阿拉伯语吧。

　　大卫和马可因为在路易九世的宫廷中说了很多大话，他们颇有点惴惴不安，担心吹的牛皮会被捅破。

　　不过他们也不是凭空捏造的。说在蒙古可以传布基督教也是确实的；说来年春天蒙古打算包围巴格达，所以希望法国国王攻击埃及，使之不能来援助哈里发（教主），这话虽然有点过头，但如果贵由还活着的话，没准真的会这样。唯一过头的可能也就是说蒙古的创始人成吉思汗实际上是约翰之子以色列之子大卫的转世。

　　不过，在基督徒脱列哥那以及其子贵由都已经去世的现在，对于非教徒的斡兀立·海迷失来讲，怎么说都无所谓。大卫和马可都是突厥系的教徒，他们知道如果谈论太多关于基督教教义的话，会损害这位热衷于巫术的摄政的兴致。于是他们就适当地将这些话题一带而过，转而汗流浃背地卖力地组装起路易九世赠送的礼物——一顶帐篷型的教堂。

　　于是，在大帐篷中，法国国王进献的最多只能容纳五十人的小帐篷被组装起来了，它虽然很小，却非常豪华。

　　它是由绛红色的纺织物做成的帐篷，上面施有精美的刺绣，工匠们把告知受孕、降诞、洗礼、受难、升天、圣灵降临等基督的主要事迹都表现了出来。其他的诸如圣杯、经典、祭服等做弥撒时必要的物品都绣在了代表大地的深茶色的绒毯上。

大卫和马可装作被自己千里迢迢带回来的礼物惊呆了。

斡兀立·海迷失开始照本宣科地宣读大汗的话，与以往的内容一样，不同的可以说只有名字。

这种话对于已经归服的人没有问题，但问题是对方认为彼此的关系是平等的。

"那只是形式，请你们忍耐一下吧，无论对方是谁，对待的形式都是如此。"

回头需要对法国使者解释解释，想到这个，大卫就感到头疼。

"这里是蒙古，不会被砍头的。"马可毫不在乎。

斡兀立·海迷失只是照本宣科地读了一遍"诏书"，连抑扬顿挫也没有。

"汝辈誓言服从，缴纳规定的贡物，当然必须亲自来此确认服从的誓约……"

这不是平等的关系，使者回去可能会那么汇报，不过劝说他们到蒙古来的大卫和马可，在法国国王鞭长莫及的地方。由于使归顺的首领增加了，大卫他们应该还会受到蒙古的嘉奖。

谒见结束后，斡兀立·海迷失立即进了内廷。那里有她信赖的巫术师们，这天她的两个儿子忽察和脑忽也到了那里。玛丽亚不能进入那里，她要接待法国国王的使者，负责翻译。

"你们从遥远的地方千里迢迢地来到这里，辛苦了。"玛丽亚对塞浦路斯的客人说道。在此之前他们一直用的是自己带来的翻译。

安德鲁修道士一瞬间惊讶得目瞪口呆，半张着嘴，从一位蒙古老妇人口中说出地道的拉丁语，让他感到很意外。

"你的拉丁语讲得真好，是在哪里学的？"安德鲁问。

玛丽亚答道："在君士坦丁堡，已经是四十年，不，五十年之前的事了，让你们见笑了。"

"你是说后来你一直在这边，再也没有回过君士坦丁堡吗？"安德鲁问。

"是的，从君士坦丁堡回到故乡已经四五十年了，原来是乃蛮，现在叫蒙古更恰当。蒙古按照自己的方式迎接客人，你们感到有些吃惊了吧？"玛丽亚说。

"是的，有点吃惊。"安德鲁说。

安德鲁本想说出他的不快，他不想接受斡兀立·海迷失所赐的文书等，但他却露出了笑容。

"在这里，什么事情都要按照蒙古的方式办，想改变它恐怕比让我们成为天主教徒还要难。"玛丽亚说。拉丁人总是想让聂斯脱利派的人"改宗"，他们并不认为聂斯脱利派是完全的同教人。

玛丽亚露出了她独特的笑容，这是一种不可思议的笑容，好像很困惑，又好像下定了决心的表情，实际上，她自己也不知道怎么做更好。

"能够见到你，是我唯一的收获。"安德鲁说道。

"我想对你们说的就是尽早离开这里，如果没有什么重要的事情的话……这个国家现在没有主人。"玛丽亚摇着头说道。

实际上，昨天玛丽亚的助手莎拉也对安德鲁他们说了同样的话，即尽可能早点离开为好。

现在这个国家没有主人，如果非要说谁是主人的话，勉强可以说是斡兀立·海迷失。但她现在的状态很不正常，熟悉她的人都异口同声地这么说。

贵由去世，她无可避免地受到了巨大的精神打击，然而她表现得好像有点太极端了。玛丽亚过去不太了解斡兀立·海迷失，她们既不是教友，也没有什么亲密的交往，她是听了莎拉的话才第一次知道以往的斡兀立·海迷失和现在的摄政有什么不同。

用莎拉的话来说，斡兀立·海迷失被妖魔附体的状态很厉害，程度非同一般，她中了巫术师的咒。

"摄政殿下已经无可救药了，咒语的力量会越来越强，现在最高级的巫术师控制住了她。巫术师完全控制住一个人后，就会去寻找下一个目标，下一个很有可能是安德鲁先生了。"莎拉说。

莎拉虽然年轻，但很有洞察力，她能够分辨出容易中巫术的人和不容易中巫术的人来，在这方面言语根本不是障碍。安德鲁虽然会萨拉森语，但不会蒙古语，可即使这样，用莎拉的话说，他也是个容易中巫术的人。

巫术师完全收服了斡兀立·海迷失后，接着就会去物色下一个猎物，安德鲁很容易成为他的目标。

"我呢？"玛丽亚问。

莎拉劝玛丽亚也赶紧离开这个地方，因为她虽然不容易中咒术，但会因此而心力交瘁。

玛丽亚耸了耸肩膀，即使莎拉不说，她也意识到了这点。

安德鲁好像意识到自己的使命失败了，他自己也想尽早返回法王那里去。他做好返回的准备后，就向斡兀立·海迷失告别了。玛丽亚也踏上了返回哈剌和林之旅。

"以我的力量已经不足以拯救摄政殿下了，像她那种状态，劝她去参加忽里台大会恐怕也是不可能的了。"在离开也迷里时，玛丽亚叹着气对莎拉说。

"向摄政殿下告别时，您看她的眼睛了吗？那眼神简直都不像活人的眼神了。"莎拉低着头说道。

就在玛丽亚她们从也迷里去往哈剌和林时，蒙古帝国正慢慢地呈现出深深的龟裂的痕迹。

"深不可测的鸿沟哪，令人战栗，还是不要想了吧。"

玛丽亚在心里默默地说道。

胜负从一开始就决定了，蒙哥只是想把他当大汗这件事告知蒙古帝国中的各个王侯而已。

"聚集了最高智慧的忽里台大会已经做出了决定，你想不承认它吗？"

他要逼迫他们承认，协商的阶段已经过去了，派往各地的使者都带着全副武装的士兵。在更远的地方，拖雷家、术赤家的军队正在示威性地行军，它们的总指挥就是蒙哥。

蒙哥正在四处通告明年夏天即将正式登基。之所以设置了一年的确认期，是为了把更多的人加入确认者的名单。

斡兀立·海迷失已经做好了必死的心理准备，她想自己一人死去就够了。在昏暗的帐篷中，她独自坐着，好像在等待着什么，每个看到她眼神的人，背后都不由得生起阵阵凉意。

每当从也迷里传来这样的消息时，玛丽亚的眼前都会浮现出斡兀立·海迷失那令人惊惧的眼神。

在玛丽亚还没有到达哈剌和林时，就听说摄政的儿子忽察和脑忽已经离开也迷里了。

"她到底想做什么呢？"莎拉歪着头问道。

"她至少想拯救两个孩子的性命吧，不过这是不是她本人的意思就不得而知了，只看她的眼神的话，不知道现在她还有没有这样的判断力。"玛丽亚叹着气说道。

最旗帜鲜明地反对蒙哥的是察合台家的也速蒙哥。与窝阔台家结盟的察合台家，反对这次忽里台大会的决议也是理所当然的。不过，也速蒙哥之所以充当反蒙哥的先锋，还有他个人的对窝阔台家的感恩之情。

察合台去世后，按照他的遗愿，他的家业由死去的木秃坚的儿子哈剌旭烈兀继承。贵由上台后，认为祖父的家业直接由孙子继承有违常理，于是又返回一辈，指定由也速蒙哥继承，所以说也速蒙哥受了窝阔台家的大恩。因此他对于反窝阔台家的一派，带有强烈的反感也是顺理成章的。

十九　兄弟四人

在两个敌对的阵营中，最热衷于做斡旋工作的是蒙哥阵营中的拔都和反蒙哥阵营中的也速蒙哥。

不用说，双方都着力于多数派的工作。不过，蒙哥拥立派占有绝对性的优势，他们有唆鲁禾帖尼这么一位优秀的统帅，很好地平衡了各种关系。

就姻亲关系来讲，双方都有很多，但平时有没有注意巩固和亲家的关系就是一个问题。

之前贵由即位时，他母亲脱列哥那平日对亲友周到备至的关怀令人感动得都想流眼泪。贵由健康上有问题，性格上也有缺陷，是脱列哥那倾尽了全力才使贵由得以登基，就在他登基后两个月，脱列哥那心力交瘁地去世了。

"我们对窝阔台家总可以了吧，我们已经对他们仁至义尽了。"蒙哥说。

在他看来，他们已经谦让得过头了。他弟弟忽必烈是个慎重派，但蒙哥的性格却是不太介意别人的说法和看法。当初只是因为母

亲唆鲁禾帖尼说至少等到重病缠身的贵由死去之后再说，才很不
情愿地听从了。

"如果等的时间太长的话，咱们这边就该到忽必烈这代了。"
蒙哥曾经咬着嘴唇这么说。忽必烈虽然是蒙哥紧下面的弟弟，但
比他小了七岁。每当这时忽必烈只是露出浅浅的笑容，什么也不说。

忽必烈的正妻出身于弘吉剌氏，弘吉剌氏以成吉思汗正妻孛
儿帖的弟弟按陈那颜为第一代。忽必烈的妻子察必的哥哥斡陈，
是弘吉剌氏第二代的掌门人。而且，斡陈还娶了拖雷的女儿也速
不花为妻。如果算上成吉思汗的话，两家有着两重、三重的关系。
在忽里台大会上，他们是会绝对地拥护拖雷家的。

从阿剌豁马黑山的第一次忽里台大会起，一直坚定不移地支
持拖雷家蒙哥的人，除了弘吉剌家之外，还有成吉思汗幼弟（斡
惕赤斤）家的当家人塔察儿。这样一来，蒙古帝国的东方就是拖
雷派的天下了。

与此相对，反蒙哥派没有有效的对抗手段。摄政斡兀立·海
迷失只会与巫术师一起鼓捣一些装神弄鬼的把戏。这很容易让人
联想起被处死刑的法蒂玛，产生一种不祥的感觉。

一年时间，既是确认的时间，同时也是备战的时间。

"已经通知忽察和脑忽参加忽里台大会了。"

"失烈门也表示要来参加忽里台大会。"

这样的报告相继传来，蒙哥派已经胜券在握了。

以术赤家和拖雷家为主的军队，陆陆续续地向忽里台大会的
举办地移动。

"咱们这一侧重要的人中有没有和合答黑和镇海家有亲缘关系
的？"蒙哥问忽必烈道。

忽必烈沉吟了一会儿，答道："我想了一下，好像没有这样的人，回头如果想起来了，我会告诉你。"

蒙哥什么也没说，只是抬头望着天空。

镇海虽然被脱列哥那皇后罢免了，但皇后死后又恢复了官位。他的罢免是因为色目人奥都拉合蛮，贵由即位后他又复职了，相反，奥都拉合蛮被处刑了。然而，镇海、合答黑他们虽然好不容易恢复了官职，但作为反蒙哥派的代表，很有可能会被处以极刑。镇海虽然是喝过班朱泥河泥水的功臣之一，但不幸却成了党争的牺牲品。忽必烈想到这些感到了阵阵凉意。

以蒙哥的性格来看，就算他们与自己这一派的重要支持者有亲缘关系，作为反蒙哥的代表恐怕也不会饶恕他们的性命，充其量让他们死得体面而已。

"如果我当了大汗，会这么做吗？"

每当蒙哥做什么事情时，忽必烈都会暗暗地思考如果自己处在他的位置该怎么做。虽然是空想，但这成了他的一个习惯。就像欧几里得几何学一样，凡是蒙哥做的事情，他都想尝试一下。不过，这些不能让人知道。否则蒙哥一定会想："你想取代我吗？"

到目前为止，蒙哥一次也没有说过这样的话。可即使这样，忽必烈还是知道蒙哥在这种时候会怎么想。

"登基大典结束后，你立刻到爪忽都去，遵照大札撒治理那里。"蒙哥突然转变了话题。突然转变话题也是他的习惯，从表面来看，人们会觉得很唐突。但其实他的思路还是连贯的。

爪忽都在当时是一个使用频率非常高的词语，不过当"世界帝国"蒙古衰亡后也就逐渐消失了。拉施特用波斯语写就的《史集》对爪忽都的解释为："蒙古人称契丹、党项、女真、朝鲜为爪忽都。"

也就是说，蒙哥让忽必烈去"当东方的总督"。过去，他也曾经说过"忽必烈适合东方"的话。

休息过后，蒙哥跨上了马，他看着忽必烈说道："如果阔出还活着的话，你和他可算是棋逢对手。"

又是突然冒出来的一句话，不过，忽必烈很明白蒙哥话里的话。

阔出是窝阔台的儿子，曾经被寄予厚望，然而他却在中国战线上病死了。有段时间，窝阔台曾说他死后要把大汗位还给拖雷家，然后再传给阔出的儿子失烈门。贵由虽然是窝阔台的长子，但当三子阔出还活着的时候，继承人压根就没有考虑过他。由此可见阔出是多么的优秀。

蒙哥说忽必烈和阔出算是棋逢对手，很明显是一句夸奖的话。

"我不太了解阔出，不知道有多大的胜算。"忽必烈说。

"我很了解他，我们关系很好，真正能做到和我像兄弟一样的，窝阔台家就只有阔出一人。"蒙哥骑在马上说道。

在蒙古，如果自己的兄弟去世，那么他们的孩子有寄养在自己家的习俗，因为蒙古人认为男孩子必须要有父亲。尽管父亲拖雷去世时，蒙哥已经二十五岁了，但还是被认为需要进行"男人的教育"，所以时间虽然很短，但他在窝阔台家生活过一段日子。

不仅是这段时期，在他年少时就经常被寄养在窝阔台家，从他有可能成为下任大汗的时候起就这样。

"我们拖雷家和窝阔台家本来关系很好，这应该是成吉思汗的理想吧。"忽必烈说。

"成吉思汗只有一人，而成吉思汗的儿子有四人。"蒙哥说，他是四个儿子中最小的儿子家的长子。

忽必烈紧跟在蒙哥的后面，保持着能够听清普通对话的距离。

"哥哥，如果阔出活着的话，大汗位传给你，然后由你再传给失烈门，这个约定能够很好地遵守吗？"

"哈哈，这种童话般的事情世上真的会有吗？忽必烈，你觉得呢？"蒙哥回过头来说道，他好像想看看忽必烈会对自己的话做出什么样的反应来。

"这是童话般的事情？真的不可能发生吗？"忽必烈说，他格外注意着自己的表情回答道。蒙哥的视线已经从忽必烈身上转向了前方，但忽必烈还是觉得蒙哥那种审视的目光正在打量着自己。

"哈哈，在现任大汗之外，还有下任大汗的父亲，这种一山两虎的局面有意思吗？哪个当权者能够容忍？只有童话中才可能出现吧。"蒙哥说到这里，又回过了头。他好像早就知道自己看前方时忽必烈的表情是如何变化似的。

蒙古的大汗要由忽里台大会选举，必须要全体成员一致通过才能产生。如果不是全员一致通过的话，忽里台大会就会延期。不过大汗一旦被选出后，他就是绝对的独裁者。

不仅限于蒙古族，游牧民族在选举领导人时，大多采用类似的方法。而领导人做出的决定，经常能够立即对其成员的命运产生巨大的影响。

像这次，忽里台大会不能得出全员一致的结论时，整个集团就会面临分裂的危险。如果不想分裂的话，就必须要依靠武力强制性地进行统合，把反对者彻底地肃清。

由成吉思汗统合在一起的势力，到了他孙子这代，又面临了分裂的危机。

"很久没到克鲁伦这片地方来了。"忽必烈说。

确认大会被称为第二次忽里台大会，在成吉思汗的故地克鲁伦河畔举行。"克鲁伦"用汉语直译作"起辇"。

"我也很久没来了，不过，我经常会想起我们祖先在克鲁伦的时候。"蒙哥仰望着天空说道。

他一方面是最现实的领导人，另一方面却是一个复古主义的人。

"面向克鲁伦河，能够与成吉思汗的灵魂做最亲密交谈的人……"在提出当大汗的资格时，蒙哥第一条就这样说道。

"那就是我。"蒙哥没有这么说，但听到他的话的人，谁也不认为除蒙哥之外还有更合适的人选。

蒙哥在爱好欧几里得几何学的同时，还是蒙古萨满教的信奉者。就在这次前往克鲁伦忽里台大会的途中，他也会突然虔诚地拜倒在大地上。

他把萨满也加入了他的顾问团中，但对于现实中的问题却很少垂问他们。

就连忽里台大会的日期也没有问萨满，而是问的占星师。他也没有特别信任某个萨满，他认为自己就是一个比任何人都优秀的萨满。

蒙哥缓缓地前行，他的军队跟随着他。忽里台大会有上千名王侯、贵族、将军、大臣参加，保卫他们的士兵超过了一万人。

对于没有参加上次大会的人给了一年的考虑期限，这也是准备这次忽里台大会所需要的时间。

在哈剌和林附近，蒙哥的幼弟阿里不哥侍奉着母亲唆鲁禾帖尼来了。

另一个弟弟旭烈兀迟一些也会赶过来。

等到旭烈兀赶来后，四个兄弟终于聚齐了，他们已经很久没有这样了。四个人一直都很忙，每次聚会，总是有人因什么事情没到。

"咱们四人很久都没有聚到一起了。有一次差点就聚齐了，可是直到那天中午，才知道忽必烈有事要迟到。今后，咱们四兄弟也要分开治理这广阔的大地，想聚在一起可能会更难吧。"等三个弟弟都聚在一起后，蒙哥这样说道。

他们虽然是兄弟，但当上大汗的蒙哥是特殊的，他并不是因为年长当的大汗。窝阔台就是三子，他即位时，虽然最上边的术赤已经去世了，但次子察合台仍然健在，然而察合台却要对弟弟行君臣大礼。

有一段很有名的逸事：一次，察合台和皇帝弟弟窝阔台一起喝酒。喝得醉醺醺时，他乘着酒劲提出要赛马，还对胜负下了赌注。谁都知道察合台骑马快，真的一比赛，当然是察合台赢了。乘着酒劲，察合台把赌赢了的大笔钱揣在怀中笑嘻嘻地回去了。然而，待他酒醒后，他的脸色变得苍白。

第二天，他到皇帝那里去请罪，表示由于对皇帝欠缺敬意，愿意受到处罚。窝阔台也很为难，他知道察合台的性格，就象征性地用轻柔的口气责备了他几句。察合台马上行了九跪大礼，并且奉上了九匹马作为贡品赎罪，得到了赦免。随后，他让书记官大声地宣布大汗饶恕了察合台一命，因为对大汗不敬是死罪。

"我被选为大汗，绝不是因为年长的缘故，这点希望你们牢记在心。"蒙哥说道。

除蒙哥之外，谁也不说话。

在唆鲁禾帖尼的四个儿子中，不知从何时起，就定下来由蒙哥当大汗了。尽管这种呼声很高，但是谁也不知道最先是谁提出来的。

次子忽必烈比蒙哥年龄小七岁，蒙哥成年时，他还是少年。当年，十一岁的忽必烈和八岁的旭烈兀前去迎接西征凯旋的成吉思汗时，长子蒙哥已经是被迎接的战士了。

自然而然地蒙哥就被看作是拖雷家的代表了，对此谁也没有提出过异议，蒙哥也认为是理所当然的。

　　不过，阿里不哥却心有不满，在他身边有人向他鼓吹原始游牧时代的"幼子继承制"。

　　"继承成吉思汗汗位的本来不该是窝阔台，而是作为斡惕赤斤的你父亲拖雷。"

　　从幼年时代起，他已经记不清听过多少次这样的话了。身为幼子赡养父母受了累，可就算在拖雷家，幼子也没有受到应有的尊重，真令人遗憾。即使有风光无限的对外征战的机会，阿里不哥也不能去参加。

　　"斡惕赤斤最重要的任务是守护家园，你要代替兄长在母亲身边好好地尽孝，明白吗？"

　　每次前来问候母亲的兄长们，见到阿里不哥时都会这么说。

　　忽必烈也有不满，不过他的性格是无论怎么不满，也不会表现出来。就像欧几里得几何学一样，凡是哥哥做的事情，他都想尝试一下，他觉得这样才能更好地理解哥哥，作为哥哥的左膀右臂，必须很好地了解他。

　　"蒙古帝国很大，今后会变得更大，只能分开治理，我们大家都做一样的事情没意义。"蒙哥说。

　　忽必烈感到蒙哥的视线两次扫向了他。尽管他在隐瞒，但欧几里得几何学的事情没准蒙哥已经知道了也未可知。

　　"忽必烈负责治理爪忽都那片地方，所以你最好把从金朝抓获的汉人学者中的佼佼者收罗到你的幕下。我听说从德安城救出了个江汉先生，叫什么来着……"蒙哥好像叫不出那个汉人学者的名字来，或许他只是假装叫不出来。忽必烈知道那个人的名字，但是他没有说出来，而是学着蒙哥的样子歪着头。

　　"啊，那个人叫姚枢吧。"阿里不哥说。

"啊，是嘛，原来阿里不哥知道啊。汉人的名字很难记，而且容貌和名字吻合的也很少。"蒙哥很有兴致地说。

"是的，他和彦诚先生一起来过好多次，我记得很清楚。"阿里不哥很高兴地答道。

彦诚是杨惟中的字，他是一位从很早起就效力于蒙古的汉人。西征后，他被派到西亚去，着力于整顿户籍、政令。他是耶律楚材的继任者，在蒙古没有不知道他的人。

姚枢的年纪大致和杨惟中相仿，但效力蒙古很晚。他由杨惟中推举，在哈剌和林入朝并从军，他从军的目的大概是为了保存文物以及保护学者。

年轻，太年轻了，忽必烈心中想道，也就是阿里不哥还允许这样，要是换作他的话，就会引起警惕了。

"阿里不哥作为斡惕赤斤，什么都知道点很好。不过，作为爪忽都的主人，忽必烈，你必须要把那个……刚才说的那个学者收罗到幕下。"蒙哥拍着膝盖说道。

"我需要注意些什么呢？"一直沉默的旭烈兀张口问道。已经定下由旭烈兀分管西边的，包括波斯在内的土地。

"很难哪，旭烈兀的土地，现在还有不少问题。"蒙哥说。

确实，现在还没有处置窝阔台派的重要人物宴只吉歹。

"处置成吉思汗的将军的确是个问题，不过，那个人是窝阔台派的领袖。嗯，等到旭烈兀上任时，这件事情应该处理好了，这个不能无限期拖延。嗯，西方的事情，你去请教牙老瓦赤吧。"蒙哥对旭烈兀说道，但就像自言自语似的。

这时候，侍女们搀扶着唆鲁禾帖尼进来了，四兄弟立即都闭上了嘴，他们不想在唆鲁禾帖尼面前说处分族人或功臣的话。

"你们四兄弟很久没有聚到一起了，一定聊得很开心吧。"唆鲁禾帖尼说。

她的脸色不太好，侍女几乎是架着她坐了下去。

"我们兄弟倒是经常见面，但四人聚在一起的机会却意外地很少，真的是很久没有了。"蒙哥笑着说道。把话题硬生生地从处置反对派的人转换开相当困难，兄弟们说的话不想让母亲知道。

"你们好不容易聚在一起，都聊了些什么呢？"唆鲁禾帖尼勉强地笑着问道。她好像连说话都觉得很疲劳，可即便如此，四个儿子好不容易聚在一起，就算身体不好，她也想和他们待在一起。

"男人们聊的话是很煞风景的，无非是些狩猎呀、战争之类的事情。母亲在这里的话，咱们就聊聊孙子们的事情吧，比流血的事情要好。"蒙哥说着转头看了看忽必烈。

"孙子们的事情，与咱们这些当父亲的相比，没准当奶奶的知道得更清楚呢，咱们信口乱说的话，会讨没趣的。"忽必烈说。

"你们也不要聊得太上瘾了，忘了疲倦，要多注意身体。像蒙哥，也已经过了四十岁了。"唆鲁禾帖尼摇着头说道。

"我会注意的。这次的忽里台大会也不会像贵由那时候那样只顾讲排场、热闹了。时势不同了，要还是那样的话，这个世道会出问题的。"蒙哥说着自顾自地点了点头。

世道出了问题是事实，据《元史·定宗（贵由）本纪》记载：

是岁（1248）大旱，河水尽涸，野草自焚，牛马十死八九，人不聊生。诸王及各部又遣使于燕京迤南诸郡，征求货财、弓矢、鞍辔之物，或于西域、回鹘索取珠玑，或于海东[1]索取鹰鹘，驲骑络绎，昼夜不绝，民力益困。然自壬寅（1242）以来，法度不一，内外离心，而太宗[2]之政衰矣。

的确，贵由近两年的统治不好，但病根却在更深远的地方，在窝阔台末期。

"慷慨的皇帝。"

这样的赞誉是建立在黎民百姓的痛苦之上的，在窝阔台以及接下来的脱列哥那时代，老百姓只不过是统治阶级榨取的对象，那个时期的主角是色目人奥都拉合蛮。

贵由登基后，处死了搜刮民脂民膏的元凶奥都拉合蛮，表明他想有一番作为。

《新元史》写道：

——定宗（贵由）诛奥都拉合蛮，用镇海、耶律铸[3]，赏罚之明，非太宗所及。又，乃马真皇后[4]之弊政皆帝[5]所划革。

《新元史》批评旧史（《元史》）说太宗之政到贵由时期衰败太过武断，明显地歪曲了事实，为贵由进行了辩护。

唆鲁禾帖尼被儿子们围绕着，显得很愉快，但她不时轻轻地

---

1 沿海地区。
2 即窝阔台。
3 即耶律楚材之子。
4 即脱列哥那。
5 即贵由。

把手放在额头上，不知是头痛还是发烧，总之，与平时的表现不太一样。阿里不哥走到她身边轻声地说："从哈剌和林来的这一路上累着了吧。最近这段时间，哥哥们都会在这里，什么时候都能见到他们，今天您就去休息吧。"

"是啊，长途旅行累着了，年轻的时候不觉得。"唆鲁禾帖尼说着站了起来，尽管如此，她脸上还是笑容不绝，在一族人中，她相信自己的家庭是最完美的。

陪伴母亲是幼子的任务，直到忽里台大会召开为止，阿里不哥一直侍奉在母亲身边，所以他知道其他兄弟们不知道的母亲的另外一面。他感觉母亲实际上并不是很欣赏长子蒙哥。聪明的唆鲁禾帖尼一般不会把自己的喜恶表现出来，但每当说到有关蒙哥的话题时，她总会不经意地叹气，这个细小的举动没有逃过阿里不哥的眼睛。

唆鲁禾帖尼由侍女们搀扶着走了出去。她就住在附近的帐篷中，阿里不哥骑着马护送她回去。

"蒙哥很严厉，你要好好地听他的话，忽必烈能宽容的事情，蒙哥不一定会宽容的。"在回到帐篷后，唆鲁禾帖尼这样叮嘱阿里不哥道。

"哈哈，这个我知道，蒙哥很顽固，怎么对付顽固的人，我知道。"阿里不哥笑着说。

即使说到基督教的话题时，其他三人都能耐心地听，只有蒙哥不屑地笑笑，起身离开座位，他从孩童时期起就是如此。

拔都没有参加第二次确认大汗的忽里台大会，在他看来，事情已经在阿剌黎马黑山解决了，术赤家的态度也表明了，剩下的只是给没有参加的人的缓冲时间。

大势已经定了。

拥立蒙哥的军队一拨接一拨地到达指定的会场，聚集在斡难、克鲁伦河源附近被称作阔帖兀阿阑的地方，就连被看作是窝阔台派或者察合台派的人也来了。

按照以往的惯例召开了大宴会，阔帖兀阿阑之地立即变得热闹非凡。然而，最重要的蒙哥却不喜欢这样的大宴会。他喜欢的是狩猎以及偶尔做一些萨满的仪式。

《元史·宪宗（蒙哥）本纪》记载：

> 帝刚明雄毅，沉断而寡言，不乐燕饮，不好侈靡，虽后妃不许之过制……御群臣甚严。

不过，只有在大汗即位这种时候，王侯、大臣、将军们才不辞辛苦地从很远的地方聚集到一起，如果不是这种时候，天各一方的亲友很难见面。所以就算蒙哥再不喜欢燕饮，也不能对与会人员失礼。

而最对这次聚会感到高兴的就是蒙哥的母亲唆鲁禾帖尼。

唆鲁禾帖尼大多数时间待在位于哈剌和林和也迷里中间的阿尔泰山麓的斡儿朵中，并且按照蒙古习俗，由末子阿里不哥陪伴在她身旁。

阿里不哥对这种留守的角色好像感到有点不满，抱怨道：

"父亲拖雷也是幼子，可是他既参加过西征，也到过中国战线。"

听他这样抱怨，忽必烈的脸色马上就变了，斥责他道：

"你就那么不想做你分内的事情吗？"

父亲拖雷虽然是成吉思汗幼子，但他之所以能够从征，是因为他在成吉思汗身边充当斡惕赤斤的角色。事实上，在作战时，拖雷总是在中军——即父亲的身边。

现在，阿里不哥想逃避责任，也就是说他想离开母亲唆鲁禾帖尼，忽必烈直截了当地问："你想让母亲早点死吗？"

看到忽必烈的脸色变了，阿里不哥赶紧改口道："我什么时候都想好好侍奉母亲，什么时候都是。"

唆鲁禾帖尼虽然显得很倦怠，但心情很好，前来拜访她的人络绎不绝。

在阿尔泰山麓时，来拜访她的客人也很多，不过那时候大多是儿子们的朋友或者拖雷家的部下，女性的朋友很少，这让她多少觉得有点遗憾。而在这里，每天族中的女眷、女性的朋友都是川流不息。

不能待太长时间。

对来拜访的客人设定了时间限制，不过，唆鲁禾帖尼经常无视它。

玛丽亚来过很多次。

在成吉思汗统一蒙古之前，这个地方是乃蛮，是玛丽亚的故乡。即使到现在，仍然有基督徒说听说过她父亲帕乌罗。

玛丽亚和唆鲁禾帖尼的话题大多围绕她们共同的教友的事情转，谈论他们的家庭、友人等等，然后就是祈祷。

祈祷之后，唆鲁禾帖尼用低沉的声音说："让我再祈祷一会儿吧。"

以蒙哥为首，她已经为自己的孩子们祈祷过了，她可能想再为敌对阵营中的人祈祷吧。

她们最新的话题是谈论从塞浦路斯来的路易九世的使者。

"安德鲁修道士看上去很失望，我费了很大力气给他讲在蒙古还有很多不同的信徒。"玛丽亚说。

"然后他怎样？"唆鲁禾帖尼问。

"还是很失望。"玛丽亚说。

"贵由的失败就是没能让斡兀立·海迷失也信教，如果贵由的时间再充裕一些的话就好了。"唆鲁禾帖尼说。

贵由对基督教很有兴趣，特别是从西征回来以后，这种倾向更明显了，这或许跟他身体不好有关。

"可能也有合答黑和镇海的影响吧。"玛丽亚说。

这两人是曾被脱列哥那皇后驱逐出朝廷的大臣，都是聂斯脱利派基督徒。脱列哥那死后，他们又返回了朝廷。

"我刚才为合答黑和镇海祈祷了，我只能祈祷，别无他法了。"唆鲁禾帖尼好像很疲倦，轻轻地闭上了眼睛。

合答黑和镇海好不容易复了职，并得到贵由的重用，但贵由一死，他们的命运又发生了激变。他们俩很明显是窝阔台派的重镇，而且曾经一度失势，又被重新起用的，所以他们必然誓死为窝阔台家尽忠，从而会断然地反对这次的忽里台大会。

唆鲁禾帖尼已经注意到了当自己现身时，儿子们立即停止了之前的谈话，笨拙地转变了话题。恐怕他们当时正在讨论如何处置"敌营"中的人吧，至于合答黑和镇海，肯定也提到了。

对于人事，特别是杀罚之类的问题一概不插手，这是唆鲁禾帖尼为自己定下的规矩。就算她是基督徒，但想要拯救窝阔台派的中心人物也是无能为力的，归根结底，除了为他们祈祷外别无他法了。

合答黑既是贵由的大臣又是他的老师，他从教师和大臣这两个角度都能够对贵由产生影响。贵由之死，从基督徒的角度来看

很令人遗憾。然而，他要是不死的话，拖雷家的出头之日可能会
更晚吧。

"虽然只能祈祷，不过，在什么时候都能祈祷也算是我们精神
上的依托吧。说精神上的依托也许不恰当，应该说是对我们的救
赎吧。"玛丽亚说。唆鲁禾帖尼还想再挽留她一会儿，玛丽亚说：
"你在这里时，咱们随时都能见面，还是遵守时间限制吧，我这就
告辞了。"说着她站了起来。

到了规定的时间，侍女会端来茶水，也并不是谁想喝茶，这
只是个信号而已。

"明天你一定还要来啊。"唆鲁禾帖尼很遗憾地说。

"再过几天，宴会就要开始了，现在大家好像都很忙。"玛丽
亚说。

"宴会开始了就能一起回去了，因为蒙哥很快就会离开宴席
的。"唆鲁禾帖尼说。

讨厌宴会的蒙哥只会稍微露一下脸，马上就离开，剩下那些
喜欢宴会，喜欢喝酒打闹的人无休止地吃喝。

沾蒙哥的光，那些不喜欢宴会的人可以大舒一口气了，因为
他们不能比皇帝先离开宴席，而蒙哥的离去是非常快的。

"占星家一定会给选一个好日子的。"玛丽亚说着走出了帐篷。

由于越来越容易感觉劳累，唆鲁禾帖尼尽量不再会见客人了。
可是她这里总有一些很稀罕的客人来，像这样的人，即使时间短暂，
也得要打起精神来见见。

这天，侍女拿来了请求会见唆鲁禾帖尼的人的名单，问她道：
"今天我都拒绝了怎么样，也没有什么很亲密的人。"

"好吧，就这么办吧，好多人是因为忽里台大会来的，从情理

上来讲要过来看看，可是这对他们来说，对我来说都是负担。"唆
鲁禾帖尼说着接过了侍女拿来的名单，用眼睛扫了一遍，今日申
请会面的有五人。

"啊，这个人我想见见，已经很久没有见过她了，其实按理说
应该是我去拜见她。"唆鲁禾帖尼指着名单上的一个名字说道。

"好的，明白了，您想见汉公主，我马上去联系。"侍女说着
低下了头。唆鲁禾帖尼的手指停在了通称汉公主即岐国公主的名
字上。

成吉思汗生前拥有四个斡儿朵，大皇后孛儿帖是第一斡儿朵
的主人，她是最特殊的。剩下三个斡儿朵的主人分别是忽兰、也遂、
也速干三位皇后。此外还有一位被称为"公主皇后"的人，她就
是岐国公主。由于她是成吉思汗的一位皇后，自然地位在唆鲁禾
帖尼之上。

唆鲁禾帖尼说应该去拜见她，就是意识到了这种地位上的差别。

"您专程来看望我，真让我过意不去。"唆鲁禾帖尼很恭敬地
迎接岐国公主也是理所当然的。

"我从玛丽亚那里听说你身体不太好，只想来看看你，马上就
会走的。"岐国公主说。她的声音很柔和，玛丽亚说岐国公主越上
年纪越有风韵了，果然如此。

唆鲁禾帖尼不由自主地流出了眼泪，她自己都不知道自己为
什么哭，想停却停不下来。她想笑起来或许眼泪就会停住了，就
有意识地笑了起来，可是笑起来眼泪还是不停地往外流。

"真不知怎么了，怎么流出眼泪来了，真是好笑。"唆鲁禾帖
尼一边啜泣着一边笑着，表情很奇怪。

二十　阴谋暴露

　　1251 年，第二次忽里台大会的举办地阔帖兀阿阑戒备森严。负责戒备的总司令是一位名叫忙哥撒儿的将军。

　　数量庞大的军队陆续到达会场，即使在蒙哥正式当选后，还有军队从很远的地方陆陆续续地赶来。

　　仅大宴会所用的酒类就需要两千辆车运送，搬运的人员更是多得数不清。占星家选定七月一日为良辰吉日，在这天，所有的杀生活动都被禁止，不仅如此，就连挖掘土地、污染水流以及劳动等都不能做。

　　"所有人必须要沉浸于欢乐之中。"上面下达了这样的命令。

　　在这个吉日中，吵架更不用说了，所有人都要喜笑颜开地欢度这天，而且就连往马背上放东西都被认为是违反禁令的。

　　凡是有生命的东西，都必须要对大汗即位表示高兴，不过，这点不仅限于即位当天。之后会连日举行宴会，这时已经可以让马驮运饮食物品了。

　　在接连七天的宴会上，蒙哥每天只是露一小会儿脸，过不了多久就会离开。虽然刚即位，但蒙哥已经开始了皇帝的工作，相当忙碌。从窝阔台时代到脱列哥那时代，政府随意发行的票据必须要整顿。奥都拉合蛮像变魔术似的筹集来的钱财，实际上都是以政府名义开具的支票而得到的借款。

窝阔台家的借款，拖雷家没必要偿还。

蒙哥的弟弟中有人这样主张。蒙哥的同母弟弟有三人，如果加上同父异母的弟弟共有七人，这次的忽里台大会他们全都出席了。

"我认为应该全额偿还，那是窝阔台家的借款，但同时也是蒙古皇帝的借款。作为蒙古皇帝应该继承的东西中，也包括借款。那些不讲理的人可能会装作不知道，但这样的话就会失去信用。蒙古皇帝答应了的事情一定会遵守，这样的舆论是很重要的。"阿里不哥慷慨激昂地陈辞道。

"这个我知道，"蒙哥点头说道，"不过，这些借款还得了吗？这一两年间有可能还上吗？"

蒙哥把头转向了忙哥撒儿。忙哥撒儿虽然是员武将，但他对经济很内行。

就在这时候，外面传来了有急报的叫喊声。

"一个名叫克薛杰的鹰匠说有紧急情报。"侍卫报告道。

"把他带进来。"蒙哥说着进了帐子。克薛杰虽然地位卑微，但因为鹰匠这个职业的关系，蒙哥对他很熟悉。

克薛杰匍匐着爬到坐在帐子里面的蒙哥的脚边说道："有阴谋，这件事情除我之外没有人知道。"

他一口气说完后，喘了口气，擦了擦额头上的汗。

"你先喝口水再说。"蒙哥说。

要是换作其他人的话，在蒙哥面前可能紧张得连话都说不出来，但克薛杰经常在蒙哥身边照料鹰，已经习惯了大场面。

"在忽里台大会期间，我们没有事情做。然而我的一匹骆驼丢失了，我就去找它，找着找着就到了正好离这里三天行程的地方。"

克薛杰好不容易抑制住了兴奋，说话开始有条理了。

他去寻找迷路骆驼的地方，正是最后来参加忽里台大会的集团设营休息的地方。那里的士兵大概以为克薛杰是自己人，无所顾忌地在他面前说：

"哼，那些家伙就知道傻乎乎地喝酒，一大半人都喝得醉醺醺的了。等咱们把他们干掉后，再痛痛快快地喝酒，再忍耐一阵就好了。"

"哎，你会修车吗？有一台车坏了走不动了。"

一个军官模样的人抓着克薛杰的衣领，把他带到了那辆坏了的车旁边。那辆车只是出了一点小毛病，克薛杰很快就修好了。就在他把车轮从车上卸下来的时候，他看见了车上装的东西。看到那些东西，再联想到刚才那些士兵们说的话，他断定他们一定是想谋反，因为车上装的东西是不适合宴会的武器。

"其他的车有没有毛病呢？"

克薛杰装作检修其他车的样子，偷偷地查看了车上装的货物，发现其他车上装的也全部是弓箭等武器。

他从士兵们的对话中了解到这个集团是窝阔台孙子的部队，他们没有参加第一次的忽里台大会，这次也迟迟没有表明参加。

克薛杰飞一样地跑回了忽里台大会会场。原本三天的路程，他马不停蹄，只用了一天时间就飞奔回来了。

蒙哥立即召开了秘密会议，除拖雷家人之外，还有忙哥撒儿。

术赤家的拔都由于参加了第一次忽里台大会，这次就没有来，不过，拔都的弟弟别儿哥和秃花帖木儿带领术赤家的大军来到了会场，他们两人当然也参加了秘密会议。

"有消息说窝阔台家带着武器想来偷袭，咱们该怎么办？"蒙哥问道，谁也没有立即回答。这的确是一个令人震惊的消息，但也不是不可能的。

从西方远道而来的拔都的弟弟别儿哥借着酒劲叫嚷道：

"我们好不容易带着大军千里迢迢地来了，正好以窝阔台家、察合台家人为靶子练练射箭。察合台家有一个绝好的靶子，就是那个不里，那家伙我饶不了他。"

在欧洲那场"庆功宴"上发生的事情，成吉思汗家族的成员全都知道。

当时，察合台的孙子不里借着酒劲奚落拔都道："喝庆功酒的只限于男人，像长了胡子的女人一样的男人不配。"那时候不里和拔都差点打起来，是速不台拉住了不里，蒙哥拉住了拔都。

与对拔都口吐暴言的贵由一起，不里也被召回接受审查了。但就在审查前不久，窝阔台去世了。

所以拔都党人对不里怀有一种特别憎恶的感情，拔都的弟弟别儿哥说不能饶恕不里，就是因为这个原因。

"这次来谋反的不是不里，好像是窝阔台家的人。"弟弟秃花帖木儿看到哥哥过于兴奋，有点担心地说道。

"忙哥撒儿，现在立即就能调动的军队有多少？"蒙哥询问戒严总司令道。

"根据克薛杰的话，我推测窝阔台家在那附近有千人左右，我想先用一倍的兵力去包围他们比较好。"忙哥散儿答道。

"要尽早包围他们，并尽可能地把他们带来。"蒙哥命令道，同时深深地叹了口气。

忙哥撒儿管辖的军队，两千人左右的话，马上就能调动。虽说有三天的行程，但他们打算一天就赶过去。

在忽里台大会的高潮期间，忙哥撒儿调动两千名士兵不是很显眼。因为有很多军队汇集到了会场，他们分别来自四面八方，彼此都不是很熟悉。担任会场警备工作、在附近巡逻的一支支队伍也是平时很少见到的军队。

女人们围绕着唆鲁禾帖尼欢快地谈笑，不过，医师劝她不要长时间地参加聚会。每天蒙哥都尽可能详细地向母亲汇报忽里台大会的进展情况。发觉窝阔台家有可疑举动，命令忙哥撒儿去调查，在必要的时候可以动用武力这件事，也向唆鲁禾帖尼汇报了。

蒙哥向母亲汇报这件事的时候，正好玛丽亚也在她身边。玛丽亚想起身回避，不过新皇帝说没有必要，这件事情不是什么特别的秘密。

"你一定不要忘记成吉思汗的教导啊。"唆鲁禾帖尼叮嘱道。

"我知道，就算窝阔台家想造反，也主要是那些别有用心的家臣们谋划的，只有那些家臣不能饶恕。"蒙哥轻轻地闭上眼睛说道。

成吉思汗的教导指的是要好好地保护人数很少的一族人。他们可以说是蒙古的核心，原本蒙古这个叫法就没有明确的定义，成吉思汗所说的蒙古，从狭义上来讲，就是指他的一族人。

族人即使有不检点的行为，也不能处以死刑。窝阔台家之所以失去正统性，就是因为他们私自处死了成吉思汗的女儿安塔仑。唆鲁禾帖尼所说的不要忘记成吉思汗教导的真意就是一族人争斗，就算把对方逼到了山穷水尽的地步，也不能杀他们。

蒙哥说不饶恕别有用心的家臣，就是他打算尽量不处置成吉思汗家族的人，到万不得已的时候，只杀掉有影响力的家臣，而赦免其主人的罪行。

说这话的时候蒙哥之所以闭上了眼睛，因为他心里明白原则上来讲是这样，但也可能有例外。

玛丽亚和唆鲁禾帖尼坐上了同一辆马车，这辆车特别宽敞。

"看来不里活不了了。"说这话时，唆鲁禾帖尼一直微闭着眼睛。

克薛杰寻找迷失骆驼的地方，离窝阔台家军队的本队很远，而且，从地形上也是很容易隐藏的地方。克薛杰离开那里以后，他们也没有转移。

忙哥撒儿率领的主力部队堂堂正正地从大道上前行，而由克薛杰带领的分队则走的是小路，并且为了不引人注目，还尽可能地选择有遮掩物的地方行进。

窝阔台家军队满心以为忙哥撒儿是来欢迎他们的，因为窝阔台家之前曾经长期执拗地拒绝参加忽里台大会，现在他们好不容易来了，拖雷家一定也大大地松了口气。窝阔台家的军官上前问候道："大老远地来迎接我们，辛苦了。"

忙哥撒儿对此只是稍稍点了点头，马上就严肃地说道："你们来参加大会，先向你们表示欢迎。不过，有人举报说你们参会有谋反的嫌疑，所以我不得不来调查一下。现在，请从你们军队中选出二十人与我们同行，如果能证明举报的人错了就行。"

窝阔台家军官脸色变了，但嘴上不得不说："这可真令人意外，我们会配合洗清我们嫌疑的。"

窝阔台家军马上意识到前来"迎接"他们的军队，把他们结结实实地包围了。

不久，急报传来，说发现了窝阔台党隐藏的武器。

悄悄准备的武器，只要没被发现，就没有谋反的证据。窝阔台党满心以为小心隐藏在悬崖周围的武器，不是那么容易找到的，他们做梦也没想到被寻找迷路骆驼的鹰匠偶然发现了。

由于有克薛杰带路，很快就找到了隐藏的武器。

失烈门、忽察、脑忽等人都在很远的后方，当然，这三个王爷会被审查。成吉思汗的蒙古人不能让蒙古人流血的教导能在多大程度上得到遵守，完全取决于蒙哥的态度。

对于蒙哥来讲，与自己争夺汗位的失烈门是他最憎恶的人。而对于盟友拔都来讲，在庆功宴上口吐狂言，几乎要和他打起来的察合台家的不里是最难饶恕的。

成吉思汗的教导必须要遵守，唆鲁禾帖尼反复强调这点。然而，在蒙古，现任皇帝的话是绝对权威的。第二代皇帝窝阔台也想遵守成吉思汗的教导，但由于复杂的现实情况，结果没有经过族人的审判就下令处死了成吉思汗的五女安塔仑。

蒙哥成为大汗没有问题，蒙古人不能让蒙古人流血就有问题了。

这个范围很难界定。最狭义的理解是，皇帝的三个兄弟，无论犯了什么滔天大罪都不能处死。稍微宽泛一点的话，包括姐妹、同父异母兄弟在内最多不过二十人。如果要包括成吉思汗四家所有男女的话，应该上百人。

蒙哥思考着肃清的范围，很是为之烦恼。他少年时代曾经被寄养在窝阔台家好几次。他和其他兄弟不太一样，没有怎么受到母亲唆鲁禾帖尼的教育。

唆鲁禾帖尼内心虽然想尽可能地扩大蒙古的含义，但她把一切都交给了蒙哥，自己不发表意见。

"母亲，对于想要谋反的一族人，该怎么处置呢，您教教我吧。"蒙哥说。

"比我贤明的人，东方、西方都有。东方的贤人有已经去世了的大胡子（耶律楚材），现在就是姚枢吧。西方的贤人有牙老瓦赤。"唆鲁禾帖尼正视着儿子的脸，回答道。

"大胡子吗……好令人怀念的名字啊。对了，这次我去问西方的贤人吧。亚里士多德应该向亚历山大大帝建言过，我去问问牙老瓦赤。"蒙哥拍着膝盖说道。

"这就对了，听听历史上的人的掌故很重要。"唆鲁禾帖尼赞成道。

蒙古子弟也很热衷于西方的学问，特别是蒙哥，他对欧几里得几何学很感兴趣。教授这些学问的教师，大多都是很优秀的人。

牙老瓦赤虽然是一位实践型的政治家，但对于基本性的希腊学问，比天主教系的人还要精通。

色目人牙老瓦赤听完蒙哥的问题感到很吃惊，因为除财政以外的事情，他很少跟蒙哥商谈。

"亚里士多德吗？"牙老瓦赤吃惊得瞪大了眼睛，他年轻的时候曾经狂热地迷恋过亚里士多德，所以，他根本不能说不知道亚里士多德。

"亲人谋反时，他是怎么做的？应该有过类似的事情吧？你讲希腊战争时，我好像睡着了，没有什么印象了。"蒙哥说。

处罚的事情啊，牙老瓦赤终于明白蒙哥现在想问什么了。他必须要处罚非常亲密的人，他一定想起了在听希腊历史的讲座时，有过类似的事情。

"亚历山大处死大量部下是在波斯战争胜利后。处决前，他的确询问过亚里士多德。"牙老瓦赤回答道。

"那么亚里士多德当时怎么说的呢？"蒙哥问

蒙哥想看牙老瓦赤的眼睛，但他一直低着头。牙老瓦赤垂着眼睛，小声地说道："亚里士多德一句话也没有说。"

"只是这样吗？"蒙哥问。

"他对亚历山大派来的使者说：'你回去把在这里见到的事情汇报一下吧。'说着，他带着使者来到了自己的庭院。"

"到庭院见到了什么？"蒙哥好不容易想起了这件事情。

公元前331年，亚历山大进攻波斯波利斯，次年放火烧了城。

沉浸于胜利喜悦中的亚历山大大帝的将士，无视上级的命令，擅自行动的人很多。在向印度进军前，亚历山大为此很苦恼，派人去请教老师亚里士多德该怎么办。

亚里士多德去了自己的庭院后，砍倒了一棵参天的大树，并在那里种下了一棵幼弱的小树。

亚里士多德什么也没有说，只让派来的使者观看了这番情景。那人回去后汇报了这件事情，亚历山大大帝由此明白了老师的意思。

除去根深蒂固的大树，用年轻的小树取而代之，即用听自己话的新人代替。

"明白了。"蒙哥点了点头。

处置老练的部下，代之以新的、顺从的人。蒙哥再次从牙老瓦赤那里听说亚历山大大帝的故事，这样理解道。

然而，他要处置的不仅是老练的人，还包括不听话的人。察合台系和窝阔台系的人是他主要的处置对象。

那些悄悄携带武器，企图在忽里台大会上谋反的家伙，无论怎样严刑拷打，都坚称与诸王没有关系，他们把所有的罪行都揽在了自己身上，从而被处决了。因此事被判有罪，处以死刑的共有七十七人。

窝阔台党的主要人物合答黑和镇海被宣告了死刑。波斯远征军总司令宴只歹作为窝阔台党骨干在呼罗珊被逮捕，与他的两个儿子一起被移交给了拔都。拔都诛杀了蒙古帝国的这对元老父子，当然不用说是在皇帝蒙哥的命令之下。

蒙哥在即位仪式结束后，马上就命令皇弟忽必烈征讨云南。忽必烈的身份是漠南汉地总督，蒙古语称作"爪忽都"的地方。

七月丙午举行"祃牙"（出阵式）仪式后，忽必烈就向南出发了。

"杂事很多，您也很辛苦，请一定要多保重身体。"忽必烈对皇帝蒙哥说道。

"不用担心，都是些不得不做的杂事，不会持续很长时间的。"蒙哥说。

杂事中包括处置反对拥立蒙哥的窝阔台、察合台系的人。

蒙哥明言要遵守蒙古人不让蒙古人流血这个教导，所以他表示即使杀掉合答黑和镇海等人，但对他们想要拥立的失烈门、忽察和脑忽只是发配到边远之地而已。

然而，忽必烈并不是很相信蒙哥的话，蒙哥之所以像赶他走似的让他去云南，或许是因为如果他在的话，有些事情做起来不方便。

"我有点担心的事情。"忽必烈说。

"什么事，说说看。"蒙哥注视着他问道。

"我担心母亲。"忽必烈皱着眉头说着，轻轻地叹了口气。蒙哥好像追寻着他叹息的气流，而后撇了撇嘴说："不用担心母亲的事情。"

好像要说你担心也没有用，所以不用担心。现在，忽必烈担心的不仅仅是母亲。正如蒙哥的言外之意，在一定程度上这个担心也没有用。

他真正担心的事情却说不出来，可以说是为了掩饰它，才搬出了母亲。

忽必烈很担心与哥哥之间，会产生一些不融洽的东西。

从很早起，忽必烈就被分派做掌管"爪忽都之地"的总督，所以他自然而然地学起了汉文。爪忽都是契丹、女真、西夏、朝鲜的总称，是蒙古统治的漠南（沙漠之南）之地，他们虽然有各自的民族语言，但汉文几乎可以通用。

然而，蒙哥虽然对几何学很有兴趣，但对汉文却毫不关心，或者还有一种敌意也未可知。

"那是爪忽都的思考方式。"

蒙哥有时会这么说，话中绝对没有好意。忽必烈感受到了这点，所以他虽然公开地学习汉文，但谈论它时却格外谨慎。

关于贤人，像亚里士多德等，蒙哥经常提到西方的人，而东方的贤人几乎没有提到过。忽必烈即使觉得东方的语言中有更合适的表达方式，也尽量不说多余的话。

蒙哥从年轻的时候起，被寄养在窝阔台家很多次，因为他被认为是窝阔台的继承人中的一个。但是后来这条线渐渐地消失了，他似乎又被警戒了起来，不让有煽动性的人靠近他。这种复杂的背景塑造了蒙哥的性格。

"对了，窝阔台家的人，流放到你那里一个吧，必须要让他们彼此都远远地分开，嗯，你要哪个？"蒙哥问道。

窝阔台家不是所有的人都反对拖雷家，由于贵由的突然崛起，在西夏拥有领地的阔端、哈丹、灭里等人从很早起就靠近了拖雷一边，以至于被摄政脱列哥那厌恶的镇海等人，都亡命到阔端那里去。

遵照成吉思汗的教导，失烈门、忽察和脑忽三人不能杀，但也不能让他们在一起。蒙哥说要将三人中的一人放在忽必烈那里，要放谁好呢？

忽必烈最感亲切的是失烈门。在窝阔台家的侄子们中，不知为什么，他对失烈门很有好感，可能是他人品很好的缘故吧。他本来离大汗的位置最近，但因为父亲阔出在中国阵亡，就身不由己地远离了汗位。他母亲合答合赤哈敦在后宫中也没有太大的势力，在后妃中，还是脱列哥那在窝阔台死后最有影响力。

谁都承认阔出出类拔萃的优秀。作为阔出的影子，失烈门对忽必烈来讲是个特殊的人。

"你就当阔出的继任者吧，你们的性格也很相近。"

哥哥蒙哥曾经对忽必烈这样说过。

阔出是蒙古帝国的首任中华总督。作为第二代总督，忽必烈被认为是最合适的人选。可以说，忽必烈因为自己与阔出有相似之处，所以对他的儿子失烈门抱有亲近感。

"那么，就把失烈门交给我吧。"

他想这么说。

可是，如果这么说的话，蒙哥会怎么想呢？忽必烈有些犹豫了。这时候，他觉得还是听从蒙哥的决定更好。

"这三个人中，哪个都行，对他们的待遇之类的，也全听哥哥，不，陛下的指示。"忽必烈说。

"是吗，那就把失烈门交给你吧。"蒙哥不假思索地随口说道。

"好的，我明白了。"忽必烈马上低下了头，有一阵没有抬起来。

太好了，而且这是从蒙哥口中说出来的。

忽必烈心里很高兴，但他害怕他的这种喜悦被哥哥看出来，所以很长时间没有抬起头来。直到他觉得内心洋溢的感情平静下来时，才缓缓地抬起了头。

皇帝蒙哥的脸就在他眼前。

"我这就命令失烈门做出行的准备。忽必烈，你不用等他，你马上出发，明白吗？"

从蒙哥的表情看不出他内心的变化。

二十一　　与唆鲁禾帖尼的别离

　　送走忽必烈后，蒙哥开始着手对西征军进行整顿。西方和东方都需要征讨，东方由忽必烈负责，西方由旭烈兀负责，自己则在哈剌和林坐镇，哪里出现问题就马上赶过去支援。幼弟阿里不哥侍奉母亲待在拖雷领地，肩负留守大任。

　　这样四个嫡子就明确了各自的分工：皇帝蒙哥是总指挥，二弟忽必烈负责东方，三弟旭烈兀负责西方，幼弟阿里不哥留守后方。

　　忽必烈的军队立即就出发了。然而西征军司令旭烈兀的出发晚了一年以上，因为在他出发之前，必须要先肃清身为窝阔台党的波斯远征军总帅宴只吉歹。

　　蒙哥想尽可能地抹消军队中的窝阔台色彩，因此要花费时间，军队中的中高级军官大部分需要更换，要重新进行训练。

　　忽必烈的军队被称为征东军，包括燕京在内，由他统治的地方或者预定由他统治的地方是广阔的东方。不过，眼前他的目标是云南，那里很明显属于南方，因此，此时他的军队叫征南军或许更合适。

虽然蒙哥对弟弟忽必烈说"不用担心",不过,年迈的唆鲁禾帖尼还是日渐一日地衰弱下去。

阿里不哥几乎守在母亲身边寸步不离。唆鲁禾帖尼的眼睛只能睁开一道细缝,嘴也几乎张不开了,说话更是有气无力。不过玛丽亚来的时候,她看上去很高兴。玛丽亚为了不让她疲劳,总是专门拣一些快乐的往事和她聊。

"那时候真高兴啊。"唆鲁禾帖尼说,说这句话几乎用尽了她全身的力气。不久,她连声音也发不出来了,只能无力地微笑。

"好了,皇太后陛下,请您好好休息吧,不要再操心了。"玛丽亚为她盖好被子,轻轻地抚摸着她说道。

阿里不哥每天都快马加鞭地向皇帝蒙哥汇报母亲的情况,皇帝派来了中国、伊斯兰的名医,但他们也已经无能为力了。

"母亲好像已经绝望了,她一天之中意识清醒的时间非常少。"

听到阿里不哥的这个汇报,蒙哥说:"要是那样的话,就只能叫塔儿赤来了。"

塔儿赤是蒙古巫术师的称呼。

当病人被医生放弃了的时候,被叫来的就是塔儿赤。虽然他们也做些法术,但一般的病人最终还是死去了,最近几乎没有听到过病人被塔儿赤救活的事情。所以说,叫他们来就表明已经没有希望了。

玛丽亚听到此事后很伤心地摇了摇头,叫塔儿赤来,与基督教徒临终时叫神父来是一样的。玛丽亚的双眼不由自主地湿润了。

1252年2月,皇帝的母亲唆鲁禾帖尼驾崩。

"这下皇帝陛下办起事来方便了。"

有人这样小声地议论道。

在皇帝的兄弟们之间,受唆鲁禾帖尼影响最小的就是皇帝蒙哥本人。

蒙哥年轻时作为有力的继任者之一，在当时的皇帝窝阔台家生活的时间很多，导致与亲生母亲分开了。唆鲁禾帖尼虽然有意识地不对自己的儿子们进行宗教教育，不过孩子们从母亲的日常生活中，还是潜移默化地受到了基督教的影响。

很少在家的蒙哥与弟弟们相比，可以说受这种熏陶的机会很少。

不过尽管如此，他还是知道母亲不喜欢什么，所以会尽量避免。母亲去世后，再没有这种顾虑了。办事方便就是这个意思。

唆鲁禾帖尼大葬完毕后，蒙哥马上着手肃清成吉思汗家族。他的顾问大臣是断事官忙哥撒儿。

蒙哥把成吉思汗的教导定义在了"皇帝一家"，而没有蒙哥一族血脉的窝阔台、察合台家族不能算是"皇帝一家"，可以成为肃清的对象。不过，赦免的范围可以根据情况适当扩大。

现在，谁要是还敢说没有窝阔台血统的人就不能当大汗的话，那就是大逆不道。

"那些顽固分子不光坚持么说，还想扩大影响范围，这是不能听之任之的大事情，必须要尽早处理，我认为越快越好。"在唆鲁禾帖尼大葬的六天后，忙哥撒儿向皇帝蒙哥建言道。

忙哥撒儿认为若不将前皇后斡兀立·海迷失毫不留情地处置的话，蒙哥政权就很难真正地安稳。要对她处以极刑，而且还要用伴以极度恐惧的方式，并向天下昭示。

"确实，那个女人不能置之不理，可是，她是成吉思汗的家人。"蒙哥有些犹豫。

"她不能算是成吉思汗家的人，她生的忽察和脑忽可以算是成吉思汗家的人，但她不是。而且，现在关于她的一些流言蜚语也广为传播。"忙哥撒儿说。

流言蜚语指的是斡兀立·海迷失"使用魔法"。脱列哥那皇后死后，波斯女法蒂玛就因为使用魔法被处以死刑。这次，是前皇后本人使用魔法的传言。

使用魔法是死罪，因为除死之外，没有阻止魔法的方法。由于曾经在窝阔台家生活过，蒙哥很清楚斡兀立·海迷失的身世，她出身于蔑儿乞部，是成吉思汗的仇敌部族，但名义上，她是斡亦剌部酋长忽都合别乞的女儿。

"处死她，忽都合别乞也不会产生动摇，说是他的女儿，他们应该连面都没有见过。"蒙哥说。

森林部族斡亦剌的首领忽都合别乞甚至连名义上的女儿斡兀立·海迷失长得什么样都不知道；而蔑儿乞部可能也会觉得把她当作了别的部族的人很幸运，因为从一族人中出来一个反逆者、使用魔法者，很让人难堪。

"处死她，谁也不会出头为她辩护。"忙哥撒儿对自己的话点点头。蒙哥从侧面看着他的脸，也点了点头。

"要尽可能残忍地杀死她。"蒙哥说。这次，忙哥撒儿从侧面看了看皇帝的脸。

对斡兀立·海迷失的行刑是在1252年8月。她的两只手被缝进一个革袋中，然后被一丝不挂地用羊毛毡包裹着投进了河里。

"忽必烈是个汉人迷，可能会反对这种处刑方式吧。不过，这是蒙古的做法。"蒙哥自言自语道。

斡兀立·海迷失被处溺死刑的消息，马上传到了哈剌和林。

玛丽亚万念俱灰地说："唆鲁禾帖尼死后，成吉思汗家族就四分五裂了。不里一定会被杀死，也速蒙哥也难逃厄运。"她听到斡兀立·海迷失悲惨的结局后，一时竟躺在床上起不来了。

不过，得知同样消息的岐国公主只是喃喃自语道："河里吃人的龙，大概分不清蒙古人和金朝人吧。"

在欧洲战线上对拔都口吐暴言的不里（察合台的孙子）被移交给了拔都。

因贵由的命令继承了察合台家的也速蒙哥再次被侄子哈剌旭烈兀取代了。作为条件哈剌旭烈兀必须要杀死叔父也速蒙哥。不过，在此之前哈剌旭烈兀先病死了，所以执行死刑的是哈剌旭烈兀的妻子兀鲁忽乃。

察合台家从很早之前大厦就已倾斜，窝阔台家的嫡系也全都没落，只剩下在西夏拥有领地的非嫡系的阔端家。两家的势力都被大幅地削减，已经不能单独地与拖雷家分庭抗礼了。他们要想生存下去，只能顺从拖雷家。

"我认为忽必烈殿下早早地去了南方很好，从各种意义上来说。"忙哥撒儿说。他想忽必烈如果在政权中枢的话，一定会和哥哥皇帝蒙哥发生意见上的冲突。蒙哥和忽必烈一定也很担心这个。

"人都有自己的想法，我和忽必烈的想法就不一样，我们是兄弟，倒没有太大的关系。忽必烈的思维方式很适合南方，他去那里正好。不过，蒙古的事情他就不要太插嘴。"蒙哥撇着嘴说道。

"那个汉人迷。"

蒙哥有时会这样说忽必烈。

他们兄弟从孩童时期起就被分开了。宫廷中有少量的萨满，他们虽然不参与政治，但在皇族的教育上相当积极。窝阔台的家庭中基督教和萨满教的氛围交杂在一起，前皇帝贵由偏好基督教，而他的妻子斡兀立·海迷失则沉迷在萨满教的氛围中。被投入这种家庭的蒙哥，喜好萨满教的东西。

蒙哥返回拖雷家后，发现那里有喜好汉人事物的弟弟忽必烈。在一族之中，一家之中，各人的喜好截然不同，这或许正是蒙古人的强势所在。

即使嘲笑对方是萨满迷、汉人迷或者基督教迷，也不会为此而争斗。因为他们既有热衷于萨满教的父亲，又有基督教徒母亲。

唆鲁禾帖尼的遗体被埋葬在靠近克鲁伦河上游的亡夫拖雷的墓地旁边，那里离成吉思汗的陵墓也很近，约有一千名兀良合部的部民为他们守墓，为此，他们被免除了兵役。

正式下葬是她死后八个月时。

玛丽亚特地前来与唆鲁禾帖尼告别，兀良合部的卫兵护卫着她，年轻的莎拉陪伴着她。

"最好不要靠得太近，就在这附近告别吧。"兀良合部的卫兵说道。

"在哪里都行，告别主要是在心里。"玛丽亚对莎拉说。

使蒙古免于崩溃的，不是拿着弓箭在战场上厮杀的男人们，而是现在静静地躺在这里的女人，玛丽亚想。为了人数不多的蒙古人的和平，对生活在帝国西部的大量伊斯兰教徒施与了众多恩惠的也是唆鲁禾帖尼。玛丽亚就曾受唆鲁禾帖尼之托，把一千巴里失送到不花剌作为建设伊斯兰学院的基金。

身为基督教徒的唆鲁禾帖尼为伊斯兰教徒修建大型学院，很多人感到不可思议。然而，这与蒙古的安全紧密相关。

"看到现在的畏兀儿，睡在地下的唆鲁禾帖尼殿下会怎么想呢？"告别完，在回去的路上玛丽亚这样喃喃自语道。

"弟弟砍哥哥的头什么的，真不可想象。即使是命令也有点过分。"莎拉说。说到最后，她看了看周围，确认兀良合部的卫兵正在专心地照料马，没注意这边，才小声地说。因为如果让人听到的话，很可能会惹上不必要的麻烦。

畏兀儿没有打仗就投降了成吉思汗，可以说是一个模范藩属国。然而，它国内的局势并不安定，它的国王是佛教徒，而大多数百姓却是伊斯兰教徒。

国王的一个奴隶是佛教徒，他向在别失八里的蒙古官员举报说国王萨仑正在谋划要将国内的伊斯兰教徒全部屠杀。国王当时正在参加蒙哥的即位庆典，他否认了所有的指控。然而审判官是严酷的忙哥撒儿，他用严刑拷问迫使国王最终承认了罪行。

国王被送到别失八里斩首了，而奉命行刑的就是国王的亲弟弟玉古伦赤。

这个国王据说平日里对伊斯兰教徒很残虐，所以行刑日专门挑选了伊斯兰教的礼拜日星期五，并进行了公开行刑，百姓都欢呼雀跃。

同样是为了收买伊斯兰教徒的人心，但这种做法和唆鲁禾帖尼修建学院的做法大相径庭。

这就是唆鲁禾帖尼和她的儿子蒙哥的不同。这个事件，谁也不会认为是驻在别失八里的蒙古官员策划的，也没有人相信举报的奴隶，因为如果真想杀人的话，国王完全可以慢慢地、不露痕迹的收拾伊斯兰教徒，没有必要特意用引人注目的屠杀的方式。

这件事也不会是审判官忙哥撒儿策划的，因为要想杀死一个藩王，最终决定权无论如何都在皇帝蒙哥手中。

被杀的畏兀儿王萨仑的名声很不好。也许他与砍他头的亲弟弟玉古伦赤之间从一开始就有仇怨。这件事情由玉古伦赤策划的可能性很大，但对藩王的处刑，最终还是需要皇帝蒙哥的同意。

"对这次处刑，伊斯兰教徒会很高兴，但佛教徒会怎么样呢？

冤冤相报何时了啊。"为了不让赶车的人听见，莎拉压低了声音。

"是啊，虽然咱们担心也无济于事，但还是让人很挂念，都是人造的孽哪。"玛丽亚说。

玛丽亚她们坐的马车刚要走动，但马上又停了下来。兀良合部卫兵好像也拉紧了骑着的马的缰绳。玛丽亚听到了旁边有另一辆马车靠近的声音。

"好像有谁来了似的，一定也是来与皇太后殿下告别的吧。"玛丽亚说。

莎拉从车帘往外看了看，说："啊，好像是亦巴哈。"

唆鲁禾帖尼的姐姐亦巴哈的侍女从旁边的马车上掀开帘子走了下来。亦巴哈在蒙哥即位典礼上露了一下脸马上就回去了，据说是头痛的缘故。她们姐妹年纪都大了，身体上都有这样那样的毛病。

莎拉扶着玛丽亚走近了亦巴哈的马车。

"啊，果然是玛丽亚来了。"亦巴哈的侍女对着马车中说道。

亦巴哈到底也上了年纪，她好不容易才从车上露出了半个身子，她用手巾擦着眼睛，说道："不到这种地方来，已经见不到唆鲁禾帖尼的朋友们了。"

"你坐在那里吧，亦巴哈。"玛丽亚把两手放到了亦巴哈的膝盖上。

"玛丽亚还很精神哪，我的身体也比蒙哥即位的时候好了一些，我头痛的毛病好像也被唆鲁禾帖尼带到那个世界去了。不过，我感觉新的头痛好像马上又要来了，唆鲁禾帖尼已经不会再帮我带走了。"亦巴哈说着说着，话语变成了哭声，抽泣起来。

"现在，蒙哥当了大汗，已经没有什么可担心的事情了。"玛丽亚说。

"那个蒙哥看样子又要弄出新的烦心事。你也听说畏兀儿的事情了吧，伊斯兰教徒欢天喜地，那个出卖国王的奴隶也从佛教徒摇身一变成了伊斯兰教徒。以后没准咱们基督教徒该成为攻击的目标了。这个世道真是变得越来越令人厌恶了。"亦巴哈说着，好几次差点要哭出来。

"你不是大汗的母亲的姐姐吗？谁也不会攻击你的，你就放心吧。"玛丽亚说。

"斡兀立·海迷失做了河里的龙的食饵。就说成吉思汗的血脉吧，察合台家的不里怎么样了？还有也速蒙哥的命运呢，他们不都是成吉思汗的血脉吗？"亦巴哈说。

也速蒙哥是察合台的儿子，是成吉思汗的孙子。察合台家跳过一代由孙子哈剌旭烈兀继承了家业，但在窝阔台家贵由执政时期，又返回上一代，由也速蒙哥当了家。而蒙哥上台后，为了抹消窝阔台党的色彩，再次让哈剌旭烈兀继承家业，条件是命令他杀死窝阔台党的也速蒙哥。但在这之前哈剌旭烈兀就因为饮酒过度去世了，所以杀死也速蒙哥的是哈剌旭烈兀的遗孀兀鲁忽乃，她现在作为幼子的摄政，统治着察合台家。

"我没有成吉思汗的血脉，真是很幸运。"亦巴哈补充道。

"不过，你现在不是也来到了成吉思汗家的墓地吗。"玛丽亚一边抚摸着亦巴哈的膝盖一边说道。亦巴哈摇着头说："这里虽然离成吉思汗的陵墓很近，但对我来讲，是妹妹唆鲁禾帖尼安眠的地方，其他没有更多的意义。"

成吉思汗死后，他的遗体被安葬在了克鲁伦河上游，然后由大部队的骑兵骑马在上面奔跑，踏平了墓地，从而使人们无法知道确切的埋葬地点。

蒙古人没有为了让人知道去世的人被埋葬在哪里而建造坟丘

的习惯。去世的人迟早都会与苍茫大地融为一体，不知确切的葬身之地。如果死去的是贵人，人们会活埋白色的牝马和它的子马作为陪葬。下葬时几乎没有仪式，亲友们来下葬地送别，也是学的中国人的风俗。

唆鲁禾帖尼的姐姐亦巴哈，朋友玛丽亚，也只是几次到用白幕搭建的帐篷来送别而已。至于她的坟墓里有没有白色的牝马，来送别的人也不知道。

风在吹。

很长一段时间，送别的人静静地站在那里，亦巴哈由侍女搀扶着，玛丽亚则独自迎风站着。

皇帝蒙哥决定处理完手头的事后，过来看望一次。

"如果可能的话，最好和旭烈兀一起去，不过，与壮行仪式相比，哪个放在前面更好呢？"蒙哥有点犹豫。

已经踏上中国战线的忽必烈，当然无法前来与母亲告别。蒙古男儿，打仗比什么都优先。

"不过，忽必烈也该满足了，因为我也举行了汉人式的葬礼。我能做到这个程度，那个汉人迷应当感激。"蒙哥这样说道。

母亲死后，蒙哥举行了萨满教的仪式。另外，母亲的亲友举行了聂斯脱利派基督教的仪式，蒙哥也到场参加了一下。

忽必烈虽然不在，但为了他，蒙哥还按照汉人学者的建议，在哈剌和林举行了汉人式的仪式，并把仪式的情形通告给了他。

拖雷是皇帝蒙哥的父亲，但他本身不是皇帝。在这种情况下，按照惯例，皇帝儿子要追谥父亲帝位。

蒙哥让汉人学者挑选了好的字眼，追谥拖雷为"英武皇帝"，庙号"睿宗"，后来谥号改为"景襄皇帝"。

母亲唆鲁禾帖尼虽然没有当过皇后，但是当了皇太后，追谥为"庄献太后"。

蒙哥本身不喜欢这些汉人的东西，不过为了忽必烈，也就大方地做给了他看。

在庄献太后唆鲁禾帖尼的墓地前，玛丽亚和亦巴哈无言同时又思绪万千地站在风中，直站到夕阳西下。

"回帐篷里吗？"莎拉问道，亦巴哈和玛丽亚点了点头。

チンギス・ハーンの一族
陳舜臣
© Chin Shun Shin 2007
简体中文版由创译通达（北京）咨询服务有限公司独家授权出版。

北京出版外国图书合同登记号：01-2020-6869

图书在版编目(CIP)数据

成吉思汗一族：世界征服者史 / (日) 陈舜臣著；
易爱华译. -- 北京：北京日报出版社，2021.1
　　ISBN 978-7-5477-3819-1

　　Ⅰ.①成… Ⅱ.①陈… ②易… Ⅲ.①长篇历史小说
－日本－现代 Ⅳ.① I313.45

中国版本图书馆 CIP 数据核字 (2020) 第 165486 号

责任编辑：许庆元
特邀编辑：孙　昉
装帧设计：高　熹
内文制作：李丹华

出版发行：北京日报出版社
地　　址：北京市东城区东单三条 8-16 号东方广场东配楼四层
邮　　编：100005
电　　话：发行部：（010）65255876
　　　　　总编室：（010）65252135
印　　刷：山东新华印务有限公司
经　　销：各地新华书店
版　　次：2021 年 1 月第 1 版
　　　　　2021 年 1 月第 1 次印刷
开　　本：850 毫米 × 1168 毫米　1/32
印　　张：32.875
字　　数：766 千字
定　　价：128.00 元（上下册）